ANETTE HINRICHS

Das Schattennetz

© Anette Göttlicher

Anette Hinrichs wurde 1970 in Hamburg geboren. Nach Fachabitur und kaufmännischer Ausbildung am Hamburger Flughafen folgten berufliche Stationen bei einer Reederei, im Bereich Banken und Einzelhandel. Ihre Leidenschaft fürs Krimilesen wurde im Teenageralter durch Agatha Christie entfacht und weckte den Wunsch, eines Tages selbst zu schreiben.

Heute lebt sie als freie Autorin mit ihrer Familie im Raum München.

ANETTE HINRICHS

Das Schattennetz

EIN FALL FÜR MALIN BRODERSEN

GMEINER

Immer informiert
Spannung pur – mit unserem Newsletter informieren wir Sie
regelmäßig über Wissenswertes aus unserer Bücherwelt.

Gefällt mir!

Facebook: @Gmeiner.Verlag
Instagram: @gmeinerverlag

Besuchen Sie uns im Internet:
www.gmeiner-verlag.de

© 2020 – Gmeiner-Verlag GmbH
Im Ehnried 5, 88605 Meßkirch
Telefon 0 75 75 / 20 95 - 0
info@gmeiner-verlag.de
Alle Rechte vorbehalten
5. Auflage 2025
(Originalausgabe erschienen 2018 im Leda-Verlag)

Satz: Mirjam Hecht
Umschlaggestaltung: Katrin Lahmer
unter Verwendung eines Fotos von: © Alexander Antony/stock.adobe.com
Druck: CPI books GmbH, Leck
Printed in Germany
ISBN 978-3-8392-2782-4

PROLOG

Sie würden ihn drankriegen. Früher oder später. Hinter ihm fiel die Stahltür ins Schloss. Sein Blick glitt die einsame Gasse entlang. Im oberen Stockwerk des gegenüberliegenden Hauses brannte eine Deckenleuchte und tauchte einen Teil des trostlosen grauen Gemäuers in trübes Licht. Der Rest der Häuserreihe lag im Dunkeln, die düsteren Ecken verschmolzen mit der Nacht.

Tagsüber war es warm gewesen. Ein milder Spätsommertag, an dem kaum ein Lüftchen wehte und sich der Asphalt in der Sonne aufheizte. Mit Einbruch der Dunkelheit hatte die Kälte eingesetzt, erstes Anzeichen, dass sich der Herbst mit großen Schritten näherte. Ein leichter Wind kam auf und trug die nächtlichen Großstadtgeräusche an sein Ohr.

Sein Herz pulsierte in der Brust, als hätte er gerade einen Marathonlauf hinter sich gebracht. Scheiße. Er sollte sehen, dass er hier wegkam.

Ohne sich noch einmal umzuschauen, nahm er den Weg durch die schmale Häuserflucht. In seinem Kopf kreisten die Gedanken. Wie sollte er aus dieser Scheiße wieder rauskommen? Schon jetzt drehte er wie ein Hamster das Rad. Konnte er den Absprung schaffen, ohne sich dabei das Genick zu brechen? Und wenn ja, was käme danach? Sie würden erst Ruhe geben, wenn sie hatten, was sie wollten. Doch wie sollte er das bewältigen?

Der Schlag kam wie aus dem Nichts. Er hörte das Knacken von Knochen, Blut quoll aus seiner Nase und verfärbte sein hellblaues Hemd dunkelrot. Er schnappte nach Luft.

Sie waren zu viert. Kräftige Kerle in Lederjacken. Südländisches Aussehen. Im nächsten Moment beförderte ihn ein weiterer Schlag zu Boden. Mühsam rappelte er sich auf. Ein Tritt traf ihn am Schädel und greller Schmerz schoss von der Schläfe zu seinem Hinterkopf. Er schmeckte Blut. Warm und salzig. Er spuckte es aus. In der Erwartung eines neuen Tritts schloss er die Augen. Nichts geschah. Er blinzelte.

Über ihm zeichneten sich vereinzelt Sterne am dunklen Himmel ab. Von einem der naheliegenden Clubs vernahm er wie durch Watte den dröhnenden Bass wilder Rockmusik. Ein dünnes, warmes Rinnsal lief seitlich seinen Hals entlang. Vorsichtig hob er den Kopf. Sofort wurde ihm schwindelig und er sank zurück auf den Asphalt.

Sie hatten einen Kreis um ihn gebildet. Die Arme vor der Brust verschränkt und ohne einen Laut von sich zu geben, starrten die Schlägertypen mit finsteren Mienen auf ihn herab. Es gab keinen Fluchtweg.

Er wollte schreien, um Hilfe rufen, doch über seine Lippen kam nur ein leises Krächzen, gefolgt von einem Schwall Blut. Panik übermannte ihn. Sollte es hier enden? Umgeben von Dreck und Pisse? Würde er in dieser Gosse sterben?

»Ihr wollt mich umbringen«, flüsterte er mit schleppender Stimme.

Einer seiner Angreifer, ein Muskelprotz mit kahlem Schädel und Augen wie kleinen Kohlestücken, trat einen Schritt näher und er hob instinktiv den Ellenbogen schützend vors Gesicht. Als nichts passierte, ließ er den Arm langsam wieder sinken.

Dann sah er die ausgestreckte Hand.

1. KAPITEL

Niemand reagierte auf ihr Klopfen. Unruhig wippte Lissy vor der Zimmertür auf den Zehenspitzen. Sie war spät dran. In einer Stunde musste sie zu Hause sein. Dann würde die Nachbarin, die auf Lukas aufpasste, zu ihrem Job in die Bäckerei aufbrechen. Das Arrangement war keine Ideallösung, das wusste Lissy. Doch solange sie keinen Krippenplatz für ihren zweijährigen Sohn hatte, war die Nachtschicht im Hotel ihre einzige Option. Als Alleinerziehende brauchte sie die Kohle.

Ihr fiel ein, dass sie auf dem Nachhauseweg am Hauptbahnhof noch etwas zum Frühstück einkaufen musste. In ihrem Kühlschrank herrschte gähnende Leere. Sie warf einen Blick auf ihre pinkfarbene Armbanduhr. Das würde alles höllisch knapp werden.

Sie klopfte erneut. »Housekeeping.«

Hinter der Tür blieb es still. Kurzerhand zog Lissy den Generalschlüssel aus ihrem Kittel. Die Chefin betonte immer wieder, dass das Personal diskret sein müsse und warten solle, bis der Gast das Zimmer verließ, doch darauf konnte Lissy heute keine Rücksicht nehmen. Dies war ihr letztes Zimmer, dann konnte sie endlich Feierabend machen. Sie und ihre Kolleginnen arbeiteten in vier Schichten rund um die Uhr. In der Regel blieben die Gäste nicht länger als ein paar Stunden.

Lissy steckte den Schlüssel ins Schloss und stellte fest, dass die Tür nicht verschlossen war. Vielleicht waren die längst weg und die Chefin hatte es nur nicht bemerkt, weil sie wie so oft vor dem Fernseher eingeschlafen war. Mit dem Eimer Putzutensilien in der Hand trat Lissy über die Schwelle.

Als Erstes bemerkte sie den Geruch. Schwer. Metallisch. Ekelerregend. Lissy wurde heiß und kalt. Was zum Teufel war hier los? Sie ging einen Schritt in den Raum hinein. Ihr Blick fiel zunächst aufs Bett. Rote Sprenkel zierten die Bettwäsche. Lissy schwankte, als ihr Blick weiter zur Decke, den Wänden und schließlich zu einer Stelle auf dem Boden glitt. Es dauerte einige Sekunden, ehe ihr Gehirn realisierte, was ihre Augen sahen. Sie taumelte aus dem Zimmer, lehnte sich schwer atmend gegen die Wand im Flur und sackte zusammen.

Malin erwachte mit einem Ruck.

Irgendwo klingelte ein Handy. Schlaftrunken tastete sie auf dem Nachtschrank herum, doch da lag nichts. Verdammt, wie spät war es überhaupt?

Sie schlug die Augen auf und sah durch das Glaskuppeldach in den Himmel. Draußen war es noch dunkel. Neben sich hörte sie Thies' regelmäßige Atemzüge. Das Handy gab endlich Ruhe. Mit einem zufriedenen Seufzen kroch sie tiefer unter die Bettdecke und schloss die Augen.

Es war spät geworden am vergangenen Abend. Sie hatten den Geburtstag ihrer Freundin Susanne in *Carls Bistro* gefeiert, einer charmanten Brasserie in der HafenCity, mit sehr leckerem Essen und viel gutem Wein.

Das Handy klingelte erneut. Malin schob entnervt die Decke beiseite und stieg aus dem Bett. Barfuß ging sie über die lasierten Eichendielen in den kombinierten Wohn-Essbereich des Hausbootes, das ihrem Freund als vorübergehendes Domizil diente. Es gehörte einem befreundeten Architekten, der sich für einige Zeit im Ausland aufhielt.

Das Display ihres Handys leuchtete auf der Küchenzeile und zeigte die Nummer von Kriminaloberkommissar Frederick Bartels an.

»Malin?« Ihr Teampartner klang wach und ausgeschlafen. »Es gibt eine Tote in der Talstraße. *Hotel Amour*.«

Malin gähnte. »Warum kümmern sich die Kollegen vom KDD nicht darum?«

»Die sind schon vor Ort und wollen an uns übergeben. Also sieh zu, dass du in Gang kommst. Soll ich dich abholen?«

Schlaftrunken schüttelte Malin den Kopf. Dann fiel ihr ein, dass ihr Kollege sie überhaupt nicht sehen konnte. »Nein. Ich komme direkt an den Tatort. Gib mir eine halbe Stunde.« Sie legte auf und stellte die Kaffeemaschine an. Es war sechs Uhr dreißig.

Fünfzehn Minuten später verließ sie mit feuchten Haaren und einem Thermobecher Kaffee in der Hand die verzinkte Stahlbrücke, die das Hausboot mit dem Uferweg verband.

Über Nacht war Frost gekommen. Raureif hatte sich über Pflanzen und Gräser gelegt. Nebelschwaden waberten über dem Eilbekkanal. Malin schloss die Beifahrertür ihres alten grünen Minis auf, stellte den Thermobecher in die Halterung und kramte im Handschuhfach nach einem Eiskratzer. Fündig geworden, befreite sie notdürftig die zugefrorenen Scheiben.

Als ihr Auto nach dem dritten Versuch endlich ansprang, waren die Fenster schon wieder beschlagen. Sie drehte das Gebläse voll auf und das Radio an. Aus den Boxen plärrte

Last Christmas I gave you my heart. Hallo …?! Es war gerade Mitte November. Entnervt stellte sie das Radio wieder aus, lenkte den Mini aus der Parkbucht und schlug den Weg Richtung Zentrum ein.

Malin konzentrierte sich auf die Straße. Draußen wurde es langsam hell und die Stadt erwachte zum Leben. Hinter den meisten Fenstern brannte Licht, Menschen machten sich auf den Weg zur Arbeit, Ladenbesitzer luden Ware aus ihren Transportern und die Straßen füllten sich mit Autos. Spätestens in einer Stunde würde diese Strecke durch den täglichen Berufsverkehr heillos verstopft sein.

Im Mini war es endlich warm geworden. An einer roten Ampel begegnete Malin ihrem Blick im Rückspiegel. Sie hatte auch schon mal besser ausgesehen. Ihr Gesicht war blass, die Augen von Müdigkeit umschattet und ihre schulterlangen blonden Haare in morgendlicher Eile zu einem unordentlichen Pferdeschwanz zusammengebunden.

Die Ampel sprang um. Sie ließ den Millerntorplatz hinter sich und bog in die Reeperbahn. Die bunten Neonreklamen waren ausgeschaltet und die Mülleimer quollen über, vollgepresst mit leeren Bierdosen, Essensresten und Verpackungen der ansässigen Fast-Food-Restaurants. Vor einigen Hauseingängen lagen zwischen Schlafsäcken und Plastiktüten Obdachlose im Schlaf vereint mit nächtlichen Partygängern, die ihren Rausch ausschliefen.

Sie passierte linkerhand die Davidwache und bog zwei Straßen weiter rechts in die Talstraße. Neben zahlreichen Imbissen, Kneipen und Clubs reihten sich hier in einem Mix aus Alt- und Neubauten auch ein Gay-Kino und die Heilsarmee zu einer bunten Partymeile aneinander.

Auf halber Höhe blockierten Einsatzfahrzeuge der Polizei den Gehsteig. Ein Blaulicht blinkte stumm auf einem der blau-silbernen Peterwagen. Trotz der frühen Stunde hatten sich auf der gegenüberliegenden Straßenseite ein Dutzend Passanten eingefunden und hielten ihre Handys gezückt. Einige Anwohner hingen aus den Fenstern und glotzten.

Malin seufzte. Es war immer das Gleiche mit den Gaffern, sensationslustig bis zum Anschlag und sobald man Informationen von ihnen wollte, verstummten sie wie Fische.

Sie parkte ihren Mini hinter einem der Einsatzwagen. Vor dem Hotel stand ihr Kollege Frederick Bartels und unterhielt sich mit Nele Richter vom KDD, dem Kriminaldauerdienst. Zwei Meter über den Köpfen der Polizisten leuchtete in einem satten Rot der Schriftzug *Hotel Amour* an der Hausfassade.

Wieder einmal fiel Malin auf, wie attraktiv ihr Teampartner war. Markantes Gesicht, dunkle Augen, dunkelbraune widerspenstige Haare, die einen Tick zu lang waren, und ein Drei-Tage-Bart, der ihm etwas Verwegenes verlieh. Seine sportliche Figur steckte an diesem Morgen in Jeans und einer schmal geschnittenen Lederjacke im Biker-Stil.

Sie nahm den letzten Schluck Kaffee aus dem Thermobecher und stieg aus dem Mini.

»Moin!« Malin warf Nele Richter ein flüchtiges Lächeln zu. Sie kannte die burschikose Beamtin vom KDD seit ihrer Anfangszeit bei der Mordkommission, als sie gemeinsam in einem Fall ermittelt hatten. Seitdem war über ein Jahr vergangen. »Was ist passiert?«

»Ein Zimmermädchen hat in einem der Hotelzimmer eine Tote gefunden.« Bartels rieb sich sein unrasiertes Kinn. »Offenbar wurde das Opfer erstochen. Die Spusi ist schon drinnen.«

»Gibt es Zeugen?«

»Bisher nicht.«

»Was ist mit dem Zimmermädchen?«

»Sie konnte nicht viel sagen«, meldete sich Nele Richter zu Wort. »Die Frau steht noch unter Schock. Wir haben sie nach Hause bringen lassen.«

»Verständlich«, sagte Malin. »Man findet schließlich nicht jeden Tag einen Leiche. Ist Fricke schon da?«

Bartels schüttelte den Kopf. »Der Chef kommt erst später. Wir sollen schon mal ohne ihn loslegen.«

Nele Richter rieb sich ihre roten Hände. »Wenn ihr mich nicht mehr braucht, würde ich gerne im Präsidium noch schnell die Berichte schreiben, bevor ich für heute Schluss mache.«

»Wir kommen klar. Schönen Feierabend, Nele.« Bartels wandte sich an Malin. »Wollen wir?«

Die beiden Kriminalbeamten holten Schutzkleidung aus Bartels' Dienstwagen und zeigten dem Uniformierten am Hotel-Eingang ihre Ausweise.

Das Foyer des *Amour* war klein und düster. Linoleumboden mit einem abgewetzten Perserteppich darauf, eine Sitzgruppe mit plüschigen Samtbezügen, ein einfacher Holztresen diente als Rezeption. Alles wirkte in die Jahre gekommen und ein wenig schmuddelig. Keine Menschenseele war zu sehen.

»Wir müssen in den vierten Stock«, sagte Bartels.

Schweigend streiften sie sich Schutzkleidung über und nahmen die mit rotem Teppich verkleidete Treppe.

Schon im Flur lag ein metallischer Geruch in der Luft. Sie folgten dem von der Spurensicherung freigegebenen Pfad zu einem der hinteren Zimmer. Im Türrahmen stand ein Kriminaltechniker und bepinselte die Klinke mit einer pulverartigen Substanz. Aus dem Inneren des Raumes war das Klicken einer Kamera zu hören.

»Guten Morgen.« Bartels nickte dem Mann zu und blieb vor der offenen Tür stehen. Malin stellte sich neben ihren Kollegen.

Die Tote lag auf dem Rücken in einer riesigen Blutlache am Boden, ihr Gesicht verdeckt mit der Plastiktüte eines Discounters. Schwarze, seidige Haare lugten hervor. Das einzige Kleidungsstück, ein roséfarbenes Babydoll, war bis auf die Träger blutdurchtränkt, Hals und Unterleib von zahlreichen Messerstichen zerfetzt. Lange, schlanke Beine in einem Ton wie Milchkaffee.

Malin schluckte. Ein Kriminaltechniker ging neben der Leiche in die Hocke. Anhand der kleinen runden Brille, die zwischen Kapuze und Mundschutz hervorlugte, erkannte sie ihn als Frank Glaser, den Chef der Spurensicherung. Vorsichtig zog er die Plastiktüte vom Kopf des Opfers und beförderte sie in eine Spurensicherungstüte. Das Gesicht der Toten war unversehrt und zu Lebzeiten vermutlich schön gewesen. Nun starrten die weit aufgerissenen Augen stumpf an die Decke.

Malin wandte den Blick ab und inspizierte den Raum. Blutspritzer klebten an den Wänden, am Fensterrahmen, an der Kommode. Am Bett. Was war hier geschehen? Ein unzufriedener Kunde? Dass Freier handgreiflich wurden, kam häufiger vor, dass sie mordeten, dagegen selten.

Ihr Blick glitt zurück zu der Leiche vor dem Bett. »Weiß man schon, wer sie so übel zugerichtet hat?«

»Sie?« Frank Glaser sah Malin hinter seinen runden Brillengläsern erstaunt an. Mit seiner behandschuhten Hand hob er einen Teil des zerfetzten Babydolls in die Höhe. Die Tote war ein Mann.

2. KAPITEL

Dora Schiffer blies den Zigarettenqualm direkt in Malins Gesicht. »Oh, 'tschuldigung.« Hektisch wedelte die Hotelwirtin mit der Hand durch die Luft ihres kleinen Büros, das direkt hinter dem Foyer lag.

Malin schätzte die Frau auf Mitte fünfzig. Strähnige aschblonde Haare, verlebtes Aussehen, kettenrauchend und sichtlich schockiert. »Kommen wir noch mal auf letzte Nacht zurück. Wann …«

»Wir halten uns hier immer an die Regeln«, fiel ihr die Hotelwirtin ins Wort. »Sonst hätten man uns den Schuppen schon längst dichtgemacht.« Ihre Stimme klang rau wie ein Reibeisen.

Bartels scharrte unruhig mit den Füßen. »Die Regeln interessieren uns gerade mal nicht, Frau Schiffer. Wir sind nicht vom Ordnungsamt, sondern von der Mordkommission. Da oben in einem Ihrer Zimmer liegt ein übel zugerichteter Toter. Oder eine Tote, ganz wie man es nimmt.«

Die Hotelwirtin drückte ihre Zigarette im Aschenbecher aus. »Sie heißt Graciela.«

Malin zückte ihr Notizbuch. »Graciela. Und wie weiter?«

Dora Schiffer zuckte die Achseln. »Keine Ahnung. Sie ist eines der Mädchen aus der Schmuckstraße.«

Malin und Bartels tauschten einen Blick. Die Schmuckstraße war berühmt-berüchtigt für ihre Transsexuellen aus Südamerika, die sich dort zur Prostitution anboten.

»Geschieht es häufiger, dass diese Mädchen, wie Sie sie nennen, zu Ihnen ins Hotel kommen?«

Dora Schiffer zündete sich die nächste Zigarette an und nickte. Bartels öffnete das Fenster. »Um welche Uhrzeit ist Graciela im Hotel aufgetaucht?«

»Tja, wann war das?« Die Hotelwirtin krauste die Stirn. »Das muss so gegen Mitternacht gewesen sein.«

»Und Graciela war vermutlich nicht allein. Wissen Sie, wer sie begleitet hat? Können Sie den Mann beschreiben?«

»Also, das kann ich Ihnen nun wirklich nicht sagen.«

»Das Zimmer musste also nicht im Voraus bezahlt werden?«, fragte Malin.

»Das schon, aber ich war abgelenkt.« Dora Schiffer wies mit der Hand auf einen kleinen Fernseher, der in einer Ecke auf einem Hocker stand. »Graciela hat das Geld für das Zimmer auf den Tresen gelegt. Das machten wir häufiger so. Auf das Mädchen war Verlass. Sie hat mich noch nie betrogen.«

»Und Sie haben den Kerl auch nicht gesehen, als er das Hotel wieder verlassen hat?«, fragte Bartels.

Die Hotelwirtin lief rot an. »Ich bin eingeschlafen«, raunzte sie. »Ist auch kein Wunder, wenn man mehr als zwanzig Stunden auf den Beinen ist, oder?«

Bartels nickte. »Waren letzte Nacht noch weitere Zimmer belegt?«

»Vielleicht vier oder fünf«, erwiderte Dora Schiffer schroff. »Besonders viel war nicht los. Wir hatten noch ein paar Studenten aus München da, aber die sind schon in aller Herrgottsfrühe abgereist. Noch bevor Lissy …« Sie biss auf ihre Unterlippe.

»Wir brauchen die Namen und die Adressen. Die haben Sie doch, oder?«

Die Hotelwirtin klemmte sich die Zigarette in den Mundwinkel, griff nach einem Ringbuch mit zerfledertem Umschlag und blätterte darin herum. Dann tippte sie auf einen Eintrag. »Hier steht es.« Asche fiel auf die Seite. Dora Schiffer fegte sie mit der Hand beiseite.

»Haben Sie einen Kopierer?«, fragte Bartels.

»Wir sind nicht das *Atlantic*.« Sie reichte dem Kriminalbeamten das Ringbuch. »Von mir aus, stecken Sie es ein. Aber ich brauche es zurück, für meine Buchhaltung.«

Bartels warf einen Blick in die Unterlagen. »Was ist mit den Zimmern, die Sie gestern stundenweise vermietet haben? Darüber steht hier nichts.«

Die Hotelwirtin wurde knallrot. »Hab ich wohl vergessen einzutragen.«

»Die Namen?«

»Da war einmal die Lilli, dann Ricarda und die Chantal, die war gleich zweimal mit einem Kunden da.«

Bartels notierte die Namen. »Aha, und wo finden wir besagte Damen?«

»Versuchen Sie es abends am Hans-Albers-Platz.«

»Können Sie uns noch etwas über Graciela erzählen?«, fragte Malin.

»Dafür bin ich die Falsche.« Dora Schiffer nahm einen tiefen Zug ihrer Zigarette und blies einzelne Kringel in die Luft. »Sprechen Sie mit Condoleeza. Ihr gehört die Bar in der Schmuckstraße.«

Die Schmuckstraße war eine düstere Gasse zwischen der Talstraße und der Amüsiermeile *Große Freiheit* und wirkte an diesem Morgen wie ausgestorben. Die Häuserfassaden waren zum Teil verschmutzt oder mit Graffiti besprüht. Mittendrin lag ein heruntergekommener Gründerzeitbau, der im Erdgeschoss die *Bar Condoleeza* beherbergte. Schwarze Holzplatten verrammelten die Fenster des Lokals. Von den Außenwänden bröckelte der Putz.

Bartels hämmerte gegen die geschlossene Tür. »Aufmachen. Polizei.« Als sich niemand dahinter rührte, klopfte er erneut.

»Fred, das bringt nichts.« Malin steckte ihre kalten Hände in die Jackentaschen. »Lass uns später wiederkommen.«

Über ihren Köpfen wurde ein Fenster geöffnet. Die beiden Kriminalbeamten traten einen Schritt zurück und blickten hinauf.

»Qué es ese ruido ahí abajo!?« Ein Latino mit Halbglatze starrte aus dem zweiten Stock wütend auf sie herab. »Quiero dormir.«

Bartels hielt seinen Dienstausweis in die Höhe. »Polizei. Wir möchten mit der Betreiberin der Bar sprechen.« Der Latino schimpfte wieder etwas auf Spanisch.

»Der versteht dich nicht«, sagte Malin.

Bartels zeigte auf das Lokal. »Condoleeza. Wir möchten mit Condoleeza sprechen.«

»Ella duerme.« Der Latino schloss das Fenster und zog demonstrativ die Vorhänge zu.

Am Eingang neben der Bar fand Malin den Namen *Condoleeza Rodriguez* auf einem Klingelschild. Sie drückte den Knopf. Als niemand öffnete, schob sich Bartels neben seine Kollegin und klingelte Sturm. Eine halbe Minute später ertönte der Türsummer.

»Geht doch.« Bartels grinste und trat dicht gefolgt von Malin über die Schwelle ins Treppenhaus.

Eine steile Wendeltreppe mit ausgetretenen Stufen, löchrige Wände mit losen Kabeln, an vielen Stellen blätterte die Farbe ab.

Im dritten Stock stand eine Frau in einem seidig glänzenden Morgenmantel in der offenen Tür. Lange schwarze Haare, dunkle Augen in einem ebenmäßigen Gesicht, herausfordernder Blick. »Was wollen Sie?« In ihrer Stimme schwang ein südamerikanischer Akzent.

»Sind Sie Condoleeza Rodriguez?«, fragte Bartels.

Die Frau nickte.

»Wir sind von der Polizei.« Er hielt ihr seinen Dienstausweis hin.

Die Barbetreiberin lachte kehlig. »Dafür muss ich keinen Ausweis sehen. Also, worum geht es diesmal?«

»Nicht worum, sondern um wen.« Malin musterte die leicht bekleidete Frau. »Sie kennen Graciela?«

Die dunklen Augen wurden schmal. »Warum wollen Sie das wissen?«

Bartels deutete ein Kopfschütteln an. »Dürfen wir reinkommen oder sollen wir das hier im Hausflur besprechen?«

Condoleeza Rodriguez öffnete die Tür ein Stück weiter und ließ die Kriminalbeamten in ihre Wohnung. »Den Flur entlang bis zur Küche.«

Das Kücheninventar schien bereits etliche Jahre auf dem Buckel zu haben, doch alles in dem Raum wirkte penibel sauber und aufgeräumt. Auf der Fensterbank stand eine Reihe kleiner Gefäße mit Kräutern.

Die Barbesitzerin wies auf die Stühle einer kleinen Tischgruppe. »Setzen Sie sich.« Sie drehte sich um und stellte die Kaffeemaschine an, ehe sie sich dazusetzte. Ihr Morgenmantel klaffte auseinander und gewährte tiefen Einblick auf perfekt geformte Brüste.

Bartels räusperte sich. »Vielleicht sollten Sie sich erst etwas Passendes überziehen.«

Condoleeza Rodriguez lachte. »Ich störe mich nicht an

nackter Haut, Sie vielleicht?« Sie schenkte Bartels einen betörenden Augenaufschlag.

»Im *Hotel Amour* wurde heute früh eine Leiche gefunden«, unterbrach Malin. »Laut der Hotelwirtin handelt es sich um eines Ihrer Mädchen, wie sie es nannte. Graciela.«

Condoleeza Rodriguez raffte augenblicklich ihren Morgenmantel zusammen. »Graciela ist tot?« Ihr Blick war verstört.

»Sie wurde erstochen«, schob Malin hinterher.

»Espantoso. Schrecklich.« Die Barbetreiberin schlug ihre Hände mit den makellos manikürten Fingernägeln vor den Mund.

»Wohnte Graciela hier im Haus?«

Condoleeza Rodriguez nickte. »Sie kam vor etwa einem Jahr aus Caracas zu uns. Die meisten Mädchen stammen aus Südamerika.«

»Und Graciela arbeitete hier als Prostituierte?«, fragte Malin.

Condoleeza Rodriguez' Blick wurde wachsam. »Darüber weiß ich nichts.«

»Verkaufen Sie uns nicht für dumm«, erwiderte Bartels barsch. »Natürlich wissen Sie Bescheid. Also, warum ist Graciela ausgerechnet nach Deutschland gekommen? Kannte sie hier jemanden?«

Die Barbetreiberin senkte die Stimme. »Hier ist es einfacher, als Transsexuelle zu leben, als in unserem Land.«

»Und wie hört man am anderen Ende der Erdkugel davon?«

»Über Mundpropaganda. Ich selbst habe es durch Freunde von der Schmuckstraße erfahren.«

»Wie lange leben Sie schon hier?«, fragte Malin interessiert. »Ihr Deutsch ist ausgezeichnet.«

»Seit zehn Jahren. Ich war mit einem Deutschen verheiratet und habe durch ihn die Sprache gelernt. Die anderen Frauen sprechen fast nur Spanisch.«

Bartels verschränkte die Arme vor der Brust. »Gibt es jemanden, der Graciela bei der Einreise geholfen hat?«

»Nein.«

»Sie hatte also ein Visum?«

»Mir war nur wichtig, dass sie ihre Miete zahlt.«

Malin zog ihr Notizbuch heraus. »Gehört Ihnen das Haus?«

»Nein, nein«, beeilte sich die Südamerikanerin mit der Antwort. »Das gehört einer Wohnungsgesellschaft, ich bin nur deren Ansprechpartnerin, falls etwas repariert werden muss oder es sonst irgendein Problem gibt. Dann sage ich denen Bescheid und jemand kommt vorbei.«

»Und die Bar?«

»Die habe ich gepachtet.«

»Wie ist Gracielas ursprünglicher Name?«

»Ich kannte sie nur als Graciela Fernández.«

Die Kaffeemaschine blubberte, dann zischte es kräftig. Condoleeza Rodriguez erhob sich von ihrem Stuhl, befüllte an der Küchenzeile drei Becher mit Kaffee und reichte sie an die Kriminalbeamten weiter. Sie stellte Milch und Zucker auf den Tisch und setzte sich wieder.

»Danke.« Malin rührte etwas Milch in die dampfende Flüssigkeit. »Wann haben Sie Graciela zuletzt gesehen?«

»Gestern Abend. Gegen elf.« Die Südamerikanerin fuhr sich durch die langen Haare. »Sie war in der Bar und hat etwas getrunken.«

»Haben Sie mitbekommen, ob sie sich dabei mit einem Gast unterhalten hat?«

»Kann ich nicht sagen, der Laden war voll.«

»Hatte Graciela einen Freund?«

Condoleeza Rodriguez schüttelte den Kopf.

»Gab es jemanden, mit dem Sie Graciela häufiger zusammen gesehen haben?«

»Da gibt es schon ein paar Kerle, die öfter kommen.« Ein amüsiertes Lächeln huschte über die Lippen der Südamerikanerin. »Frauen übrigens auch.«

»Können Sie uns Namen nennen?«

»Sie glauben doch nicht, dass die sich bei mir vorstellen.« Condoleeza Rodriguez trank einen Schluck Kaffee.

»Mit wem können wir sonst noch reden? Wer kannte Graciela besonders gut?«

»Sprechen Sie mit ihrer Freundin Maria.«

Malin notierte sich den Namen. »Wo können wir diese Maria treffen? Wohnt sie auch hier im Haus?«

»Nein, irgendwo in Hamm. Genaueres weiß ich nicht.«

»Haben Sie einen Schlüssel zu Gracielas Wohnung? Wir würden uns dort gerne ein wenig umschauen.«

»Nein«, erwiderte die Barbetreiberin barsch. »Dafür brauchen Sie erst Dokumente.«

»Wie ich sehe, kennen Sie sich aus«, erwiderte Bartels betont gelangweilt. »Vermutlich wissen Sie aber auch, dass ich ohne Probleme einen entsprechenden Beschluss beschaffen kann. Allerdings werde ich dann gleichzeitig sämtliche Unterlagen zu Ihrem Etablissement drei Stockwerke weiter unten anfordern.«

»Tun Sie, was Sie wollen. Sie werden nichts finden.«

Bartels lächelte. »Davon gehe ich aus, sonst hätte man Ihnen den Laden längst zugesperrt. Trotzdem werde ich das alles natürlich noch einmal überprüfen müssen. Gründlich, versteht sich. Ihre Gäste werden sich also an die Anwesenheit der Polizei in nächster Zeit gewöhnen müssen.«

Condoleeza Rodriguez' Augen funkelten wütend, dann stand sie auf und zog aus einer Küchenschublade einen Schlüsselbund.

Das Zimmer der Ermordeten war kaum größer als eine Besenkammer. Ein schmales Metallbett, ein Hocker, der als Nachttisch diente, und ein Kleiderschrank mit Spiegeleinsatz. An einer Wand hatte Graciela Fernández eine Girlande aus bunten Lämpchen drapiert, an der anderen standen ein halbes Dutzend Stilettos mit mörderischen Absätzen am Boden.

Während ihr Kollege den Inhalt des Schranks inspizierte, widmete sich Malin den durchsichtigen Boxen unter dem Bett, die von der Bewohnerin als zusätzlicher Stauraum genutzt worden waren. Die meisten enthielten Kosmetikartikel, in einer Vielzahl, die jedem Drogeriemarkt Konkurrenz gemacht hätte. Tiegel und Tübchen mit Cremes, Make-up und Puder, Rouge in verschiedenen Schattierungen sowie Lidschatten, Lippenstifte und Nagellacke der gesamten Farbpalette. In einem etwas größeren Exemplar lagen Unterwäsche und Strümpfe, daneben Kondompackungen in verschiedenen Ausführungen und zwei Tuben Gleitcreme.

Malin langte mit ihrer behandschuhten Hand nach einem Schuhkarton, der unter dem Kopfteil des Bettes verstaut war, und stellte angenehm überrascht fest, dass sich darin bunte Postkarten und Fotos befanden. Ihre Freude währte allerdings nur kurz. Sämtliche Postkarten waren in Spanisch verfasst, offizielle Dokumente fehlten.

Bartels drehte sich zu ihr um. »Bist du fündig geworden?«

»Nicht wirklich. Und du?«

»Im Schrank sind nur Klamotten. Lauter Fummel mit viel zu wenig Stoff.«

Malin verschloss den Schuhkarton mit dem Deckel. »Sieht so aus, als wenn wir hier erst mal nicht weiterkommen. Lass uns gehen.«

Bartels nickte. »Aber vorher versuche ich es noch mal nebenan.«

Graciela Fernández teilte sich die Zweizimmerwohnung mit einer Mitbewohnerin, doch diese hatte auf das Klopfen des Polizeibeamten zuvor nicht reagiert.

Malin klemmte sich den Schuhkarton unter den Arm und folgte ihrem Kollegen in den Flur.

Bartels klopfte an die verschlossene Tür des Nachbarzimmers. »Polizei. Machen Sie bitte auf.« Nichts rührte sich. Er wiederholte die Prozedur.

Schritte waren zu hören, dann wurde die Tür einen Spalt weit geöffnet. Bartels zückte seinen Dienstausweis und ein Schwall spanischer Schimpfworte ergoss sich über den Ermittler, ehe die Zimmertür mit einem lauten Knall wieder zugeschlagen wurde.

»Hier sind wir wohl nicht erwünscht«, stellte Malin fest. »Wir brauchen einen Dolmetscher.«

Kurz darauf standen die beiden Kriminalbeamten wieder vor dem Haus.

Bartels zog den Reißverschluss seiner Lederjacke hoch. »Ich frage mich nur, wie die sich mit ihren Freiern verständigen.«

»Vermutlich wird nicht viel geredet«, erwiderte Malin trocken.

Eisiger Wind schlug ihnen entgegen, als sie den kurzen Fußmarsch Richtung Talstraße antraten. Malin klemmte sich den Schuhkarton etwas fester unter den Arm und steckte ihre Hände in die Taschen ihres Parkas.

»Das ist alles ganz schön bizarr«, sagte Bartels. »Ein Haufen Kerle, die sich wie Frauen anziehen. Das Erschreckende daran ist, dass einige tatsächlich auch so aussehen.«

»Vielleicht fühlen sie sich als Frauen und sind nur im falschen Körper geboren.«

»Aber im Bett sind sie dann Männer, oder wie?« Bartels schüttelte den Kopf. »Ich kann das nicht nachvollziehen.« Er warf ihr einen Seitenblick zu. »Du bist eine Frau.«

Bei der Art, wie er es sagte, schoss Malin die Röte ins Gesicht. Sie schlug die Kapuze ihres Parkas hoch.

Als sie in die Talstraße einbogen, erkannte Malin schon von weitem Kriminalhauptkommissar Hans Fricke, der sich vor dem Eingang des *Amour* mit einem Kriminaltechniker unterhielt. Wie üblich trug der Chef der Mordkommission eine seiner ausgebeulten Cordhosen, an diesem Tag in Dunkelbraun, und dazu eine grüne Daunenjacke, die ihn wie ein Michelinmännchen aussehen ließ. Seine aschblonden Haare waren vom Wind zerzaust.

»Moin.« Fricke deutete ein Nicken an. »Frank wollte mir gerade eine Zusammenfassung geben.«

Glaser lüpfte seinen Mundschutz. »Am Tatort wimmelt es nur so von Fremdspuren. Außerdem haben wir jede Menge DNA-Material sichern können. Sowohl in dem Zimmer als auch an der Leiche.«

»Habt ihr die Tatwaffe gefunden?«

»Nein. Der Täter muss sie mitgenommen haben.«

Fricke strich sich über seine zerzausten Haare. »Was schätzt du, wie lange ihr noch braucht?«

»Sicher noch ein bis zwei Stunden. Momentan sieht sich die Steinhofer die Leiche an«, informierte ihn der Kri-

minaltechniker über die Anwesenheit der Rechtsmedizinerin. »Ich gehe zurück an die Arbeit. Hier draußen ist es
schweinekalt.« Er setzte den Mundschutz wieder auf und
verschwand im Hoteleingang.

Fricke wandte sich seinen Mitarbeitern zu. »Konntet
ihr etwas herausfinden?«

Bartels berichtete von dem Gespräch mit der Barbesitzerin und der anschließenden Zimmerdurchsuchung.

»Gut. Ich kümmere mich um einen Dolmetscher«,
sagte Fricke. »Ihr beiden redet mit den Anwohnern in
den Nachbarhäusern, hört euch auch in den Geschäften
und in den Bars um, vielleicht hat jemand etwas gesehen.«

»Was ist mit Sven und Ole?«, erkundigte sich Malin
nach ihren beiden anderen Teamkollegen.

»Die sind auf der Davidwache. Wenn jemand Bescheid
weiß, was auf St. Pauli gerade vorgeht, dann sind das die
Kollegen dort.«

Gerry schlug die Augen auf. Sein Körper war schweiß-
überströmt und sein Herz raste. Er zwang sich, ruhig zu
atmen. Im nächsten Moment realisierte er, dass er in seinem
Bett lag. Es ist nur ein Traum gewesen, dachte er erleichtert. Es war vorbei.

Sein Blick glitt zum Wecker. Er hätte seit einer halben
Stunde im Büro sein müssen. Mühsam rappelte er sich
hoch. Ihm dröhnte der Schädel, außerdem war ihm verdammt übel. Wie viel hatte er getrunken? Wo war er überhaupt gewesen?

Er erinnerte sich dunkel, dass er am vergangenen Abend
mit ein paar Kollegen in einem Lokal im Portugiesenvier-
tel Tapas gegessen hatte. Anschließend hatten sie in einer
Kiezkneipe einen Absacker genommen, danach brach seine

Erinnerung ab. Hoffentlich hatte er sich nicht danebenbenommen. Kurz spielte er mit dem Gedanken, blauzumachen, doch wenn das rauskam, würde das kurz bevorstehende Beurteilungsgespräch mit seinem Vorgesetzten möglicherweise nicht zu seinen Gunsten verlaufen. Dabei hatte er die jährliche Sonderzahlung, die sein Arbeitgeber für außergewöhnliches Engagement zahlte, schon fest eingeplant.

Er verließ das Bett und versuchte das Hämmern in seinem Schädel zu ignorieren, das mittlerweile die Lautstärke eines Presslufthammers erreicht hatte. Im Erste-Hilfe-Schränkchen im Badezimmer fand er eine Packung Kopfschmerztabletten, warf zwei davon ein und spülte sie mit Wasser aus seinem Zahnputzbecher hinunter. Sein Blick begegnete seinem Spiegelbild. Gerry erschrak. Seine Augen waren verquollen und gerötet, die Gesichtsfarbe unter den Bartstoppeln wirkte kalkweiß. Er sah aus, als hätte er tagelang gesoffen. Unter seinem Kinn zog sich eine Spur dunkelroter Spritzer bis zu seinem Schlüsselbein. Verdammt, was hatte er getrunken? Eine Bloody Mary? Eigentlich hasste er dieses Zeug.

Er ging unter die Dusche. Während die warmen Strahlen auf seinen Rücken prasselten, begann er sich langsam zu entspannen. Sollte er seinen Filmriss vor den Kollegen überspielen? Am besten, er ließ sich seinen Kater nicht anmerken und benahm sich wie sonst auch. Zurückhaltend, freundlich und auf die Arbeit konzentriert.

Als er zehn Minuten später aus der Duschkabine stieg und sich ein Handtuch um die Hüften schlang, fühlte er sich schon fast wie neu. Er putzte sich die Zähne, gurgelte ausgiebig mit Mundwasser und rasierte sich sorgfältig. Schon besser.

Zurück im Schlafzimmer griff er nach seinen Klamotten vom Vortag, die er achtlos auf einen Sessel gefeuert hatte, um sie in den Korb mit Dreckwäsche zu befördern. Auf seinem dunklen Sakko zeichneten sich ein paar eingetrocknete Flecken ab. Der Stoff fühlte sich rau an. Er runzelte die Stirn. Was hatte er gestern Abend bloß getrieben? Sein Oberhemd blitzte unter dem Sakko hervor. Er griff danach. Auf dem weißen Stoff prangten ähnliche Spritzer wie vorhin an seinem Hals. Es sah aus wie Blut.

Er schob den Gedanken umgehend beiseite. Der Traum hatte ihm offenbar mehr zugesetzt als gedacht. Dann glitt sein Blick zu seinem Mantel, der unter dem restlichen Haufen Klamotten lag. Aus einer Eingebung heraus fasste Gerry in die Innentasche des Mantels, in der er sein Messer verwahrte. Sein Vater hatte es ihm geschenkt, als er noch ein Kind gewesen war, und er trug es immer bei sich. Er hatte es noch nie benutzt.

Das Messer war nicht an seinem Platz. Hektisch kontrollierte Gerry die Seitentaschen des Mantels. In der rechten wurde er fündig. Schon als seine Finger sich um die Griffschale schlossen, spürte er, dass sie sich anders anfühlte als sonst. Er zog das Messer heraus, drückte den Schnappverschluss und die Klinge sprang auf. Die Schneide war blutverkrustet.

Keuchend ließ er das Messer fallen. Zeitgleich mit dem Aufprall auf den Boden kam die Erinnerung zurück.

Mit Einsetzen der Dunkelheit war die Gegend rund um die Reeperbahn zum Leben erwacht. Statt ruhig und trist wie noch vor wenigen Stunden war es nun bunt, grell und laut. Leuchtreklamen schillerten in verschiedensten Farben, aus Clubs und Lokalen wummerten die Bässe und

Touristen lugten in die Fenster der Sex-Shops oder steuerten wie zahlreiche andere Kiezgänger die Tabledance-Bars der Amüsiermeile an. Es roch nach Currywurst, Astra und Testosteron.

Malin und Bartels verließen das Quartier der Heilsarmee, das in der Talstraße gegenüber einer Schwulenbar logierte.

»Also mir reicht es für heute.« Bartels warf einen Blick auf seine Uhr. »Wir rennen uns schon seit Stunden die Hacken ab. Und wofür? Nicht ein einziger Hinweis.«

»Wir sollten es noch in der *Bar Condoleeza* versuchen«, schlug Malin vor. »Vielleicht sind einige Leute von gestern da. Jemand könnte gesehen haben, mit wem Graciela ins Hotel gegangen ist.«

»Die öffnen erst in zwei Stunden«, murrte Bartels und schlug den Weg Richtung Schmuckstraße ein.

Eisiger Wind peitschte den Nieselregen in ihre Gesichter. Es fühlte sich an wie Nadelstiche. Malin zog die Kapuze ihres Parkas enger. Sie ärgerte sich, dass sie am Morgen keinen Schal eingepackt hatte.

Vor der *Bar Condoleeza* stießen sie auf Kriminalhauptkommissar Fricke, der gerade das hell erleuchtete Wohnhaus verließ. Hinter ihm trat eine attraktive Brünette im schwarzen Trenchcoat aus dem Gründerzeitbau. Das Lokal im Erdgeschoss war noch immer geschlossen.

»Ach, Brodersen, Bartels.« Fricke winkte seine Mitarbeiter heran und wies auf die dunkelhaarige Frau an seiner Seite. »Darf ich vorstellen, das ist Elena Alegrett vom Dolmetscherdienst.«

»Hola.« Die Dolmetscherin reichte ihnen zur Begrüßung die Hand.

»Und?«, fragte Malin neugierig. »Hat eine der Frauen etwas mitbekommen?«

»Es ist wie mit den drei Affen«, brummte Fricke. »Nichts sehen. Nichts hören. Nichts sagen.«

»Die Frauen haben Angst, dass sie ausgewiesen werden«, erklärte Elena Alegrett. »Die meisten haben nur ein Touristenvisum oder gar keinen Pass, geschweige denn eine Arbeitserlaubnis. Deshalb reden sie nicht mit uns.«

»Sie wissen, dass wir sie sofort der Ausländerbehörde melden müssen, wenn sich bestätigt, dass sie sich prostituieren«, pflichtete Fricke ihr bei. »Da können wir ihnen dreimal erzählen, dass uns nur der Mord an ihrer Mitbewohnerin interessiert und nicht, wie sie ihr Geld verdienen.«

»Und Condoleeza Rodriguez?«, hakte Bartels nach. »War aus ihr noch etwas herauszuholen?«

Fricke schüttelte den Kopf. »Sie schützt die Frauen. Vorerst kommen wir hier nicht weiter. Und bei euch?«

»Wir haben die komplette Talstraße abgeklappert. Völlige Fehlanzeige. Niemand hat etwas gesehen. Brodersen hat vorgeschlagen, dass wir später noch in die Bar gehen und uns dort ein wenig unter den Gästen umhören.« Bartels wies mit dem Kopf auf die verrammelten Fenster des Lokals.

»Gute Idee«, erwiderte Fricke. »Aber ich will, dass du das zusammen mit einem deiner Kollegen erledigst, Fred.«

Malin wollte gerade zum Protest ansetzen, als ihr Chef weitersprach: »Frauen sind da drinnen unerwünscht, Brodersen. Deine Anwesenheit wäre eher kontraproduktiv. Tut mir leid, aber so ist es nun mal.«

Malin seufzte. »Also gut, dann fahre ich ins Präsidium und schreibe schon mal die Berichte.«

»Keine unnötigen Überstunden«, mahnte Fricke. »Die Berichte können warten. Wir sehen uns morgen um acht

bei der Teambesprechung.« Er wandte sich an Elena Alegrett. »Kommen Sie, ich bringe Sie nach Hause.«

Keine fünf Minuten später stieg Malin in ihren Mini, den
sie am Vormittag auf den Parkplatz der Davidwache umge-
parkt hatte. Während die Partygänger an ihrem Auto vor-
beizogen, saß sie regungslos hinter dem Lenkrad und ließ
in Gedanken den Tag noch einmal Revue passieren. Dabei
hatte sie auch die Ermordete in ihrem blutdurchtränkten Babydoll vor Augen. Was war in dem Hotelzimmer
geschehen? Hatte der Täter sofort zum Messer gegriffen?
Oder war es zwischen der Transsexuellen und ihrem Kunden zu einem Streit gekommen? Zogen sie überhaupt die
richtigen Schlüsse? Ging es am Ende um etwas Persönliches? Sie dachte an die zahlreichen Stiche. Was hatte den
Täter derart in Rage versetzt?

3. KAPITEL

Regenschwere Wolken hingen über der Stadt, als Malin am nächsten Morgen die Stufen zum Eingang des Präsidiums hinaufstieg. Das sechsgeschossige Gebäude, ein Rundbau mit zehn sternförmig angeordneten Riegeln, erinnerte in seiner Form an einen Polizeistern und beherbergte neben diversen Verwaltungsstellen, der Funkzentrale und dem Führungsstab auch die für Hamburg zuständigen Abteilungen des Landeskriminalamtes.

Sie verließ den Fahrstuhl im dritten Stock und steuerte das Großraumbüro der Mordkommission an. Die Tür stand offen.

Ihr Kollege Ole Tiedemann, ein langer, schlacksiger Kerl mit blassem Teint und sandfarbenem Haar, heftete gerade einige Tatortfotos an ein Whiteboard.

»Hi, Ole.« Malin lächelte ihn an. Sie mochte den ernsthaften Polizisten, trotz seiner steifen und oftmals zugeknöpften Art. Er war der Älteste ihrer Kollegen und Frickes Stellvertreter. Anders als andere im Team hatte Ole Tiedemann ihr von Anfang an kollegial zur Seite gestanden und es freute sie, dass er in letzter Zeit etwas lockerer geworden war. Darüber hinaus war er ein hervorragender Ermittler. Er verfügte über einen messerscharfen Verstand, analysierte präzise sämtliche Fakten und behielt dabei stets den Überblick.

»Moin, Malin.« Tiedemann verschränkte die Arme vor der Brust und begutachtete sein Werk.

Sie warf einen flüchtigen Blick auf die Fotos am Whiteboard, ehe sie sich an ihren Platz setzte. »Scheußliche Sache.«

Tiedemanns Partner Sven Andresen, der an seinem Schreibtisch hockte und telefonierte, quittierte Malins Anwesenheit mit einem Nicken. In seiner Lederhose, den spitzen Cowboystiefeln und dem protzigen Goldschmuck, der unter seinem zu weit aufgeknöpften Hemd hervorlugte, präsentierte sich der rothaarige Ermittler auch an diesem Tag wie eine Kiezgröße aus den Achtzigern.

Vom Flur drangen Stimmen herein. Kurz darauf erschien Hauptkommissar Fricke dicht gefolgt von Bartels im Büro. Er blieb in der Mitte des Raumes stehen und wartete einen Moment, bis Andresen sein Telefonat beendet hatte. Dann klatschte er in die Hände. »Also gut, Leute, legen wir los. Was haben wir bisher über das Opfer? Ole?«

»Nichts.« Tiedemann setzte sich hinter seinen Schreibtisch. »Eine Graciela Fernández aus Caracas ist nirgends erfasst. Und da wir weder den Geburtsnamen noch das Geburtsdatum wissen, wird sich daran auch so schnell nichts ändern.« Er griff nach seinem Kaffeebecher mit Hamburgwappen und trank einen Schluck. »Sobald wir die biometrischen Daten aus der Rechtsmedizin bekommen, füttere ich INPOL damit. Vielleicht landen wir dann einen Treffer im Ausländerzentralregister.«

Fricke nickte. »Wissen wir, wie das Opfer ins Land gekommen ist? Aus Venezuela braucht man doch bestimmt ein Visum.«

»Ich habe mich mal schlaugemacht«, nahm Tiedemann den Faden auf. »Bei einem Aufenthalt von weniger als drei Monaten brauchen venezolanische Touristen kein Visum. Vermutlich hat Graciela Fernández die aufenthaltsrechtlichen Bestimmungen der EU gezielt ausgenutzt und ist nach Ablauf der Frist einfach illegal in Deutschland geblieben.«

»Und damit ist sie kein Einzelfall«, meldete sich Andresen zu Wort. »Ich habe gerade noch mal mit der Ausländerbehörde telefoniert. Das Vorgehen ist kein unbekanntes Problem.« Er zwirbelte an seinem roten Schnauzer. »So lange wir die Frauen nicht bei Prostitution oder irgendwelchen Ausweiskontrollen erwischen, winden sie sich wie Aale durch unser System. Immer wieder gelingt es Schleuserbanden auf diese Weise, Frauen aus Südamerika gezielt nach Deutschland zu locken. Sie werden darin trainiert, ein möglichst unauffälliges und touristentypisches Verhalten an den Tag zu legen, damit sie bei Grenzkontrollen nicht auffallen. Sobald sie dann in Deutschland sind, nimmt man ihnen die Pässe weg, und sie müssen mit Prostitution den Schleuserlohn abarbeiten. Ein Problem, das uns die EU-Politik eingebrockt hat, und wir müssen die Suppe auslöffeln.«

»Gibt es Anhaltspunkte, dass auch bei Graciela Fernández solche Hintergründe eine Rolle spielen?«, fragte Fricke.

»Der Verdacht liegt zumindest nahe.«

»Was haben die Kollegen von der Davidwache dazu gesagt? Sind irgendwelche Namen bekannt?«

Tiedemann griff nach einem Schnellhefter in seinem Ablagefach. »Besim Shabani. Sagt dir der was?«

»Irgendetwas klingelt da bei mir. Hilf mir mal auf die Sprünge, Ole«, forderte Fricke seinen Stellvertreter auf.

»Auch als *der Albaner* bekannt. Tätigt Immobiliengeschäfte rund um den Kiez. Ihm gehören mehrere Lokale in St. Pauli und weitere Immobilien im Stadtbezirk. Hinter den Kulissen mischt er im Milieu so ziemlich bei allem mit. Drogen. Glücksspiel. Prostitution. Er steht im Verdacht, mit einem Schmugglerring zu kooperieren, der Prostituierte aus Südamerika und dem osteuropäischen Ausland nach Deutschland bringt.«

»Ich erinnere mich an Shabani«, sagte Fricke. »Gehörte ihm nicht auch der *Cherry Club*? Während meiner Zeit bei der Drogenfahndung hatte ich dort öfter zu tun.«

»Der gehört ihm immer noch.« Tiedemann blätterte in den Unterlagen. »Shabani steht schon seit langem unter Beobachtung durch die Kollegen von der OK. Er wurde bereits einige Male angeklagt, doch da ihm rechtskräftig noch nie etwas nachgewiesen werden konnte, kam es bisher nicht zur Verurteilung. Die Verfahren wurden eingestellt. Shabani beschäftigt nicht nur die findigsten Anwälte, er soll auch über gute Kontakte zu den Behörden und in der Politik verfügen. Was immer das bedeuten mag.«

Fricke runzelte die Stirn. »Und du siehst da einen Zusammenhang mit unserem Toten?«

»Ich halte es zumindest nicht für ausgeschlossen. Sollte er tatsächlich mit der Schleuserbande zusammenarbeiten, die Graciela Fernández in Land gebracht hat, könnte er bei dem Mord seine Finger im Spiel gehabt haben.«

»Dann bleibt da am Ball.« Fricke wandte sich Andresen zu. »Vielleicht kannst du deine alten Kontakte anzapfen.«

»Ist schon in Arbeit. Wobei ich eher darauf tippe, dass wir es mit mit einem unzufriedenen Kunden zu tun haben.« Andresen warf einen kurzen Seitenblick auf seinen Teampartner, ehe er weitersprach. »Irgend so ein Perverser, der Dinge verlangte, zu denen Graciela Fernández nicht bereit war. Oder es ging um Kohle.«

»Du meinst, die beiden sind in Streit geraten?«

Andresen zuckte die Achseln. »Wäre nicht das erste Mal. Die Transen gehören bekanntlich nicht gerade zur sanftmütigen Fraktion.«

»Wart ihr gestern Abend noch in der Bar von Condoleeza Rodriguez?«

Bartels nickte. »Hätten wir uns sparen können. Die meisten Gäste kannten das Opfer nicht und wenn, dann haben sie nichts mitbekommen oder waren in der Mordnacht nicht in der Bar. Überhaupt waren alle, mit denen wir gesprochen haben, nur dort, um Bier zu trinken, und nicht auf der Suche nach Sex. Wer's glaubt …«

Fricke strich sich übers Haar. »Das war zu erwarten. Was ist mit der Freundin der Toten, dieser Maria? Habt ihr die schon ausfindig machen können?«

Bartels und Malin schüttelten zeitgleich die Köpfe.

»Dann bleibt da dran.« Er lehnte sich gegen die Fensterbank. »Ich habe vorhin mit Frank gesprochen. An der Leiche wurden Fremdspuren sichergestellt. Mit etwas Glück landen wir einen Treffer in der Datenbank, sobald die DNA ausgewertet ist. So lange hören wir uns weiter um. Ich will wissen, was an dieser Schleusersache dran ist. Darum kümmert ihr euch, Ole und Sven.«

Er sah Bartels an. »Fred, du kontaktierst diese Münchner Studenten, die in den Tatnacht ebenfalls im *Amour* abgestiegen sind, und am besten befragst du auch noch mal das Zimmermädchen und ihre Kolleginnen. Vielleicht ist denen im Nachhinein noch etwas eingefallen. Ich frage mich sowieso, warum niemand etwas gehört hat. Das Opfer hat doch bestimmt geschrien. Ach, da fällt mir ein: Was war eigentlich in dem Karton, den du aus dem Zimmer der Toten mitgenommen hast, Brodersen?«

»Ein paar Fotos und Postkarten. Leider alle auf Spanisch.«

»Dann ruf die Dolmetscherin an. Sie soll einen Blick darauf werfen.« Fricke löste sich von der Fensterbank und ging zur Tür. »Und danach begleitest du mich in die Rechtsmedizin. Dr. Steinhofer hat die Obduktion für elf angesetzt.« Er blickte auf seine Uhr. »Wir treffen uns in einer halbe Stunde am Fahrstuhl.« Er hob kurz die Hand und verschwand aus der Tür.

»Du bist zu spät.« Sonjas Stimme klang vorwurfsvoll, als er eine Viertelstunde nach der vereinbarten Zeit die gemeinsame Wohnung betrat.

»Ich weiß, tut mir leid, ich konnte nicht eher weg. Bei der Arbeit geht mal wieder alles drunter und drüber.« Er gab seiner Freundin einen Kuss. Sofort entspannten sich ihre Gesichtszüge.

»Schon gut«, winkte Sonja versöhnlich ab. »Ich hatte nur gerade überlegt, ob ich ohne dich losfahre.« Sie zwinkerte ihm schelmisch zu.

»Untersteh dich!« Er legte ihr seine Hand auf den Bauch.

Sonja war im fünften Monat schwanger. Er wurde Vater. Dabei waren Kinder für ihn nie ein Thema gewesen, im Grunde mochte er sie nicht einmal besonders. Zuerst terrorisierten sie ihre Eltern mit Geschrei, dreckigen Windeln und schlaflosen Nächten, später erwarteten sie teure Geschenke und fraßen einem die Haare vom Kopf.

Zumindest hatte er früher so gedacht. Seit Sonja wieder bei ihm war, war alles anders, die Jahre dazwischen wie ausgelöscht. Auch die Frauen. Sie hatten ihn ohnehin kaltgelassen, waren austauschbar und nicht mehr als Instrumente zur Befriedigung seiner körperlichen Bedürfnisse gewesen. Keine war wie Sonja. Nun, wo er eine zweite Chance bei ihr bekam, würde er alles tun, um sie glücklich zu machen.

Aus ihnen wurde eine Familie. Als der stecknadelgroße Punkt auf dem Ultraschallbild zu erkennen gewesen war, hatte sich bei ihm ein Hebel umgelegt und er war zu Tränen gerührt gewesen. Seit kurzem kannten sie auch das Geschlecht ihres Kindes. Es war ein Junge. Die Liste der Unternehmungen, die er mit dem Nachwuchs plante, wuchs von Tag zu Tag: Fußball spielen, Zelten gehen, einen Drachen fliegen lassen, überirdische Galaxien aus Legosteinen konstruieren, vielleicht sogar ein Baumhaus bauen.

Er spürte einen Tritt unter seiner Hand.

»Ich glaube, der Kleine kommt nach dir.« Sonja lächelte.

»Hoffentlich nicht«, rutschte es ihm heraus.

Seine Freundin sah ihn besorgt an. »Es ist doch alles in Ordnung, oder?«

»Natürlich. Ich habe alles unter Kontrolle.« Er schob ihr liebevoll eine Haarsträhne aus dem Gesicht. »Es gibt keinen Grund, nervös zu werden.«

Sonja schaute ihm prüfend in die Augen. »Sicher? Ich könnte es nicht ertragen, wenn das Ganze noch mal von vorne losgeht.«

»Sicher. Ich habe es dir doch versprochen.« Er lächelte sie an. »Und jetzt lass uns zum Ultraschall fahren. Ich bin gespannt, wie viel der kleine Racker seit dem letzten Mal gewachsen ist.«

»Ich hole noch schnell meine Handtasche.« Sonja eilte ins angrenzende Wohnzimmer.

Er sah ihr nachdenklich hinterher. Hoffentlich würde sie niemals die Wahrheit erfahren.

Das Institut für Rechtsmedizin befand sich im Butenfeld am Rande des Universitätsklinikums Eppendorf.

Es war bereits kurz nach elf, als Fricke seinen Dienstwagen auf dem gesondert ausgewiesenen Parkplatz für Einsatzfahrzeuge der Polizei abstellte und gemeinsam mit Malin auf das sandfarbene Institutgebäude zusteuerte.

Sie zeigten am Empfang ihre Dienstausweise vor und nahmen die Treppe ins Untergeschoss, wo sich der Autopsietrakt befand. Wenige Minuten später traten die beiden Kriminalbeamten in der vorgeschriebenen Schutzkleidung in den Sektionssaal.

Ein schwerer, süßlicher Geruch gepaart mit einem Hauch Desinfektionsmittel lag in der Luft. Grelles Neonlicht strahlte von der Decke des Raumes auf den Obduktionstisch aus rostfreiem Edelstahl, auf dem die Leiche aus dem Stundenhotel lag. Unzählige Stichwunden übersäten die wächserne Haut.

Die Rechtsmedizinerin Dr. Steinhofer, die wie ihr assistierender Sektionsarzt Dr. Brunner in ihren obligatorischen grünen Kittel mit der Plastikschürze gekleidet war, nahm die Anwesenheit der Kriminalbeamten mit einem kühlen Nicken zur Kenntnis und fuhr damit fort, die Leiche zu vermessen. »Einhundertzweiundachtzig Zentimeter«, diktierte sie Brunner.

Schweigend sahen Malin und Fricke dabei zu, wie Dr. Steinhofer die Körpertemperatur ermittelte und im Anschluss die Leichenstarre und die Totenflecken überprüfte.

Der Anblick der toten Graciela Fernández berührte Malin. Oben Frau, unten Mann ... Es schien ihr, als könne sie die innere Zerrissenheit der Transsexuellen nahezu körperlich fühlen. Wie viele Blicke hatte die in ihrem Leben erdulden müssen? Neugierige, abwertende, forschende Blicke ... Und jetzt, nach ihrem Tod, wurde sie wieder begutachtet. Malin wünschte sich, das Opfer zudecken zu können, um es zu schützen.

Die Rechtsmedizinerin tastete die Kopfhaut der Leiche ab, überprüfte die Stabilität des Gesichtsschädels und inspizierte Mundöffnung und Gebiss, während der Assistenzarzt ihre Kommentare notierte.

Malin presste die Lippen zusammen, als Dr. Steinhofer sich ausgiebig dem Hals des Opfers widmete. Unter dem Kinn klaffte ein tiefer Schnitt. Ihr wurde flau im Magen.

»Die Halsschlagader wurde verletzt.« Die Rechtsmedizinerin betastete vorsichtig die Wunde. »Der Mann ist in kürzester Zeit verblutet, vermutlich in Folge einer Luftembolie.« Ihr geschulter Blick glitt zu den Armen der Leiche und blieb an einem tiefen Schnitt der rechten Handfläche hängen. »Das Opfer hat sich gewehrt und dabei direkt ins Messer gegriffen.«

Fricke begutachtete die Wunde. »Müssten an den Händen und Unterarmen nicht noch weitere Verletzungen sein?«

»Nicht wenn der Stich in den Hals als Erstes erfolgte, wovon ich ausgehe. Danach war das Opfer nicht mehr in der Lage, sich zu wehren.«

»Und konnte nicht mehr schreien«, sagte Fricke. »Das würde erklären, warum niemand etwas gehört hat.«

Dr. Steinhofer nahm ein Maßband zur Hand und wandte sich den Einstichstellen im Bauchraum und am Unterleib zu. »Die Stiche stammen von einem Messer. Man kann es an den glattrandigen Schlitzen sehen.« Sie winkte Fricke heran. »Sehen Sie die kleinen Quetschungen an den Rändern der Stichwunden?«

Fricke beugte sich interessiert vor und nickte.

»Sie stammen von dem am Messergriff angrenzenden Handschutz. Der Täter muss heftig zugestoßen haben.«

»Können Sie schon etwas Genaueres über die Tatwaffe sagen?«

Dr. Steinhofer kniff die Augen zusammen. »Nur, dass es sich um ein Messer mit einschneidiger Klinge handelt. Für alles weitere muss ich mir erst die Stichkanäle näher ansehen, aber auch dann kann ich nur die ungefähre Länge und Breite der Klinge bestimmen. Wurde beim Zustechen oder beim Herausziehen des Messers gleichzeitig geschnitten, sind die Stichwunden in der Regel größer als die eigentliche Klingenbreite. Bei der Länge des Stichkanals verhält es sich ähnlich. Das hängt mit der Elastizität des Gewebes zusammen und der Kraft, die der Täter aufgewandt hat. Möglicherweise ergibt der Wundwinkel weiteren Aufschluss über die Beschaffenheit der Tatwaffe, aber nageln Sie mich bitte nicht darauf fest. Ich muss erst weitere Untersuchungen vornehmen.«

Die Rechtsmedizinerin widmete sich jetzt ausgiebig einem Schnitt am rechten Oberschenkel. »Kaum Blutaustritt.« Ihr fachmännischer Blick glitt die Beine entlang.

»Sie sagten eben, das Opfer sei in kürzester Zeit verblutet.« Fricke blickte nachdenklich auf die Leiche. »Das sind an die dreißig Stichwunden.«

»Es sind exakt zweiundvierzig«, berichtigte ihn Dr. Steinhofer. »Der Täter ist nicht nur mit äußerster Brutalität vorgegangen, er hat auch noch zugestochen, als das Opfer bereits tot war.«

»Also sprechen wir von einer Übertötung?«

Die Rechtsmedizinerin nickte. »Da war jemand geradezu rasend vor Hass.«

»Es könnte sich also um eine persönlich motivierte Tat handeln?«, fragte Malin.

»Das wäre möglich«, bestätigte Dr. Steinhofer. »Diese übertriebene Brutalität könnte allerdings auch darauf hindeuten, dass es sich um einen Täter mit sadistischer Neigung handelt.«

»Und in dem Fall müssen wir damit rechnen, das er seine Tat auf eine ähnliche Art und Weise wiederholt.« Malin hatte ihren Gedanken laut ausgesprochen.

Fricke hob die Brauen.

Es war bereits später Nachmittag, als Malin gemeinsam mit Bartels auf dem Weg nach St. Pauli einen Abstecher nach Winterhude machte, um in Emilias Bistro eine Kleinigkeit zu essen.

Das kleine Lokal befand sich in der Gertigstraße unweit des Mühlenkamps, einer belebten Straße mit zahlreichen Geschäften, Cafés und Restaurants, und war wie so oft um diese Zeit gut besucht. Es herrschte lautes Stimmengewirr, aus den Lautsprecherboxen dröhnte ein alter Eros-Ramazzotti-Song und zwischen den Stehtischen wirbelte eine kleine, dralle Gestalt und trällerte vergnügt im Takt der Melodie.

»Commissaria«, rief Emilia erfreut. Rasch stellte die Italienerin ihr Tablett auf dem Tresen ab, drückte Malin an ihre Brust und küsste sie herzhaft auf beide Wangen. Dann bemerkte sie Bartels und ihr Lächeln wurde noch eine Spur breiter. »Aha!« Ihre dunklen Knopfaugen blitzten vergnügt.

Bartels warf seiner Kollegin einen verwunderten Blick zu, doch Malin zuckte nur die Achseln. Emilias triumphierender Ausruf konnte so gut wie alles bedeuten.

»Ich bringe euch gleich etwas zu essen.« Die Italienerin zog ein Feuerzeug aus ihrer Schürze, zündete die Kerze auf dem Stehtisch an und zwinkerte Malin verschwörerisch zu, ehe sie davonrauschte.

»Ich glaube, sie denkt, wir haben ein Rendezvous.« Malin blies die Kerze aus.

»Emilia wird enttäuscht sein.« Bartels grinste. »Apropos, wie läuft es eigentlich mit deinem Professor?«

»Gut«, erwiderte Malin knapp. Sie hatte wenig Lust, ausgerechnet mit ihm über Thies zu sprechen. Es war noch nicht lange her, da war sie heftig in ihren Kollegen verliebt gewesen. Doch aus ihnen war nie ein Paar geworden. Bei Frederick Bartels hatte sich ein Ehedrama abgespielt, in das Malin nicht hineingezogen werden wollte, und jetzt, wo er endlich frei war und in Scheidung lebte, gab es Thies. Die beiden Männer hatten sich im Rahmen einer Ermittlung vor einigen Monaten kennengelernt und waren sich von Anfang an nicht grün gewesen.

»Gibt es etwa erste dunkle Wolken am Horizont?«

»Quatsch«, erwiderte Malin nun leicht ungehalten. »Ich finde nur, dass meine Beziehung nicht das passende Thema zwischen uns beiden ist.«

»Warum nicht?« Bartels sah sie verblüfft an. »Ich dachte, wir hätten zwischen uns alles geklärt.«

»Haben wir ja auch.« Malin schlug einen versöhnlichen Ton an. »Lass uns den Beziehungskram einfach ausklammern. Ich frage dich schließlich auch nicht nach deinen Frauengeschichten.«

»Kannst du aber. Ich bin nach wie vor Single.« Er trat einen Schritt beiseite, um der herbeieilenden Emilia Platz zu machen. Auf einem großen Tablett trug sie zwei Teller mit dampfender Pasta, einen Brotkorb und zwei gut gefüllte Weißweingläser. Wie gewöhnlich fragte Emilia nicht nach ihren Wünschen, sondern stellte das Essen einfach auf den Tisch. Dann eilte sie an die Bar und kam mit einer Karaffe Wasser und zwei weiteren Gläsern zurück.

»Buon Appetito«, flötete sie und war wieder verschwunden.

Das Pastagericht, Linguini mit Rindfleisch-Pilz-Ragout, verströmte einen verlockenden Duft.

Malin griff nach der Gabel. »Was glaubst du, mit was für einem Täter wir es zu tun haben?«

Bartels warf einen kurzen Blick zum Nachbartisch und senkte seine Stimme. »Ich tippe auf einen Freier mit irgendwelchen sadistischen Vorlieben.«

»Das würde zu dem passen, was Dr. Steinhofer gesagt hat.« Malin berichtete ihm von dem Gespräch mit der Rechtsmedizinerin. »Was hältst du von Oles Theorie?«

»Du meinst den Albaner?« Bartels tupfte sich den Mund mit der Serviette ab. »Mal angenommen, Shabani hatte wirklich bei der illegalen Einwanderung unseres Opfers seine Finger im Spiel. Und nehmen wir weiter an, Graciela Fernández konnte den Schleuserlohn nicht zahlen oder hat Einnahmen unterschlagen. Glaubst du wirklich, er würde sich der Frau auf diese Weise entledigen?« Er widmete sich wieder seinem Essen.

»Vermutlich würde er sie auf Nimmerwiedersehen verschwinden lassen.« Malin spießte ein paar Pilze auf. »Hast du mit den Münchner Studenten gesprochen, die sich im *Amour* einquartiert hatten?«

»Yep. Aber das hätte ich mir genauso gut sparen können, sie haben nichts mitbekommen. Die Jungs waren die ganze Nacht unterwegs und sind nur noch mal ins Hotel gekommen, um ihr Gepäck zu holen. Ich muss ihre Angaben zwar noch überprüfen, aber ich hatte nicht das Gefühl, dass sie lügen.«

»Also bleibt uns nur noch Gracielas Freundin Maria. Wo sollen wir mit der Suche beginnen?«,

»Im *Le Pigalle.*«

»Dem Travestie-Theater?«

Bartels nickte. »Während du in der Rechtsmedizin warst, habe ich noch ein wenig weiter herumtelefoniert. Eines der Zimmermädchen vom *Amour* hat Graciela häufiger mit der Kassenfrau des Theaters gesehen.« Er trank einen Schluck Wasser. »Und die heißt Maria.«

»Ach.« Malin ließ ihre Gabel sinken. »Und es ist die richtige Maria?«

»So viele Freundinnen mit diesem Namen wird Graciela in Hamburg wohl nicht gehabt haben.« Bartels schob sich ein paar Nudeln in den Mund.

»Wann öffnet die Abendkasse?«

»Um siebzehn Uhr.«

Malin warf einen Blick auf ihre Armbanduhr. Es war kurz vor halb sechs. Eine Mischung aus Ungeduld und Neugierde machte sich in ihr breit. Vielleicht bekamen sie von der Frau den entscheidenden Hinweis. In Windeseile aß sie ihre Pasta auf und zog ihren Geldbeutel aus der Umhängetasche. »Können wir los?«

»Warum drängelst du so?«, fragte Bartels verblüfft. »Die Abendkasse hat sicher noch länger geöffnet.«

»Und dann geht der Trubel dort so richtig los. Nicht gerade die besten Voraussetzungen, um eine Todesnachricht zu überbringen.«

»Aber ich habe noch nicht einmal aufgegessen«, protestierte ihr Kollege.

»Dann beeil dich.« Malin leerte ihr Wasserglas und winkte Emilia heran.

Das *Le Pigalle* an der Reeperbahn bot seinem Publikum seit mehr als drei Jahrzehnten einen bunten Show-Cocktail aus farbenprächtigen Revuen, Striptease-Einlagen, Comedy und Live-Gesang. Im Rahmen der sogenannten Dinner-Show versorgte ein Küchenteam die Gäste während der Darbietungen zudem mit einem Drei-Gänge-Menü. Die Karten für die Wochenendvorstellungen waren oft monatelang im Voraus vergriffen.

Hinter der Abendkasse saß eine hagere Schwarzhaarige mit aufgemalten Augenbrauen und dicker Make-up-Schicht. Malin schätzte ihr Alter auf Ende dreißig bis Mitte vierzig.

»Für heute Abend sind wir ausverkauft«, leierte die Kassiererin ihren Text herunter, sobald die Kriminalbeamten vor ihr standen. Dabei hatte sie den Tonfall einer genervten Mutter, die ihrem Kleinkind zum x-ten Mal das Gleiche erklärte.

»Wir wollen keine Karten.« Bartels zeigte ihr seinen Dienstausweis. »Sind Sie Maria?«

Die aufgemalten Brauen fuhren in die Höhe. »Bin ich. Was wollen Sie von mir?«

»Kennen Sie eine Graciela Fernández, Frau … ?«

»Höller. Maria Höller.« Ein misstrauischer Ausdruck legte sich auf ihr Gesicht. »Warum fragen Sie mich nach Graciela? Was ist mit ihr?«

»Gibt es vielleicht jemanden, der Sie hier ablösen kann, Frau Höller?« Malin deutete auf die kleine Schlange, die sich hinter ihnen gebildet hatte. »Vielleicht können wir uns irgendwo unterhalten, wo es etwas ruhiger zugeht.«

»Ich seh, was ich machen kann.« Die Kassiererin griff nach dem Telefon.

Fünf Minuten später saßen sie im plüschigen Ambiente der Theater-Bar, die ihre Türen für die Öffentlichkeit erst in einer halben Stunde öffnete. Eine hochgewachsene Blondine im Paillettenkleid hantierte hinter dem Tresen mit ein paar Getränken. Sie hatte sich den Kriminalbeamten als Ramona vorgestellt und ihnen ein paar Flyer in die Hand gedrückt. Es war unschwer zu erkennen, dass sich unter Ramonas zahlreichen Make-up Schichten ein Mann verbarg.

»Was ist mit Graciela?« Maria Höller wiederholte ihre Frage an Malin gewandt, während Bartels die Ausweisdaten der Kassiererin notierte.

»Es tut mir leid, Ihnen das sagen zu müssen …« Malin zögerte. Todesnachrichten zu überbringen, gehörte zu den schwierigsten Dingen in ihrem Job. Wenige Worte, die alles veränderten und ein anderes Leben innerhalb von Sekunden zerstören konnten. Die Reaktionen der Menschen waren unterschiedlich. Manche brachen zusammen, schlugen um sich oder flohen aus der Situation, und es gab diejenigen, die verstummten. Man wusste nie, womit man rechnen konnte. »Frau Fernández wurde gestern Morgen tot aufgefunden.«

»Tot!? Was ist passiert?«

»Sie wurde Opfer einer Gewalttat.«

Maria Höller riss die Augen auf. »Sie meinen, Graciela wurde ermordet?« Das letzte Wort stieß sie so laut hervor, dass die Blondine hinter dem Tresen zu ihnen herüberstarrte. »Das ist schrecklich.« Sie begann zu weinen.

Malin reichte ihr ein Taschentuch und wartete, bis sie sich etwas beruhigt hatte. »Waren Sie mit Frau Fernández eng befreundet?«

»Ja, ich glaube, das kann man so sagen.«

»Wissen Sie, ob Ihre Freundin mit jemandem Streit hatte?«

Maria Höller schüttelte den Kopf. Schwarze Rinnsale liefen über ihre Wangen. »Graciela ist Konflikten immer aus dem Weg gegangen. Sie hatte Angst, dass …« Sie stockte.

»Sprechen Sie weiter«, forderte Bartels sie auf. »Sie können Frau Fernández nicht mehr schaden.«

»Graciela fürchtete sich davor, aufzufallen. Sie hielt sich illegal in Deutschland auf.«

»Das ist uns bekannt. Wurde Frau Fernández jemals bedroht?«

Maria Höller nickte. »Die meisten Transsexuellen werden diskriminiert, häufig werden sie dabei auch körperlich angegriffen.« Sie schob sich eine Haarsträhne aus dem Gesicht. »Nicht nur in Südamerika, auch hier in Deutschland. Aber darüber sollten Sie eigentlich besser Bescheid wissen als ich.«

»Und Ihrer Freundin ist das auch passiert?«, fragte Bartels.

»Einmal«, bestätigte die Kassiererin. »Einer ihrer Kunden hat sie verprügelt.«

»Wann war das?«

»Im letzten Jahr. Der Kerl ist aber nie wieder bei ihr aufgetaucht.«

Bartels musterte sie aufmerksam. »Und seitdem wurde Frau Fernández von niemandem mehr bedroht?«

Maria Höller betrachtete eine Weile ihre pink lackierten Fingernägel, an deren Spitzen kleine Strasssteine glitzerten, ehe sie antwortete. »Nein, nicht, dass ich wüsste.«

»Hatte Gabriela einen Freund oder einen Freier, den sie regelmäßig traf? Stand sie überhaupt auf Männer?«

»Ja, aber sie hatte keinen Freund. Es gab allerdings Kunden, die öfter kamen.«

»Hat sie mal einen Namen erwähnt?«, hakte Bartels nach.

Maria Höller schüttelte den Kopf.

»Wer könnte das wissen?«

»Vielleicht Condoleeza oder eines der anderen Mädchen aus der Schmuckstraße, aber von denen werden Sie mit Sicherheit nichts erfahren.«

Bartels nickte resigniert.

»Wie ist es zu Ihrer Freundschaft mit Frau Fernández gekommen?«, fragte Malin interessiert.

Ein Lächeln erschien auf Maria Höllers Lippen und ließ erahnen, dass sie um einiges jünger war, als anfangs von Malin geschätzt. »Mir ist auf dem Weg vom Supermarkt die Einkaufstüte gerissen. Auf einmal war Graciela da. Während die anderen Leute nur zugesehen haben, hat sie sich in ihren Stilettos gebückt und mir beim Aufsammeln geholfen. Sie hat mir ihre Tasche geliehen, damit ich die Sachen nach Hause tragen konnte. Als Dank habe ich sie auf einen Kaffee eingeladen.« Sie schnäuzte sich die Nase und fügte dann erklärend hinzu: »Ich spreche etwas Spanisch.«

»Als Sie Graciela damals begegnet sind, haben Sie da sofort erkannt, dass sie eigentlich ein Mann war?«

Maria Höllers Augen verengten sich. »Nein. Und selbst wenn, hätte es mich nicht gestört. Ich beurteile Menschen nicht nach ihrem Äußeren. Außerdem fühlte sich Graciela als Frau.«

»Das war kein Angriff, Frau Höller«, beschwichtigte Malin die Kassiererin. »Wir würden gerne die Angehörigen von Frau Fernández benachrichtigen, auch um zweifelsfrei ihre Identität zu klären, doch wir haben keine offiziellen Personendaten Ihrer Freundin. Wissen Sie, mit welchem Namen sie geboren wurde?«

»Sie hieß Eduardo. Eduardo Fernández. Wir haben immer Anfang August ihren Geburtstag gefeiert. Wie alt sie genau war, kann ich Ihnen leider nicht sagen. Graciela hat um ihr Alter immer ein Geheimnis gemacht.«

Malin schrieb die Daten in ihr Notizbuch. »Danke, das hilft schon mal.«

»Rein aus Interesse, Frau Höller«, mischte sich Bartels ein. »Warum hat sich Ihre Freundin nicht komplett operieren lassen?«

»Haben Sie eine Ahnung, was das kostet?«, brauste die Kassiererin auf.

»Nein«, gab Bartels unumwunden zu. »Klären Sie mich auf.«

»Zwischen zehn- und fünfzehntausend Euro, wenn man keine Krankenkasse hat, die zahlt.«

»Das ist eine Menge Geld«, bestätigte Bartels. »Geld, das Ihre Freundin vermutlich nicht hatte.«

»Nicht mal ansatzweise. Mit dem bisschen, das Graciela verdiente, konnte sie noch nicht mal ihre …« Maria Höller biss sich auf die Lippe.

»Ihre was?«

»Na, Sie wissen schon. Ihren Lebensunterhalt bezahlen.«

»Eigentlich wollten Sie doch etwas anderes sagen, oder? Hatte Frau Fernández Schulden?«

Die Kassiererin schüttelte nur den Kopf und schwieg.

Malin ergriff das Wort. »Wann haben Sie Frau Fernández das letzte Mal getroffen?«

»Am Sonntag. Wir haben bei mir zusammen gefrühstückt.« Maria Höller rutschte unruhig auf ihrem Stuhl herum. »Aber vorgestern Abend, da habe ich Graciela noch mal kurz gesehen. Nur von Weitem, sie hat mich noch nicht einmal bemerkt.«

Malin horchte interessiert auf. »Wo war das?«

»Am Hotel *Amour* in der Talstraße. Sie ist gerade mit einem Typen hineingegangen.«

Malin und Bartels tauschten einen Blick, der auch der Kassiererin nicht verborgen blieb.

»Wurde sie etwa im *Amour* …«

»Sie wurde in dem Hotel gefunden«, bestätigte Malin.

Maria Höller sah sie fassungslos an. »Dann habe ich vielleicht den Mörder gesehen.«

»Können Sie sich noch an die Uhrzeit erinnern?«

»Es muss gegen halb zwölf gewesen sein. Meine Schicht war gerade zu Ende und ich war auf dem Nachhauseweg, da habe ich die beiden weiter vorne zum Hotel gehen sehen.«

»Wie hat der Mann ausgesehen?«

Maria Höller zuckte hilflos mit den Achseln. »Das kann ich Ihnen nicht sagen. Sie waren ziemlich weit entfernt. Graciela stand kurz im Licht der Laterne. Von ihm konnte ich nicht mehr als die Silhouette erkennen. Obwohl … irgendetwas hat mich an dem Typen irritiert.«

»Denken Sie nach«, forderte Bartels sie auf.

Die Kassiererin senkte nachdenklich die Lider. Kurz darauf öffnete sie die Augen wieder. »Tut mir leid, ich kann mich nicht erinnern. Ich bin völlig durch den Wind.«

Bartels entfuhr ein Seufzen.

»Das verstehen wir«, sagte Malin. »Überlegen Sie bitte trotzdem noch mal in Ruhe. Es ist wichtig. Und rufen Sie uns an, wenn Ihnen noch etwas einfällt.« Sie reichte Maria Höller eine Visitenkarte und erhob sich.

Der Nieselregen ging in leichten Schneefall über, als Malin gegen einundzwanzig Uhr in der Ulmenstraße die Tür zur ihrem kleinen Stadthaus aufschloss. Sie hatte das unter Denkmalschutz stehende Bleicherhaus im Stadtteil Winterhude vor einigen Jahren von einer Tante geerbt. Es hatte insgesamt achtzig Quadratmeter Wohnfläche, die sich auf vier Räume mit niedrigen Decken und einen handtuchgroßen Garten verteilten. Die Einrichtung war schlicht. Alter Dielenboden, weiß getünchte Wände, Möbel aus hellem Holz und Korbgeflecht und Regale voller Bücher.

Malin war geschafft. Nach dem *Le Pigalle* waren sie noch am Hans-Albers-Platz gewesen und hatten nach den drei Prostituierten gesucht, die sich in der Mordnacht mit ihren Freiern ebenfalls im Hotel *Amour* aufgehalten hatten. Eine der Frauen hatten sie ausfindig machen können, doch sie behauptete steif und fest, weder Graciela an dem Abend begegnet zu sein noch etwas Außergewöhnliches im Hotel bemerkt zu haben. Malin sehnte sich nach einem warmen Schaumbad und einem Glas Rotwein. Sie hatte gerade den Wasserhahn der Badewanne aufgedreht, als es an der Tür klingelte. Sie sah aus dem Fenster hinunter zur Haustür.

Thies Conradi stand mit einer Flasche Wein bewaffnet und einer zwischen die Lippen geklemmten roten Rose davor. Auf seinem kurzen blonden Haar glitzerten Schneeflocken. Malin musste schmunzeln. Sie stellte das Badewasser ab und eilte über die schmale Wendeltreppe ins Erdgeschoss, um ihrem Freund die Tür zu öffnen. »Bist du jetzt unter die Rosenkavaliere gegangen?«

Er nahm die Rose in die Hand und erwiderte ihr Lächeln. Dann wurde sein Blick ernst und einen irrwitzigen Moment befürchtete Malin, er würde vor ihr in die

Knie gehen. »Ich dachte, du könntest eine kleine Aufmunterung gebrauchen. Du hattest bestimmt einen anstrengenden Tag.«

Malin lachte befreit auf und nahm die Rose entgegen.

Thies hielt die Weinflasche hoch. »Wenn du möchtest, trinken wir sie gemeinsam, aber falls du Ruhe brauchst, genügt ein Wort und ich verschwinde sofort wieder.«

Malin stellte sich auf die Zehenspitzen und küsste ihn. »Komm rein.«

Thies musterte sie. »Du wirkst irgendwie erleichtert.«

Malin winkte ab. »Ich bin nur froh, dass Wochenende ist, die letzten Tage waren wirklich etwas anstrengend.« Sie trat beiseite, um ihren Freund ins Haus zu lassen. Besser, Thies erfuhr nichts von ihrer Panik, er könne sich fest binden wollen. Ihre Beziehung gefiel ihr so, wie sie war. Sie hatten den gleichen Humor, ähnliche Interessen und guten Sex, und wenn es ihr mit Thies zu eng wurde, konnte sie sich in die eigenen vier Wände zurückziehen. Perfekt. Sie hatte nicht vor, in absehbarer Zeit etwas zu ändern.

Eine Viertelstunde später saßen sie gemütlich mit einem Glas Wein an dem kleinen Bistrotisch in Malins Küche. Thies hatte aus den wenigen Zutaten im Kühlschrank einen Salat gezaubert und dazu ein halbes Baguettebrot aus dem Gefrierschrank im Ofen aufgebacken.

»Musst du morgen arbeiten?« Thies hielt sein Rotweinglas ein wenig schräg und betrachtete die tief violette Farbe, ehe er seine Nase leicht über den Rand senkte, um die Aromen aufzunehmen.

»Wie es aussieht, habe ich frei. Warum fragst du? Hattest du etwas Besonderes geplant?«

»Ich dachte, wir könnten uns ein ruhiges Wochenende auf dem Hausboot machen.« Er hielt ihr sein Glas zum

Anstoßen hin und trank danach einen Schluck, ehe er hinzufügte: »Solange es noch geht.«

»Wie meinst du das?«, fragte Malin irritiert.

Er lehnte sich im Stuhl zurück. »Martin kommt aus Argentinien zurück. Und natürlich will er dann wieder auf seinem Hausboot wohnen.«

»Ach«, sagte Malin. »Und wann?«

»In drei Wochen.«

»So schnell? Wie sollst du denn in der kurzen Zeit eine neue Wohnung finden?« Sie pickte ein Stück Paprika mit der Gabel auf. »Oder hast du schon etwas in Aussicht?«

Thies drehte an seinem Weinglas. »Nein, aber dafür habe ich eine andere gute Idee.« Er sah sie mit leuchtenden Augen an. »Was hältst du davon, wenn wir zusammenziehen?«

Malin ließ ihr Besteck auf den Tellerrand sinken.

4. KAPITEL

Nebel umhüllte die Hochhäuser in der HafenCity wie ein Gazeschleier. Die Temperaturen waren in der Nacht bis weit unter den Gefrierpunkt gefallen und auch um halb acht Uhr morgens war es noch immer klirrend kalt.

Malin parkte ihren Mini vor dem Marco-Polo-Tower am Strandkai, direkt neben dem Transporter der Spurensicherung. Der Luxuswohnturm war neben dem angrenzendem Unilever-Haus und der Elbphilharmonie eines der Wahrzeichen der HafenCity-Skyline und bot aus den oberen Stockwerken einen spektakulären Ausblick über die Elbe.

Malin fröstelte, als sie ihr warmes Auto verließ und hinaus in die Kälte stieg. Der Bürgersteig war von einer dünnen Eisschicht überzogen und sie musste trotz der dicken Profile ihrer Winterstiefel höllisch aufpassen, dass sie nicht ausrutschte. Seit dem Auffinden der Leiche im *Amour* waren zehn Tage vergangen. Sie hatten mit sämtlichen Anwohnern der Schmuck- und der Talstraße gesprochen, den Strichern und Transsexuellen, mit den Türstehern der ansässigen Clubs und mit den Mädchen vom Straßenstrich rund um den Hans-Albers-Platz. Es gab weder brauchbare Zeugenaussagen noch hatte die am Opfer gesicherte Fremd-DNA einen Treffer in der Datenbank gebracht. Auch die Identität der transsexuellen Prostituierten war noch immer nicht zweifelsfrei geklärt. Den Namen Eduardo Fernández gab es in Caracas wie Sand an Meer.

Und jetzt hatten sie noch einen Toten. Der Anruf war um kurz vor sieben gekommen. Eine Angestellte aus dem *Langnese-Café* hatte kurz vor Schichtbeginn unterhalb der Elbterrasse die Leiche eines Mannes entdeckt.

Das Gelände um das futuristische Unilever-Haus war großflächig abgesperrt worden. Rot-weißes Polizeiband flatterte im Wind, der in Böen über die Elbe ans Land fegte. Am Himmel kreischten die Möwen.

Malin zog ihren Schal ein wenig höher, als sie den geschützten Bereich am Gebäude verließ und die großzügig angelegte Außenterrasse ansteuerte. Oberhalb der Stufen, die hinab zur Uferpromenade führten, blieb sie einen Moment stehen. Am Fuß der Freitreppe sah es aus wie an einem Film-Set. Scheinwerfer waren aufgestellt worden, Kameras klickten und ein halbes Dutzend Kriminaltechniker in Schutzanzügen wuselten in unmittelbarer Nähe der Brüstung um eine am Boden liegende Person herum. Ein Mann in einem offenen schwarzen Mantel und einem dunklen Anzug. Sein weißes Hemd und die Krawatte waren blutdurchtränkt, ein kamelfarbener Schal verdeckte das Gesicht. Auf den Betonplatten unter dem Toten hatte sich ein kleiner roter See gebildet.

Malin schlüpfte in die Schutzkleidung, die sie sich unter den Arm geklemmt hatte, dann nahm sie den von der Spurensicherung freigegebenen Pfad die Treppe hinunter. Wenige Meter neben der Leiche stand Fricke. Unter der Kapuze seines prall sitzenden Overalls lugte eine dunkelblaue Seemannsmütze hervor. Seine Nase war vor Kälte gerötet. »Moin. Schöner Schiet.«

Malin betrachtete die klaffenden Wunden am Bauch des Opfers. »Stichverletzungen?«

»Sieht danach aus«, brummte Fricke. Er wandte sich

dem Kriminaltechniker zu, der gerade mit Hilfe von Klebeband Spuren vom Mantel des Opfers nahm. »Frank! Kannst du gleich mal rüberkommen?«

»Gedulde dich, Hans«, entgegen Glaser, ohne seine Arbeit zu unterbrechen. Er klang gereizt. »Fünf Minuten, dann bin ich hiermit fertig.«

Fricke holte sein Handy unter dem Schutzanzug hervor und entfernte sich ein paar Schritte. Malin beobachtete das Treiben am Tatort. Es war keine vier Monate her, da hatte sich an diesem Ort eine Open-Air-Tanzfläche befunden, die *SunsetLounge*. Mit einem kühlen Sommerdrink in der Hand hatte sie es sich gemeinsam mit Thies hier gut gehen lassen.

Bei dem Gedanken an ihren Freund meldete sich sofort ihr schlechtes Gewissen. Noch immer war sie ihm eine Antwort schuldig, was die gemeinsame Wohnung betraf. Dabei rannte die Zeit nur so. Sie musste endlich Klartext mit ihm reden. Die Wahrheit war: Sie wollte nicht mit ihm zusammenziehen. Punkt. Natürlich musste sie bei ihrer Begründung etwas diplomatischer vorgehen, um ihn nicht vor den Kopf zu stoßen. Sie hoffte nur, dass ihr das auch gelang. Diplomatie gehörte nicht zu ihren Stärken.

Malin trat ans Geländer und sah zu den gegenüberliegenden Docks. An den hochmodernen Containerterminals wurde rund um die Uhr gearbeitet. Kräne wurden entladen, Container verstaut, es wurde gewerkelt und geschweißt. Keinen Meter von ihrem Standort entfernt schäumte die Elbe im Hafenbecken. Dunkel. Tief. Wuchtig.

Sie schloss für einen Moment die Augen. Der Anblick der Leiche hatte ihr zugesetzt.

»Moin, Brodersen.« Tiedemann trat neben sie ans Geländer.

Malin öffnete die Augen. »Wie lange bist du schon bei der Mordkommission?«

»Elf Jahre.«

Sie beobachtete einen kleinen Ast, der auf dem Wasser im Rhythmus der Wellen schwappte. »Wird es irgendwann besser?«

Tiedemann ließ sich Zeit mit seiner Antwort. »Nein. Nur anders. Du lernst, mit den Dingen umzugehen. Sonst könntest du deinen Job nicht erledigen. Irgendwann, meistens dann, wenn du am wenigsten damit rechnest, tauchen sie auf, die Gesichter der Toten. Sie verfolgen dich und du kannst nichts dagegen machen.«

Malin sah ihn an. Ihr Kollege wirkte mitgenommen und auch sein Gesicht war noch blasser als sonst. »Sollen wir mal etwas zusammen trinken gehen?«

Tiedemann wirkte überrascht. »Wir beide?«

Sie nickte.

»Moin, Ole!« Fricke trat zu seinen Mitarbeitern. »Was ist mit deinen Kollegen?«

»Sind beide unterwegs.« Tiedemann wies mit dem Kopf zum Unilever-Haus. »Die Leute fragen, wann sie in ihre Büros können.«

»Sobald die Leiche abtransportiert ist.« Fricke schaute die gläserne Fassade hinauf. »Ansonsten landen wir noch alle auf *YouTube*. Am besten, du schnappst dir Sven und Fred, sobald sie hier auftauchen, und ihr legt mit den Befragungen los. Erkundigt euch, wie lange hier gestern in den Büros gearbeitet wurde und ob es Überwachungskameras gibt. Und frag bitte nach der Frau, die den Toten entdeckt hat, ich möchte mit ihr sprechen.«

»Alles klar.« Tiedemann nickte Malin zu und verschwand anschließend, zwei Stufen auf einmal nehmend, die Freitreppe hinauf.

»Hans!« Der Leiter der Spurensicherung kam mit einer schwarzen Brieftasche in der Hand zu ihnen. »Die war im Mantel des Toten.«

Fricke nahm das Lederetui entgegen und zog einen Personalausweis aus einem der Fächer. »Armin Behrens, geboren am 23. Februar 1974«, las er vor. »Wohnhaft im Nonnenstieg in 20149 Hamburg.«

»Das ist in Harvestehude«, sagte Malin. Sie kannte die schmale Seitenstraße unweit der Einkaufsstraße Eppendorfer Baum von ihrer Parkplatzsuche.

Frank Glaser kniff die Augen hinter seiner kleinen runden Brille zusammen. »Kann ich weitermachen? Ich bin gleich mit dem Toten fertig, dann könnt ihr ihn euch ansehen.« Er ging zu seinem Alukoffer, den er auf einer der Treppenstufen deponiert hatte, und nahm einige Spurensicherungstüten in unterschiedlichen Formaten heraus. Zurück bei der Leiche umhüllte er die Hände des Opfers vorsichtig mit zweien der Beutel, um mögliche Blut- und DNA-Spuren zu sichern, in einen weiteren beförderte er den Schal.

Erstmals war der gesamte Kopf des Toten zu sehen. Dunkelblondes Haar zu einem Undercut geschnitten, ein schmales Gesicht mit einer markanten Habichtnase. Der Mund über dem gepflegten Kinnbart war wie zum Schrei geöffnet, die hellen Augen mit dem stumpfen Blick weit aufgerissen.

Glaser gab Torben Sommer vom LKA 38 ein Zeichen, dass er loslegen konnte. Der Fototechniker, ein strohblonder Enddreißiger mit Sommersprossen, nahm seine

Kamera zur Hand und schoss aus verschiedenen Perspektiven Bilder vom Gesicht des Opfers.

»In Ordnung, von mir aus könnt ihr kommen, Hans«, rief Glaser, als Sommer seine Kamera wieder verstaute.

Während Fricke die Bauchverletzungen des Toten in Augenschein nahm, war Malins Aufmerksamkeit auf die Lache unter dessen Körper gerichtet. Das Blut war gefroren. Der Mann musste schon seit Stunden an der gleichen Stelle liegen. Ihr Blick scannte die teure Kleidung des Opfers, seine auf Hochglanz polierten Schuhe und blieb schließlich an den Stichwunden hängen. Wie bei Gabriela Fernández, schoss es ihr in den Sinn. Sie schob den Gedanken beiseite. Die Schere zwischen der transsexuellen Prostituierten aus St. Pauli und dem gut gekleideten Geschäftsmann aus Harvestehude konnte kaum weiter auseinanderklaffen.

Malin sah nachdenklich zum Unilever-Haus, das am Sockel der Freitreppe thronte. Um die Bürobereiche vor Sonneneinstrahlung und Windbelastung zu schützen, war die Glasfassade mit einer Hülle aus Spezialfolie verstärkt. Das mehrfach mit Architekturpreisen ausgezeichnete Gebäude wirkte von außen wie ein überdimensioniertes Luftkissen.

Ob der Mann im Unilever-Haus gearbeitet hatte? Vielleicht war er auch Gast einer der Veranstaltungen gewesen, die dort regelmäßig ausgerichtet wurden. Oder war er am Ende nur ein Passant, der an der Uferpromenade den Hafenausblick hatte genießen wollen und dort durch Zufall auf seinen Mörder getroffen war?

Eine halbe Stunde später stand Malin im Atrium des Unilever-Hauses und sah zu dem gewölbten Glasdach hinauf, während die ultraschlanke Blondine über ihre Frage nachdachte. Sie hieß Gesine Schmidt und war am Vorabend für die Kundenveranstaltung einer Versicherung zuständig gewesen.

»Tut mir leid, aber der Name Armin Behrens sagt mir nichts«, flötete sie, als wäre sie mitten in einem Verkaufsgespräch. »Wenn Sie möchten, sehe ich in der Gästeliste nach.«

»Das wäre gut.«

Gesine Schmidt schwebte auf hochhackigen Pumps davon. Malin sah ihr einen Moment hinterher und blickte danach auf ihre eigenen Schuhe. Unter ihren Winterstiefeln hatte sich auf den blankpolierten Granitfliesen eine kleine Pfütze gebildet. Sie öffnete ihre Daunenjacke und nutzte die Wartezeit, um sich etwas umzuschauen.

Das glasüberdachte, lichtdurchflutete Atrium des Unilever-Hauses erstreckte sich über alle sechs Ebenen. Treppen und Verbindungsstege vernetzten die gegenüberliegenden Räume und bildeten den Zugang zu den offenen Meetingpoints. Menschen strömten in ihre Büros. Die Läden und das Café im Erdgeschoss hatten geöffnet.

Die Unilever-Mitarbeiterin kam mit einem Klemmbrett in der Hand zurück und lächelte bedauernd. »Herr Behrens steht nicht auf der Liste. Und es arbeitet auch niemand mit dem Namen bei uns im Haus. Vielleicht erkundigen Sie sich im Marco-Polo-Tower nebenan.«

Malin zog ihr Handy aus ihrer Jackentasche, mit dem sie zuvor das Ausweisbild des Toten abfotografiert hatte. »Werfen Sie doch bitte mal einen Blick darauf.«

Gesine Schmidt krauste ihre Stirn. »Ich kann mich an den Mann erinnern. Ja, er war gestern Abend hier. Ist er der Tote?«

Malin überging die Frage. »Sein Name steht sicher nicht auf Ihrer Liste?«

Sie sah ein weiteres Mal in die Unterlagen ihres Klemmbretts. »Nein. Ich glaube, er ist mit einem anderen Gast gekommen. Fragen Sie mich jetzt aber bitte nicht, mit wem. Bei der Veranstaltung waren über fünfhundert Personen.«

Malin konnte nur mit Mühe ein Seufzen unterdrücken. »Den Namen des Gastgebers können Sie mir aber sagen, oder?«

Die Blondine nickte. »Natürlich, es war die *Idonia*-Versicherung. Die haben auch die Gästeliste zusammengestellt. Am besten, Sie reden mit denen.«

»Haben Sie einen Ansprechpartner für mich?« Malin notierte den Namen, den die Frau ihr nannte. »Wie lange ging die Veranstaltung gestern?«

»Bis dreiundzwanzig Uhr, aber die meisten Gäste waren schon vorher weg. Im Anschluss wurde noch aufgeräumt. Als Verantwortliche bin ich als Letzte nach Hause gefahren. Da war es kurz nach Mitternacht.«

»Und Sie haben nichts davon mitbekommen, was sich draußen abgespielt hat?«

»Nein, tut mir leid. Ich hatte alle Hände voll zu tun. Außerdem gab es für mich keinen Grund, nach draußen zu gehen. Es war eiskalt.«

Malin nickte. »Ich bräuchte dann bitte noch eine Aufstellung des Personals, das gestern bei dem Event anwesend war. Wir möchten mit allen sprechen.«

»Bekommen Sie. Kann ich Ihnen die Liste per Mail schicken?«

Malin reichte ihr eine Visitenkarte. »Sagen Sie, wie kommt es, dass Sie sich bei den vielen Gästen ausgerechnet an Herrn Behrens erinnern können?«

»Er gefiel mir«, entgegnete die Blondine schlicht. »Dabei hat er noch nicht einmal versucht, mit mir zu flirten.« Die Enttäuschung war ihr auch Stunden nach der Begegnung noch deutlich anzumerken.

»Darf ich mir noch die Räume ansehen, in denen die Veranstaltung stattfand?«

Gesine Schmidt lächelte. »Sie stehen mittendrin. Das Event war hier im Atrium.«

»Dann sehe ich mich jetzt noch ein wenig um.« Malin reichte der Frau zum Abschied die Hand.

Im Anschluss ging sie Schritt für Schritt die zur Elbe hin ausgerichtete Glasfront entlang. Sie hatte eine hervorragende Sicht auf die Docks der gegenüberliegenden Wasserseite und die Einmündung des Hansahafens, in den gerade eine Barkasse hineinschipperte. Die Leiche am Fuß der Freitreppe blieb ihr von hier aus jedoch verborgen.

Sie hatten ihn herzitiert. Mitten am Tag, während seiner Arbeitszeit. So weit waren sie noch nie gegangen. Doch die Worte am Telefon waren unmissverständlich gewesen. Die unterschwellige Drohung hatte in jeder einzelnen Silbe mitgeschwungen.

Er stand in einem tristen Hinterhof und rauchte mit eiskalten Händen eine Zigarette, während er auf die dunkelrote Sicherheitstür des Notausganges starrte. Er hatte ein ungutes Gefühl. Irgendetwas war da im Gang und sein Instinkt sagte ihm, dass sie ihn dieses Mal so richtig an den Eiern hatten. Verdammte Scheiße. Er wollte da jetzt nicht rein. Vielleicht sollte er einfach gehen. In der Nähe befand sich eine Polizeiwache. Sie war so gut wie jede andere. Er könnte dort einfach reinspazieren und auspacken. Endlich reinen Tisch machen.

Was war denn das Schlimmste, was passieren konnte?
Dass sie ihn ins Gefängnis steckten?

Er verwarf den Gedanken wieder. Das konnte er Sonja
nicht antun. Zurzeit heulte sie ohnehin bei jeder Gelegen-
heit. Schon der Umstand, dass sich eine Wasserflasche nicht
öffnen ließ, reichte dafür vollkommen aus. Das musste an
den vielen Hormonen liegen, die in ihrem Körper verrückt
spielten. Davon abgesehen, hatte er Angst, dass sie ihn ver-
lassen würde, wenn sie die Wahrheit erfuhr. Das traute er
ihr durchaus zu. Sonja war eine Frau mit Rückgrat und
sie stand zu ihrem Wort, auch wenn sie ihr gemeinsames
Kind im Bauch trug. Sonja ein weiteres Mal zu verlieren,
würde er nicht ertragen.

Überhaupt, was war, wenn er aus dem Knast wieder
herauskam? Die vergaßen nie. Sie würden ihn fertigma-
chen und die ganze Chose würde von vorne losgehen. So
oder so. Im schlimmsten Fall würden sie ihn umlegen und
seine Leiche auf Nimmerwiedersehen irgendwo verschwin-
den lassen.

Er nahm den letzten Zug von seiner Zigarette und
drängte das ungute Gefühl beiseite. So schlimm würde es
schon nicht werden. Er schnippte die Fluppe weg und häm-
merte an die dunkelrote Tür.

Der Nonnenstieg war eine kleine Nebenstraße in Harvestehude, die elegante Stadtvillen und Mehrfamilien-Altbau-
ten im Jugendstil miteinander verband. Zwischen uralten
Bäumen reihten sich die parkenden Autos dicht an dicht.

Malin kurvte in ihrem Mini auf der Suche nach einem
Parkplatz zum wiederholten Mal durch das enge Straßen-
geflecht und stellte ihn schließlich kurzerhand in einer der
Ausfahrten ab. Bartels befreite seine langen Beine umständ-

lich aus dem Auto. »Das nächste Mal nehmen wir meinen Dienstwagen.«

Vor einem frisch sanierten Gründerzeitbau mit kunstvollen Ornamenten stieß er einen Pfiff aus. »Nicht schlecht. Der Typ muss gut verdient haben.« Er drehte sich zu Malin um. »Wohnt deine Mutter nicht auch hier in der Nähe?«

Sie nickte. Constanze Heidenberg lebte nur einen Katzensprung entfernt in einer schneeweißen Jugendstil-Villa an der Außenalster, die sich seit mehreren Generationen in Familienbesitz befand. Erst zwei Tage zuvor war Malin zum sonntäglichen Familienessen dort gewesen. Eine steife Tradition, bei der Constanze ihre wenigen Verwandten um sich scharte und ihnen ein Drei-Gänge-Menü servieren ließ. Das Verhältnis zwischen Malin und ihrer Mutter war seit langem angespannt, da Constanze Heidenberg sich nur schwer damit abfinden konnte, dass ihr einziges Kind den Polizeiberuf einer Gesellschafterfunktion im familieneigenen, florierenden Bankhaus vorzog.

Bartels blieb vor der Haustür des Gründerzeitbaus stehen. »Wann wollte der Hausmeister hier sein?«

Sie sah auf ihre Armbanduhr. »In einer halben Stunde.«

»Also, ich habe nicht vor, in der Zwischenzeit hier festzufrieren.« Er drückte auf einen der Klingelknöpfe. »Wir befragen schon mal die Nachbarn.«

Wenige Minuten später standen die beiden Kriminalbeamten im ersten Stock vor einer halb geöffneten Haustür. Eine winzige weißhaarige Frau beäugte hinter der Sicherheitskette argwöhnisch Bartels' Dienstausweis.

Malin spähte auf das Klingelschild. *Margarethe Schneider* stand dort in geschwungener Schrift. »Können wir vielleicht reinkommen, Frau Schneider?«

»Wozu?« Die alte Frau gab Bartels den Ausweis zurück. »Was immer Sie von mir wollen, können Sie auch hier sagen. Dazu muss ich Sie nicht in meine Wohnung lassen. Gerade letzte Woche haben sie bei *Aktenzeichen XY* vor falschen Polizisten gewarnt. Ihr Ausweis, junger Mann, kann genauso gut gefälscht sein.«

Malin unterdrückte ein Schmunzeln und zeigte der Frau stattdessen das Passfoto von Armin Behrens. »Kennen Sie den Mann?«

Margarethe Schneider nickte. »Das ist der Nachbar über mir.« Ihr Blick wurde argwöhnisch. »Was ist mit ihm?«

»Herr Behrens wurde heute früh tot aufgefunden.«

»Oh Gott. Doch nicht etwa …« Ihr Blick glitt zur Decke.

»Nein«, beeilte sich Malin zu sagen. »Nicht in seiner Wohnung.«

»Hatte er einen Unfall?«

Malin schüttelte den Kopf. »Wie gut kannten Sie Ihren Nachbarn?«

Ohne Vorwarnung schlug Margarethe Schneider die Haustür zu. Im nächsten Moment war das Klicken der Türkette zu vernehmen und die alte Frau stand vor ihnen. »Er war ein ganz reizender Mensch, der Herr Behrens.« Ihre Augen glitzerten feucht. »Hat immer freundlich gegrüßt und mir mit den Wasserkästen geholfen. Nur in den letzten zwei Wochen, da habe ich ihn kaum zu Gesicht bekommen. Aber das ist ja auch kein Wunder.«

»Warum ist das kein Wunder?«, hakte Bartels nach.

Die alte Frau sah ihn betrübt an. »Na, der Norbert ist doch weg! Es hat einen riesigen Krach gegeben. Mitten in der Nacht. Sogar die Polizei musste kommen. Und am nächsten Tag ist der Norbert mit Sack und Pack ausgezogen.«

»Wer ist Norbert? Der Sohn von Herrn Behrens?«

Margarethe Schneider riss die Augen auf. »Was denn für ein Sohn? Der Norbert war der Freund von dem Herrn Behrens. Der war doch homosexuell.«

Malin und Bartels wechselten einen Blick. »Wann haben Sie Herrn Behrens das letzte Mal gesehen?«

Die Nachbarin legte den Kopf schief. »Gestern am späten Nachmittag, als ich gerade den Müll runtergebracht habe. Er war richtig schick angezogen. Noch schicker als sonst.«

»War er allein?«

Margarethe Schneider nickte. »Bin ich etwa die Letzte, die ihn gesehen hat? Bevor er gestorben ist, meine ich.«

»Nein«, beruhigte Malin die alte Frau. »Er war gestern Abend noch bei einer Veranstaltung im Unilever-Haus. Dort wurde er heute früh auch aufgefunden. Wissen Sie vielleicht, wo der Freund von Herrn Behrens hingezogen ist?«

»Tut mir leid, das weiß ich leider nicht. Aber Norbert hat mir mal verraten, dass sie beide in der gleichen Agentur arbeiten.«

Bartels reichte ihr eine Visitenkarte. »Rufen Sie uns an, wenn Ihnen noch etwas einfällt.«

»Ich hätte da auch noch eine Frage, junger Mann. Sie sagten gerade, der Herr Behrens war gestern Abend im Unilever-Haus und wurde heute früh dort gefunden. Ob er dazwischen noch einmal zu Hause war?«

»Vermutlich nicht. Wie kommen Sie darauf?«

»Das Parkett in seiner Wohnung. Es knarzt, wenn jemand darübergeht. Manchmal sogar so laut, dass ich davon aufwache. So wie letzte Nacht.« Margarethe Schneider sah Bartels verwirrt an. »Wenn der Herr Behrens in der Zwischenzeit gar nicht in seiner Wohnung war, wen habe ich dann gehört?«

Bis er sechs war, hatte Gerry an Ungeheuer geglaubt. Monster, Hexen und andere Kreaturen, die sich nachts unter seinem Bett versteckten und nur darauf lauerten, dass er endlich einschlief.

Mit klopfendem Herzen und starr vor Angst hatte er in der Dunkelheit gelegen und überlegt, wie er sich wehren konnte, wenn sie ihn angriffen. In diesen Nächten hatte er nach seiner Mutter gerufen. Erst wenn das Licht brannte und sie unter dem Bett, hinter den Vorhängen und im Schrank nachgesehen hatte, hatten die Fantasiegestalten begonnen, sich aufzulösen.

Jetzt begriff Gerry, dass die Ungeheuer seiner Kindheit nie ganz verschwunden waren. Eines der Monster hatte sich all die Jahre an einer geheimen Stelle tief in seinem Inneren versteckt.

Nun war es ausgebrochen. Gab es so etwas? Dass aus einem Menschen plötzlich zwei wurden? War er am Ende einer dieser gespaltenen Persönlichkeiten, von denen man hin und wieder las? Schon immer hatte er eine Vorahnung gehabt, dass die Geschehnisse während seiner Schulzeit nur die düsteren Vorboten von etwas Größerem, Schrecklicherem waren, das ihm in seinem Leben widerfuhr. Doch in einem Punkt hatte er sich geirrt. Nicht er war das Opfer, sondern der Gejagte war zum Jäger geworden.

Gerry griff nach dem Messer, das auf der Spüle lag. Ob man die Leiche schon gefunden hatte? Natürlich. Tagsüber war die Freitreppe unter dem Unilever-Haus wie der sprichwörtliche Präsentierteller. Sobald die Pressemeute erfuhr, dass das nicht sein erstes Opfer war, würden sie ihm einen reißerischen Namen verpassen. Der Messermörder. Oder besser noch, der Schlitzer. Ja, das gefiel ihm. Vor seinen Taten hatten ihn die Menschen gemieden. Jetzt interessierten sie sich für ihn. Bald würde ganz Hamburg über ihn sprechen. Und sie würden ihn fürchten.

Er stellte den Wasserhahn an. Dieses Mal war es viel einfacher gewesen. Er fühlte sich auch besser. Stärker. Und er hatte keinerlei Skrupel gehabt. Der Ausdruck von Hilflosigkeit im Gesicht seines Opfers hatte ihn fasziniert und ihm Macht verliehen. Niemand würde sich je wieder über ihn lustig machen oder ihn beleidigen. Jetzt war er am Zug.

Gerry griff nach dem Schwamm, tauchte ihn ins Wasser und fuhr anschließend damit über die Klinge, bis sie wieder glänzte.

Der Hausmeister sperrte die Wohnungstür auf. »Soll ich mit reinkommen?«

Bartels schüttelte den Kopf. »Nicht nötig, vielen Dank.«

Malin trat hinter ihrem Kollegen über die Schwelle. Schon im Flur bemerkte sie, dass etwas nicht stimmte. Die Schubladen einer Kommode waren aufgerissen, ein dunkler Seidenschal lag unterhalb der Garderobe auf dem Parkett. Im Wohnzimmer bot sich den Ermittlern ein ähnliches Bild. Sämtliche Schubladen und Schranktüren standen offen, die Inhalte waren durchwühlt. Bartels griff nach seinem Handy. »Ich ruf die Spusi an.«

Malin zog ein paar Latexhandschuhe aus ihrer Umhängetasche und streifte sie über. Das Mobiliar des lichtdurchfluteten Wohnzimmers war genauso exklusiv wie die Immobilie selbst. Eine Sitzlandschaft aus cremefarbenem Leder, klassisches Fischgrätparkett, ein von zwei Seiten einsehbarer, weißer Designer-Kamin, hohe Decken mit Stuckverzierungen und aufgearbeitete Kassettentüren. Zudem musste der Bewohner einen grünen Daumen haben. Orchideen in leuchtenden Farben, ein kleiner Bonsai kunstvoll in Form geschnitten und zahlreiche andere exotische Pflanzen, deren Namen Malin nicht kannte, zierten prachtvoll gewachsen die Fensterbänke.

Sie steuerte das Bücherregal an. Neben etlichen Literaturklassikern waren dort mehrere Dutzend Fachbücher über Marketing und großformatige Design-Bände untergebracht. Einige der Bücher und Ordner lagen am Boden. Malin griff nach einem aufgeschlagenen Ringbuch mit Kontoauszügen und blätterte die Seiten durch. Alles war feinsäuberlich abgelegt und nach Datum sortiert. Abbuchungen vom Geldautomaten, Kreditkartenabrechnung und EC-Karten-Einsätze. Bei der monatlichen Mietabbuchung musste sie schlucken. Der Betrag war höher als ihr Bruttolohn bei der Polizei. Auf dem nächsten Kontoauszug fand sie den Gehaltseingang. Das neutralisierte die Angelegenheit wieder. Sie notierte sich den Namen des Arbeitgebers. *8Creative*. Klang nach einer Werbe-Agentur.

Bartels streckte seinen Kopf durch die Tür. »Frank schickt ein paar seiner Leute vorbei. Hast du etwas Interessantes gefunden?«

Malin hielt den Ordner hoch. »Nur ein paar Kontoauszüge. Der Name des Arbeitgebers steht drin.« Sie ließ den Arm wieder sinken. »Der Täter muss in der Wohnung gewesen sein.«

Bartels nickte. »Alles andere wäre schon ein verdammter Zufall.« Er grinste schief. »Oder es war sein Ex. Bei mir in der Bude sah es auch mal so aus.«

»Wieso, hattest du auch einen Ex?«, fragte Malin amüsiert.

Bartels' Grinsen verschwand.

»Was sagt denn Frank?«, erkundigte sie sich. »Hatte Armin Behrens einen Haustürschlüssel bei sich?«

»Zumindest wurde er nicht bei der Leiche gefunden. Und an der Tür sind keine Einbruchsspuren.«

»Der Täter könnte ihn also an sich genommen haben. Aber was hat er hier gewollt? Warum ist er dieses zusätzliche Risiko eingegangen?«

Bartels zuckte die Achseln. »Vielleicht war es ein Junkie, der nach Wertsachen gesucht hat.«

»Das ist natürlich eine Möglichkeit.« Malin ließ ihren Blick durch den Raum schweifen. »Oder aber Armin Behrens und sein Mörder kannten sich. In dem Fall musste der Täter alles aus der Wohnung entfernen, was uns zu ihm führen könnte.«

»Weißt du, was ich denke?«

Malin schüttelte den Kopf.

»Wir sollten auf die Ergebnisse der Spusi und der Rechtsmedizin warten.« Bartels zog sein Handy aus der Hosentasche.

»Was hast du vor?«

»Ich gehe der Aussage der Nachbarin auf den Grund und finde heraus, warum hier vor zwei Wochen die Kollegen von der Streife angerückt sind.« Er verließ die Wohnung, um zu telefonieren. Keine fünf Minuten später kehrte er mit finsterer Miene zurück. »Knöpfen wir uns diesen Norbert vor.«

Es hatte zu schneien begonnen, als die beiden Ermittler drei Stunden später die Werbe-Agentur *8Creative* im Gewerbepark *Medienpool Waterloohain* in Eimsbüttel verließen und wieder in Malins Mini stiegen.

Der Agenturchef hatte sich über den Tod seines Public-Relation-Leiters äußerst bestürzt gezeigt und den beiden Kriminalbeamten sofort seine Kooperationsbereitschaft zugesichert. Auch Armin Behrens' zwölfköpfiges Team war sichtlich schockiert. Keiner der Mitarbeiter konnte sich vorstellen, warum jemand ihrem Teamleiter nach dem Leben getrachtet haben sollte. Seiner Assistentin hatte Bartels zudem einige pikante Details über seine Beziehung zu Norbert Hansen herauskitzeln können. Demnach war Behrens' ehemaliger Lebensgefährte notorisch eifersüchtig. Immer wieder war es zwischen dem Paar zu unschönen Szenen gekommen. Auch am gemeinsamen Arbeitsplatz.

Sie trafen Norbert Hansen, der an diesem Tag im Home-Office arbeitete, in seiner Wandsbeker Wohnung in Pyjama und Morgenmantel an. Er war ein schmaler Typ mit kurzen blonden Haaren und einer extravaganten Brille mit Schachbrettmuster auf der Nase.

»Entschuldigen Sie bitte meinen Aufzug, aber wenn ich zu Hause arbeite, habe ich es gerne bequem.« Er führte die beiden Kriminalbeamten an zahlreichen übereinander gestapelten Umzugskartons vorbei in die Küche. Schwarze Lackfronten, viel Chrom und Edelstahl, alles blitzte und blinkte. »Kaffee?«

Malin schüttelte zeitgleich mit Bartels den Kopf. »Nein, danke.« Sie setzte sich neben ihren Kollegen an den Küchentisch. »Wir haben Ihre Adresse von *8Creative* bekommen.«

»Ich arbeite für die als Freelance Account Manager.« Norbert Hansen strich sich zerstreut über die Haare. »Sie haben noch gar nicht gesagt, was Sie eigentlich von mir wollen. Geht es noch immer um die Sache von vor vierzehn Tagen? Hören Sie, Armin und ich haben das längst geklärt. Warum ziehen Sie überhaupt die Agentur mit hinein? Wir haben unseren Privatkram dort immer außen vor gelassen.«

Bartels beugte sich vor. »Wann haben Sie Herrn Behrens zuletzt gesehen?«

»Letzte Woche«, entgegnete Hansen irritiert.« Ich habe meine Möbel bei ihm abgeholt.«

»Und die Wohnung haben Sie seitdem nicht mehr betreten?«

»Nein.«

»Haben Sie noch einen Schlüssel zur Wohnung?«, setzte Bartels nach.

»Nochmals nein. Was sollen diese Fragen?«

»Herr Hansen, Ihr ehemaliger Lebensgefährte wurde heute früh tot aufgefunden.«

»Das ist ein Scherz, oder?«

Bartels blickte ihn schweigend an.

»Oh, mein Gott.« Norbert Hansen nahm die Brille ab und rieb sich mit Daumen und Zeigefinger die Nase. Dabei schloss er einen Moment die Augen. »Was ist passiert?«

»Wir hatten gehofft, dass Sie uns das sagen könnten.«

»Ich? Warum ...« Er setzte die Brille wieder auf. Sein Blick wanderte von Bartels zu Malin und wieder zurück. »Wurde er etwa umgebracht?«

»Gab es denn einen Grund dazu?«

»Verdammt noch mal, nein!« Aufgebracht rückte Norbert Hansen mit seinem Stuhl zurück und stand auf. »Warum fragen Sie mich das?«

Bartels ließ sich nicht aus der Ruhe bringen. »Ich hatte vorhin ein interessantes Telefonat mit den Kollegen von der Streife, die vor zwei Wochen zu Ihnen und Ihrem

Lebensgefährten gerufen wurde. Demnach haben Sie Herrn Behrens gedroht.«

»Himmelherrgott. Wir hatten gestritten. Ich war aufgebracht. Da sagt man schon mal Dinge, die man nicht so meint.«

»Ihre Worte waren: ›Beim nächsten Mal bringe ich dich um!‹« Bartels fixierte ihn. »Und? Gab es ein nächstes Mal?«

Norbert Hansen setzte sich wieder auf seinen Stuhl. Innerhalb von Sekunden schien er auf die Hälfte seiner Körpergröße zusammenzuschrumpfen. »Ich hab ihm nichts getan. Wie könnte ich auch? Ich habe ihn geliebt.«

»Worum ging es eigentlich bei Ihrem Streit?«

Norbert Hansen schwieg.

»Es wäre besser, Sie würden meine Frage beantworten«, erwiderte Bartels scharf. »Ansonsten wird diese Befragung ganz schnell zu einer Vernehmung auf dem Präsidium.«

»Er hat mich betrogen.« Hansen schob die Ärmel seines Morgenmantels hoch. »Und ich habe ihn dabei erwischt. Mit seinem Friseur. Können Sie sich das vorstellen? Ausgerechnet mit dieser Schwuchtel.« Demonstrativ spreizte er den kleinen Finger ab.

»Wo waren Sie gestern Abend und in der letzten Nacht?«

Hansen sah ihn fassungslos an. »Fragen Sie mich jetzt tatsächlich nach meinem Alibi?« Er seufzte. »Ich war in der *Bellini*-Bar. Etwa gegen neun Uhr bin ich dagewesen und bis um zwei versackt.«

»Kann das jemand bezeugen?«

Norbert Hansen nickte. »Fredo, der Wirt. Ich habe ihm den ganzen Abend die Ohren vollgeheult.«

Bartel machte sich Notizen.

»Kennen Sie eine Graciela Fernández?«, meldete sich erstmals Malin zu Wort.

»Nein, wer soll das sein?«

»Oder einen Eduardo Fernández?«

»Hören Sie, ich kenne niemanden mit diesem Namen. Weder eine Graciela noch einen Eduardo!«

Bartels klappte sein Notizbuch zusammen. »In Ordnung. Sind Sie bereit, uns aufs Präsidium zu begleiten? Wir brauchen Ihre Fingerabdrücke und eine DNA-Probe.«

Norbert Hansen überlegte einen Moment. Dann zupfte er an seinem Pyjama-Oberteil unter dem Morgenmantel. »Darf ich mich vorher noch umziehen?«

Dicke, weiße Flocken segelten vor dem Fenster des Konferenzzimmers herab, als das Ermittlerteam gegen neunzehn Uhr zur Fallbesprechung zusammentraf. Wie im gesamten Polizeigebäude herrschte auch hier eine nüchterne und sachliche Arbeitsatmosphäre. Einzig die um den Konferenztisch herum gruppierten Metallschwinger verliehen dem tristen Raum mit ihren grünen Sitzflächen ein wenig Farbe.

Jemand hatte ein zusätzliches Whiteboard aufgestellt und Fotos des zweiten Mordopfers daran geheftet.

Fricke setzte sich an seinen Platz am Kopf des Tisches. »Also gut Leute, dann legen wir mal los. Wir haben einen neuen Mordschauplatz und es gibt einen weiteren Toten.« Er wies auf die Kopie des Personalausweises, die stark vergrößert neben den Tatortfotos am Whiteboard hing. »Armin Behrens, 42 Jahre alt, gebürtiger Hamburger und Teamleiter bei einer Werbeagentur, wurde heute früh unterhalb der Freitreppe am Unilever-Haus ermordet aufgefunden. Über EWO ist es uns gelungen, die Eltern des Opfers ausfindig zu machen. Sie wurden bereits über den Tod ihres Sohnes unterrichtet.«

Fricke zog einen Schnellhefter zu sich heran. »Armin Behrens wurde erstochen. Er hatte sowohl Schnittwunden an den Handgelenken als auch am Arm, beides sind typische Abwehrverletzungen. Wir müssen also davon ausgehen, dass ein Kampf stattgefunden hat.«

»Könnte es eine Verbindung zu dem Mord an Graciela Fernández geben?«, fragte Malin. »Beide Opfer wurden erstochen und beiden wurde das Gesicht verdeckt.«

»Ausschließen können wir einen Zusammenhang natürlich nicht, aber zum jetztigen Zeitpunkt halte ich es doch eher für unwahrscheinlich.«

Es klopfte kurz an der Tür und Frank Glaser von der Spurensicherung erschien mit ein paar Unterlagen unter dem Arm.

»Ach, Frank, gut dass du da bist.« Fricke winkte ihn heran. »Wir gehen gerade die Spurenlage durch. Was hast du für uns?«

Der hagere Kriminaltechniker rutschte auf den Stuhl neben Malin und rückte seine kleine, runde Brille zurecht, ehe er nach einem Schnellhefter griff. »Am Tatort hat es von Sachspuren nur so gewimmelt. Kippen, diverses Einwickelpapier vom Schokoriegel bis zum Sandwich, Taschentücher, sogar ein benutztes Kondom war dabei. Ich habe euch eine Liste erstellt. Die Frage ist natürlich, ob irgendwelche dieser Dinge vom Täter stammen oder nur von Passanten.« Sein verkniffenes Gesicht verzog sich zu einem Lächeln. »Erfreulicherweise haben wir genügend Material für einen Abgleich. Unter den Fingernägeln des Toten haben sich Haut- und Blutspuren befunden. Ferner konnten wir auf dem Mantel des Toten weiteres DNA-Material in Form von Haar- und Hautpartikeln sowie Faserspuren sicherstellen. Die Laborauswertungen bekommen wir morgen im Laufe des Tages.«

»Was ist mit Behrens' Wohnung?«, hakte Fricke nach. »Habt ihr Hinweise auf einen Einbruch entdeckt?«

Glaser schüttelte den Kopf. »Der Täter muss einen Schlüssel gehabt haben. Fingerabdrücke und Genmaterial haben wir in der Wohnung natürlich reichlich gefunden. Inwieweit sie mit der DNA des Mörders übereinstimmen, ist fraglich, denn interessanterweise gab es in der Wohnung auch Handschuh-Abdrücke.« Er klappte den Schnellhefter wieder zu. »Wir haben die Festplatte von Behrens' Computer und sein Laptop sichergestellt. Sobald die Kollegen von der IT ein wenig Luft haben, setzen sie sich dran.«

»Was ist mit dem Handy?«

»Das war im Mantel des Toten und wird schnellstmöglich ausgewertet.«

»Danke, Frank.« Fricke sah zu den Tatortfotos am Whiteboard. »Was ich nicht verstehe: Wenn es zwischen Armin Behrens und seinem Mörder tatsächlich zu einem Kampf gekommen ist, warum zum Teufel hat niemand etwas gehört oder gesehen? Da waren doch noch andere Leute auf der Party.«

»Der untere Treppenabsatz ist vom Atrium aus nicht zu sehen«, meldete sich Malin zu Wort. »Dafür müsste man sich entweder weiter oben im Gebäude befinden oder nach draußen auf die Terrasse gehen.«

Fricke wandte sich an seinen Stellvertreter. »Hast du überprüft, ob es an dem Gebäude Überwachungskameras gibt?«

»Hab ich, Hans.« Der schlaksige Tiedemann wirkte im hellen Licht der Deckbeleuchtung so blass, dann man die Äderchen unter seinen Augen erkennen konnte. »Die Überwachungskameras des Gebäudes decken nur den

Bereich bis zum oberen Treppenabsatz der Freitreppe ab. Ähnlich verhält es sich mit den Laternen. Der Lichtkegel reicht nicht bis zur Balustrade, wo der Tote gelegen hat. Außerdem war es gestern Abend nicht nur dunkel und neblig, sondern dazu noch windig und eiskalt. Da geht niemand freiwillig nach draußen.«

»Armin Behrens offenbar doch«, brummte Fricke. »Was hat er da gewollt?«

»Vermutlich war er eine rauchen«, sage Glaser. »Wir haben unweit der Leiche zahlreiche Kippen an der Balustrade gefunden.«

Malin nahm den Faden auf. »Vielleicht war Behrens einer der Letzten auf der Veranstaltung. Der Täter war ebenfalls dort und ist ihm nach draußen gefolgt.«

»Das ist ja alles gut und schön«, erwiderte Fricke. »Angenommen, ihr habt recht und Behrens wollte tatsächlich draußen rauchen, warum ist er dann nicht auf der windgeschützten Terrasse geblieben?« Er raufte sich die Haare. »Habt ihr schon mit dem Veranstaltungspersonal gesprochen?«

»Noch nicht mit allen.« Andresen verschränkte seine muskelbepackten Arme vor der Brust. »Aber von denen, die wir bisher zu fassen bekommen haben, konnte sich nur eine Kellnerin an Armin Behrens erinnern. Er ist ihr aufgefallen, weil er ein Sektglas umgestoßen hat. Dabei ist wohl das Hemd des Gastes in Mitleidenschaft geraten, mit dem er zusammenstand.«

Fricke wurde hellhörig. »Konnte die Kellnerin den Mann beschreiben?«

»Leider nein. Sie hat sich nur darauf konzentriert, die Scherben aufzusammeln und Behrens mit einem neuen Getränk zu versorgen. Ihr ist allerdings aufgefallen, dass der Mann humpelte, als er zu den Waschräumen ging, um den Fleck auszuwaschen.«

»Ein Verletzung?«

»Tut mir leid, Hans. Die Frau wusste nicht mehr. Du kannst gerne selber mit ihr sprechen, wenn du möchtest.«

»Schon gut. Was ist mit dem Veranstalter? Diese Versicherung. Haben die Behrens eingeladen?«

»Zumindest stand er nicht auf der Gästeliste.« Malin berichtete von ihrem Gespräch mit Gesine Schmidt vom Unilever-Haus.

»Ich bin heute Nachmittag bei der Versicherung vorbeigefahren«, sagte Andresen. »Keiner dieser Sakko-Affen kannte Behrens. Der Name seiner Agentur war einigen zwar ein Begriff, aber es gab keinen Kontakt zwischen den beiden Firmen.«

Fricke sah Malin an. »Aber diese Frau Schmidt hat Armin Behrens auf dem Personalausweisfoto erkannt? Ist das sicher?«

Malin nickte. »Leider kann sie sich nicht erinnern, mit wem er gekommen ist.«

»Dann brauchen wir die komplette Gästeliste.«

»Sie liegt in meinem Mail-Postfach. Frau Schmidt hat sie mir vorhin zugeschickt.«

»Gut. Teilt sie untereinander auf. Außerdem sprecht ihr noch mit dem übrigen Personal und mit den Bewohnern vom Marco-Polo-Tower. Vielleicht hat jemand zufällig aus dem Fenster geschaut.«

Andresen stöhnte. »Das sind alles zusammen an die sechshundert Leute.«

»Haben wir etwas Besseres?«

»Norbert Hansen.« Bartels berichtete von dem ehemaligen Lebensgefährten des Toten und dem Polizeieinsatz in dessen Wohnung vor wenigen Wochen.

»Warum erfahre ich das erst jetzt?«, polterte Fricke. »Der Mann hatte offenbar ein Motiv.«

»Hans, wir wissen von dem Streit erst seit zwei Stunden. Wir haben Herrn Hansen mit aufs Präsidium genommen, er hat gerade erst seine Aussage unterschrieben. Im Moment sitzt er beim Erkennungsdienst, um seine Fingerabdrücke und eine Speichelprobe abzugeben. Freiwillig.«

»Hat er ein Alibi?«, hakte Fricke nach.

»Zumindest hat er eins angegeben. Seiner Aussage nach war er von neun Uhr abends bis zwei Uhr morgens in der *Bellini-Bar*. Ich fahre dort gleich im Anschluss an die Besprechung vorbei.«

»Gut«, sagte Fricke. »Aber ich möchte, dass du das sofort erledigst. Und so lange bleibt der Mann im Präsidium.«

»Von mir aus.« Bartels erhob sich und verließ den Raum.

Andresen knackte mit seinen Fingern. »Sagt mal, fällt euch eigentlich nichts auf?« Er sah in die Runde. »Behrens war eine Schwuchtel. Genau wie das erste Opfer.«

»Sven«, mahnte Fricke.

Andresen hob beschwichtigend die Arme. »Entschuldigt meinen politisch unkorrekten Ausdruck. Er war schwul. Oder homosexuell, wenn euch das lieber ist. Fakt ist aber, dass wir möglicherweise ein Muster haben.«

»Weil Graciela Fernández transsexuell war?«, fragte Malin irritiert. »Aber das ist doch nicht das Gleiche wie homosexuell.«

»Das liegt an der Betrachtungsweise.« Andresen zwirbelte an seinem Schnauzer. »Transsexuelle empfinden sich als Frauen und stehen, zumindest die meisten, auf Männer.

Aus ihrer Sicht sind sie damit hetero. Graciela Fernández interessierte sich für Männer und sie war nicht umoperiert, das ist Fakt. Vom körperlichen Standpunkt aus betrachtet war sie ein Mann, und damit homosexuell.«

»Wow«, sagte Malin. »Du kennst dich aus.«

»Sechs Jahre Sitte.« Andresen grinste.

Fricke räusperte sich. »Du denkst also, die Fälle hängen zusammen, weil beide Opfer die gleiche sexuelle Orientierung hatten? In dem Fall hätten wir es mit einem homophoben Täter zu tun.«

»Ja, genau das denke ich. Oder siehst du einen anderen gemeinsamen Nenner zwischen den Opfern?«

»Abgesehen davon, dass beide erstochen wurden, ehrlich gesagt nicht.« Fricke strich sich mit einer müden Geste über den Nasenrücken. »Aber wir stehen auch noch am Anfang. Zumindest was den Mord an Armin Behrens betrifft. Es könnte eine andere Verbindung zwischen den Opfern geben, die wir bisher nur noch nicht kennen.«

Tiedemann, der die letzten Minuten während der Besprechung auf seine Unterlagen gestarrt hatte, hob den Blick. »Besim Shabani gehört das Haus in der Schmuckstraße.«

»Ach.« Fricke sah seinen Stellvertreter aufmerksam an. »Ich dachte, Eigentümer ist irgendeine Wohnungsbaugesellschaft.«

»Die übernimmt nur die Vermietung, nennt sich *Grasser Grundstücks und Wohnungsbaugesellschaft*. Sie verwalten Immobilien für private Investoren im gesamten Stadtbereich. Darunter für *Kalid Immobilien & Partner*. Denen gehört neben dem in der Schmuckstraße ein halbes Dutzend weiterer Wohnhäuser, auch noch einige Bürogebäude, überwiegend in St. Pauli und St. Georg. Ich habe mir das Unternehmensregister angesehen. Besim Shabani wird dort als Inhaber aufgeführt.« Er griff nach seinem Wasserglas und trank einen Schluck, ehe er weitersprach. »Ich habe außerdem von einem unserer Informanten erfahren, dass Shabani bei der Einwanderung von Graciela Fernández und einigen ihrer Kolleginnen seine Finger im Spiel gehabt haben soll. Offenbar wurden ihre Pässe einbehalten. Die Frauen müssen den Schleuserlohn erst abarbeiten, bevor sie die Ausweispapiere zurückbekommen.«

»Ich nehme an, der Informant ist nicht bereit, das zu Protokoll zu geben.«

»Hans, du weißt doch, wie das läuft.«

Fricke nickte. »Hast du irgendeinen Hinweis bekommen, der Shabani mit dem Mord in Verbindung bringt?«

Tiedemann schüttelte den Kopf. »Dem Mann etwas nachzuweisen, ist nicht einfach.«

»Ich denke, wir sollten erst die Spurenauswertung der Kriminaltechnik und die Ergebnisse der Rechtsmedizin abwarten, bevor wir uns da in etwas verrennen«, sagte Fricke. »Wenn sich bestätigt, dass die beiden Fälle zusammenhängen, wird eine Mitwirkung von Shabani immer unwahrscheinlicher. Was sollte er mit Armin Behrens zu tun gehabt haben?«

Tiedemanns Gesicht verschloss sich.

Malin ergriff das Wort. »Über eine Sache haben wir bisher noch gar nicht gesprochen. Die Gesichter der Opfer waren verdeckt. Warum? Vielleicht ein Ritual oder eine Botschaft?«

»Und mit der Plastiktüte wollte der Täter dann sagen: Kauft mehr im Discounter, oder was?« Andresens Stimme triefte vor Sarkasmus.

Malin ließ sich nicht provozieren. »So meinte ich das

natürlich nicht, sondern eher im übertragenen Sinn. Eine symbolische Geste.«

»Also gut, Schluss mit den Spekulationen.« Fricke klatschte in die Hände. »Es ist spät und wir sollten zum Ende kommen. Ihr macht wie vorhin besprochen mit den Befragungen weiter. Außerdem möchte ich, dass ihr die Telefonverbindungen und Konten von Armin Behrens überprüft und feststellt, in welchen sozialen Netzwerken er unterwegs war. Du, Ole, gehst bitte sämtliche Datenbanken durch. Ich will wissen, ob es bereits ähnliche Fälle gegeben hat.«

Tiedemann kratzte sich nachdenklich hinterm Ohr. »Du meinst, wir haben es mit einem Serientäter zu tun?«

»Ich will vorbereitet sein, sollten die Spurenauswertungen Übereinstimmungen zwischen den beiden Morden ergeben.« Fricke blickte ernst in die Runde. »Möglicherweise ist es erst der Anfang.«

5. KAPITEL

Die einzige Lichtquelle im Raum war das Flackern der Bildschirme. Server summten und klickten, Ventilatoren brummten. Die Luft auf den zehn Quadratmetern war verbraucht und abgestanden.

Sam scrollte ein letztes Mal die endlosen Zahlenreihen durch, gab anschließend ein paar Befehle in die Tastatur und lehnte sich schließlich zurück. Geschafft! Er reckte sich und gähnte.

Der Auftrag hatte ihn ganze drei Wochen gekostet, nicht zu vergessen die komplette letzte Nacht. Doch es hatte sich gelohnt, der Kunde würde zufrieden sein. Und wenn erst sein Honorar auf seinem Geschäftskonto einging, konnte er sich endlich den neuen Hochleistungs-Scanner gönnen, auf den er schon vor einer ganzen Weile ein Auge geworfen hatte. Eine Luxusanschaffung, doch das teure Schätzchen war jeden Cent wert.

Er druckte die Rechnung samt Anschreiben für den Kunden aus und setzte schwungvoll seine Unterschrift darunter. Wie immer schrieb er seinen Vornamen nicht aus, sondern setzte hinter den ersten Buchstaben einen Punkt. Er mochte seinen Namen nicht besonders. Samuel. Das kam aus dem Hebräischen und bedeutete ›von Gott erhört‹, dabei war er alles andere als bibelfest. Die meisten nannten ihn Sam oder Samu, wobei er Letzteres nicht ausstehen konnte.

Sam steckte die unterschriebenen Papiere in einen Briefumschlag, danach griff er zufrieden nach seinem Energydrink.

Er hatte schon früh entschieden, dass er eines Tages mit Computern arbeiten würde. Seine Mutter scherzte, dass dort, wo bei anderen Menschen das Blut verlief, ihr Sohn bereits mit Elektronikteilchen ausgestattet zur Welt gekommen war. Schon im zarten Alter von fünf hatte er statt mit Autos und Legosteinen mit Bauteilen und Platinen eines *Atari*-Computers herumexperimentiert, die sein Vater, ein Fachmann für Informations- und Telekommunikationstechnik, haufenweise in ihre kleine Etagenwohnung schleppte. Fasziniert von Algorithmen und Codes beherrschte er bereits im Grundschulalter verschiedene Programmiersprachen. Und während seine Mitschüler später im Informatikunterricht den sachgemäßen Umgang mit Computern erst lernten, hatte er bereits einige hochkomplexe Anwendungsprogramme an Software-Unternehmen verkauft.

Sam gähnte. Er hatte die Nacht durchgearbeitet. Jetzt war es früh am Morgen, doch bevor er sich aufs Ohr legte, hatte er noch etwas zu erledigen. Eine heikle Angelegenheit, die schon seit Stunden in seinem Kopf herumschwirrte und bei der er zum hundertsten Mal überlegte, ob er nicht lieber die Finger davon lassen sollte. Dummerweise hatte ihn die Neugierde gepackt.

Er könnte mit Rootkits arbeiten. Diese Technik machte es ihm möglich, seine Dateien in dem fremden Computer zu installieren und Zugriff auf das komplette Betriebssystem zu erhalten. Eines der Programme würde die Security-Software abschalten, so dass sein Eindringen vorerst unbemerkt blieb, und erlaubte ihm, bei Bedarf weitere Komponenten zu installieren. Doch zunächst benötigte er die IP-Adresse seines Zieles, ehe er auf dem anderen Rechner die bekanntesten Sicherheitslücken ausprobieren und offene Ports überprüfen konnte.

Sam beschloss, sich zunächst einen Überblick zu verschaffen. Er zog die Tastatur heran, rief das Internet auf und gab in das Fenster der Suchmaschine einen Namen ein. Über einhunderttausend Treffer. Er klickte auf einen der Einträge und ein Zeitungsartikel erschien auf dem Bildschirm. Mannomann, das war nicht nur ein bisschen heikel.

Sam brach der Schweiß aus. Er schloss das Fenster und las sich durch ein halbes Dutzend weiterer Beiträge. Schließlich lehnte er sich zurück. Die Sache konnte ihm jede Menge Ärger einbringen. Trotzdem reizte es ihn. Und wenn alles lief, wie er erwartete, würde nie jemand davon erfahren.

Er schwenkte zu einem anderen Rechner um, öffnete dort die Windows-Konsole und gab in das aufploppende Kommando-Eingabefeld den Befehl *ping* und die Domainadresse ein. Sekunden später spuckte der Rechner ein halbes Dutzend IP-Adressen aus.

Er machte sich an die Arbeit.

Norbert Hansen stand regungslos im Wohnzimmer seines ehemaligen Lebensgefährten und sah sich um. Seine Augen hinter der Schachbrettbrille waren gerötet, darunter zeichneten sich dunkle Halbmonde ab. Der Wirt der Bellini-Bar hatte das von ihm angegebene Alibi anstandslos bestätigt. Die Obduktionsergebnisse der Rechtsmedizin mit dem Todeszeitpunkt und die Auswertung der DNA-Spuren standen zwar noch aus, doch wie es aussah, hatte der Freelance Account Manger nichts mit dem Mord an seinem Ex-Freund zu tun.

»Und?«, fragte Malin. »Fehlt etwas?«

Hansen wirkte verstört. »Das ist schwer zu sagen.«

»Gehen Sie alles in Ruhe durch.« Malin verließ den Raum und stieß im Flur auf Bartels, der gerade damit beschäftigt war, eine Nachricht in sein Handy zu tippen.

»Und?« Er hob seinen Blick. »Findest du deine Idee, den Mann hierher zu bringen, immer noch so gut? Der Typ ist doch völlig fertig.«

»Ist das ein Wunder?« Malin sprach leise, damit Hansen sie nebenan nicht verstehen konnte. »Erst erfährt er, dass sein Lebensgefährte umgebracht wurde, dann muss er die halbe Nacht im Polizeipräsidium verbringen und am nächsten Morgen darf er in der Wohnung antanzen, in der sie einige Jahre zusammen gelebt haben. Da wäre jeder fertig.«

»Ex-Lebensgefährte.«

Malin rollte die Augen und ging zurück ins Wohnzimmer.

Norbert Hansen wies auf eine Stelle im Bücherregal. »Das Fotoalbum. Es fehlt.«

»Was für ein Fotoalbum?«

»Das mit dem grässlichen grünen Einband.«

Bartels trat neben seine Kollegin. »Sind Sie sicher?«

Norbert Hansen nickte.

»Vielleicht liegt es woanders in der Wohnung oder Herr Behrens hat es entsorgt. Was für Fotos sind denn in dem Album?«

»Kinderfotos. Seine Mutter hat es ihm geschenkt, als er von zu Hause ausgezogen ist.« Norbert Hansen deutete ein leichtes Kopfschütteln an. »Armin hätte sich niemals davon getrennt. Er hat es sich oft angeschaut.«

Bartels trat neben Malin. »Hatte das einen besonderen Grund?«

Hansen zuckte die Achseln. »Ich habe ihn nicht danach gefragt. Armin sprach nicht gerne über seine Kindheit.«

»Woran lag das?«

»Vermutlich hing es mit seiner Homosexualität zusammen. Er hat sich vor seiner Familie nie geoutet. Seine Eltern wissen bis heute nicht, dass Armin schwul war.« Norbert Hansen schaute betreten zu Boden. »Er hat mich ihnen gegenüber immer nur als seinen Kollegen bezeichnet. Ich glaube, er hatte Angst vor der Reaktion seines Vaters.« Er hob seinen Blick. »Werden Sie ihnen die Wahrheit über Armin sagen?«

»Das müssen wir. Schließlich kennen wir noch nicht die Hintergründe, warum Ihr Freund umgebracht wurde.« Malins Blick glitt zu der Lücke im Bücherregal. »Sagen Sie, Herr Hansen, kennen Sie eigentlich jemanden bei der Idonia-Versicherung? Oder hatte Ihr Freund dahin irgendeinen Kontakt?«

»Nicht dass ich wüsste. Warum fragen Sie?«

»Weil Herr Behrens auf einer Veranstaltung dieser Versicherung zum letzten Mal gesehen wurde.«

»Vielleicht hatte er jemand Neues«, erwiderte Norbert Hansen betrübt. »Und derjenige hat ihn eingeladen.«

In Malin regte sich Mitleid. »Kommen Sie, lassen Sie uns noch die restlichen Räume durchgehen. Vielleicht liegt das Fotoalbum in einem der anderen Zimmer.«

»Und du glaubst wirklich, dass der Täter in Behrens' Wohnung war, um ein Fotoalbum zu stehlen?«, fragte Bartels, als er die Tür seines Dienstwagens öffnete. »Dass es nicht in der Wohnung war, heißt doch noch lange nichts. Behrens könnte es weggeschmissen haben.«

Malin schlüpfte neben ihren Kollegen auf den Beifahrersitz. »Du hast doch gehört, was Hansen gesagt hat.«

»Der nach wie vor ein Mordmotiv hat«, konterte Bartels und schnallte sich an. »Solange wir von der Rechtsmedizin keinen Todeszeitpunkt haben und Hansens DNA nicht ausgewertet ist, taugt sein Alibi so gut wie nichts.«

Ein junger Mann mit Beinschiene humpelte an ihrem Auto vorbei.

Malin sah ihm nachdenklich hinterher. »Erinnerst du dich noch, was Andresen gestern bei der Besprechung von der einen Kellnerin erzählt hat?«

»Du meinst, dass Behrens ein Getränk auf jemanden verschüttet hat, der humpelte?«

Malin nickte.

»Der Typ wird wohl kaum der Einzige gewesen sein, mit dem sich Behrens an dem Abend unterhalten hat. Das war schließlich eine große Veranstaltung.« Bartels startete den Motor.

»Maria Höller, die hat doch ausgesagt, dass ihr etwas an dem Freier ihrer Freundin merkwürdig vorkam.«

»Aber dazu ist ihr nachträglich auch nicht mehr eingefallen«, ergänzte Bartels, während er das Auto aus der Parklücke manövrierte. »Frau Höller war völlig durch den Wind, als wir sie befragt haben. Das hat sie selbst zugegeben.«

»Sie konnte das Aussehen des Mannes nicht beschreiben, weil er außerhalb des Lichtkegels stand«, fuhr Malin unbeirrt fort. »Aber vorher, da hatte sie die beiden die Straße entlanggehen sehen. Um die Uhrzeit war an der Talstraße Hochkonjunktur, das heißt, sämtliche Leuchtreklamen und Straßenlaternen waren an. Vielleicht konnte Frau Höller aus der Entfernung keine Gesichtszüge ausmachen, aber ob jemand humpelt, das kann man auch von weitem an der Silhouette erkennen.«

Bartels setzte den Blinker und bog in die St. Benedictstraße. »Worauf willst du eigentlich genau hinaus?«

»Vielleicht ist es etwas weit hergeholt, aber sollte es tatsächlich ein Humpeln gewesen sein, was Frau Höller an dem Freier ihrer Freundin irritiert hat, dann hat Armin Behrens vermutlich bei der Veranstaltung im Unilever-Haus seinem Mörder den Prosecco übers Hemd gekippt.«

Bartels schwieg einen Moment, dann warf er ihr einen auffordernden Seitenblick zu. »Worauf wartest du? Ruf die Frau an! Und stell auf Lautsprecher.«

Als Malin eine halbe Stunde später gemeinsam mit Bartels ihr Büro im Präsidium betrat, blieb sie beim Anblick ihres Kollegen Andresen abrupt stehen. Der rothaarige Ermittler hatte sich einer radikalen Veränderung unterzogen. Das sonst halblange zurückgegelte Haar hatte sich in einen gepflegten Kurzhaarschnitt verwandelt und der Schnauzer, an dem er so häufig zwirbelte, war ebenso verschwunden wie die protzige Goldkette, die er für gewöhnlich trug. Er wirkte gepflegter, weniger prollig und um einiges jünger. »Was ist denn mit dir passiert? Du siehst ja richtig ...« Sie rang um das passende Wort.

»Gut aus?« Andresen grinste zufrieden.

»Ungewohnt, wollte ich sagen.« Malin musterte ihn neugierig. »Was ist passiert?«

»Was soll schon groß passiert sein«, kam ihm Bartels zuvor und schlug seinem Kollegen dabei kumpelhaft auf die Schulter. »Unser Sven ist verliebt. Muss etwas Ernstes sein, wenn er dafür sogar seine Matte opfert. Nicht wahr, Alter?«

Andresens Gesicht nahm den Ton seiner Haare an.

»Wie lange seit ihr jetzt zusammen?«, fuhr Bartels fort. »Fünf, sechs Monate? Bin mal gespannt, wie du aussiehst, wenn ihr das Jahr voll macht. Vielleicht sitzt du dann mit Anzug und Krawatte hier.« Er grinste.

Andresen verzog das Gesicht. »Jetzt mach mal halblang. Ich bin immer noch der Alte.« Demonstrativ drückte er sein Kreuz durch. »Erzählt lieber, wie es mit Norbert Hansen gelaufen ist. Das interessiert Ole bestimmt auch.«

Tiedemann, der bisher still an seinem Platz über ein paar Unterlagen gebrütet hatte, hob den Kopf und nickte.

Bartels fasste die letzten Stunden für seine beiden Kollegen kurz zusammen und vergaß dabei auch nicht, den jungen Mann mit der Beinschiene und das anschließende Telefonat mit Maria Höller zu erwähnen.

»Brodersen hatte tatsächlich recht.« Er schüttelte den Kopf, als könne er es immer noch nicht glauben. »Maria Höller konnte sich daran erinnern, dass der Freier, mit dem sie ihre Freundin in der Mordnacht gesehen hat, einen merkwürdigen Gang hatte.« Bartels wandte sich an seine Kollegin. »Wie hat sie sich noch gleich ausgedrückt?«

»Sie meinte, es sah aus, als hätte der Kerl auf einer Seite einen platten Reifen«, half ihm Malin auf die Sprünge.

Andresen grinste. »Das könnte man auch anders interpretieren. Habt ihr dem Chef schon Bescheid gegeben?«

Bartels nickte. »Fricke ist gerade in der Rechtsmedizin und meinte, wir sollen weitermachen wie besprochen, also mit dem restlichen Veranstaltungspersonal reden und uns um die Personen auf der Gästeliste kümmern. Vielleicht kann sich jemand an den Mann erinnern. Sind eigentlich die Laborergebnisse bezüglich der DNA-Übereinstimmung gekommen?«

Andresen erhob sich von seinem Schreibtisch und ging zum Sideboard mit der Kaffeemaschine. »Stehen noch aus.« Er schenkte sich einen Becher Kaffee ein. »Kennt ihr eigentlich den schon: Treffen sich zwei Schwule. Sagt der erste: ›Du, gestern ist mir ein Kondom geplatzt!‹ Der Zweite: ›Im Ernst?‹ Der Erste: ›Nein, im Detlev.‹« Er grinste breit.

»Mensch, Sven«, rügte ihn Bartels, doch seine Mundwinkel zuckten verräterisch.

»Jetzt macht euch doch nicht gleich ins Hemd«, erwiderte Andresen beleidigt. »Ist doch nur lustig gemeint. Brodersen musste sich doch sicher auch schon den einen oder anderen Blondinenwitz in ihrem Leben anhören, oder?« Er setzte sich an seinen Platz und sah zu seinem Kollegen am gegenüberliegenden Schreibtisch. Ole Tiedemann war in seine Arbeit am Computer vertieft und schien nichts von dem mitzubekommen, was um ihn herum geschah. »Was meinst du dazu, Ole?«

»Lass mich mit dem Quatsch zufrieden«, erwiderte Tiedemann, ohne den Blick vom Monitor zu nehmen. »Ich denke, wir haben genug anderes zu tun.«

»Also gut, ich gebe mich geschlagen.« Andresen nahm noch einen Schluck Kaffee und griff nach seiner Jacke. »Ich fahre in die HafenCity und spreche im Unilever-Haus mit dem restlichen Personal der Veranstaltung. Kommt jemand mit?«

Als Tiedemann nicht reagierte, erhob sich Bartels. »Ich. Ist das in Ordnung, Brodersen?«

»Kein Problem. Ich kümmere mich um die Gästeliste.«

Andresen schloss den Reißverschluss seiner Jacke, griff nach den Zigaretten und dem Feuerzeug auf seinem Schreibtisch und ließ beides in seiner Hosentasche verschwinden. Dann verließ er, gefolgt von Bartels, das Büro.

Malin hatte gerade nach der Liste gegriffen, als ihr Handy klingelte. Es war Erich Brodersen, ihr Großvater.

Ohne Umschweife kam er zur Sache. »Hast du heute Abend schon etwas vor? Ich dachte, ich koche uns was Schönes und wir können mal wieder ein wenig plaudern. Ich habe auch ein paar neue Krimis für dich.«

Malin lachte. »Das sind ja gleich drei Argumente auf einmal. Wer könnte da schon nein sagen.«

»Prima. Passt es dir um sieben?«

Sie betrachtete die Liste mit den an die fünfhundert Namen. »Sagen wir lieber gegen acht.«

»Dann bis heute Abend«, sagte Erich Brodersen vergnügt und legte auf.

In Malin regte sich für einen Moment das schlechte Gewissen. Eigentlich hatte sie vorgehabt, an diesem Abend endlich mit Thies zu reden und ihm reinen Wein einzuschenken, was die gemeinsame Wohnung betraf. Aber durfte sie deshalb ihren Großvater enttäuschen?

Ihr Blick fiel auf Ole Tiedemann, der konzentriert an seinem Schreibtisch arbeitete. Erneut bemerkte sie, wie ungewöhnlich blass er war. »Ist alles klar bei dir, Ole?«

»Ja«, entgegnete er, ohne seine Arbeit dabei zu unterbrechen.

»Sicher?«

Tiedemann schaute auf. »Sicher. Ich habe nur schlecht geschlafen. Außerdem geht mir Svens dummes Gequatsche allmählich auf den Geist.«

»Kann ich verstehen.« Malin zwinkerte ihm verschwörerisch zu. »Geht mir genauso. Was machst du gerade?«

»Ich checke in POLAS, ob es schon irgendwo vergleichbare Fälle gegeben hat. Fehlanzeige.«

»Eigentlich ist das doch eine gute Nachricht.« Malin

steckte die Liste mit den Adressen in ihre Umhängetasche. »Ich fange an, die Gäste der Veranstaltung im Unilever-Haus abzuklappern.«

»Ich komme mit.« Tiedemann schlüpfte in seine Jacke und folgte seiner Kollegin in den Flur. »Du hattest mich doch gestern gefragt, ob wir mal nach Feierabend etwas zusammen trinken gehen«, sagte er auf dem Weg zum Fahrstuhl. »Also, wenn dein Angebot noch gilt, würde ich gerne darauf zurückkommen.« Eine leichte Röte stieg in seine Wangen.

»Na klar, gerne. Heute Abend bin ich allerdings schon verplant.« Malin überlegte einen Moment. »Aber was hältst du von morgen?« Sie stiegen in den Fahrstuhl.

»Passt. Aber bitte ohne die anderen.«

Malin grinste. »Im Anbetracht von Svens schlechten Witzen stimme ich dem vorbehaltlos zu.«

Auf dem Weg zur Tiefgarage klingelte Tiedemanns Handy. Er blieb stehen und telefonierte einen Moment.

»Das war Fricke«, informierte er seine Kollegin, nachdem er aufgelegt hatte. »Dr. Steinhofer hat bestätigt, dass es sich in beiden Fällen mit hoher Wahrscheinlichkeit um die gleiche Tatwaffe handelt. Die Laborauswertungen von dem DNA-Material stehen zwar noch aus, doch wie es aussieht, haben wir es mit ein und demselben Täter zu tun.«

»Scheiße«, rutschte es Malin heraus. »Dann hoffe ich nur, dass Fricke nicht recht behält und der Täter ein weiteres Mal zuschlägt.« Sie erreichten die Tiefgarage, in der neben etlichen Streifenwagen auch die zivilen Dienstfahrzeuge standen.

Tiedemann zückte den Autoschlüssel. »Das hoffe ich auch.«

Als Malin ihren Mini an der Elbchaussee in Övelgönne abstellte, war es bereits kurz nach acht. Über der Elbe und dem Strand lag ein dicker Nebelschleier. Die Luft war feucht und kalt, kräftiger Wind zerzauste ihr die Haare. Sie lief rasch die Treppen des Schulbergs hinunter, um zu dem schmalen Fußweg zu gelangen, der zwischen den ehemaligen Lotsenhäusern und ihren kleinen Gärten hindurchführte. Die Kälte kroch bereits durch die Fasern ihrer Kleidung, als sie auf eines der aus Backstein gebauten Fachwerkhäuser zueilte und an die Tür klopfte.

Wenige Augenblicke später wurde geöffnet und Erich Brodersen stand vor ihr. Der ehemalige Fährkapitän wirkte trotz seiner sechsundsiebzig Lebensjahre noch immer kräftig und energiegeladen. Sein Blick war klar und intelligent, und um seine Augen hatten sich im Laufe der Zeit zahlreiche Lachfältchen gebildet.

»Komm rein.« Erich Brodersen zog seine Enkelin ins Haus und seine kräftigen Arme drückten sie einen Moment liebevoll, ehe er ihr aus der Jacke half. »Du bist ja völlig durchgefroren.«

In der Küche bollerte der alte gusseiserne Ofen. Weißblaue Kacheln, massive Küchenschränke mit einer rustikalen Arbeitsplatte, freigelegte Deckenbalken und ein alter Gesindetisch mit Holzbänken schufen Behaglichkeit. In einer Eisenpfanne auf dem Herd brutzelten Kartoffelscheiben zusammen mit Zwiebeln und Speck.

»Bauernfrühstück ist doch in Ordnung, oder?« Erich schlug ein Ei am Rand der Pfanne auf, ließ den Inhalt über die Bratkartoffeln laufen und griff nach einem weiteren.

Malin lief das Wasser im Mund zusammen. »Da fragst du noch?« Sie beobachtete, wie ihr Großvater ein letztes Mal die Pfanne schwenkte und danach den Inhalt auf zwei Teller verteilte. Er legte jeweils eine dicke Scheibe Katenschinken dazu, drapierte das Ganze noch mit ein paar aufgeschnittenen Gewürzgurken und stellte sein Werk schließlich mit zufriedenem Gesichtsausdruck auf den Tisch. »Möchtest du ein Bier dazu?«

»Gerne, aber ein alkoholfreies. Ich muss noch fahren.«

Erich verteilte eine Flasche Bier auf zwei Gläser, nahm seine Schürze ab und setzte sich zu seiner Enkelin auf die Bank. »Lass es dir schmecken.«

Malin griff nach ihrer Gabel und begann, das Essen in sich hineinzuschlingen. »Du hast dich mal wieder selbst übertroffen«, lobte sie ihren Großvater, nachdem sie den letzten Bissen hinuntergeschluckt hat. »Das war absolute Weltklasse.«

»Das freut mich.« Erich öffnete eine weitere Flasche Bier und füllte die Gläser auf. »In vier Wochen ist Weihnachten. Und ich dachte mir, dieses Jahr feiern wir zusammen.«

»Aber das tun wir doch immer«, entgegnete Malin verwirrt und griff nach ihrem Glas.

»In Berlin«, setzte Erich nach. »Du, ich, dein Vater, seine Lebensgefährtin und dein Stiefbruder.«

Malin verschluckte sich an ihrem Bier und hustete. Sie hatte sich kaum daran gewöhnt, dass ihr Vater zurück in ihrem Leben war, geschweige denn, dass sie plötzlich einen Stiefbruder hatte. Ihr Vater hatte seine Familie verlassen, als sie sechs gewesen war. Vor ein paar Monaten hatte Johannes Brodersen dann plötzlich vor ihr gestanden. Zunächst war sie mit der Situation völlig überfordert gewesen, erst Wochen später hatte sie das Gespräch gesucht. Sie erfuhr von seiner schwierigen Ehe mit ihrer Mutter und seiner Zuflucht in den Alkohol. Die Sucht hatte ihn jahrelang im Griff gehabt, ein Teufelskreis aus

Abstürzen, Depressionen und Entzugskliniken. Scham und Schuldgefühle hatten ihn jahrelang daran gehindert, mit seiner Tochter in Kontakt zu treten.

Von der Existenz ihres Stiefbruders hatte sie erst vor zwei Monaten erfahren. Er hieß Leon, war achtzehn Jahre alt und studierte Kunstgeschichte in Barcelona. Sie hatte ihn bisher noch nicht kennengelernt.

Malin holte tief Luft. »Nein.«

»Nein?«, hakte Erich nach. »Wegen deines Vaters oder möchtest du lieber mit Thies feiern? Ich meine, darüber können wir doch reden.«

Malin biss sich auf die Unterlippe. An ihren Freund hatte sie dabei am allerwenigsten gedacht. Überhaupt war ihr noch gar nicht der Gedanke gekommen, mit Thies in trauter Zweisamkeit unter dem Tannenbaum zu sitzen.

»Malin?«

»Entschuldige, Opa. Aber das ist mir alles zu viel. Dreiundzwanzig Jahre Funkstille und auf einmal das Komplettpaket?«

»Ich dachte, ihr hättet euch ausgesprochen, du und dein Vater?« Ihr Großvater klang enttäuscht.

»Haben wir?« Sie dachte zurück an das Treffen vor einigen Wochen in Berlin. »Er hat mir erklärt, warum er damals gegangen ist. Und irgendwie habe ich ihn auch verstanden. Wir alle kennen Mutter schließlich gut genug. Trotzdem hat er nicht nur sie verlassen, sondern auch mich. Alkohol hin oder her. Ist ein Kind nicht Grund genug, um gegen die Sucht anzukämpfen? Warum hat er so lange dafür gebraucht?«

»Nicht alle Menschen sind stark, Malin. Außerdem hat sich Johannes geschämt. Und zwar in Grund und Boden. Er hatte Angst, du könntest ihn ablehnen.«

Malin schob das Bierglas von sich. »Er hat nicht einmal danach gefragt, wie ich mich gefühlt habe, als er abgehauen ist.«

»Dann sag es ihm.«

»Hast du vergessen, wer den letzten Schritt auf wen zugemacht hat?« Malin verschränkte die Arme vor der Brust. »Ich bin zu ihm nach Berlin gefahren. Jetzt ist er am Zug.«

Ihr Großvater seufzte. »Also kein gemeinsames Weihnachtsfest.« Er drückte ihre Hand. »Vielleicht habe ich dich ein wenig überrumpelt. Bitte überlege es dir trotzdem noch einmal.«

Malin nickte. »Lass uns jetzt das Thema wechseln. Ich habe dir einen neuen Krimi mitgebracht. Einen dänischen.« Sie griff nach ihrer Umhängetasche. Gemeinsam mit dem Taschenbuch segelte ein bunter Flyer heraus und fiel auf den Fußboden.

Erich Brodersen hob ihn auf. »Ü50-Speeddating«, las er amüsiert vor. »Willst du da etwa hin?«

Malin schnappte sich den Flyer. »Ach, den hat mir jemand im *Pigalle* gegeben.«

»Was machst du denn im *Pigalle*?«

»Wir haben dort in einem Fall ermittelt.«

»Ach. Ihr habt einen neuen Fall?« Erichs Gesichtsausdruck wurde neugierig. Er beugte sich zu seiner Enkelin über den Tisch. »Erzähl!«

Er wusste nicht, was ihn geweckt hatte. Er lauschte in die Dunkelheit, doch alles, was er hörte, waren Sonjas regelmäßige Atemzüge. Sie lag auf dem Rücken. Unter der geblümten Bettdecke wölbte sich ihr Bauch, der tagtäglich an Umfang zuzunehmen schien.

Er hatte Durst und verließ das Bett, um sich in der Küche etwas zu trinken zu holen. Leise schloss er die Schlafzimmertür hinter sich und nahm die Treppe ins Erdgeschoss. Sie hatten die Maisonette-Wohnung erst vor wenigen Wochen bezogen. Sonja hatte das neue Heim liebevoll eingerichtet und dekoriert. Es war ihr zweites gemeinsames Zuhause, und er hoffte inbrünstig, sie würden es nicht wieder verlieren.

Im Flur spürte er einen Luftzug. Offenbar hatte Sonja mal wieder eines der Fenster im Wohnzimmer offen gelassen. Er ging hinein. Dabei fluchte er leise. Schon so oft hatte er ihr gepredigt, wie fahrlässig das war.

Dann sah er in einer Ecke des Raumes Rauchkringel aufsteigen. Jetzt bemerkte er auch die Silhouette, die sich auf dem Sessel vor dem Fenster abzeichnete. Jemand saß dort im Schutz der Dunkelheit und rauchte. Fast hätte er aufgeschrien.

»Hallo, mein Freund!« Ein leises, heiseres Lachen ertönte. »Habe ich dich geweckt?«

Seine Nackenhaare sträubten sich. Er hatte die Stimme sofort erkannt. »Wie bist du hier hereingekommen?«

»Durch die Haustür. Hat keine Minute gedauert. Du solltest dir wirklich ein besseres Schloss zulegen.« Tarek erhob sich aus dem Sessel und trat in den Lichtkegel des Flurs. Er war nicht besonders groß, muskelbepackt, und sein kahler Schädel glänzte wie eine gut polierte Billardkugel. Sein Lächeln hatte ihm den Spitznamen Buddha eingebracht, denn es wirkte ruhig und freundlich, fast seelenvoll, wären da nicht seine tiefliegenden dunklen Augen gewesen, die ihn jetzt drohend anfunkelten. »Wir sind doch Freunde, oder?«

Er nickte.

»Und Freunde erwarten, dass derjenige die Suppe aus-
löffelt, der sich verbrockt hat.«

Ihm brach der Schweiß aus. »Ich verstehe nicht.«

Tarek baute sich jetzt so dicht vor ihm auf, dass er dessen
Knoblauchatem spüren konnte. »Du verstehst mich genau.«
Er trat in den Flur und ging zur Haustür. Die Klinke in
der Hand, drehte er sich noch einmal um. »Fast hätte ich es
vergessen. In der Küche liegt noch etwas für dich. Kleiner
Gruß vom Boss.« Sein Buddha-Lächeln blitzte auf, dann
verschwand Tarek endgültig aus der Tür.

Die Drohung hing wie eine dunkle Wolke im Raum.
Lange Zeit rührte er sich nicht von der Stelle. Schließlich
löste er sich aus seiner Erstarrung und ging in die Küche.

Auf dem Tisch lagen drei glänzende Neunmillimeterpatronen. Er verstand die Botschaft sofort: Eine für ihn, eine
für Sonja und eine für seinen ungeborenen Sohn.

Innerhalb weniger Sekunden war er am Spülbecken und
erbrach sich.

6. KAPITEL

In der Mitte des Konferenztisches stand ein großes Tablett mit belegten Brötchen und süßen Teilchen neben Bechern mit dampfenden Kaffee.

Malin langte nach einem Franzbrötchen und ließ nach dem ersten Biss in das Hefegebäck genüsslich den himmlischen Zimt-Zucker-Butter-Geschmack auf ihrer Zunge zergehen.

Neben den Kollegen der Mordkommission waren auch Frank Glaser von der Spurensicherung und Judith Klug anwesend, eine zierliche Brünette mit melancholischen Augen aus dem Team Operative Fallanalyse. Der Einzige, der fehlte, war Tiedemann.

Fricke stellte seinen Kaffeebecher ab und sah stirnrunzelnd auf seine Armbanduhr. »Weiß jemand, wo Ole steckt?«

Alle schüttelten die Köpfe.

»Der kommt doch sonst nie zu spät«, murmelte Andresen und schnappte sich ein Brötchen mit Mettwurst.

»Dann fangen wir ohne Ole an.« Fricke zog ein DIN-A4-Blatt zu sich heran. »Armin Behrens hatte achtunddreißig Messerstiche. Drei davon im Hals, acht weitere an Händen und Armen, alle anderen im Brust- und Bauchbereich. Der Mann wurde regelrecht abgeschlachtet und ist in Folge hohen Blutverlusts gestorben.« Er warf einen Blick auf das Dokument in seiner Hand. »Der Tod trat zwischen dreiundzwanzig und zwei Uhr morgens in der

Nacht von Montag auf Dienstag ein. Aufgrund der Witterungsverhältnisse lässt sich dieser Zeitraum leider nicht weiter eingrenzen.«

»Aber Norbert Hansen ist damit aus dem Schneider«, warf Bartels ein.

»Das ist er wohl«, bestätigte Fricke. »Sofern der Wirt sich an die richtige Uhrzeit erinnert.«

»Das brauchte er gar nicht.« Bartels hielt einen Kassenbeleg in die Höhe. »Hansen hat mit Karte bezahlt. Die Uhrzeit steht auf dem Durchschlag. Exakt drei Uhr sechs morgens.«

»Dann ist Hansen raus.« Fricke sah wieder auf sein Papier. »Dr. Steinhofer hat weiterhin bestätigt, dass es sich in beiden Fällen mit hoher Wahrscheinlichkeit um die gleiche Tatwaffe handelt. Ein einseitig geschliffenes Modell, mindestens neun Zentimeter lang und dreieinhalb Zentimeter breit. Die vom Handschutz stammenden Quetschungen am Rand der Wunden, wie sie beim ersten Opfer vorhanden waren, wurden bei Armin Behrens nicht gefunden. Das hängt damit zusammen, dass er während der Tat vollständig bekleidet war und die Stöße abgedämpft wurden. An diesem Punkt übergebe ich an Frank.«

Der Kriminaltechniker legte sein angebissenes Brötchen beiseite und wischte sich den Mund mit einer Serviette ab. »Wir haben am Mantel des Toten Hautschuppen gefunden, deren DNA mit den Fremdspuren übereinstimmt, die wir an der Leiche von Graciela Fernández gesichert haben. Damit handelt es sich zweifelsfrei um denselben Täter. Darüber hinaus haben wir am Tatort in der HafenCity die Täter-DNA an mehreren Zigarettenstummeln gefunden. An einigen anderen wurde Genmaterial des Opfers festgestellt.«

»Behrens und sein Mörder haben vorher zusammen eine Runde gequalmt?«, fragte Andresen ungläubig. Er langte nach seinem nicht mehr vorhandenen Schnauzer.

»Vermutlich kann man das so interpretierten«, sagte Glaser. »Aber das fällt nicht in meinen Arbeitsbereich. Ich …«

Die Tür wurde aufgerissen und Ole Tiedemann erschien. Seine Ohren waren vor Kälte gerötet. »Entschuldigt! Mein Auto ist nicht angesprungen. Ich musste auf die Öffentlichen ausweichen.« Er setzte sich neben Malin und langte nach dem übriggebliebenen Kaffeebecher.

»Kein Problem, Ole.« Fricke fasste für seinen Stellvertreter in knappen Worten die bisherigen Punkte zusammen.

»Kann ich jetzt weitermachen?«, fragte Glaser, als der Teamchef seinen Bericht beendet hatte. Fricke nickte. »In der Wohnung von Armin Behrens konnten keine Einspruchsspuren festgestellt werden. Es gab zwar reichlich Fingerabdrücke und unterschiedliches Genmaterial, doch keine der Spuren stimmt mit der Täter-DNA überein. Die Handschuhspuren lassen sich ebenfalls nicht zuordnen.«

»Die könnten Behrens gehören.« Andresen griff erneut zu dem Tablett mit den Brötchen. Dieses Mal entschied er sich für ein Exemplar mit Krabbensalat.

»Aber er wird wohl kaum seine eigene Wohnung auf den Kopf gestellt haben«, gab Malin zu bedenken.

»Und warum sollte der Täter Handschuhe tragen, wenn er vorher seine DNA so freigiebig am Tatort verstreut hat?«, konterte Andresen. Er sah beifallheischend zu Judith Klug. »Was sagt denn unsere Kollegin von der OFA dazu?«

Die Fall-Analytikerin hielt beim Schreiben ihrer Notizen inne. »Dafür kann es eine ganz einfache Erklärung geben. Die zahlreichen Spuren am Tatort lassen auf eine Tat im Affekt schließen. Der Mörder war nicht vorbereitet. Mit dem Einbruch in die Wohnung verhält es sich anders. Armin Behrens war bereits tot, der Täter hatte also genügend Zeit für einen Plan. Und zu dem können Handschuhe gehört haben.«

»Wäre es denn nicht klüger gewesen, die Wohnung im Ursprungszustand zu lassen?«, fragte Andresen. »Um uns nicht mit dem Kopf darauf zu stoßen, dass alles durchsucht wurde?«

Judith Klug lächelte. »Ich habe nicht gesagt, dass es sich um einen klugen Täter handelt. Möglicherweise wurde er gestört. Schließlich gibt es in Mehrfamilienhäusern auch so etwas wie Nachbarn.«

»Und knarzendes Parkett«, murmelte Malin und spülte den letzten Bissen ihres Franzbrötchens mit einem Schluck Kaffee hinunter.

Fricke räusperte sich. »Lasst uns jetzt weitermachen. Frank, bist du so weit fertig?« Der Kriminaltechniker nickte. »Wie kommt ihr mit den Befragungen voran, Sven?«

»Mit dem Veranstaltungspersonal vom Unilever-Haus sind wir so weit durch.« Andresen wischte sich mit dem Finger einen Rest Krabbensalat von der Oberlippe. »Niemand hatte etwas Interessantes zu berichten. Alle waren damit beschäftigt, sich um das Wohl der Gäste zu kümmern.«

Tiedemann nickte. »Bei uns war es ähnlich. Malin und ich haben gestern mit gut zwei Dutzend Personen gesprochen und dabei auch Armin Behrens' Foto rumgezeigt. Einige konnten sich erinnern, ihn an dem Abend gesehen zu haben, eine Frau hat sich eine Zeitlang mit ihm unterhalten. Gewöhnlicher Smalltalk. Es ging um die HafenCity und um ein Konzert in der Elbphilharmonie. Ein Gast mit Gangstörung ist keinem aufgefallen.«

Fricke seufzte. »Diese Zeugin, die Graciela Fernández mit ihrem Freier vor dem Hotel gesehen hat ... Ist sie allein daraufgekommen, dass der Mann gehumpelt hat? Brodersen?«

»Ich habe ihr die Worte nicht in den Mund gelegt, falls du das meinst.« Malin tauschte einen raschen Blick mit Bartels. »Aber ich habe sie gefragt, ob ihr vielleicht an dem Gang des Typen etwas merkwürdig vorkam.«

Fricke runzelte die Stirn. »Das klingt alles sehr schwammig. Möglicherweise handelt es sich nur um einen Zufall.« Er wandte sich an Judith Klug. »Hattest du schon Zeit, dich in die Akten einzulesen?«

»Nur ansatzweise, ich bin noch dabei, mir einen Überblick verschaffen.«

»Rein von deiner Erfahrung her – was verrät es über den Täter, dass er seinen Opfern das Gesicht verdeckt?«

»Dafür kann es viele Gründe geben. Es gibt Mörder, die verdecken ihren Opfern die Gesichter, um ihnen die Persönlichkeit zu nehmen. Oftmals spielen auch Reue oder Aberglaube eine Rolle. In einigen Religionen und Kulturen glaubt man, wer einem Sterbenden in die Augen blickt, wird von ihm mit ins Reich der Toten genommen. Es gibt einen alten Volksbrauch, bei dem den Verstorbenen Münzen auf die Augen gelegt werden. Genauso gut könnte es sich um ein Ritual des Täters handeln.«

»Angenommen, es wäre Letzteres«, sagte Fricke. »Warum benutzt der Täter dafür verschiedene Dinge? Warum das eine Mal eine Plastiktüte und das andere Mal einen Schal?«

»Vielleicht weil beide Sachen gerade greifbar waren.«

Fricke nickte. »Also gut, Leute, wir machen an dieser Stelle Schluss. Ihr kümmert euch weiter um die Befragungen.«

Andresen stöhnte. »Das kann Tage dauern.«

»Ich sehe zu, dass wir noch ein paar Kollegen zur Unterstützung bekommen.« Fricke sah auf seine Armbanduhr. »Ich fahre gleich zu Armin Behrens' Eltern. Die alten Leute waren gestern nicht mehr ansprechbar, nachdem sie von der Ermordung ihres Sohnes erfahren haben.«

»Kann ich mitkommen?«, fragte Malin. »Laut Norbert Hansen wissen die beiden bisher nicht, dass Armin schwul war. Vielleicht ergibt sich unter diesem Aspekt ein Punkt, an dem wir anknüpfen können. Außerdem will ich wissen, was aus dem verschwundenen Fotoalbum geworden ist.«

»Und du glaubst, die Eltern haben eine Ahnung davon?«

»Möglich wäre es zumindest.«

»Gut, Brodersen. Wir treffen uns in einer Viertelstunde am Fahrstuhl.« Fricke klemmte sich seine Unterlagen unter den Arm und verließ den Raum.

Malin wandte sich ebenfalls zum Gehen, als Tiedemann sie zurückhielt. »Bleibt es bei heute Abend? Ich fahre gleich mit Andresen los zum Klinkenputzen und hab keine Ahnung, ob wir später noch ins Büro kommen. Außerdem muss ich mich danach noch darum kümmern, dass mein Auto in die Werkstatt kommt.«

»Dann lass uns doch gleich etwas ausmachen«, schlug Malin vor. »Gibt es bei dir etwas in der Nähe, wo wir hingehen können?«

Tiedemann zuckte die Achseln. »Ehrlich gesagt gehe ich nicht so oft weg und wenn, dann in Läden, die dir vermutlich nicht gefallen.«

»Lass es doch auf einen Versuch ankommen.«

»Nee, lass mal. Was ist mit diesem Italiener, zu dem du manchmal mit Bartels gehst? Da kann man doch bestimmt auch was trinken, oder?«

»Du meinst Emilia? Klar kann man da etwas trinken. Aber noch viel besser essen.« Sie grinste, als sie Tiedemanns verblüfften Gesichtsausdruck bemerkte. Anscheinend war er bisher nicht auf den Gedanken gekommen, mit ihr essen zu gehen. Wie es aussah, musste sie ihrem steifen Kollegen in zwischenmenschlichen Dingen noch ein wenig auf die Sprünge helfen. »Gertigstraße in Winterhude. Wir treffen uns dort um acht.« Sie schnappte sich das letzte Franzbrötchen vom Tablett und eilte aus dem Raum.

Lothar Behrens saß in einem Sessel mit hellbraunem Cordbezug und starrte die beiden Kriminalbeamten aus trüben Augen an. »Wer tut so etwas?«

Er war um die siebzig, winzig klein und verknittert, und hatte so gar nichts Furchteinflößendes an sich, wie Malin es nach dem Gespräch mit Norbert Hansen fälschlicherweise angenommen hatte.

»Das fragen wir uns auch«, sagte Fricke. »Deshalb müssen wir so viel wie möglich über Ihren Sohn in Erfahrung bringen. Wann haben Sie Armin das letzte Mal gesehen?«

»Am Sonntag. Meine Frau hatte Rouladen gemacht. Armins Leibspeise.«

»War Ihr Sohn irgendwie anders als sonst?«

Lothar Behrens erhob sich und ging zu der Anrichte, auf der neben einer Holzkrippe gerahmte Fotos standen. Er wählte eins aus und drückte es Fricke in die Hand. Es bildete eine jüngere Ausgabe des Toten zwischen seinen Eltern ab. Alle trugen festliche Kleidung. »Unser Armin war blitzgescheit. Wir dachten immer, er würde Medizin studieren.« Er sank zurück in seinen Sessel und sah zur Zimmertür. »Meiner Frau geht es nicht gut. Der Arzt musste ihr etwas zur Beruhigung geben. Jetzt schläft sie.« Sein Blick heftete sich auf Fricke. Er wirkte seltsam leer, jegliche Kraft schien aus ihm gewichen.

Gebrochen vor Kummer, dachte Malin, und bemerkte ein Zittern in seinen Händen.

»Können Sie Ihre Frage wiederholen?«, bat Lothar Behrens.

Fricke stellte das Foto auf den Beistelltisch. »Am Sonntag, als Ihr Sohn Sie besucht hat, hat er sich da anders verhalten als sonst?«

»Nein, Armin war wie immer. Er sprach von seiner Arbeit und dass er für den nächsten Sommer eine Reise nach New York plante.«

»Erzählen Sie uns von Ihrem Sohn«, forderte Fricke ihn auf. »Wie hat er gelebt? Was für Freunde hatte er? Gibt es irgendjemanden, der mit ihm eine offene Rechnung hatte?«

»Eine offene Rechnung?« Der Vater blickte verwirrt. »Armin war ein guter Junge. Er hat uns zweimal die Woche besucht, hin und wieder die Einkäufe erledigt oder meiner Frau mit den Gardinen geholfen. Wir beide sind nicht mehr ganz so gut zu Fuß, wissen Sie. Schade nur, dass Armin nie die geeignete Frau gefunden hat, sonst hätten wir jetzt vielleicht Enkelkinder.«

Malin nahm den Faden auf. »Herr Behrens, Ihr Sohn hatte bis vor kurzem einen Partner. Norbert Hansen.«

»Ich kenne Herrn Hansen. Armin hat uns seinen Kollegen im letzten Jahr vorgestellt. Sie scheinen gute Freunde gewesen zu sein.«

»Sie waren ein Paar.«

Es dauerte einen Moment, dann riss Lothar Behrens seine Augen auf. »Armin war …« Offensichtlich hatte er Mühe, das Wort auszusprechen.

»Homosexuell«, half Malin ihm auf die Sprünge. »Haben Sie nie etwas davon geahnt?«

Der Vater schüttelte den Kopf. »Aber warum hat er uns denn nichts davon erzählt? Wir sind doch seine Eltern.« Dann hielt er inne. »Er hatte keinen Grund, es mir zu sagen. Er wusste, was ich von solcherlei Lebensform halte. Von wegen freie Liebe. Für mich ist so etwas nicht normal. Allein die Vorstellung, dass mein Sohn mit einem anderen Mann …« Er wurde aschfahl.

»Soll ich Ihnen ein Glas Wasser holen?«, fragte Malin besorgt.

Fricke erhob sich. »Das übernehme ich.«

»Armin war also schwul«, murmelte Lothar Behrens leise vor sich hin. Dann schien er sich daran zu erinnern, dass er nicht alleine war, und sah die Kriminalbeamtin ratlos an.

»Können Sie sich an ein grünes Fotoalbum erinnern, das Ihre Frau Ihrem Sohn bei seinem Auszug von zu Hause geschenkt hat?«

»Ein Fotoalbum? Es könnte sein, dass Hilde ihm so etwas mitgegeben hat. Das würde zu ihr passen. Meine Frau war sehr unglücklich, als er damals in eine Studenten-WG gezogen ist. Sie war ständig in Sorge, dass er dort nicht genügend zu essen bekäme.«

Fricke kam mit einem Glas Wasser in der Hand zurück ins Wohnzimmer.

»Danke.« Lothar Behrens nahm einen kräftigen Schluck. Langsam kehrte die Farbe in sein Gesicht zurück.

»Kennen Sie außer Herrn Hansen noch weitere Freunde Ihres Sohnes?«

»Nur von früher, noch aus der Schulzeit.« Er stützte seinen Kopf in die Hände. »Da gab es den kleinen Stephan aus dem Nachbarhaus. Ich glaube, seine Eltern hießen Böttcher. Und natürlich der Sohn von den Herrmannsdorfers. Robert. Die drei haben gemeinsam Abitur gemacht und hingen wie die Kletten zusammen.«

»An welcher Schule?«

»Carl-von-Ossietzky-Gymnasium, hier in Poppenbüttel.«

Malin schrieb den Namen in ihr Notizbuch.

»Herr Behrens«, fragte Fricke, »fühlte sich Ihr Sohn bedroht oder hatte er vor jemandem Angst? Gab es vielleicht Probleme bei seiner Arbeitsstelle?«

»Davon weiß ich nichts. Und warum sollte jemand Armin bedrohen? Weil er schwul war?« Lothar Behrens blickte die beiden Kriminalbeamten betroffen an. »Wenn es so gewesen sein sollte, hätte er es mir vermutlich ohnehin verschwiegen. Wissen Sie was? Ich schäme mich. Ich schäme mich, dass sich mein Sohn mir nicht anvertraut hat. Dabei – es hätte doch keinen Unterschied gemacht. Er war doch mein Sohn.« Er weinte.

Fricke erhob sich. »Können wir jemanden für Sie anrufen, der sich um Sie und Ihre Frau kümmert?«

»Nicht nötig.« Lothar Behrens zog ein Stofftaschentuch aus seiner Hosentasche und wischte sich damit über die Augen. »Ich werde meine Frau nach dem Fotoalbum fragen. Dann rufe ich Sie an.«

Malin legte ihre Visitenkarte auf den Couchtisch. »Melden Sie sich. Auch wenn Sie Hilfe brauchen.« Sie reichte ihm zum Abschied die Hand.

Den restlichen Tag klapperte Malin zusammen mit Bartels die Gästeliste ab. Sie sprachen mit etlichen Angestellten der Versicherung und deren Kunden, die sich wie ein Potpourri querbeet über verschiedene Branchen verstreuten. Viele wussten bereits von dem Mord, der sich am Abend der Veranstaltung am Unilever-Haus ereignet hatte. Es war nicht nur der Aufmacher der hiesigen Tageszeitungen gewesen, sondern auch in den Radio- und Fernsehnachrichten berichtet worden. Einige der Befragten konnten sich an Armin Behrens erinnern, doch keiner kannte ihn genauer oder wusste, von wem er zu der Veranstaltung eingeladen worden war. Einer Frau war ein Gast aufgefallen, der sein Bein nachzog, beschreiben konnte sie ihn allerdings nicht.

Um kurz vor sieben stellte Malin ihren Mini in der Ulmenstraße ab. Es hatte aufgehört zu regnen. Die Luft war klar und kalt, und die Temperaturen schienen in den letzten Stunden um etliche Grade gefallen zu sein. Es roch nach Schnee.

Sie nahm die Post aus dem Briefkasten und überflog kurz die Absender, ehe sie die Haustür aufschloss. Reklame und die Rechnung der Heizungsfirma. Sie würde ihr Sparkonto plündern und ihren Dispo ausschöpfen müssen, um den Betrag für die Reparatur begleichen zu können. Damit fiel der Urlaub im nächsten Jahr vermutlich ins Wasser.

Malin seufzte und schlüpfte aus Jacke und Stiefeln. Natürlich hätte sie einen Kleinkredit aufnehmen oder ihre Mutter um ein Darlehen bitten können, doch sie hasste Schulden. Ihr war es wichtig, auf eigenen Beinen zu stehen und ihre Unabhängigkeit zu bewahren.

Sie feuerte die Rechnung mit der restlichen Post auf die Kommode. Der Anrufbeantworter blinkte. Sie hörte die Nachricht ab, in der Thies um Rückruf bat. Malin zog ihr

Handy aus der Umhängetasche und sah, dass ihr Freund sie darauf ebenfalls versucht hatte zu erreichen. Sie rief ihn zurück. Als die Mailbox ansprang, hinterließ sie eine Nachricht. Wieder pochte in ihr das schlechte Gewissen. Es war zwei Tage her, seit sie zuletzt mit Thies gesprochen hatte. Und noch immer war sie ihm eine Antwort schuldig. Morgen, morgen würde sie ihm endlich sagen, dass sie nicht mit ihm zusammenziehen konnte. Noch nicht. Dass es ihr dafür einfach noch zu früh war. Er würde es verstehen.

Sie fröstelte und überlegte einen Moment, unter die Dusche zu springen, doch stattdessen ging sie in die Küche, um sich einen Tee zuzubereiten. Während der Tee zog, ließ sie den Tag in Gedanken Revue passieren. Sie dachte an die zahlreichen Menschen, mit denen sie heute gesprochen hatte, an Lothar Behrens und seinen seltsam leeren Blick. Und an das Fotoalbum mit dem grünen Einband. Ob sie bei den alten Leuten noch mal anrufen sollte? Vielleicht konnte sie jetzt mit der Frau sprechen. Gut möglich, dass Armin Behrens' Mutter wusste, wo das Album abgeblieben war. Sollte das nicht der Fall sein, wurde es immer wahrscheinlicher, dass der Täter es an sich genommen hatte.

Es klingelte an der Haustür. Malin runzelte die Stirn. Sie erwartete niemanden. Sie ging in den Flur und öffnete.

»Hi!« Thies lächelte unsicher. »Hoffentlich komme ich nicht ungelegen, aber ich habe versucht, dich telefonisch vorzuwarnen.«

»Vor was?« Malins Blick glitt zu der dunkelbraunen Reisetasche neben seinen Füßen.

»Wills du mich nicht hineinbitten?«

»Doch, doch natürlich. Komm rein.« Sie trat einen Schritt beiseite.

Thies gab ihr einen flüchtigen Kuss und sie beobachtete irritiert, wie er nach der Reisetasche eine große Sporttasche, zwei Kartons mit Büchern und einen Aluminiumkoffer im XXL-Format in ihren Flur beförderte. Noch ein Gepäckstück und der Raum würde aus allen Nähten platzen, schoss es Malin in den Sinn. Thies schien ihren befremdeten Gesichtsausdruck zu bemerken, denn jetzt lächelte er ihr über die beiden Bücherkartons hinweg aufmunternd zu. »Ist ja nur für den Übergang. Bis wir etwas Größeres gefunden haben.« Er zog den Kopf ein, um an seiner Freundin vorbei durch die Tür ins Wohnzimmer zu gehen. Dort ließ er sich auf die Couch sinken und streckte seine langen Beine aus.

»Moment mal, offenbar habe ich etwas ganz Entscheidendes verpasst.« Malin wies mit der Hand in den Flur. »Was ist hier los? Ich dachte, du hast noch vier Wochen Zeit, bis du ausziehen musst?«

»Vier Wochen waren es vor exakt dreizehn Tagen, als ich dich gefragt habe, ob du dir vorstellen kannst, mit mir zusammenzuziehen, aber seit gestern haben sich die Dinge geändert. Und es hat nichts damit zu tun, dass du mir noch immer eine Antwort schuldest.«

»Sondern?«

»Martin ist zurück. Zwei Wochen eher als geplant. Und nicht allein, sondern mit einer neuen Freundin im Gepäck. Er hat mir zwar angeboten, auf der Couch zu übernachten, aber ehrlich gesagt wollte ich die traute Zweisamkeit der beiden nicht stören. Die haben sich aufgeführt wie verknallte Teenager. Außerdem ist es bei dir ohnehin viel gemütlicher.« Zufrieden sah Thies sich um. »Etwas klein, aber gemütlich. Du sagst ja gar nichts. Soll ich lieber in ein Hotel gehen?«

»Nein, nein. Das Ganze kommt nur etwas überraschend.« Sie schluckte. »Fühl dich wie zu Hause. Ich muss nur kurz nach dem Tee gucken, den ich mir eben gemacht habe, bevor …« Sie drehte sich um und verschwand in die Küche.

Der Tee war hinüber. Sie beförderte den Inhalt des Siebs in den Müll und goss das dunkle Gebräu in den Ausguss. Vor dem Fenster rieselten dicke Schneeflocken den dunklen Himmel hinab.

Thies zog bei ihr ein. Malin wusste nicht, ob sie über diese neue Entwicklung lachen oder weinen sollte. Letztendlich war sie selber schuld an der Situation. Hätte sie gleich die Karten offen auf den Tisch gelegt, wäre ihr Freund niemals auf die Idee gekommen, hier mit Sack und Pack aufzukreuzen. Egal was sie jetzt tat, sie konnte nur noch verlieren. Redete sie Klartext, würde sie Thies vor den Kopf stoßen. Tat sie es nicht, würde er ihre Wohnung vermutlich erst wieder verlassen, wenn er für sie beide ein Reihenhaus am Hamburger Speckgürtel gefunden hatte. Die Vorstellung ließ sie schaudern.

Zwei Arme schlangen sich von hinten um ihren Körper und Thies küsste ihren Nacken. »Wie lange sind wir schon zusammen, Malin? Ein knappes halbes Jahr, oder?«

»So in etwa«, murmelte sie und fragte sich, worauf seine Frage hinauslief.

»Und erinnerst du dich, was ich dir an dem Tag gesagt habe, als ich dich meiner Mutter vorstellen wollte?«

»Dass du mich nicht in Ketten legen und zum Traualtar schleppen willst, sondern dass es sich nur um ein Mittagessen handelt.«

»Du hast es offenbar nicht vergessen.«

Ohne sich umzudrehen, wusste Malin, dass er schmunzelte.

»An dem, was ich gesagt habe, hat sich auch bis heute nichts geändert.« Thies vergrub einen Moment sein Gesicht in ihrem Haar. »Wenn du noch nicht dafür bereit bist, mit mir zusammenzuziehen, dann ist das für mich in Ordnung. Aber du musst es mir sagen. Rede mit mir, Malin.«

Sie drehte sich um. »Es ist nicht so, dass ich nicht mit dir zusammenleben will, aber ich habe so etwas noch nie gemacht. Ich bin es gewohnt, allein zu sein. Also, was ich eigentlich damit sagen will: Es ist mir zu früh.« Jetzt war es raus. Sie atmete erleichtert auf.

»Ich verstehe das.« Thies strich ihr eine Haarsträhne aus dem Gesicht. »Und ich meine das ernst, was ich vorhin gesagt habe. Ich kann meine Sachen schnappen und mir ein Hotel suchen.«

Malin winkte ab. »Das brauchst du nicht. Es ist okay, wenn du eine Weile hier wohnst.«

»Wirklich?«

»Wirklich.« Sie zog ihn zu sich heran und küsste ihn.

7. KAPITEL

Das hartnäckige Klingeln des Telefons riss Malin aus dem Schlaf. Ihre Augen suchten den Wecker. Kurz vor acht. Sie hatte verschlafen. Ein schaler Geschmack lag in ihrem Mund und erinnerte sie an die Flasche Prosecco, die sie am Vorabend mit Thies geköpft hatte. Ihr Blick glitt zu ihrem Freund, der im Schlaf seinen Ellenbogen übers Gesicht gelegt hatte. Da seine früheste Vorlesung erst um zehn begann, beschloss sie, ihn weiterschlafen zu lassen, und stand auf. Sie ging ins Wohnzimmer und griff nach dem Telefon. Schlaftrunken meldete sie sich.

»Verdammt, Brodersen«, ertönte die Stimme ihres Vorgesetzten. »Was ist denn heute früh mit euch allen los? Du bist die Erste, die ich erreiche. Im Stadtpark wurde ein Leichenfund gemeldet.«

Malin unterdrückte ein Gähnen. »Wo genau?«

»Im Blindenpark«, brummte Fricke. »Wir treffen uns vor Ort. Und sammle bitte vorher noch deinen Partner ein. Aus irgendwelchen unerfindlichen Gründen geht Fred nicht ans Telefon. Und, Brodersen, schalte dein Handy an.«

»Mach ich«, murmelte Malin, doch Fricke hatte bereits aufgelegt.

Sie stellte die Kaffeemaschine an, ging zurück ins Obergeschoss und duschte. Keine fünfzehn Minuten später trank sie einen Schluck Kaffee, ehe sie in ihre Winterstiefel schlüpfte.

Draußen war alles weiß. Die Baumkronen, die Dächer, die Vorgärten und die Gehwege, alles lag unter einer glitzernden dicken Schneedecke. An der Hauptstraße zog ein orangefarbenes Räum- und Streufahrzeug der Stadtreinigung vorbei.

Es knirschte unter ihren Sohlen, als Malin zu ihrem Mini ging. Sie musste mehrfach kräftig an der zugefrorenen Fahrertür rütteln, ehe sie das Teil schließlich aufbekam. Im Handschuhfach kramte sie nach dem Eiskratzer, nur um dann festzustellen, dass er nur bedingt dazu taugte, das Auto vom Schnee zu befreien. Da sie ohnehin spät dran war, verwarf sie die Idee, im Haus nach einem Handfeger zu suchen, und funktionierte kurzerhand ihren Jackenärmel zum Schneebesen um.

Endlich im Auto, wischte sie die beschlagenen Scheiben mit einem alten Lappen frei und drehte das Gebläse der Heizung voll auf, ehe sie schließlich den Mini aus der Parklücke manövrierte.

Frederick Bartels wohnte seit der Trennung von seiner Frau in einem der roten Backsteingebäude an der Hellbrockstraße, einer langen Durchgangsstraße, die quer durch Barmbek bis zum Westen des Stadtparks führte.

Malin hatte Glück und ergatterte direkt vor dem Mehrfamilienwohnhaus eine freie Parklücke. Im Erdgeschoss des Gebäudes befand sich ein winziger türkischer Lebensmittelladen. Offenbar kaufte Bartels dort die köstlichen kleinen Teigtaschen, die er ab und zu mit ins Büro brachte.

Sie schlüpfte ins Treppenhaus, als eine junge Frau mit einem Kleinkind auf dem Arm ins Freie trat, und fuhr mit dem Fahrstuhl in den fünften Stock. Hinter Bartels' Haustür dudelte *Happy* von Pharrell Williams aus dem Radio.

Malin lächelte und drückte die Klingel. Die Tür wurde aufgerissen und ihr Lächeln erlosch. Eine langbeinige Blondine hielt ihr einziges Kleidungsstück, ein weißes Herrenhemd, notdürftig vor der Brust zusammen. Es war Sara Werlinder. Die Dänin aus der Waffentechnik.

»Fred, deine Partnerin ist hier«, rief Sara über ihre Schulter in die Wohnung, dann sah sie Malin zerknirscht an. »Es ist meine Schuld, er wollte ans Handy gehen. Möchtest du einen Kaffee?«

Malin zwang sich zu einem Lächeln. »Sag meinem Partner, dass ich unten auf ihn warte. Er soll sich beeilen.« Dieses Mal nahm sie die Treppe.

Der Stadtpark in Winterhude war mit seinem Areal von knapp hundertfünfzig Hektar die drittgrößte Grünfläche in Hamburg. An Sommertagen bevölkerten ganze Hundertschaften die Parkanlage. Joggend oder spazierend auf den Wegen, sonnenbadend auf der großen Festwiese oder lesend in einem der weißen Holzsessel. Es wurde gegrillt, Fußball oder Beach-Volleyball gespielt, die Kleinen badeten im Planschbecken, man saß im Café an den Sommerterrassen oder besuchte Konzerte auf der Freilichtbühne.

Jetzt wirkte der Park wie leergefegt. Der weißgraue Himmel warf trübes Licht auf den Schnee, der die Grünflächen wie eine Decke einhüllte. In der Auffahrt der historischen Trinkhalle, in der sich mittlerweile ein Café befand, standen zahlreiche Einsatzfahrzeuge der Polizei.

Malin parkte hinter Frickes Dienstwagen und stieg mit Bartels aus dem Mini. In einer gefrorenen Pfütze spiegelte sich das stumm geschaltete Blaulicht eines Streifenwagens. Die beiden Kriminalbeamten umrundeten das zweiflügelige Backsteingebäude, hinter dem sich ein großzügig angelegter Park erstreckte. Der Blindengarten. Eine Kolonne von Fichten säumte die unter der Schneedecke liegenden Gehwege, die zu beiden Seiten der Grünfläche lagen. Holzbänke luden Spaziergänger zum Verweilen ein.

Das Parkgelände war komplett abgesperrt worden. Vor dem rot-weißen Flatterband der Polizei verrenkten sich Schaulustige und Presseleute die Hälse.

Die Luft war schneidend kalt und Malin schob ihren Schal weiter ins Gesicht, bis Mund und Nase vollständig bedeckt waren.

Hinter der Absperrung kam ihnen Fricke entgegen. Sein Gesichtsausdruck unter der dunkelblauen Seemannsmütze war angespannt. »Moin, da seid ihr ja. Habt ihr unterwegs Ole getroffen? Ich habe ihm eine Nachricht auf der Mailbox hinterlassen, ehe ich losgefahren bin.«

Bartels schüttelte den Kopf. »Vermutlich sitzt er in der U-Bahn, sein Auto ist doch kaputt.«

»Das hatte ich vergessen.«

»Was ist hier passiert?«, fragte Malin.

»Wie es aussieht, hat unser Täter erneut zugeschlagen.« Fricke wies mit dem Kopf zu den Kriminaltechnikern, die gerade dabei waren, den Zugangsweg zum Tatort anzulegen. »Der Tote wurde übel zugerichtet. Mehrere Dutzend Messerstiche und das Gesicht ist verdeckt, wie bei den beiden anderen Opfern.«

»Dann haben wir also eine Serie«, stellte Bartels fest.

Fricke nickte. »Schöner Schiet.«

Sie schlugen den Weg zur Fundstelle ein.

Das Opfer lag vor einem der Gebüsche, der Rumpf zerfetzt von Messerstichen. Über den Kopf war ein brauner Jutesack gestülpt, wie er für Pflanzen als Winterschutz verwendet wurde. Im Schnee eine dunkle Lache gefrorenes Blut.

Wie entsetzlich, dachte Malin, als sie mit einigem Abstand stehenblieb.

Eine in einen Schutzanzug gekleidete Gestalt mit Arztkoffer in der Hand nickte den Kriminalbeamten im Vorbeigehen zu. Dr. Steinhofer wechselte einige Worte mit Frank Glaser von der Spurensicherung, und bückte sich dann, um die Leiche in Augenschein zu nehmen.

Die Kälte kroch unter Malins gefütterten Parka und sie trat auf der Stelle, bis sich ihre Glieder wieder ein wenig erwärmten. Schließlich gab Dr. Steinhofer dem Leiter der Kriminaltechnik ein Zeichen. Frank Glaser hockte sich neben die Rechtsmedizinerin und entfernte vorsichtig den Jutesack vom Kopf des Opfers.

Es wurde mucksmäuschenstill. Die Kälte fuhr mit voller Wucht zurück in Malins Knochen. Sie begriff nicht, was sie sah. Jemand wimmerte. Es klang wie von einem Kind, doch Sekunden später begriff Malin, dass dieses Geräusch von ihr selbst kam. Keiner der Anwesenden um sie herum nahm davon Notiz. Die Zeit schien stillzustehen.

Im Schnee lag Ole Tiedemann. Seine hellen Augen unter dem sandfarbenen Haar waren weit aufgerissen, sein stumpfer Blick eigentümlich in den grauen Himmel gerichtet.

Malin starrte völlig bewegungslos auf ihren toten Kollegen. Warum lag er vor ihr im Schnee? Er sollte doch jetzt in der U-Bahn sitzen, auf dem Weg hierher. Einen Moment kam ihr der absurde Gedanke, dass er sich einen makaberen Scherz erlaubte und jeden Moment aufstehen würde. Doch Ole Tiedemann war tot. Der schlacksige Ermittler mit seinen bis obenhin zugeknöpften Hemden und den akkurat gebügelten Hosen, der ihr so oft kollegial beigestanden hatte, der kluge Tiedemann mit seinem messerscharfen Verstand, würde nie wieder an seinem Schreibtisch sitzen.

Sie schloss einen Moment die Augen, als könne sie damit ungeschehen machen, was sie gesehen hatte. Es durfte einfach nicht wahr sein. Ole war nicht tot. Sie träumte und gleich wachte sie auf.

Sie öffnete ihre Augen, erfasste jedes Detail. Der offene Schnürsenkel, der rechte Arm, leicht angewinkelt über der zerfetzten Jacke, der dunkelrote Schnee.

Malin kämpfte gegen die Enge in ihrem Hals. Ihr grenzenloses Entsetzen spiegelte sich in den Gesichtern ihrer Kollegen. Ihr Blick flog zu Andresen, der wenige Meter neben ihr stand. Er zitterte am ganzen Körper.

Fricke fasste sich als Erster. »Wir brauchen mehr Leute.« Seine Stimme klang brüchig. »Ich informiere die Chefin.« Er zog sein Handy aus der Jackentasche und wählte eine Nummer. »Dorothea? Du musst zur Trinkhalle im Stadtpark kommen. Tiedemann ist tot.« Dann legte er auf und ging auf dem frisch angelegten Trampelpfad auf Frank Glaser zu.

Ein Blitzlicht zuckte auf und Malin sah, dass Torben Sommer von der Fototechnik gewohnt routiniert seine Arbeit machte. Fassungslos starrte sie ihn an. Wie konnte er einfach so zum Tagesgeschehen übergehen? Sie war kurz davor, zu ihm zu marschieren und ihm seine Kamera aus der Hand zu reißen, doch sie war wie versteinert. Sommer hob den Kopf und erst jetzt bemerkte sie die Betroffenheit in seiner Miene. Augenblicklich schämte sie sich.

Dr. Steinhofer hatte die erste Leichenschau beendet und wechselte ein paar Worte mit Fricke, ehe sie zu den Ermittlern trat. Malin erkannte einen bekümmerten Ausdruck in den Augen der Rechtsmedizinerin.

»Wie es aussieht, wurden bei dem Opfer einige große Gefäße verletzt. Er ist in kürzester Zeit verblutet.« Sie hielt einen Moment inne. »Nur, dass Sie wissen, dass er nicht lange leiden musste.«

»War es derselbe Täter?« Andresens Stimme zitterte. Es schien, als könne er seine Tränen nur schwer zurückhalten.

»Zumindest hat es den Anschein. Trotzdem möchte ich keine voreiligen Schlüsse ziehen und die Obduktionsergebnisse abwarten. Ich werde mir die Leiche ansehen, sobald sie im Institut ist.« Die Rechtsmedizinerin sah ernst in die Runde. »Es tut mir sehr leid.« Dann verließ sie mit schweren Schritten, als trüge sie eine Last auf den Schultern, den Tatort.

Andresen ballte seine Hände zu Fäusten. »Das gibt es doch nicht, das kann doch nicht Ole sein, der da liegt.« Er klang fassungslos. Seine Stimme wurde laut. »Was zum Teufel ist hier passiert?« Er drehte sich um die eigene Achse, ließ seinen Blick durch die Parkanlage schweifen. Dann wandte er sich an seine Kollegen. »Wann habt ihr Ole zuletzt gesehen?«

Bartels war kalkweiß im Gesicht, als er antwortete. »Gestern im Büro, bevor ihr zum Klinkenputzen gefahren seid. Brodersen war auch dabei.«

Die Erinnerung traf Malin wie ein Faustschlag. Sie hörte das Gespräch ihrer Kollegen wie aus weiter Ferne, während sie versuchte, ihre Gedanken zu ordnen.

»Ole hat etwas vor mir Feierabend gemacht.« Andresen strich sich mit der Hand erschöpft übers Gesicht. »Verdammt. Ich weiß nicht mehr, was Ole beim Abschied gesagt hat.« Er sah Bartels hilfesuchend an. »Hat er dir gegenüber erwähnt, ob er gestern noch etwas vorhatte?«

Bartels schüttelte den Kopf.

»Was ist mit dir?« Andresen fixierte seine Kollegin.

Malin war stumm vor Entsetzen.

»Brodersen?«

Sie schluckte. »Ole hatte eine Verabredung. Mit mir.« Sie blickte zu Boden. »Ich habe sie vergessen.«

»Ihr beide wolltet euch treffen?« Andresen starrte sie an. Dann trat er einen Schritt auf sie zu und für einen Moment hatte es den Anschein, als wolle er auf seine Kollegin losgehen. »Hat er sich bei dir gemeldet, als du nicht gekommen bist?« Seine Stimme klang brüchig, so als hätte er Mühe, sie unter Kontrolle zu halten.

Malin kramte ihr Handy aus der Umhängetasche. Es war noch immer auf stumm geschaltet. Drei eingegangene Anrufe. Der letzte stammte von Fricke, die beiden vorigen von Ole Tiedemann.

»Und?«, fragte Andresen brüsk.

»Er hat angerufen.« Malin musste sich zusammenreißen, um nicht in Tränen auszubrechen. »Gestern Abend um viertel nach acht und noch einmal eine halbe Stunde später.«

»Hat er eine Nachricht hinterlassen?«

Sie tippte hektisch auf ihrem Handy herum. »Nein.«

»Wo wolltet ihr euch treffen?«

»Bei Emilia in der Gertigstraße«, erwiderte Malin. »Um acht.« Sie fühlte sich hundeelend.

Andresen straffte sich. »Ich fahre da jetzt hin.«

»Ich komme mit.«

»Du …« Er deutete mit dem Zeigefinger auf ihre Brust. »Du hättest gestern Abend dort sein sollen. Ich fahre allein.« Andresen machte auf dem Absatz kehrt und ließ seine Kollegin stehen.

Bartels berührte flüchtig Malins Arm. »Sven ist überfordert mit der Situation.«

Malin schüttelte den Kopf. »Er hat recht.« Sie kämpfte mit den Tränen. »Ich werde mir das nie verzeihen.«

Beide sahen zu der Leiche im Schnee, um die gerade ein provisorisches Zelt errichtet wurde.

»Wir sollten uns jetzt an die Arbeit machen«, sagte Bartels. Seine Kiefermuskeln malmten. »Ich will das Schwein schnappen, das dafür verantwortlich ist.« Er sah Fricke entgegen, der mit fahlem Gesicht und geröteten Augen auf dem Trampelpfad zu ihnen zurückkam.

»Fürs Erste möchte ich nicht, dass etwas hiervon an die Öffentlichkeit durchsickert«, wies er seine Mitarbeiter an.

Malin nickte. Ein toter Polizist, noch dazu ein ermordeter, war für die Medien ein gefundenes Fressen. Bei der Jagd um die höchsten Auflagenzahlen würde sich die Presse bei der Berichterstattung gegenseitig mit ihrer Sensationslust überbieten. Sie schauderte bei dem Gedanken.

Fricke räusperte sich. »Laut erster Einschätzung von Dr. Steinhofer ist der Mord gestern in den späten Abendstunden passiert. Ein genauerer Zeitpunkt lässt sich erst nach der Obduktion bestimmen.« Sein Blick streifte durch den Park. »Was hatte Ole hier zu suchen?« Er wandte sich an Bartels. »Kannst du dich um die Trinkhalle kümmern? Frag nach, wie lange das Café gestern geöffnet hatte. Vielleicht hat jemand vom Personal etwas beobachtet.«

Bartels nickte. »Ich erledige das.«

Fricke starrte auf das provisorische Zelt.

»Ole und ich wollten uns gestern Abend treffen«, sagte

Malin, sobald sich ihr Partner Richtung Backsteingebäude entfernt hatte. Der Kloß in ihrem Hals wuchs. »Mir
ist etwas Unerwartetes dazwischengekommen, deshalb
habe ich die Verabredung komplett vergessen. Ich habe
noch nicht einmal abgesagt.«

Fricke wandte sich ihr überrascht zu. »Ich wusste
nicht, dass ihr beiden euch angefreundet habt.« Kein
Wort des Vorwurfs. »Dabei hatte ich mir schon Sorgen
gemacht. Ole wirkte so verschlossen in letzter Zeit. Ich
wollte ihn in den nächsten Tagen darauf ansprechen.«
Er hielt einen kurzen Moment inne. »Hätte ich es bloß
längst getan.«

Malin entdeckte eine kleine, drahtige Gestalt im hellen
Mantel, die den Weg an der Trinkhalle entlang hastig auf
sie zueilte. Kriminalrätin Dorothea Riesling.

»Tiedemann ist tot«, wiederholte Fricke seine Worte
vom Telefon. »Er wurde erstochen. Mehrere Dutzend
Messerstiche.« Er verstummte.

Seine Vorgesetzte nickte gefasst. »Ich will ihn mir
ansehen.« Sie steuerte, gefolgt von Fricke, mit energischen
Schritten das Zelt an, das den Toten nun vor neugierigen
Blicken schützte.

Malin bemerkte, wie die Kriminalrätin am Eingang kurz
zurückzuckte, ehe sie ihre Schultern straffte und hinein-
ging.

Wenige Minuten später kehrten Fricke und seine Vorgesetzte zeitgleich mit Bartels zurück.

»Die Trinkhalle öffnet erst um elf«, berichtete ihr Teampartner.

Fricke sah auf seine Uhr. »Das sind noch anderthalb
Stunden.«

»Ich gehe später noch mal hin«, bot Bartels an. »Aber

ich befürchte, da hat niemand etwas mitbekommen. Am Café hängt ein Schild mit den Öffnungszeiten. Demnach schließen sie schon um achtzehn Uhr.«

»Wir probieren es trotzdem. Vielleicht war das Küchenpersonal noch länger da.«

Bartels nickte.

»Wir müssen als Erstes mit seinen Angehörigen sprechen«, sagte Dorothea Riesling. »War Tiedemann verheiratet? Gibt es Kinder?«

Fricke zog sich seine Mütze tiefer ins Gesicht. »Nein, soweit ich weiß, lebte er allein.«

»Oles Vater wohnt in einem Pflegeheim.« Bartels' Stimme klang belegt. »Die Mutter ist gestorben, ehe Ole volljährig wurde.«

Dorothea Riesling rieb sich ihre roten Hände und schob sie in die Seitentaschen ihres Mantels. »Ich fahre zurück ins Präsidium. Wir treffen uns dann später dort. Ich muss die Leitung informieren, um das weitere Vorgehen zu besprechen. Ich geb dir dann Bescheid, Hans.« Sie sah ein letztes Mal in die Runde und verschwand.

Die Sachlichkeit der Kriminalrätin ließ den Kloß in Malins Hals wachsen. Hatte die Frau keine Emotionen? Tiedemann war tot. Ihr Kollege. *Den du vergessen hast.*

»Ich möchte, dass ihr mit den Anwohnern sprecht«, sagte Fricke. »Hört euch auch bei den Läden an der U-Bahn um und fragt nach Überwachungskameras.«

»Das Gelände ist nicht einsehbar.« Bartels klang gereizt. »Und die nächsten Häuser sind auf der anderen Seite der Kreuzung. Was soll das bringen?«

Fricke blieb ruhig. »Der Körper deines Kollegen hat mehrere Dutzend Messerstichen abbekommen. Wenn der Täter nicht gerade einen Schutzanzug getragen hat, muss seine Kleidung voller Blut gewesen sein. Jemand könnte etwas gesehen haben.«

Bartels ruderte umgehend zurück. »Du hast recht, Hans«, erwiderte er leise. »Tut mir leid.«

Fricke wischte die Entschuldigung seines Mitarbeiters mit einer Handbewegung beiseite. »Ole war unser Kollege. Und unser Freund. Sein Tod geht uns allen nahe. Trotzdem sollten wir sehen, dass wir einen kühlen Kopf bewahren. Solange uns niemand etwas anderes sagt, machen wir unsere Arbeit wie bei jedem anderen Fall. Das sind wir Ole schuldig. Ich melde mich bei euch, sobald es etwas Neues gibt.« Sein Handy klingelte und er wandte sich ab, um zu telefonieren.

Schweigend folgte Malin ihrem Teampartner zum Ausgang. Die Menschenmenge vor der Absperrung hatte sich mittlerweile verdreifacht. Ein Reporter streckte ihnen ein Mikro entgegen. Kameras klickten.

Bartels hob abwehrend die Hand.

Malin drehte sich ein letztes Mal zum Blindengarten um, doch die Trinkhalle versperrte ihr die Sicht auf das weiße Zelt. Das Bild des toten Tiedemann hatte sie trotzdem vor Augen.

Was hast du hier zu suchen gehabt, Ole? Mitten in der Nacht?

8. KAPITEL

Das Konferenzzimmer der Mordkommission platzte aus allen Nähten. Neben Frickes Team waren zahlreiche Kollegen der Kriminaltechnik, Beamte der Abteilung Kommissionsermittlungen und Sonderlagen, Ermittler der OFA sowie Kriminalrätin Dorothea Riesling im Raum.

Alle hatten sich für eine Schweigeminute erhoben. Es war vollkommen still.

Malin starrte auf den Platz, an dem Tiedemann üblicherweise gesessen hatte und der freigeblieben war, und kämpfte mit den Tränen. Trauer und Schuld lagen wie eine schwere Last auf ihren Schultern, und sie hoffte inständig, dass sie nicht vor den Augen der versammelten Kollegen zusammenbrechen würde. Sie rief sich Tiedemanns Gesicht ins Gedächtnis. Seine blasse, durchscheinende Haut, durch die man an manchen Tagen die blauen Äderchen unter seinen Augen erkennen konnte, sein wacher, aufmerksamer Blick, dem niemals etwas zu entgehen schien. Was ist dir nur passiert, Ole? Sie dachte an ihr letztes Zusammentreffen. Um acht bei Emilia. Würdest du noch leben, wenn ich unsere Verabredung eingehalten hätte?

Fricke setzte sich. Er wartete, bis alle anderen ebenfalls Platz genommen hatten, dann räusperte er sich. »Das ist für uns alle keine alltägliche Situation. Ole war einer von uns. Ein Polizist, ein Kollege, den wir geschätzt und gemocht haben.« Er sah in bedrückte Gesichter. »Trotzdem ist es gerade in diesem Fall von besonderer Bedeutung, dass wir professionelle Distanz bewahren.« Er wechselte einen Blick mit seiner Vorgesetzten, die ihm kurz zunickte. »Den Fall, dass ein Kollege unseres Kommissariats zum Mordopfer wurde, hat es so noch nicht gegeben. Doch da wir in Hamburg die einzige zuständige Dienststelle für Tötungsdelikte sind, werden auch wir ermitteln.« Ein Raunen ging durch das Konferenzzimmer. »Es hat bereits ein Gespräch mit dem Polizeipräsidenten stattgefunden und wir sind gemeinsam übereingekommen, dass es keinen Sinn macht, dass ein anderes Team die Ermittlungen übernimmt. Zum einen haben die Kollegen eigene Fälle zu bearbeiten, zum anderen müssten sie sich erst komplett neu einarbeiten. Das kostet Zeit. Wertvolle Zeit, die wir lieber dazu nutzen sollten, den Täter so schnell wie möglich zur Strecke zu bringen. Unterstützen werden uns hierbei die Kollegen von der Kommissionsermittlung.«

Fricke sah in die Runde. »Ich setze auf eure Professionalität. Wir dürfen uns keinen einzigen Formfehler erlauben, das sind wir Ole schuldig. Wenn es jemandem aufgrund von persönlicher Befangenheit nicht möglich sein sollte, einen klaren Kopf zu behalten, habe ich dafür volles Verständnis und wir finden gemeinsam eine Lösung.« Niemand rührte sich. »Also, kann ich auf euch zählen?« Sein Blick glitt über die Anwesenden. Alle nickten. »Gut, dann legen wir jetzt los.« Er stand auf und ging ans Whiteboard, an das Tatortfotos vom Blindengarten geheftet worden waren. »Ole wurde in den späten Abendstunden getötet. Wir wissen, dass er sich bis einundzwanzig Uhr in einem italienischen Restaurant in der Gertigstraße in Winterhude aufgehalten hat. Die Wirtin hat uns das bestätigt. Wie er anschließend in den Stadtpark gekommen ist und was in der Zwischenzeit passierte, bleibt offen.« Fricke holte tief Luft. »Aufgrund der Auffindesituation müssen wir davon ausgehen, dass Ole dem Täter, der auch Armin Behrens und Graciela Fernández umgebracht hat, zum Opfer gefallen ist. Aber das werden wir uns natürlich ganz genau ansehen.«

»Dann haben wir also eine Serie?«, fragte Andre Loewe, der Leiter des LKA 44, zuständig für Kommissionsermittlungen. Er war um die fünfzig, hatte die sehnige, durchtrainierte Statur eines Marathonläufers, dunkle Haare, dunklen Teint und einen stechenden Blick.

»Wenn sich bestätigt, dass es sich um denselben Täter handelt, ja«, erwiderte Fricke. »Solange müssen wir auf allen Ebenen ermitteln. Ole war Polizist. Diese Tatsache dürfen wir nicht aus den Augen verlieren, es könnte bei seiner Ermordung eine Rolle gespielt haben.«

»Du denkst an einen Trittbrettfahrer?«, fragte Malin.

Fricke runzelte die Stirn. »Dass Ole genau dem Täter zum Opfer fällt, wegen dem wir gerade ermitteln, wäre schon ein verdammter Zufall. Außerdem passt er nicht ins Raster. Der Mörder hatte es bisher nur auf Homosexuelle abgesehen. Wir sollten also auch andere Möglichkeiten in Betracht ziehen. Wir wissen alle, was manchmal für Drohungen gegen uns ausgestoßen werden. Jemand könnte diese in die Tat umgesetzt haben.« Er schenkte sich ein Glas Wasser ein. »Aber warten wir die Ergebnisse der Rechtsmedizin ab, bevor wir diesbezüglich anfangen zu spekulieren.«

»Der Blindengarten im Stadtpark ist ein bekannter Treff in der Gay-Szene«, warf Andre Loewe ein.

Einen kurzen Moment war es still im Konferenzzimmer.

»War Ole Tiedemann denn homosexuell?« Die Frage kam von Judith Klug aus dem OFA-Team.

»Nie und nimmer war Ole schwul«, brauste Andresen auf. »Er war mein Partner. Das hätte ich doch gemerkt.« Er sah Bartels an. »Er war doch nicht schwul, oder?«

Bartels wirkte sichtlich mitgenommen. Sein Teint war blass, die dunklen Augen blickten müde und seltsam stumpf. »Ehrlich gesagt, ich weiß es nicht, Sven.«

Fricke sah in die Runde. »Weiß irgendjemand etwas über Ole Tiedemanns sexuelle Orientierung?«

Keiner sagte etwas.

»Die ganze Situation ist völlig absurd«, schnaubte Andresen. »Seit über zwei Wochen ermitteln wir in dem Fall und auf einmal ist Ole tot und soll auch noch schwul gewesen sein. Das glaube ich im Leben nicht. Da stinkt doch etwas. Und zwar ganz gewaltig.«

Torben Sommer von der Fototechnik rutschte unruhig auf seinem Stuhl herum. »Ich habe Ole mal gesehen – in einer Bar.«

»Ja, und?«

»Er war in Begleitung«, schob Sommer nach.

Andresen hob die Brauen. »Das ist nicht verboten. Oder kommt da noch was?«

»Es war in der *M+V Bar* in der Langen Reihe.«

Die Gaststätte war eine der ältesten Bars in St. Georg und im Hamburger Nachtleben eine bekannte Größe der Gay-Community.

Andresen rollte die Augen. »Das hat doch nichts zu sagen. Da gehen schließlich auch Frauen und Heteros hin. Oder stehst du auf Kerle?«

Der Fototechniker ignorierte die Provokation. »Ich habe doch gesagt, Tiedemann war nicht allein. Ein Mann war bei ihm. Die beiden schienen sich nahezustehen, wenn ihr versteht, was ich meine. Die Situation war mehr als eindeutig.«

Einen Moment war es still im Konferenzzimmer.

»Ich glaub das alles nicht.« Andresen schüttelte den Kopf. »Anscheinend habe ich meinen Partner überhaupt nicht gekannt.«

Malin dachte an die vielen Versuche, die sie unternommen hatte, um Tiedemann besser kennenzulernen. So gut wie alle waren ins Leere verlaufen. »Hat überhaupt jemand Ole gekannt?«

Betretenes Schweigen.

»Er hat sich verändert in letzter Zeit«, sagte Bartels schließlich. »Ich habe ihn mehrfach gefragt, ob er nicht mit uns nach Feierabend etwas trinken gehen möchte. Er hat jedes Mal gesagt, er wäre zu müde.«

Fricke sah von seinen Unterlagen auf. »Fühlte er sich denn überarbeitet?«

»Nein. Ich glaube, es war eine Ausrede.«

»Aber mit Brodersen hat er sich offenbar verabredet«, warf Andresen ein. Sein Blick wurde finster. »Wenn sie ihn nicht …«

»Sven!«, mahnte Fricke, ehe der Ermittler den restlichen Satz aussprechen konnte. »Gegenseitige Anschuldigungen bringen uns nicht weiter. Wir wissen nicht, was geschehen ist, also belass es bitte dabei. Wenden wir uns lieber dem weiteren Vorgehen zu. Jemand muss Oles Vater informieren.« Er trank einen Schluck Wasser. »Ich hatte eigentlich vor, das selbst zu übernehmen, doch die Obduktion wurde für fünfzehn Uhr angesetzt, da möchte ich dabei sein.«

»Dann übernehme ich das«, bot Bartels an.

Malin nickte. »Ich komme mit.«

»Gut, dann wäre das geklärt.« Fricke sah Andresen an. »Woran hat Ole zuletzt gearbeitet?«

»Wir haben gestern den ganzen Nachmittag Klinken geputzt.«

»Die Gästeliste von der Veranstaltung im Unilever-Haus?«

Andresen nickte. »Das hätten wir uns sparen können. Niemand hat etwas Ungewöhnliches bemerkt. Ein, zwei Leute konnten sich daran erinnern, dass Armin Behrens sich mit einem Mann unterhielt, der offenbar ein Problem beim Laufen hatte. Eine brauchbare Beschreibung abgeben konnten sie leider nicht.«

»Was hatte Ole sonst noch auf dem Tisch?«

Andresen überlegte. »Nichts Besonderes. Aber ich kann gerne noch mal in seinen Unterlagen nachsehen.«

»Das übernehmen die Kollegen von 44«, sagte Fricke und sah dabei zu Andre Loewe. »Wir brauchen einen unvoreingenommen Blick auf das Material.«

Der Leiter der Kommissionsermittlung nickte.

»Was ist mit der Albaner-Sache?«, warf Bartels ein. »Soweit ich mich erinnere, hat sich Ole an der Vorstellung, dass Besim Shabani bei dem Mord an Graciela Fernández mit drinnen hängt, ganz schön festgebissen.«

Fricke seufzte. »Das hatten wir doch längst ad acta gelegt.«

»Ole auch?«

»Wo ist eigentlich Tiedemanns Auto?«, fragte Dietmar Peters, ein Kollege von 44, dessen runder Bauch sich beträchtlich über seiner dunklen Jeans wölbte. Er war ein großer, gutmütiger Kerl mit spärlichem Haupthaar und einer Vorliebe für Schokoriegel.

»Vermutlich in der Werkstatt«, murrte Andresen. »Weshalb fragst du?«

»Na, irgendwie muss er ja zum Blindengarten gekommen sein.«

Fricke nickte. »Das ist ein guter Punkt. Kannst du das gleich übernehmen, Dietmar?«

Peters nickte.

Fricke wandte sich an den Leiter der Kriminaltechnik. »Was hast du bisher für uns, Frank?«

Glaser griff nach einem Schnellhefter. »Der Spurenlage nach stimmen Fundort und Tatort überein. Wir haben in der Nähe Zigarettenkippen gefunden, die gleiche Sorte wie im Fall Armin Behrens. Außerdem wurden auf Oles Mantel Faserspuren sichergestellt. Beides ist auf dem Weg zur Laboruntersuchung.«

»Gab es Fußspuren im Schnee?«

»Zumindest keine klar erkennbaren. Es hat die ganze Nacht geschneit.«

»Kein Hinweis auf die Tatwaffe?«

Frank Glaser verzog das Gesicht. »In dem Fall hätten wir dich sofort benachrichtigt, Hans. Aber das Areal ist groß, meine Leute suchen noch danach.«

»Wir sind also wieder bei der Ausgangsfrage«, stellte Fricke fest. »Was hatte Ole im Blindengarten zu suchen? Selbst wenn Ole tatsächlich homosexuell war, dann wird er sich doch dort kaum zu einem Techtelmechtel getroffen haben. Es war schweinekalt!« Er ließ seine Hände auf die Tischplatte sinken. »Wir müssen Oles letzte Stunden rekonstruieren und mit allen reden, die ihn kannten.« Er sah Torben Sommer an. »Den Mann, den du zusammen mit Ole in der *M+V Bar* gesehen hast, kanntest du den?«

Der Fototechniker schüttelte den Kopf. Er wirkte sehr blass und schien sich angesichts der Aufmerksamkeit nicht besonders wohlzufühlen.

»Erinnerst du dich noch daran, wie er aussah? In dem Fall könnten wir ein Phantombild erstellen.«

»Nicht mehr genau, aber wir können es trotzdem versuchen.«

Fricke nickte und wandte sich wieder an den Leiter der Spurensicherung. »Wenn dein Team am Tatort fertig ist, seht ihr euch bitte in Oles Wohnung um. Vielleicht gibt es eine persönliche Verbindung und ihr findet dort Spuren vom Täter.«

Dorothea Riesling, die der Besprechung bisher still beigewohnt hatte, verließ ihren Platz an der Fensterbank. »Der Termin mit dem Pressesprecher«, erinnerte sie Fricke.

Der Hauptkommissar nahm einen letzten Schluck Wasser und erhob sich. »Fred, ihr solltet jetzt zu Oles Vater fahren. Ich möchte nicht, dass etwas durchsickert und er aus den Medien vom Tod seines Sohnes erfahren muss.«

Bartels nickte.

»Hans, kann ich dich später in die Rechtsmedizin begleiten?«, kam es von Andresen.

»Ich gebe dir Bescheid, sobald es losgeht.« Fricke nickte noch einmal in die Runde und verschwand hinter seiner Vorgesetzten aus dem Raum.

Das Pflegeheim lag abseits der Hauptverkehrsstraßen mitten in Altona. Malin folgte Bartels aus dem Dienstwagen durch eine gepflegte Gartenanlage zu einem vierstöckigen Backsteingebäude. Ihre Augen brannten vor unterdrückten Tränen. Hinzu kam ein flaues Gefühl im Magen, wenn sie an die bevorstehende Begegnung dachte. Keiner wusste, in welchem körperlichen und geistigen Zustand sich Tiedemanns Vater befand. Ob er noch in der Lage war, alleine zu essen, sich zu waschen und Toilettengänge zu verrichten oder ob er bereits vollständig bettlägerig war, wundgelegen und ruhiggestellt mit Medikamenten.

Der Eingangsbereich des Pflegeheims hatte Ähnlichkeit mit einem Hotelempfang. Eine lichtdurchflutete Halle mit pastellfarbenen Wänden und einem Tresen aus hellem Holz, hinter dem eine Mittvierzigerin im blütenweißen Kittel gerade den Telefonhörer auflegte.

Bartels zeigte ihr seinen Dienstausweis. »Wir möchten zu Helmuth Tiedemann.«

Die Empfangsmitarbeiterin tippte etwas in ihren Computer. »Station drei.« Sie griff nach dem Telefon. »Ich kündige Sie an. Nehmen Sie einfach den linken Gang und fahren dann mit dem Fahrstuhl in den dritten Stock.«

Eine kräftige Brünette in roséfarbenen Kittel und einem langen Zopf nahm die beiden Kriminalbeamten in Empfang. »Ich bin Bettina Schubert, eine der Pflegerinnen.« Sie musterte die Besucher neugierig. »Herr Tiedemann bekommt nur selten Besuch, und dann nur von seinem Sohn. Kennen Sie sich mit Demenz aus?«

Bartels runzelte die Stirn. »Herr Tiedemann ist demenzkrank? Das wusste ich nicht. Mein Wissen in der Hinsicht ist ehrlich gesagt eher bescheiden. Was ist mit dir?« Er wandte sich an Malin.

»Geht mir ähnlich.«

»Bei Demenzkranken sind das Gedächtnis, vor allem die örtliche und zeitliche Orientierung beeinträchtigt«, informierte sie die Pflegerin. »Die Persönlichkeit verändert sich, mitunter kommt es zu aggressiven Verhaltensweisen. Auch der Körper wird in Mitleidenschaft gezogen. Je weiter die Krankheit voranschreitet, desto mehr verschlechtert sich der Allgemeinzustand. Es kommt zu Mobilitätseinschränkungen, Inkontinenz und führt bis zur Bettlägerigkeit.«

»Und wie geht es Herrn Tiedemann?«

»Einzelheiten zu seinem Krankheitsverlauf kann ich Ihnen leider nicht sagen. Datenschutz, Sie wissen schon. Aber im Gegensatz zu unseren schwereren Fällen geht es ihm verhältnismäßig gut. Je nach Tagesform. Am besten sprechen Sie mit seinem Sohn, er kann Ihnen sicherlich die Auskünfte geben, die Sie brauchen.«

»Das ist leider nicht möglich.« Bartels fuhr sich flüchtig durch die dunklen Locken. »Herr Tiedemann ist verstorben. Wir sind hier, um seinen Vater darüber zu unterrichten.«

»Ach, du meine Güte, was ist denn passiert?«

»Wir möchten bitte erst mit Herrn Tiedemann sprechen, sofern er ansprechbar ist«, erwiderte Bartels freundlich.

»Ja, natürlich.« Bettina Schubert bedeutete ihnen, ihr zu folgen. Durch eine Tür kamen sie in einen langen Flur mit PVC-Boden. Es roch streng. Eine Mischung aus Urin, Desinfektionsmitteln und natürlichem Verfall. Vor einer Tür, die wie alle anderen aussah, blieben sie stehen.

»Hier ist es.« Die Pflegerin klopfte und trat ein. »Sie haben Besuch, Herr Tiedemann.«

Der alte Mann saß in einem Sessel vor der Balkontür und schaute hinaus in den Garten. Neben ihm stand ein Rollator. Keine Reaktion auf die Neuankömmlinge.

Das Zimmer war einfach und zweckmäßig ausgestattet. Ein Tisch mit Besucherstuhl, Kleiderschrank und Kommode, und ein weißes Pflegebett vor einer hellgelb gestrichenen Wand. In einer Vase standen ein paar Plastikblumen, daneben das Foto eines jungen Mannes in Polizeiuniform. Wasserblaue Augen. Ole.

Malin schluckte und betrachtete die schmale Gestalt im Sessel. Helmuth Tiedemann sah seinem Sohn verblüffend ähnlich. Das schmale Gesicht, der gleiche blasse Teint, nur das sandfarbene Haar war spärlicher und der Blick nicht mehr ganz so klar.

»Schauen Sie, Herr Tiedemann, Sie haben Besuch!« Die Pflegerin wandte sich an die Kriminalbeamten. »Ich muss mich jetzt um die anderen Patienten kümmern. Rufen Sie nach mir, wenn etwas sein sollte.« Sie wies auf eine Klingel mit einem roten Knopf und verließ den Raum.

Bartels trat neben den Sessel am Fenster. »Hallo, Herr Tiedemann. Kennen Sie mich noch? Ich bin Frederick. Frederick Bartels.«

Malin sah ihren Kollegen erstaunt an, sagte aber nichts. Der alte Mann starrte weiter aus dem Fenster.

Bartels ging neben ihm in die Hocke. »Ich bin gekommen, um mit Ihnen über Ole zu sprechen.«

Helmuth Tiedemann drehte ihm den Kopf zu. Ein Leuchten erschien auf seinem Gesicht. »Mein Junge.« Er tätschelte Bartels unbeholfen den Arm.

»Das ist lange her, dass wir uns zuletzt gesehen haben, Herr Tiedemann.«

Das Tätscheln hörte auf. »Wann kommt deine Mutter nach Hause? Ich habe Hunger.«

»Er hält dich für Ole«, sagte Malin leise.

»Ich bin Frederick, Frederick Bartels, Herr Tiedemann«, versuchte ihr Kollege es erneut. »Wir waren Nachbarn. Damals in der Weidenallee. Können Sie sich erinnern?«

»Sag deiner Mutter, dass ich keine Bohnen esse. Die vertrag ich mit meinem Magen nicht.«

»Klar, keine Bohnen«, murmelte Bartels und erhob sich. »Ich sage dann mal Bescheid, dass Sie Hunger haben. Auf Wiedersehen, Herr Tiedemann.«

Im Flur trafen sie auf die Pflegerin. »Und? Konnten Sie mit ihm reden?«

»Leider nein, er hat mich für seinen Sohn gehalten.«

»So etwas kommt bei dem Krankheitsbild häufig vor. An anderen Tagen ist Herr Tiedemann dann wieder völlig klar.«

»Können Sie uns sagen, wann sein Sohn ihn das letzte Mal besucht hat?«, fragte Malin.

»Da müsste ich nachschauen.« Sie verschwand im angrenzenden Raum und kam mit einem Ringbuch zurück, in dem sie blätterte. »Ach, da steht es.« Bettina Schubert tippte mit dem Finger auf einen Eintrag. »Letzte Woche Dienstag.« Sie runzelte die Stirn. »Zwei Tage vorher war er schon mal da.«

»Ist das ungewöhnlich?«, hakte Malin nach.

»Normalerweise hat Herr Tiedemann seinen Vater höchstens einmal die Woche besucht, manchmal auch nur alle vierzehn Tage.«

»Gab es irgendeinen medizinischen Grund, dass Herr Tiedemann seinen Vater kurz hintereinander zweimal besucht hat?«

»Nein. Ich hatte mich ehrlich gesagt auch schon gewundert, aber wissen Sie, wir haben hier so viel zu tun, dass ich mir nicht auch noch den Kopf über die Besucher zerbrechen kann.«

Malin zog eine Visitenkarte aus ihrer Tasche. »Können Sie uns vielleicht anrufen, wenn Herr Tiedemann einen seiner besseren Tage hat?«

Die Pflegerin steckte die Karte in ihren Kittel. »Mach ich, aber jetzt muss ich das Abendessen austeilen.«

»Bitte keine Bohnen für Herrn Tiedemann«, murmelte Bartels. »Die verträgt er nicht.«

Die Kriminalbeamten verabschiedeten sich und waren gerade am Dienstwagen angekommen, als Bartels' Handy klingelte. Er wandte sich ab, um zu telefonieren. Keine

Minute später rutschte er neben Malin auf den Fahrersitz. »Das war der Chef. Er kommt gerade mit Andresen aus der Rechtsmedizin.« Bartels' Augen wirkten noch dunkler als sonst. »Laut Dr. Steinhofer handelt es sich mit hoher Wahrscheinlichkeit um dieselbe Tatwaffe wie in den Fällen Fernández und Behrens.« Er ließ den Motor an.

Es war kurz vor Mitternacht, als Malin ihren Mini in einer Parkbucht in der Ulmenstraße abstellte. Regungslos blieb sie hinter dem Lenkrad sitzen. Sie war völlig erledigt. Die Tränen, die sie den ganzen Tag mühsam zurückgehalten hatte, drängten nun mit aller Macht aus ihr heraus. Sie bettete ihren Kopf aufs Lenkrad und weinte hemmungslos. Minuten später lehnte sie sich erschöpft zurück. *Ich weiß nicht, ob ich das schaffe.* Der Gedanke war urplötzlich da. All die Menschen, denen sie während Ermittlungen bisher begegnet war, die Toten genau wie die Lebenden, sie hatten schon jetzt Spuren hinterlassen. Erinnerungen, die sich nicht mehr abschütteln ließen. Mit jedem Fall kamen neue hinzu. Und jetzt Ole. Den sie im Stich gelassen hatte. Konnte sie sich das jemals verzeihen? Sie schloss die Augen. Es gab nur einen einzigen Weg, um die Schuld ein Stück weit abzutragen. Und dafür musste sie den Mörder finden.

Malin stieß die Autotür auf und trat in den Schnee. Sie sehnte sich nach einer heißen Badewanne, einer Tasse Tee und nach ihrem Bett. Alles, was sie jetzt brauchte, waren Ruhe und Schlaf, damit sie am nächsten Tag mit klarem Kopf in die Ermittlungen starten konnte.

Sie erreichte den Privatweg, der zu ihrem kleinen Stadthaus führte. Abrupt blieb sie stehen. Im Erdgeschoss brannte Licht. Erst jetzt fiel ihr wieder ein, dass Thies bei ihr wohnte.

9. KAPITEL

Jemand hatte ihm eine aufgeschlagene Zeitschrift mit der Reportage *Blackout durch Alkohol* auf den Schreibtisch gelegt. Verhaltenes Glucksen war im Großraumbüro in der fünfzehnten Etage des Wolkenkratzers zu hören. Rainer Hellmann von der Schadensregulierung hob seinen blonden Lockenschopf von ein paar Unterlagen. »Nichts für ungut. Nur ein kleiner Scherz unter Kollegen.«

»Kein Problem, ich kann Spaß vertragen.« Gerry lächelte. Wenn die wüssten.

Er beförderte die Zeitschrift in den Papierkorb und stellte den Computer an. Während die Programme hochfuhren, ging er die Unterlagen in seinem Eingangsfach durch. In der nächsten Stunde arbeitete er konzentriert ein halbes Dutzend Anträge ab, dann gönnte er sich die erste Pause. Mit dem Kaffeebecher in der Hand lehnte er sich in seinem Schreibtischstuhl zurück und sah aus dem bodentiefen Fenster. In der Ferne konnte man die Baukräne in der HafenCity erkennen. Augenblicklich kreisten seine Gedanken um Armin Behrens. Warum hatte er ausgerechnet ihn im Unilever-Haus treffen müssen?

Eigentlich hätte er nicht einmal bei der Veranstaltung dabei sein sollen, aber sein Chef hatte ihn dazu verdonnert, ihn dort zu vertreten. Dabei wäre es mit Sicherheit nicht aufgefallen, wenn keiner ihrer Firma bei dem Event aufgetaucht wäre. Über fünfhundert Menschen waren an dem Abend im Atrium gewesen. Allesamt Wichtigtuer.

Wieso hatte Armin seine neu entdeckten Lebensweisheiten nicht für sich behalten können? Scheißfreundlich war er gewesen. Und dann noch diese fadenscheinige Entschuldigung. Gerrys Gedanken schweiften zurück in die Zeit, als er den ehemaligen Mitschüler zuletzt gesehen hatte. Damals war Armin alles andere als nett gewesen. Unwillkürlich strich er sich übers Bein. An der Stelle, wo unter dem Hosenstoff die hässliche Narbe prangte, verweilte er einen Moment. Wut kroch in ihm hoch. Wie lange konnte er das Monster dieses Mal im Zaum halten? Die Abstände wurden immer kürzer. Er hatte schon längst die Kontrolle verloren.

Ekel überkam ihm, als er an all das Blut dachte, das aus seinem letzten Opfer geflossen war.

Vermutlich hatten die Bullen auch von ihm jede Menge DNA am Tatort gesichert. Früher oder später würden sie ihn schnappen.

Er ballte die linke Hand zur Faust und ließ sie auf die Tischplatte sausen, in der anderen schwappte der Kaffee über den Becherrand und verbrühte ihm die Haut. Köpfe fuhren zu ihm herum. Fragende Gesichter.

Gerry trocknete mit einem Taschentuch seine feuerrote Hand und griff nach dem nächsten Antrag.

Ein leichter Zitrusduft schlug den Ermittlern aus Ole Tiedemanns Wohnung entgegen. Malin zog ihre Schuhe aus und stellte sie feinsäuberlich neben die Haustür.

Bartels sah ihr irritiert dabei zu. »Warum tust du das?«

»Ole hat mich beim letzten Mal darum gebeten.« Malin hörte selbst, wie merkwürdig ihre Antwort klang.

Es war noch früh am Vormittag, sechsundzwanzig Stunden nachdem sie Tiedemanns Leiche gefunden hatten. Stunden, in denen sie kaum geschlafen oder etwas gegessen hatte.

Schweigend gingen die beiden Kriminalbeamten in den ersten Raum. Das Wohnzimmer ihres Kollegen beherbergte viel Chrom und Glas, eine schwarze, schnörkellose Ledercouch, reinweiße Wände und keinerlei Nippes. Bis auf die Pulverrückstände an den Stellen, an denen die Kriminaltechniker bis in die späten Abendstunden Fingerabdrücke gesichert hatten, wirkte alles makellos sauber und aufgeräumt. Glaser und seine Leute hatten sich offensichtlich große Mühe gegeben, den Ursprungszustand der Wohnung wiederherzustellen.

Malin blieb zögernd vor einer Anrichte stehen. »Es kommt mir irgendwie falsch vor, in Oles Sachen herumzuschnüffeln.«

Bartels trat neben sie und öffnete wortlos eine Schublade. Untersetzer, Tischsets und Servietten lagen akkurat nebeneinander. »Wir schnüffeln nicht, wir suchen nach Hinweisen.« Er schloss die Schublade wieder und öffnete eine Schranktür, hinter der Gläser in unterschiedlichen Größen und eine einzelne Vase zum Vorschein kamen.

»Ich leg dann im Arbeitszimmer los«, murmelte Malin und ging in den angrenzenden Raum. Einen Moment blieb sie regungslos stehen. Alles sah fast genauso wie vor drei Monaten aus, als sie Tiedemann während der Sandmann-Ermittlung zu Hause aufgesucht hatte. Zwei bis unter die Decke mit Aktenordnern und Büchern gefüllte Regale flankierten die Seitenwände, vor dem Fenster stand ein überdimensionaler Schreibtisch mit drei Bildschirmen, den dazugehörigen Tastaturen und weiteren hochtechnischen Geräten. Darunter schlängelten sich lose Kabel wie schwarze, tote Schlangen am Boden. Die Rechner fehlten.

Malin fuhr mit ihrer behandschuhten Hand die Ordner-rücken im Regal entlang, ehe sie einen davon herauszog. Er enthielt monatliche Abrechnungen des Pflegeheims, in dem Ole Tiedemann seinen Vater untergebracht hatte. Ihr Blick blieb an der nicht unerheblichen Summe hän-gen, die ihr Kollege Monat für Monat berappen musste. Offensichtlich reichte die Rente seines Vaters zur Bestrei-tung der Heimkosten nicht aus. Was wurde jetzt aus dem alten Tiedemann?

Sie stellte den Ordner zurück und schnappte sich den nächsten. Mietvertrag, Nebenkostenabrechungen und Schreiben an die Hausverwaltung. Alles fein säuberlich datiert und abgeheftet. Malin starrte auf die vertraute Handschrift ihres Kollegen. Dann gab sie sich einen Ruck und ging die restlichen Unterlagen durch.

»Im Wohnzimmer und in der Küche war nichts Auf-schlussreiches zu finden.« Bartels lehnte am Türrahmen und sah seiner Kollegin bei der Arbeit zu. Er hatte seine Jacke in der Zwischenzeit ausgezogen, sein dunkelgraues Hemd betonte seine Blässe und die tiefen Augenringe.

Malin zog eine Schreibtischschublade auf. Ein umge-drehtes Bild lag auf einem Stapel Unterlagen. Sie nahm es heraus. Sie kannte das Foto. Es hatte bei ihrem letzten Besuch im Regal gestanden und zeigte Ole Tiedemann, Seite an Seite mit einem jüngeren, strahlenden Frederick Bartels in Uniform. Komisch, dass es jetzt in der Schub-lade lag.

Bartels nahm ihr das Bild aus der Hand. Einen Moment sah es so aus, als würde er die Fassung verlieren, dann erschien ein entschlossener Zug um seinen Mund. »Lass uns weitermachen.« Er legte das Bild zurück an seinen Platz und zeigte auf die zahlreichen Computerutensilien.

»Das sieht aus wie in einer Kommandozentrale. Was zum Teufel hat Ole hier gemacht?«

»Das werden wir bald wissen.« Malin wies auf die losen Kabelenden am Boden. »Die Techniker haben die Rechner mitgenommen.«

Bartels bückte sich und öffnete die unterste Schreibtischschublade. Er zog einen Schnellhefter heraus. Beim Durchblättern runzelte er die Stirn. »Das sind Zeitungsberichte über Besim Shabani. Ole hat sie offenbar gesammelt.« Er reichte seiner Kollegin die Unterlagen.

»Die Artikel gehen über mehrere Jahre zurück«, sagte Malin irritiert, nachdem sie die Berichte überflogen hatte. »Wusstest du, dass sich Ole so intensiv mit Shabani beschäftigt hat?«

Bartels schüttelte den Kopf, öffnete eine weitere Schreibtischschublade und blätterte durch ein paar Unterlagen.

»Aber warum?« Malin legte den Schnellhefter beiseite, um ihn später mit ins Präsidium zu nehmen. »Soweit ich weiß, war Shabani noch nie Bestandteil einer unserer Ermittlungen. Zumindest nicht zu meiner Zeit.«

Als Bartels nicht reagierte, wandte sie sich dem Bücherregal zu.

Fachbücher über praktische Informatik, Software-Entwicklung und Programmiersprache reihten sich dutzendfach aneinander. Lektüre eines Computerfreaks.

»Hier ist nichts zu finden.« Bartels schloss die oberste Schreibtischschublade. »Bleibt uns nur noch der letzte Raum.«

Die Möbel im Schlafzimmer waren ebenso schlicht und schnörkellos wie das restliche Wohnungsinventar und schienen direkt aus dem Katalog eines schwedischen Einrichtungshauses zu stammen. Die anthrazitfarbene Bettwäsche lag Kante auf Kante, nicht ein einziges Bild zierte die Wände.

Malin öffnete den Kleiderschrank mit Spiegeleinsatz. Ihr Hals wurde eng, als sie neben Hosen und Anzügen die farblosen, akkurat gebügelten Hemden sah, die ihr Kollege für gewöhnlich getragen hatte. Sie atmete tief durch und machte sich an die Arbeit. In einem hellgrauen Sakko ertasteten ihre Finger etwas kleines Rechteckiges. Es war ein Streichholzmäppchen der *M+V Bar*.

»Die Bar für Gays and Friends«, las sie leise die Beschriftung vor. Sie legte es beiseite, um es später mitzunehmen, und widmete sich dem weiteren Schrankinhalt. In der Hosentasche einer Jeans steckte ein Zettel. Nicht sorgfältig gefaltet, so wie man es bei jemandem wie Ole Tiedemann erwartet hätte, sondern zu einem kleinen Ball zuammengeknüllt. Sie strich den Zettel glatt. Es war ein Blatt im DIN-A4-Format, mit kleinen Einrissen an den Kanten und ein paar Flecken, so als hätte es Jahre in der Hosentasche verbracht. Etwa fünf Dutzend Namen standen darauf, die meisten waren ihr geläufig, sie gehörten Kollegen aus dem Präsidium. Darunter die von Frederick Bartels, Sven Andresen und Hans Fricke. Warum trug Ole einen Zettel mit den Namen seiner Kollegen bei sich? Gedankenverloren verstaute sie ihn zusammen mit dem Streichholzmäppchen in ihrer Tasche.

Bartels, der gerade den Nachtschrank in Augenschein nahm, hielt eine Brille hoch. »Ich wusste nicht, dass Ole eine brauchte.« Er legte sie zurück und verließ wortlos den Raum.

Malin inspizierte den Kleiderschrank zu Ende. Kein Hinweis, der Aufschluss über das Verbrechen gab oder über den Bewohner dieser Wohnung.

Im Flur stieß sie auf ihren Teampartner, der gerade kreidebleich das Badezimmer verließ.

»Was ist los?«, fragte sie besorgt. »Bist du krank?«

Ihr Kollege schüttelte den Kopf. »Ich bin einfach nur ein Arsch, Malin, der allerletzte Arsch.«

Von Tiedemanns Wohnung bis zur Großen Elbstraße war es nur ein Katzensprung. Trotz der niedrigen Temperaturen und der unansehnlichen grauen Matschhaufen geschmolzenen Schnees hatten die Betreiber des *Fischbeisl* ein paar Tische im Freien aufgestellt.

Malin hatte ihr Nordseekrabbenbrötchen bereits zur Hälfte gegessen, während Bartels seine unangetastete Lachsfrikadelle lustlos mit der Gabel auf seinem Teller hin- und herschob.

»Jetzt red endlich«, forderte Malin ihren Kollegen auf, der seit dem Verlassen von Tiedemanns Wohnung nur das Nötigste gesprochen hatte.

Bartels griff nach dem Becher mit dampfendem Kaffee. »Du weißt ja, dass ich im Januar zu 412 gehe. Dort steige ich zum Stellvertreter auf.«

Malin nickte. Dass ihr Partner in Kürze in ein anderes Mordermittlerteam wechselte, lag ihr schon seit Wochen im Magen. Jetzt, wo Ole tot war, wog es umso schwerer.

»Aber das ist nicht der einzige Grund, warum ich das Team wechsle«, fuhr ihr Kollege fort. »Ich wollte mich abnabeln.«

»Abnabeln von wem?«

Er trank einen Schluck. »Von Ole.«

Malin sah ihn verständnislos an, während ihr Kollege ein weiteres Mal am Kaffeebecher nippte. Sie erinnerte sich an seine Begegnung mit Hellmuth Tiedemann im Pflegeheim, und das Foto in der Schublade. »Das musst du mir erklären. Du und Ole, wie lange kanntet ihr euch?«

Bartels schob seinen Teller unangerührt beiseite. »Hab ich dir nie davon erzählt, wie ich zur Polizei gekommen bin?«

»Nein.« Sie biss in ihr Krabbenbrötchen.

»Es gab eine Zeit in meinem Leben, da war ich nicht so brav wie heute.« Ein flüchtiges Lächeln überflog seine Lippen, als Malin beim Essen innehielt. »Iss ruhig weiter, so schlimm ist es nun auch wieder nicht. Fällt eher in die Kategorie Jugendsünden. Während meiner Schulzeit war ich Mitglied in einer Clique, bei der man regelmäßig Mutproben machen musste. Alkohol auf Ex, Graffiti sprayen, Gleis-Roulette, kiffen, lauter solche Sachen.«

»Was ist Gleis-Roulette?«

»Man stellt sich vor einen herannahenden Zug auf die Schienen, und wer zuletzt wegspringt, hat gewonnnen«, erwiderte Bartels trocken.

Malin sah ihn entsetzt an. »Das ist doch total irre.«

»Meine Eltern habe sich damals ernsthaft Sorgen gemacht, dass ich abrutschen könnte«, fuhr ihr Kollege fort. »Und das wäre ich vermutlich auch, hätte ich Ole nicht getroffen. Er wohnte im Nachbarhaus, und war damals schon der letzte Spießer, zumindest in den Augen meiner Kumpels. Ich fand Ole zwar auch ein wenig sonderbar, aber irgendwie mochte ich ihn. Dabei hatte ich keine Ahnung, dass er Polizist ist.«

Malin wischte sich mit der Papierserviette den Mund ab. »Was ist passiert?«

Bartels wurde verlegen. »Ich wurde beim Ladendiebstahl erwischt. Eine Stange Zigaretten. Dabei habe ich noch nicht mal geraucht.«

»Oh Mann.«

»Du sagst es«, pflichtete Bartels ihr bei. »Der Kioskbesitzer hat sofort die Polizei gerufen. Anscheinend war das nicht seine erste Begegnung mit den Jungs aus meiner Clique, aber das wusste ich damals nicht. Auf jeden Fall ist dann Ole aufgetaucht. Ich war ziemlich perplex, als er auf einmal in Uniform vor mir stand. Er hat den Kioskbesitzer überredet, von einer Anzeige abzusehen.« Er rührte gedankenverloren mit dem Löffel im Kaffeebecher. »Ole hat mich nach dem Vorfall damals nach Hause gefahren, aber vorher haben wir noch einen Abstecher nach Santa Fu gemacht. Eine geschlagene Stunde habe ich vor dem Gefängnis neben Ole im Streifenwagen gesessen, und er hat mir eine Horror-Knastgeschichte nach der anderen aufgetischt. Das war total heftig, sag ich dir.«

Malins spürte die Anspannung ihres Kollegen.

»Aber danach war ich kuriert. Ich bin aus der Clique raus und nach dem Schulabschluss direkt zur Polizeihochschule gegangen. Wie der Zufall es wollte, war Ole einer meiner Ausbilder. Er war schon damals ein brillanter Polizist und hat entscheidend zu dem beigetragen, was ich heute bin. Ich habe ihm viel zu verdanken.«

»Ich wusste nicht, dass ihr Freunde wart, du und Ole.«

»Waren wir offensichtlich auch nicht.« Bartels starrte auf den Teller mit der Lachsfrikadelle. »Ole war komisch in letzter Zeit, hat sich zurückgezogen, fast so, als würde er mir aus dem Weg gehen. Aber anstatt ihn danach zu fragen, habe ich es einfach als eine seiner Marotten abgeschrieben. Ich hab's mir verdammt einfach gemacht.« Er schüttelte den Kopf. »Als Freund habe ich auf kompletter Linie versagt. Ich fühle mich wie der letzte Arsch.«

»Na ja, ich habe mich ja auch nicht gerade mit Ruhm

bekleckert«, sagte Malin in die entstandene Stille hinein. »Hast du mit Sven darüber gesprochen? Wie geht es ihm mit der ganzen Sache?«

»Er knabbert, Malin. So wie wir alle.«

Malin nickte. »Glaubst du, dass Ole schwul war?«

»Ich weiß es nicht. Vielleicht, vielleicht aber auch nicht. Wir haben nie darüber gesprochen.«

»Aber wenn er es war, warum hat er es uns nicht erzählt?«

»Dafür kann es tausend Gründe geben. Vielleicht hatte er Angst vor Anfeindungen, dummen Sprüche oder Lästereien hinter seinem Rücken. Oder er befürchtete, dass ein Outing seine Karriere auf Eis legen würde.«

Malin schüttelte den Kopf. »Aber doch nicht in der heutigen Zeit.«

»Manchmal bist du ein bisschen naiv, Malin. Oder was glaubst du, warum es ausgerechnet bei der Polizei und der Bundeswehr so wenig Homosexuelle gibt? Sie outen sich nicht, so einfach ist das.«

Malin leerte ihren Kaffeebecher. »Und wenn Andresen recht hat, und Ole gar nicht schwul war?«

Bartels seufzte. »Wie heißt noch mal der Schuppen, in dem Ole von Torben Sommer gesehen wurde?«

Malin wühlte in ihrer Tasche und legte dann das Streichholzmäppchen aus Tiedemanns Sakko auf den Tisch. »*M+V Bar.*«

»Gut, dann fahren wir da jetzt hin.«

Es war fast Mittag, als Sam das Haus verließ. Schon seit den frühen Morgenstunden regnete es Bindfäden. An den Straßenrändern lagen graue Schneereste. Die Kapuze tief in die Stirn gezogen, folgte er den schmalen Straßen des Karoviertels. Schmucke Altbauten mit lauschigen Hinterhöfen, Graffiti-verzierte Hauseingänge, bunte Türen, Fenster und Fassaden, zahlreiche Lokale und kleine inhabergeführte Läden. Es war keine wohlhabende Gegend. Noch in den 1980er Jahren hatte das Viertel als verarmt gegolten und war in baulich schlechtem Zustand gewesen, doch durch den Prozess der Stadterneuerung gehörte es mittlerweile zu den beliebten Wohngebieten der Stadt.

Sam liebte sein Viertel und konnte sich nicht vorstellen, irgendwann woanders zu leben. Doch er verließ seine Wohnung nur selten, verbrachte den Großteil seiner Zeit vor dem Rechner und bestellte im Internet, was er zum Leben benötigte.

Er erreichte das *Panther*, ein Café mit verschachtelten Räumen, dessen Sitz-Mobiliar überwiegend aus ausrangierten Pferden und Böcken von Turnhallen bestand. Jemand hielt ihm die Tür auf. Am Tresen wählte er ein Panini belegt mit Pecorino, Tomaten, Erdnüssen und Rucola aus, bestellte dazu einen großen Kaffee und suchte sich einen freien Platz.

Er zog sein Handy aus der Jackentasche und checkte seine eingegangen Mails. Keine Antwort von *CyberTec318*. Ansonsten schien alles so weit normal.

Seit er vor einigen Tagen in den fremden Computer eingedrungen war, trieb ihn permanente Unruhe. Dabei beherrschte er das Hacken aus dem Effeff. Als Jugendlicher hatte er kaum etwas anderes getan, immer auf der Suche nach dem Kick. Ein neues Netz, den Schwierigkeitsgrad hochschrauben, Hindernisse überwinden, bis es keine Türen mehr gab, die ihm verschlossen blieben. Es war ihm nie darum gegangen, Computerprogramme auszuspionieren, Seiten lahmzulegen oder Daten zu stehlen. Er konnte nur nicht der Versuchung widerstehen, in Systeme einzudringen, die als unüberwindbar galten. Sie hatten ihn noch nie erwischt. Und auch jetzt gab es keinen Hinweis darauf, dass es dieses Mal anders sein könnte. Weshalb war er dann so angespannt?

Er zuckte zusammen, sobald es an der Tür klingelte, drehte sich immer wieder um, wenn er die Wohnung verließ, nur um zu sehen, ob ihm jemand durch die Straßen folgte. Wenn er nicht aufpasste, würde sich das noch zu einer richtigen Paranoia auswachsen.

Die Kellnerin brachte ihm seinen Kaffee und das Panini. Genüsslich biss er hinein. Es schmeckte eindeutig besser als das Zeug vom Liefer-Service.

Während er aß, beobachtete er die Menschen im Lokal. Zwei junge Frauen mit Kleinkindern auf dem Schoß tauschten sich über das Für und Wider veganer Ernährung aus, ein paar ältere Damen tranken Kaffee, dazu gab es ein Stück Kuchen, und ab und zu brachen sie in heiteres Gelächter aus. Der baumlange Kerl am Nebentisch war in eine Zeitung vertieft und zupfte dabei immerzu an seiner Anzughose herum.

Sam hätte den ganzen Tag im *Panther* herumsitzen können, doch ein potentieller Auftraggeber wartete auf das Angebot für die Einrichtung einer neuen Software-Installation. Er hatte dem Kunden versprochen, ihm bis zum Abend eine Lösung auszuarbeiten, die ideal auf die Geschäftsprozesse seines Unternehmens zugeschnitten war.

Der Typ am Nebentisch schob seinen Kaffeebecher beiseite, griff nach seiner Jacke und verließ das Café. Die Zeitung ließ er liegen.

Auf der Titelseite prangte ein Foto der alten Trinkhalle

im Stadtpark. Offenbar hatte der Messermörder wieder zugeschlagen. Seit Wochen beherrschten die grausamen Morde die Schlagzeilen.

Sam schnappte sich die Zeitung und las den Artikel. Danach betrachtete er das Foto auf der Titelseite erneut. Eine Erinnerung flammte in seinem Gedächtnis auf und sein Magen zog sich zusammen. Er langte nach seinem Handy und sah seinen E-Mail-Eingang durch. Noch immer keine Nachricht. Er rief seine Telefonkontakte auf und starrte sekundenlang auf die eingetragene Notfallnummer. Dann schloss er das Adressbuch wieder. Es bestand kein Grund, in Panik zu geraten, vielleicht war alles nur ein Irrtum.

Als er ein paar Stunden später in seiner Wohnung das Angebot mit der Software-Lösung per Mail an den Kunden verschickte, hatte er von *CyperTec318* noch immer keine Antwort erhalten.

Sam löste den USB-Stick von seinem Schlüsselbund, steckte ihn in den Anschluss seines Rechners und bootete das Betriebssystem. Der Ladebildschirm erschien. Kurz darauf öffnete sich das Startbild und er klickte auf die kleine Zwiebel neben der Adresszeile. Sie wurde grün.

Die *M+V Bar* hatte noch geschlossen, als Malin und Bartels in der Langen Reihe eintrafen. Über der gelben Leuchtreklame der Gaststätte prangte das Reklameschild einer Getränkefirma mit dem Slogan *offen für alle*. Hinter den Fenstern brannte Licht.

Bartels hämmerte gegen die Tür. Wenige Augenblicke später öffnete ein attraktiver Jüngling mit gepflegtem Kinnbart und Husky-Augen.

»Sorry, wir haben noch geschlossen.« Sein Blick scannte

Bartels innerhalb weniger Sekunden. Ein Lächeln blitzte auf. »Kommt doch einfach später wieder.«

Bartels zückte seinen Dienstausweis und das Lächeln erlosch. »Wir haben nur kurz ein paar Fragen. Dürfen wir?« Er trat an dem Mann vorbei ins Lokal. Malin folgte ihm.

Die Bar war schlauchartig geschnitten, die Einrichtung aus dunklem Holz. An der rechten Wand dominierte ein langer Tresen mit Sitzhockern, die dahinter hängenden Regale präsentierten ein breitgefächertes Angebot an Spirituosen. Sitznischen zur Linken erinnerten an ein amerikanisches Diner. In dem Lokal war es schummrig und gemütlich.

»Wollen Sie etwas trinken? Ich bin übrigens Will.«

»Nein, danke.« Bartels zog ein Foto von Tiedemann aus seiner Jackentasche und legte es auf den Tresen. »Haben Sie den Mann hier schon mal gesehen?«

Der Barkeeper warf einen kurzen Blick darauf. »Warum wollen Sie das wissen? Wir legen hier großen Wert auf Diskretion. Ich muss erst den Chef fragen, ehe ich Ihnen Auskunft über einen Gast erteile.«

»Also kennen Sie den Mann.«

Will schwieg.

Malin fasste Bartels am Arm. »Wir kommen später wieder. Am besten, wenn der Laden voll ist. Dann können wir auch mehr Leute befragen.« Sie wandte sich dem Barkeeper zu. »Um welche Zeit geht denn in diesem Schuppen so richtig die Post ab?«

Will lenkte ein. »Also gut. Der Typ war hier. Aber nicht allzu oft. Vielleicht ein-, höchstens zweimal im Monat.«

»Und trotzdem erinnern Sie sich an ihn?«

»Das gehört zu meinem Job. Außerdem war er anders als die anderen Gäste. Zugeknöpft bis oben.« Ein leicht verächtliches Lächeln erschien auf den Lippen des Barkeepers. »Bügelfalten in den Jeans. Das sagt doch schon alles.«

Malin wollte für ihren toten Kollegen in die Bresche springen, doch Bartels ergriff das Wort. »War er in Begleitung?«

»Einmal saß er mit einem anderen Kerl hier. Aber das ist ewig her.«

»Kannten Sie den Mann?«

»Nein.«

»Können Sie ihn vielleicht beschreiben?«

Der Barkeeper dachte nach. »Er war jünger als der andere. Vielleicht zehn, zwölf Jahre. Mehr kann ich Ihnen leider nicht sagen.«

»Was hatten Sie für einen Eindruck von den beiden?«

»Sie wirkten vertraut. Gut möglich, dass da was zwischen denen ging. Aber nageln Sie mich bitte nicht darauf fest. Warum fragen Sie mich das alles überhaupt? Ist was mit dem?« Er wies mit dem Kopf auf das Foto.

»Der Mann hieß Ole Tiedemann und wurde vorletzte Nacht ermordet.«

Der Barkeeper erblasste. »Heilige Scheiße.«

»Wann haben Sie Herrn Tiedemann zuletzt hier gesehen?«

»Das ist schon ein Weilchen her. Ein paar Wochen vielleicht.« Er zeigte auf eine Stelle am Tresen. »Er hat ein Bier getrunken, dann war er schon wieder verschwunden. Aber das kommt oft vor, dass die Kunden hier erst einmal vorglühen und dann weiterziehen.«

»Weiterziehen wohin?«

»Na, in andere Läden. Entweder hier im Viertel oder Richtung Kiez.«

»Und Herr Tiedemann hat wirklich Bier getrunken?«, hakte Malin nach. »Er trank für gewöhnlich keinen Alkohol.«

»Alkoholfreies. Ein weiterer Grund, warum ich den Typen im Gedächtnis behalten habe.«

Bartels zog sein Notizbuch hervor. »Wir brauchen noch die Namen und Adressen der Mitarbeiter, die hier sonst noch arbeiten.«

Will zog eine Visitenkarte aus einer Schublade unter dem Tresen und schob sie dem Kriminalbeamten zu. »Wenden Sie sich an meinen Chef, der hat alles, was Sie brauchen.«

Hinter den Fenstern war es bereits dunkel, als Malin das Büro ihres Vorgesetzten betrat und sich auf einem der Besucherstühle niederließ. Sie berichtete ihm von dem Besuch in der *M+V Bar.*

Fricke saß hinter seinem klobigen Holzschreibtisch, der ebenso ein Relikt seiner früheren Dienststelle war wie der durchgewetzte Ledersessel, und hörte seiner Mitarbeiterin aufmerksam zu. Er trug noch immer die Kleidung vom Vortag.

Nachdem Malin ihren Bericht beendet hatte, musterte er sie aus müden Augen. »Wie geht es dir, Brodersen?«

»Dasselbe könnte ich wohl dich fragen.«

Ihr Chef ignorierte ihre Antwort. »Du hast viel mitgemacht, seit du bei uns bist.«

»Ich komme zurecht.«

Fricke drehte sich zum Fenster. »Unsere IT hat sich Oles Computer angesehen. Sämtliche Inhalte auf den Rechnern wurden gelöscht.«

Malin rieb sich nachdenklich die Schläfen. »Das macht keinen Sinn. Warum sollte Ole die Daten gelöscht haben?«

»Gute Frage. Doch die wird uns zum jetzigen Zeitpunkt niemand beantworten können. Wir müssen abwarten, was die Kollegen herausfinden. Vorausgesetzt, sie können einen Teil der Inhalte wiederherstellen« Er seufzte. »Und das kann dauern.«

Malin nickte. Das Problem war bekannt. Es gab kaum noch Delikte, bei denen IT keine Rolle spielte. Bei Hausdurchsuchungen wurden Computer, Laptops und Tablets sichergestellt, mit mehren Gigabyte an Daten. Allein die Auswertung eines Smartphones beanspruchte selten weniger als einen Arbeitstag. Zudem hatten sich die digitalen Betrügereien in den letzten Jahren explosionsartig entwickelt. Die IT war mit den Auswertungen von Festplatten über zwölf Monate im Rückstand. Zum Teil wurden bereits private Dienstleister zur Unterstützung angeheuert, um die Wartezeiten nicht noch weiter auszudehnen.

Fricke drehte dem Fenster wieder den Rücken zu. »Das ist nicht das Einzige, was mir Sorgen bereitet, Brodersen. Frank hat in Oles Wohnung einige pikante DVDs entdeckt. Er hat sie sichergestellt, ehe es die Runde macht.«

»Du meinst …« Sie ließ den Rest des Satzes unausgesprochen.

»Pornos.« Fricke rang nach Worten. »Pornos für Homosexuelle. Ich hätte das von Ole niemals gedacht.«

»Was hättest du nicht gedacht?«, fragte Malin scharf.

Fricke sah sie verwirrt an. »Dass er vor mir geheimhält, dass er auf Männer steht. Dass er sich mir nicht anvertraut hat. Was dachtest du? Ole war mein Stellvertreter. Ich habe große Stücke auf ihn gehalten.« Er schüttelte resigniert den Kopf. »Als hätte die Tatsache, dass er schwul war, auch nur irgendetwas daran geändert. Jeder soll lieben, wen er will.«

»Niemand hat das gewusst.«

Langes Schweigen.

Fricke räusperte sich. »Ich will nicht, dass die Sache mit den DVDs die Runde macht, Brodersen. Und ich möchte, dass du deine beiden Kollegen im Auge behältst. Sie scharren mit den Hufen. Schaffst du das, Mädchen?«

Malin nickte.

»Ich wünschte, ich wäre schon in Rente und müsste das nicht mehr miterleben.« Fricke strich sich mit der Hand erschöpft übers Gesicht. »Ich habe schon zu viel gesehen, Brodersen. Die Toten wird man nie wieder los. Bei einem meiner ersten Fälle bei der Mordkommission war das Opfer ein achtjähriger Junge. Man hat ihn am Elbstrand von Blankenese tot aufgefunden, der Mörder läuft bis heute frei herum. Manchmal taucht das Gesicht des Jungen wie aus dem Nichts vor meinen Augen auf.«

»Was tust du dagegen?«

»Nichts. Man kann es nicht verhindern. Nur den Beruf wechseln, damit es nicht noch mehr werden.«

»Ole hat sich vor kurzem ähnlich geäußert«, erwiderte Malin leise. »Er sagte, man könne vor den Erinnerungen nicht weglaufen.«

Sie schwiegen.

»Und wenn vielleicht doch alles ganz anders ist«, platzte es schließlich aus Malin heraus. »Der Täter könnte die Filme in Oles Wohnung platziert und die Daten auf den Computern gelöscht haben. Vielleicht ging es nur darum, den Eindruck zu erwecken, dass Ole schwul war. Damit er ins Raster passt. Er war Polizist, möglicherweise wollte ihn jemand anderes aus dem Weg haben. Das hast du selbst schon gesagt.«

Sie erhob sich von dem Besucherstuhl und begann in dem schmalen Raum auf und ab zu tigern. »Die Übereinstimmung mit der Tatwaffe könnte Zufall sein. Oder Oles Mörder wusste davon.«

Fricke schüttelte den Kopf. »Du verrennst dich da in etwas, Brodersen. Setz dich.« Er wies mit der Hand auf den Stuhl und wartete, bis Malin wieder Platz genommen hatte. »Die Details über die Tatwaffe sind nie an Öffentlichkeit gegangen. Außerdem wurde Ole von einem Kollegen in einer kompromittierenden Situation in dieser Bar gesehen. Selbst der Barkeeper konnte sich an Ole erinnern. Das hast du mir doch gerade selbst vor ein paar Minuten erzählt. Und außerdem«, er griff nach ein paar Unterlagen auf seinem Schreibtisch, »sind die Laborergebnisse der am Tatort sichergestellten Fremd-DNA gekommen. Das Ergebnis ist eindeutig. Die DNA stimmt mit den an den beiden anderen Tatorten gefundenen Spuren überein. Damit ist der letzte Zweifel beseitigt. Es ist derselbe Täter.«

Malin biss sich auf die Unterlippe. Sie musste die Information erst mal sacken lassen und wechselte das Thema. »Du hast noch gar nichts von der Obduktion erzählt.«

Fricke lehnte sich in seinem Ledersessel zurück. »Es war hart, Brodersen. Trotz all meiner Jahre Berufserfahrung und Professionalität, auf so etwas kann man sich nicht vorbereiten. Trotzdem musste ich dabei sein, das war ich Ole schuldig.« Er fuhr sich mit einer müden Geste übers Gesicht, dann sah er wieder in seine Unterlagen. »Der abschließende Obduktionsbericht liegt noch nicht vor, deshalb nur die wichtigsten Fakten. Sechsunddreißig Stiche, überwiegend im Brust- und Bauchraum, vereinzelt im Genitalbereich. Abwehrverletzung an beiden Händen. Ole trug keine Handschuhe.«

Malin schluckte.

»Dr. Steinhofer konnte den Todeszeitraum auf zwischen einundzwanzig und dreiundzwanzig Uhr eingrenzen. Uns fehlen also zwei Stunden, die wir rekonstruieren müssen.«

»Glaubst du, dass Ole dem Täter zufällig in die Hände gefallen ist? Ich tue das nämlich nicht.« Ohne eine Antwort abzuwarten, sprach Malin ihren Gedanken aus. »Ole ist dem Täter in die Quere gekommen. Das ist die einzige logische Erklärung.«

»Genau das denke ich auch.« Der Teamchef sah auf seine Armbanduhr. »Es ist schon spät. Heute werden wir den Fall wohl nicht mehr lösen, also fahr nach Hause, Brodersen. Es ist Freitagabend, unternimm etwas Schönes mit deinem Freund. Wir sehen uns morgen um neun zur Besprechung.«

Malin erhob sich. An der Tür drehte sie sich noch einmal um. »Und du?«

»Ich mache auch bald Feierabend«, brummte Fricke.

Malin öffnete die Tür, wohl wissend, dass es noch Stunden dauern würde, ehe ihr Chef seinem Schreibtisch den Rücken kehrte.

Verlockende Düfte drangen Malin entgegen, als sie ihre Haustür in der Ulmenstraße aufschloss.

»Hallo, Schatz«, erklang es aus der Küche. »Ich hoffe, du hast Appetit mitgebracht. Es gibt Barolo-Risotto mit gebratenem Speck und dazu Salat mit getrockneten Feigen und Himbeerdressing.«

Thies erschien mit einer Salatschüssel in der Tür. Der Jura-Professor hatte eine Küchenschürze umgebunden und gab seiner Freundin einen raschen Kuss, ehe er die Schüssel auf den Wohnzimmertisch stellte. Malin äugte in die Küche. In dem kleinen Raum sah es aus, als hätte eine Bombe eingeschlagen. Risottoreis und Parmesanspäne verteilten sich gemischt mit diversen Salatresten über die mit Himbeerdressing gesprenkelte Küchenarbeitsfläche, daneben stapelten sich benutzte Schüsseln, Töpfe und Pfannen.

»Ich räume das alles noch auf.« Thies eilte an ihr vorbei an den Herd, um das Risotto umzurühren und anschließend einen großzügigen Schluck Barolo hinzuzufügen. »Zehn Minuten, dann ist das Essen fertig. Könntest du dich vielleicht um die Weingläser kümmern?«

Malin öffnete einen ihrer Küchenschränke und nahm zwei Gläser heraus, um damit ins Wohnzimmer zu gehen.

Thies hob die Brauen. »Aber Schatz, so wie die aussehen, können wir sie nicht benutzen.«

Verwundert betrachtete Malin die Gläser in ihrer Hand. Sie hatten ein paar Wasserflecken von der Spülmaschine, waren aber ansonsten sauber.

»Die sehen aus wie immer«, murmelte sie.

»Warte, ich wasche sie schnell ab.« Thies nahm ihr die Trinkgefäße aus der Hand. »So gut wie der Wein sollten auch die Gläser sein.« Er lächelte ihr flüchtig zu und ließ heißes Wasser in die Spüle laufen.

Eine Viertelstunde später saßen sie am Wohnzimmertisch. Lustlos stocherte Malin in ihrem Essen rum.

»Schmeckt es dir nicht?«

»Doch, doch, es ist köstlich.« Sie schob sich eine Gabel Risotto in den Mund.

»Ich hole uns noch etwas Wein aus der Küche.« Thies erhob sich. Am Türrahmen stieß er sich den Kopf. »Herrgott!«

Er kam mit der Weinflasche zurück an den Tisch. »Das ist mir heute schon dreimal passiert. Ich befürchte, deine Wohnung ist einfach zu klein für mich. Was meinst du? Sollen wir uns nicht vielleicht doch noch mal über eine gemeinsame Wohnung unterhalten?« Er ließ sein unwiderstehliches Lächeln aufblitzen. »Wir könnten ein wenig bei *Immobilienscout* stöbern.«

»Nicht jetzt, Thies.« Malin schob ihren Teller beiseite. »Tut mir leid, ich habe keinen Hunger.«

Sie stand auf und ging über die Wendeltreppe ins Obergeschoss. Im Schlafzimmer riss sie die unterste Schublade ihrer Kommode auf. Dort, wo normalerweise ihre Joggingsachen untergebracht waren, lagen nun sorgfältig gefaltet die Unterhosen und Socken ihres Freundes. Der Anblick brachte sie noch mehr in Rage, als sie es ohnehin schon war. Warum fing Thies schon wieder mit der Wohnungssache an? Er wusste doch, was mit ihrem Kollegen passiert war. Wo war sein Feingefühl geblieben?

Zähneknirschend suchte sie nach ihren Sportsachen. Sie musste dringend Druck abbauen, ehe bei ihr die Sicherungen durchbrannten und sie ihm Worte um die Ohren schlug, die sie hinterher bereuen würde.

Im untersten Fach des Kleiderschranks wurde sie schließlich fündig. Keine fünf Minuten später lief sie in die Dunkelheit.

10. KAPITEL

Am nächsten Morgen lag alles unter einer weißen Zuckerdecke. Thies schlief noch tief und fest, als Malin um kurz vor sieben das Haus verließ, um ins Präsidium aufzubrechen. Sie fühlte sich völlig gerädert, hatte sich fast die ganze Nacht im Bett hin- und hergewälzt, ehe sie schließlich in den frühen Morgenstunden in unruhigen Schlaf gefallen war. Im Traum war sie mit Thies nach Blankenese, in eine Villa aus Beton gezogen. Den toten Ole Tiedemann gab es auf dem Schlafzimmerboden gratis dazu.

Nach einem kurzen Abstecher zum Bäcker betrat Malin um halb acht mit einer Tüte Franzbrötchen das Büro der Mordkommission. Die Plätze ihrer Kollegen waren noch unbesetzt. Auf Tiedemanns Schreibtisch hatte jemand ein Foto mit Trauerflor und davor ein Teelicht gestellt. Schnell wandte Malin den Blick ab. Sie stellte ihren Computer an und befüllte anschließend die Kaffeemaschine, während am Monitor die Programme hochfuhren. Zurück am Schreibtisch stieg ihr der Butter-Zimt-Geruch der noch warmen Franzbrötchen in die Nase. Sie schob die Tüte beiseite.

Malin zog die Gästeliste der Unilever-Party aus ihrem Ablagekorb. Zwei Drittel waren bereits abgehakt. Sie notierte sich die Namen einiger Personen, die noch nicht befragt worden waren, und suchte die dazugehörigen Privatanschriften heraus. Eine halbe Stunde später hatte sie eine Liste mit fünfunddreißig Adressen. Mehr würde sie am Wochenende vermutlich ohnehin nicht abklappern können.

Telefonklingeln zerriss die Stille. Malins Mund wurde trocken, als sie begriff, dass es von Tiedemanns Apparat kam. Innerhalb weniger Sekunden war sie an seinem Schreibtisch und griff zum Hörer.

»LKA Hamburg, Apparat Tiedemann.« Malin hörte ein schweres Atmen am anderen Ende der Leitung, dann wurde aufgelegt. Sie starrte auf das Telefon. Das Display hatte keine Nummer angezeigt. Wer war der Anrufer gewesen und warum wurde aufgelegt? Oder hatte sich nur jemand verwählt?

Ihr Herz pochte, als sie sich wieder über die Liste an ihrem Platz beugte und zwei weitere Adressen hinzufügte. Immer wieder blickte sie zu Tiedemanns Schreibtisch, doch das Telefon blieb still.

Im Flur waren Stimmen zu vernehmen, kurz darauf ging die Tür auf und Andresen stapfte gefolgt von Bartels ins Büro. An den Spitzen seiner Cowboystiefel hatte sich ein Schneerand gebildet, seine Ohren unter den kurzen Haaren waren vor Kälte gerötet. Seine Klamotten verströmten Zigarettengeruch. Mit finsterem Blick nickte er seiner Kollegin zu, ehe er die Kaffeemaschine ansteuerte.

Bartels hängte seine Jacke über seinen Schreibtischstuhl und ließ sich anschließend darauf nieder. »Wie lange bist du schon hier?« Er musterte ihre Liste.

Malin zuckte die Achseln. »Eine ganze Weile.« Sie reichte ihm die Papiertüte vom Bäcker. »Möchtest du?«

Bartels nickte, zog ein Franzbrötchen heraus und biss hinein. »Was ist mit dir?«

»Ich hab keinen Hunger«, murmelte Malin. »Hab gestern Abend wohl zu viel gegessen.«

Die Bürotür öffnete sich erneut. Dieses Mal erschien Fricke mit Andre Loewe, dem durchtrainierten Leiter vom LKA 44, und einem weiteren Kollegen im Schlepptau.

»Das ist Lars Waigel«, stellte Loewe seinen Mitarbeiter vor. »Er ist erst seit ein paar Wochen bei uns.«

Der hellblonde Beamte mit dem Aussehen eines Pubertierenden lächelte schüchtern in die Runde und wollte sich schon auf Tiedemanns Stuhl niederlassen, doch Andresens grimmiger Blick hielt ihn zurück. Mit roten Wangen lehnte sich Waigel gegen die Fensterbank.

»Moin!« Fricke setzte sich auf Bartels' Schreibtischkante. »Am besten, wir fangen gleich an. Woran hat Ole zuletzt gearbeitet?«

Andre Loewe zog die Mappe hervor, die er unter seinen Arm geklemmt hatte. »Wir sind die Unterlagen eures Kollegen durchgegangen. Da haben wir zunächst einmal die Berichte zum aktuellen Fall. Natürlich müssen wir uns das noch genauer ansehen, doch auf den ersten Blick konnten wir keine Auffälligkeiten erkennen.«

»Nichts anderes habe ich erwartet«, murmelte Andresen.

»Ferner haben wir noch die Fallakte Schmidtbauer in Tiedemanns Ablagefach gefunden.«

Fricke nickte. »Der Mann ist dringend tatverdächtig, seine Frau im Schlaf erschlagen zu haben. Er sitzt seit einigen Wochen in Untersuchungshaft.«

»Gut, dann haben wir noch den ungeklärten Todesfall Kranbüchen«, sagte Loewe nach einem weiteren Blick in seine Mappe.

»Ist nicht mehr aktuell«, murrte Andresen. »Der Tod des Mannes hat sich als Suizid herausgestellt.«

Der Leiter von 44 nickte. »Und dann ist da noch das hier.« Er zog ein schwarzes Notizbuch aus der Mappe.

»Das gehört Ole«, sagte Bartels leise.

»Gehörte«, verbesserte ihn der Pubertierende.

»Mensch, Lars«, wies ihn Loewe zurecht.

Die Wangen des Jünglings flammten erneut rot auf. »Entschuldigung.«

»Wir haben etwas Interessantes entdeckt.« Loewe schlug eine Seite im Notizbuch auf und reichte es an Fricke weiter.

Der Teamchef betrachtete einen Moment den Eintrag. »Warum stehen dort unsere Namen mit Fragezeichen?« Er runzelte die Stirn.

»Tja, genau das frage ich mich auch«, erwiderte der Leiter der Kommissionsermittlungen.

»Gib mal her.« Andresen kam hinter seinem Schreibtisch hervor und nahm Fricke das Buch aus der Hand. »Bartels, Andresen, Fricke«, las er vor. »Tatsächlich. Nur Brodersen steht nicht dabei.«

Alle wandten sich Malin zu.

»Was schaut ihr mich an?« Sie hob abwehrend die Hände. »Ich weiß auch nicht mehr als ihr.« Ihr fiel der Zettel in Tiedemanns Hosentasche wieder ein. Die Liste mit den Namen. Der Zettel lag noch immer in ihrer Tasche. Sie zog ihn heraus, reichte ihn Fricke. »Den habe ich in einer von Oles Hosentaschen gefunden. Ich hatte ihn ganz vergessen.«

Ihr Chef betrachtete das DIN-A4-Blatt eine Weile. »Wenn ich mich nicht irre, sind das größtenteils Leute aus dem Präsidium. Einige arbeiten nicht mehr hier oder sind bereits im Ruhestand.« Er gab ihr den Zettel zurück.

»Was glaubst du, was das zu bedeuten hat?«

»Vielleicht plante er eine Feier«, brummte Fricke.

»Ausgerechnet Ole?«

Einen Moment herrschte Stille.

Andresen blätterte in Tiedemanns Notizbuch herum. »Hier fehlen ein paar Seiten.«

»Das wäre dann der zweite interessante Punkt, den wir entdeckt haben«, erwiderte Loewe. »Wobei das nicht unbedingt viel zu sagen hat. Hin- und wieder reiße ich auch mal eine Seite aus meinem Notizbuch, wenn ich gerade keinen anderen Zettel parat habe.«

»Wurde das kriminaltechnisch untersucht?« Fricke nahm Andresen das Notizbuch aus der Hand und begutachtete die betreffende Stelle.

Der Leiter der Kommissionsermittlungen nickte. »Es wurden nur Tiedemanns Fingerabdrücke darauf gefunden.«

»Und nun?«, fragte Andresen. »Es kann doch kein Zufall sein, dass Ole ausgerechnet dem Täter in die Hände fällt, wegen dem wir gerade ermitteln. Er muss ihm auf die Zehen getreten sein. Irgendwo müssen sich ihre Wege gekreuzt haben.«

Bartels nickte. »Das denke ich auch.«

»Dann sind wir schon zu viert«, sagte Fricke. »Brodersen und ich sind derselben Meinung. Ich schlage vor, ihr geht noch mal die Listen durch. Überprüft Oles Berichte genauer. Vielleicht haben wir irgendetwas übersehen. Gibt es noch offene Befragungen?«

»Etwa vier Dutzend«, erwiderte Malin.

»Gut, darum kümmert ihr euch anschließend. Du, Sven, zapfst bitte deine alten Kontakte an. Ich will wissen, was es mit dem Blindengarten und dieser Gay-Sache auf sich hat. Vielleicht kommst du an irgendwelche Namen.«

Andresen nickte.

»Was steht für uns auf dem Programm?«, fragte Loewe.

»Ihr klappert die Läden in St. Georg ab, die für die Gay-

Szene interessant sind. Hört euch um, ob Tiedemann dort bekannt war.«

»Alles klar.«

Andresen schnalzte und warf Andre Loewe einen finsteren Blick zu. Der Ermittler schien es nicht zu bemerken und verließ mit seinem Kollegen im Schlepptau das Büro.

Fricke stützte sich auf Bartels' Schreibtisch und einen kurzen Moment wirkte es, als würde der Teamchef den Halt verlieren. Dann straffte sich seine Statur und er blickte von einem seiner Mitarbeiter zum anderen. »Wir kriegen ihn. Und wenn es das Letzte ist, was ich in diesem verdammten Job tue.« Er ballte seine rechte Hand zur Faust und ging aus der Tür.

»Sag mal, Sven, hast du ein Problem mit Loewe?«, fragte Bartels seinen Kollegen.

»Der Typ ist ein falscher Fuffziger, glaub's mir. Während meiner Zeit bei der Sitte war er stellvertretender PK-Leiter an der Davidwache. Nach außen hin immer scheißfreundlich und akkurat, aber sobald ihm jemand in die Quere kam, hat er denjenigen ohne mit der Wimper zu zucken in die Pfanne gehauen.« Andresen schnaubte. »Ich konnte ihn noch nie leiden.« Er stand auf und nahm ein paar Unterlagen vom gegenüberliegenden Schreibtisch. Einen Moment starrte er auf Tiedemanns Foto, dann reichte er Bartels die Papiere. »Das sind Oles Berichte. Ich hänge mich dann mal ans Telefon.« Er setzte sich wieder an seinen Platz.

Wortlos halbierte Bartels den Stapel und gab einen Teil davon an seine Kollegin. Stillschweigend machten sie sich an die Arbeit.

Malin konzentrierte sich zunächst auf die handschriftlichen Notizen und glich sie mit den am Computer erstellten Berichten ab.

Zwischendurch klingelte das Telefon und sie hörte, wie Bartels leise mit jemandem sprach. Obwohl er nur einsilbig antwortete, wusste Malin, dass Sara Werlinder am anderen Ende der Leitung war. Die Dänin. Sie beschloss, ihren Großvater anzurufen. Es waren einige Tage vergangen, seit sie das letzte Mal miteinander gesprochen hatten. Offensichtlich hielt er sich dieses Mal tatsächlich an sein Versprechen, sich nicht in den Fall einzumischen. Sie wählte Erich Brodersens Nummer, doch er nahm nicht ab. Vermutlich erledigte er seine Weihnachtseinkäufe. Im Gegensatz zu seiner Enkelin liebte Erich Brodersen die Adventszeit und schmückte sein Häuschen Jahr für Jahr von oben bis unten mit Weihnachtsdekoration.

Die nächsten zwei Stunden widmete sich Malin weiter den Berichten und blickte erst wieder auf, als Fricke mit einem Stapel Pizzakartons in der Tür erschien. »Habt ihr etwas gefunden?«

Das Telefon an Tiedemanns Platz klingelte. Einen Moment waren alle wie erstarrt, dann griff Andresen über seinen Schreibtisch hinweg nach dem Hörer und meldete sich. Er hob die Brauen und drehte den Apparat zu sich herum, um auf das Display sehen zu können. »Aufgelegt. Die Nummer war unterdrückt.«

Fricke räusperte sich. »Vielleicht hat sich nur jemand verwählt.«

Andresen nickte und legte den Hörer auf. Auf seiner hellen Haut hatten sich rote Flecken gebildet.

»Da war heute früh schon mal so ein Anruf«, warf Malin ein. »Gegen halb acht. Ich dachte auch, da hätte sich jemand mit der Nummer geirrt.«

»Zweimal an einem Vormittag?«, sagte Fricke nachdenklich. »Auf der direkten Durchwahl eines toten Poli-

zeibeamten?« Er sah Andresen an. »Erkundige dich bei
der Kriminaltechnik, wie weit sie mit Oles Handy sind.
Es müsste jemand da sein, zumindest habe ich Frank vorhin im Flur getroffen.«

Andresen erhob sich hinter seinem Schreibtisch.

»Du kannst doch auch anrufen«, rief Fricke ihm hinterher, doch der Ermittler war bereits aus dem Raum.

Keine fünf Minuten später kam er mit einem Handy
zurück. Er hob es in die Höhe. »Auf Oles Handy sind seit
gestern Abend zweiunddreißig Anrufe einer unbekannten
Nummer eingegangen.« Sein Blick wurde grimmig. »Der
letzte vor acht Minuten. Also genau, bevor das Telefon
auf seinem Schreibtisch geklingelt hat.«

Fricke fuhr sich mit der Hand übers Gesicht. »Jemand
versucht offensichtlich, Ole dringend zu erreichen. Eine
Person, die noch nicht weiß, dass er tot ist.« Er blickte in
die müden Gesichter seiner Mitarbeiter. »Die Frage ist
nur, wer?«

11. KAPITEL

Es war kurz vor neun am Montagmorgen, als Malin ihren Mini in der Dannenkoppel, einer ruhigen Seitenstraße im Stadtteil Wellingsbüttel, vor der Einfahrt einer weißen Landhausvilla parkte. Die Ermittlungen waren ins Stocken geraten. Es war ihnen weder gelungen, eine Verbindung zwischen Ole Tiedemann und dem Täter herzustellen, noch den unbekannten Anrufer zu identifizieren. Fricke hatte seinen Mitarbeitern den Sonntag freigegeben und Malin hatte die meiste Zeit beim wöchentlichen Familienessen und mit Lesen verbracht, während ihr Freund sich zahlreichen Wohnungsbesichtigungen gewidmet hatte.

Die Unsicherheit über ihre Beziehung nagte an Malin. Sie war stinkwütend, dass Thies zurzeit das Feingefühl einer Dampfwalze besaß und entgegen ihrer Absprache ständig von einer gemeinsamen Wohnung sprach, während in ihrem Kopf kaum etwas anderes Platz hatte als ihr toter Kollege. Um einer weiteren Diskussion aus dem Weg zu gehen, hatte sie das Haus bereits im Morgengrauen verlassen.

Im Präsidium hatte sie die angeforderte Klassenliste von Armin Behrens' früherer Schule auf ihrem Schreibtisch vorgefunden. Beim Abgleich mit der Teilnehmerliste der Unilever-Veranstaltung war sie am Namen Robert Hermannsdorfer hängengeblieben. Sie erinnerte sich, dass Armin Behrens' Vater ihn als Freund seines Sohnes erwähnt hatte. Robert Hermannsdorfer stand als Einziger auf beiden Listen und gehörte zu den Personen, die noch nicht befragt worden waren.

Malin stieg aus ihrem Auto. In der breiten Auffahrt der Landhausvilla parkten eine schwarze Limousine und ein leuchtend blauer Mini. Es war das neueste Modell und sie musste sich zusammenreißen, um im Vorbeigehen nicht über die glänzende Metallic-Lackierung zu streichen.

Lichterketten waren um die Sprossenfenster der Villa drapiert und über dem Eingangsportal prangte eine Tannengirlande mit dicken roten Kugeln. Zwei zylinderförmige Buchsbäume, deren Kübel mit braunen Jutesäcken überzogen waren, flankierten die Haustür.

Malin starrte auf die Jutesäcke. Augenblicklich musste sie an Ole Tiedemann denken. An sein verdecktes Gesicht. Sie riss sich zusammen und drückte auf die Klingel.

Ein großer, kräftiger Mann, dessen pockennarbiges Gesicht sie an einen der James-Bond-Fieslinge erinnerte, öffnete die Tür. Er trug Anzug und Mantel und hielt eine Aktentasche in der Hand.

»Ja, bitte?« Mit hochgezogenen Brauen musterte er Malins Erscheinung vom Scheitel bis zu den Zehenspitzen.

Sie zückte ihren Dienstausweis. »LKA, Brodersen. Sind Sie Robert Hermannsdorfer?«

»Was wollen Sie von mir?« Ein arroganter Zug erschien um seinen Mund. »Ich bin gerade auf dem Sprung.«

Malin blieb unbeeindruckt. »Wir ermitteln im Mordfall Armin Behrens.« Die Brauen ihres Gegenübers hoben sich erneut. »Dazu hätte ich einige Fragen an Sie.«

»Also gut, aber nur fünf Minuten. Ich muss zu einem Termin.« Robert Hermannsdorfer öffnete die Tür ein Stück weiter, so dass Malin eintreten konnte.

Der Landhausstil setzte sich im Inneren des Gebäudes fort. Möbel aus weiß lasiertem Holz, Stühle aus Korbgeflecht und Sitzgelegenheiten mit karierten Bezügen, an den Wänden frische Pastelltöne und am Boden gebeizte Eichendielen. Den Wohnzimmertisch zierte ein üppig geschmückter Adventskranz. Zwei der Kerzen waren um ein Drittel abgebrannt.

Robert Hermannsdorfer wies auf die Couch und nahm selbst in einem der beiden Sessel Platz.

»Sie kannten Herrn Behrens?«

»Armin und ich waren alte Schulfreunde.« Er fuhr sich zerstreut über seine zurückgegelten Haare. »Auch wenn wir in den letzten Jahren nicht mehr allzu häufig Kontakt hatten. Sie sagten, er wurde ermordet? Das ist ja schrecklich. Was ist passiert?«

»Herr Behrens wurde vorletzte Woche Dienstag am Unilever-Haus tot aufgefunden. Er wurde am Abend vorher bei der Veranstaltung gesehen, bei der Sie offensichtlich auch waren. Ihr Name steht auf der Gästeliste.«

»Dann ist er der Tote, von dem in der Zeitung berichtet wurde?« Robert Hermannsdorfer lockerte seine Krawatte. »Meine Güte, ich hatte ja gar keine Ahnung.« Er hielt mitten in der Bewegung inne. »Da haben Sie sich aber ganz schön Zeit gelassen, bis Sie hier auftauchen.«

Malin ignorierte die Provokation. »Haben Sie sich an dem Abend mit Herrn Behrens unterhalten?«

»Ja. Ja, natürlich. Ich habe Armin schließlich da mit hingenommen.«

»Ach, sagten Sie nicht gerade, Sie hätten nicht mehr allzu häufig Kontakt?«

Die Augen im Pockennarbengesicht wurden schmal. »Nicht allzu häufig bedeutet hin und wieder, und die *Ido-*

nia-Party war einer dieser seltenen Anlässe. Armin hatte mich vor einiger Zeit angerufen, er wollte sich beruflich verändern und bat mich, ihm einige Kontakte zu vermitteln. Die Veranstaltung erschien mir eine gute Gelegenheit, deshalb habe ich Armin mitgenommen.«

Malin zog ihr Notizbuch aus ihrer Umhängetasche. »Hat Herr Behrens Ihnen gesagt, warum er das Unternehmen wechseln wollte?«

»Nicht direkt, aber seinen Andeutungen konnte ich entnehmen, dass es wohl um eine Affäre mit einer Kollegin ging, die er beendet hatte.«

Malin hob den Blick. »Herr Behrens war homosexuell.«

Hermannsdorfer verzog den Mund. »Das war mir nicht bekannt. Dann ging es vermutlich um einen Kollegen.«

»Also, noch mal zurück zu dem Abend der Veranstaltung. Sie haben Herrn Behrens also mit einigen Leuten bekannt gemacht, haben Sie Namen für mich?«

»Warum? Glauben Sie etwa, dass einer von denen Armin ermordet hat?« Hermannsdorfer lachte dröhnend auf.

»Würden Sie bitte meine Frage beantworten?«

»Also gut. Da war zum einen Hermann Meyer, er ist der Marketingchef der *Idonia*-Versicherung und auf der Suche nach einem kreativen Kopf, der das verstaubte Image der Firma mit neuen Ideen ein wenig aufpoliert. Außerdem habe ich Armin noch Margitta von Bleibtreu vorgestellt. Sie besitzt eine große Eventagentur und hat auch die Veranstaltung im Unilever-Haus geplant.«

Malin notierte die Namen. »Waren das alle?«

»Hören Sie«, brauste Hermannsdorfer auf. »Das sind zwei Hochkaräter in der Branche.«

»Apropos Branche. Was machen Sie beruflich?«

Hermannsdorfer straffte sich. »Ich bin Hauptgesell-

schafter der *HD Contain*. Wir stellen Frachtcontainer her.«
Er sah auf seine goldene Rolex und erhob sich. »Und aus
diesem Grund muss ich unser nettes Beisammensein jetzt
auch beenden. Ich habe einen Kundentermin.«

»Ich bin noch nicht ganz fertig«, fuhr Malin ungerührt
fort. »Unter den Personen, mit denen sich Herr Behrens
an dem Abend unterhalten hat, war da jemand mit einer
Gangstörung dabei?«

»Sie meinen jemand mit einer Fuß- oder Beinverletzung?«

»Es könnte sich auch um eine Behinderung handeln.«

Robert Hermannsdorfer ging zur Terrassentür und sah
einen Moment in den Garten. Sämtliche Bäume, Pflanzen
und Sträucher waren mit einer leichten Schneedecke überzogen. Dann wandte er sich wieder um. »Nein, daran erinnere ich mich nicht, aber wir waren auch nicht den ganzen
Abend zusammen. Ich musste früher gehen, unser Baby-
sitter hatte nur bis einundzwanzig Uhr Zeit und meine
Frau war an dem Tag im Ausland.« Wieder fingerte er an
seiner Krawatte herum. »Ich habe Armin das letzte Mal
im Waschraum der Herrentoilette getroffen. Da sagte er
mir, er hätte jemanden gesehen, den wir von früher kannten. Aus der Schule.«

Malin horchte auf. Sie dachte an das fehlende Fotoalbum in Armin Behrens' Wohnung. Das Album mit den
Kinder- und Schulfotos. »Hat er einen Namen genannt?«

»Nein. Ich habe auch nicht danach gefragt. Ich musste
dringend los.« Er warf einen Blick auf seine Armbanduhr. »So wie jetzt.«

Malin schälte sich aus ihrer Jacke und legte sie neben sich
auf die Couch. »In der Klasse, in der Sie damals gemeinsam mit Herrn Behrens waren, gab es da jemanden mit
einer Beinverletzung oder Behinderung?«

»Warum fragen Sie danach?« Dann veränderte sich etwas in dem Pockennarbengesicht. »Es gab da tatsächlich diesen Jungen in unserer Klasse.« Er verstummte.

»Sprechen Sie weiter«, forderte Malin ihn auf.

»Da waren diese Gerüchte «

»Was für Gerüchte?«

»Dass der Vater unseres Klassenkameraden eine Transe war.« Er hob abwehrend die Hände. »Nicht, dass Sie denken, ich hätte etwas gegen Homosexuelle, schließlich war ich damals auch mit Armin befreundet.« Er lächelte gönnerhaft.

Nur, dass du damals von seiner Neigung noch nicht wusstest, du Arsch, dachte Malin. Sie hätte den Unternehmer gerne darüber aufgeklärt, dass transsexuell nicht automatisch schwul bedeutete, doch sie wollte sich die unnötige Diskussion ersparen. »Erzählen Sie mir von dem Jungen.«

Robert Hermannsdorfer setzte sich wieder in seinen Sessel. »Er hatte damals einen Unfall und soweit ich mich erinnere, trug er eine Knieverletzung davon. Es war wohl etwas Kompliziertes, zumindest musste er einige Wochen im Krankenhaus bleiben. Sein Knie soll danach steif geblieben sein.«

»Was war das für ein Unfall?«

Robert Hermannsdorfer zuckte die Achseln. »Ich kann mich nicht erinnern.« Auf seiner Stirn bildeten sich Schweißperlen.

»Wissen Sie, was aus dem Jungen geworden ist?«

»Nein, tut mir leid.«

»Und sein Name?«

Er dachte nach. »Ich glaube, er hieß Gerry.«

»Gerry, und wie weiter?«

Wieder zuckte der Container-Unternehmer die Achseln. Dabei rutschte er unruhig auf seinem Sessel herum.

Malin kramte die Klassenliste aus ihrer Tasche hervor, die sie im Präsidium vorsorglich eingesteckt hatte, und reichte sie ihm.

»Sein Name steht nicht drauf«, stellte Robert Hermannsdorfer fest. »Aber das ist auch die Klassenliste aus dem Abschlussjahr.«

»Ja, und?«

»Gerry ist schon viel eher von unserer Schule abgegangen. Nach der siebten oder achten Klasse.«

»Warum?«

»Hören Sie, das sind doch alles alte Kamellen. Wen interessieren die denn heute noch?«

»Mich«, entgegnete Malin forsch. »Wir ermitteln in drei Todesfällen und in dem Zusammenhang suchen wir nach einer männlichen Person mit einem Gehfehler, bei der es sich möglicherweise um einen wichtigen Zeugen handelt. Also reden Sie jetzt bitte Klartext. Natürlich können wir das Gespräch auch im Präsidium fortführen, aber ich befürchte, dann wird das heute nichts mehr mit Ihrem Termin.«

Hermannsdorfer seufzte. »Also gut. Aber wir reden hier nur über ein paar Dummejungenstreiche.« Er knetete seine Hände. »Gerrys Vater, er trug Frauenkleider. Wir haben Gerry deswegen gehänselt.«

»Sie haben ihn gemobbt.«

»Was heißt schon gemobbt, wir haben ihn nur ein wenig aufgezogen. Kinderstreiche eben. Kleine Hänseleien, dass er genauso eine Transe ist wie sein Vater und …«, er betrachtete seine auf Hochglanz polierten Budapester, »wir haben ihm Mädchenkleider angezogen. Also nichts wirklich Schlimmes.«

Malin hatte Mühe, ihren Abscheu zu verbergen. »Wer ist in dem Zusammenhang eigentlich ›wir‹? Sie und Herr Behrens?« Sie erinnerte sich, dass der Vater des Toten einen dritten Jungen erwähnt hatte. »Oder waren noch mehr beteiligt?«

»Stephan Böttcher war noch dabei.«

»Haben Sie noch Kontakt zu ihm?«

Der Container-Unternehmer schüttelte den Kopf. »Er ist vor einigen Jahren gestorben. Lungenkrebs.«

»Was für Streiche, wie Sie es nennen, haben Sie Gerry denn sonst noch gespielt? Oder möchten Sie vielleicht lieber einen Anwalt anrufen?«

»Brauche ich denn einen?« Auf seinem blauen Hemd bildeten sich dunkle Flecken.

»Dass können nur Sie selbst beantworten.«

Robert Hermannsdorfer schwieg. Jegliche Arroganz war aus seinem pockennarbigen Gesicht verschwunden.

Malin fixierte ihn. »Und jetzt erzählen Sie mir von dem Unfall des Jungen!«

Gerry hatte sich krank gemeldet. Er fühlte sich rast- und ruhelos und seine diffusen körperlichen Beschwerden verstärkten sich von Tag zu Tag. Müdigkeit und Schlaflosigkeit, Herzrasen gepaart mit Hitzewallungen und Kälteschauern im Wechsel, Ohnmachts- und Benommenheitsgefühle. Die Erinnerungen rollten wie eine Lawine auf ihn zu. Unaufhaltsam.

Er hatte eine Schlaftablette genommen, um den Bildern ein paar Stunden zu entfliehen. Gerry kroch tief unter seine Decke, bis die Dunkelheit ihn komplett einhüllte. Die Dusche. Er erinnerte sich noch genau an die weißen Kacheln. Die dritte von links in der untersten Reihe hatte einen Sprung. Die Stelle, vor der er so oft gekauert hatte.

Zuerst waren sie noch harmlos gewesen.

»Transenkind, Transenkind, schwules kleines Transenkind«, hatten sie gezischt. Gerry hatte irgendwann einfach nicht mehr hingehört, hatte geglaubt, sie würden aufhören, wenn er sie ignorierte. Doch das hatten sie nicht getan.

Die Mädchenkleider, die sie ihm über den Kopf zogen, und die Fotos, die sie von ihm knipsten und die überall in der Schule hingen, waren nur die Spitze des Eisbergs gewesen.

Gerry tastete über seine Narbe, die unterhalb seines Knies von einer Seite zu anderen verlief. Seine Lider wurden schwer. Er schloss die Augen, fiel in unruhigen Schlaf.

Er hatte Angst. Schon in der großen Pause hatten sie mit ihren Hänseleien begonnen. Nach dem Sportunterricht in den letzten beiden Schulstunden hatte er sich beeilt, um als Erster die Kabine zu verlassen. Er wollte einen Vorsprung vor seinen Peinigern gewinnen, doch sein Sportlehrer hatte diese Pläne durchkreuzt. Herr Blume hatte ihn beiseite genommen und sich erkundigt, ob ihn etwas bedrückte. Natürlich hatte Gerry nichts gesagt, sondern nur etwas von Kopfschmerzen gemurmelt. Schließlich war er nicht dumm. Er wusste, was ihm blühte, wenn er den Mund aufmachte. Es würde alles noch viel schlimmer werden.

Die Umkleidekabine verließ er an diesem Tag als Letzter. Herr Blume schloss die Turnhalle ab, stieg in seinen hellblauen VW-Käfer und brauste davon.

Sie warteten am Fahrradständer auf ihn. Sein funkelnagelneues Mountainbike hatte zwei platte Reifen, daneben lag eine abgeschlagene Flasche mit scharfkantigen Zacken. Angesichts der drei grinsenden Jungs bedurfte es nicht vieler Fantasie, um zu begreifen, was passiert war.

»Upps, deinen Reifen ist wohl die Luft ausgegangen.« Robert, ein kräftiger Dreizehnjähriger mit Aknegesicht, musterte ihn aus kalten blauen Augen, ohne eine Miene zu verziehen. Er war der Schlimmste aus dem Trio. »Da wirst du wohl schieben müssen.«

Gerry presste die Lippen zusammen.

»Wenn ich es mir richtig überlege, könnten wir doch vorher noch ein wenig Spaß haben, oder, Jungs?« Robert drehte sich zu seinen beiden Kumpels Stephan und Armin um, die einen halben Meter hinter ihm standen und breit grinsten. »Oh, ich glaube, die kleine Schwuchtel pisst sich gleich vor Angst in die Hose.« Er bohrte seinen Zeigefinger in Gerrys Brust.

Gerry versuchte, seine zittrige Stimme so selbstbewusst wie möglich klingen zu lassen. »Lasst mich in Frieden.«

»Ach, und wenn nicht? Was passiert dann?« Robert gluckste boshaft. »Holst du dann deine Mami? Die Frage ist nur, welche von beiden.« Jetzt lachten alle drei.

Gerry schossen Tränen in die Augen.

»Wenn du jetzt schon flennst, was will du erst machen, wenn wir mit dir fertig sind?« Robert schubste ihn näher an den Fahrradständer. »Vielleicht bist du ja auch gar kein richtiger Kerl.« Er drehte sich zu seinen Freunden um. »Was meint ihr, Jungs? Sollen wir mal nachschauen?«

Gerry wollte weglaufen, doch die beiden anderen hielten ihn fest. Sofort wand er sich wie ein Aal, aber ihre Griffe waren stärker.

»Zieht ihm die Hose runter«, befahl Robert.

Sie rissen an seiner Jeans, bis sie an seinen Fußknöcheln hing. Robert hatte unterdessen die Luftpumpe von seinem Mountainbike abgenommen und trat hinter ihn. Angst krallte sich um Gerrys Brust. Er presste die Augen zusammen und wartete auf den Schmerz. Stattdessen traf ihn ein Strahl warmer Flüssigkeit auf seinem blanken Hintern. Rotz und Tränen vermischten sich und liefen ihm in den Mund und übers Kinn.

Im nächsten Moment bekam er einen Stoß, so hart, dass er mit Schwung nach vorne fiel. Direkt in die scharfkantigen Zacken der Bierflasche. Unter ihm bildete sich eine Lache. Dann kamen die Schmerzen.

Gerry fuhr aus dem Schlaf. Sein Herz pochte wie verrückt und er benötigte einen Augenblick, um sich wieder zu fassen. Er tastete vorsichtig mit der Hand nach seinem Knie, doch da waren weder Scherben noch Blut. Eine Welle der Erleichterung durchdrang ihn.

Es war vorbei. Er war kein Opfer mehr. Dann spürte er die Feuchtigkeit zwischen seinen Beinen. Seine Pyjamahose war klatschnass. In ihm begann es zu brodeln.

»Gerry? Was ist denn das für ein Name?«, brummte Fricke. Er lehnte an der Fensterbank des Großraumbüros. »Haben wir schon die restlichen Klassenlisten?«

Malin schüttelte den Kopf. »Ich bin auf dem Weg zum Präsidium an der Schule vorbeigefahren. Die Daten aus den Jahren sind noch nicht digitalisiert. Sie müssen erst das Archiv durchforsten. Erschwerend kommt hinzu, dass es dort vor einigen Jahren einen Wasserschaden gab. Dabei wurden einige Unterlagen vernichtet.« Sie griff nach ihrem roten Kaffeebecher mit dem Hamburg-Wappen und trank einen Schluck. »Die Schule ruft mich an, wenn sie die Klassenlisten gefunden haben. So lange behelfe ich mich mit der Liste der Abschlussklasse. Vielleicht erinnert sich einer der anderen Schüler an Gerrys vollständigen Namen.«

Andresen sah von ein paar Unterlagen auf. »Wer sagt uns denn, dass dieser Gerry mit den Morden etwas zu tun hat? Weil er als Kind irgendwann mal am Knie verletzt wurde und seitdem möglicherweise hinkt? Was für ein Unfall war das überhaupt?«

»Laut Robert Hermannsdorfers Aussage ist der Junge gestolpert und dabei in Glasscherben gestürzt.«

»Solche Dinge passieren tagtäglich, deshalb wird man doch nicht gleich zum Mörder.«

»Und die Geschichte mit dem Vater?«, konterte Malin. »Dass er Frauenkleidung trug? Denk nur an Graciela Fernández' Ermordung. Sie war ein Mann in Frauenkleidung, wenn man die ganzen anderen Feinheiten mal beiseite lässt.«

»Vielleicht ist da was dran«, sagte Bartels. »Zumindest ist es eine Spur, der wir nachgehen sollten.«

Fricke löste sich von der Fensterbank. »Also gut, Brodersen, du bleibst da dran. Bis dahin ...«

Es klopfte kurz und Glaser steckte den Kopf durch die Tür. »Ach, da seid ihr ja alle.« Er kam rein. »Die Kollegen von der IT haben sich Oles Laptop angesehen. Sämtliche Dateien wurden gelöscht.«

»Also das Gleiche wie bei den anderen Rechnern.« Fricke dachte angestrengt nach. »Wieso sollte Ole so etwas getan haben? Das ergibt doch keinen Sinn.«

»Weil er es nicht war«, sagte Malin. »Der Täter war in Oles Wohnung. Genau wie bei Armin Behrens.«

»Wofür wir keine Beweise haben«, gab Bartels zu bedenken.

»Können die Kollegen die Dateien wiederherstellen?«, fragte Fricke an Glaser gewandt.

»Möglicherweise Teile davon. Wir müssen abwarten.«

»Habt ihr irgendwelche DNA-Spuren in Oles Wohnung gefunden, die mit der Täter-DNA übereinstimmen?«

Glaser schüttelte den Kopf. »Die Wohnung ist sauber. Braucht ihr mich noch?«

»Nein. Danke, Frank.« Fricke wandte sich zum Fenster und sah einen Moment hinaus. Dann drehte er sich wieder um. »Wir gehen noch mal zurück auf Anfang. Ich möchte, dass jeder Schritt, den Ole seit dem Auffinden von Graciela Fernández gemacht hat, nochmals überprüft wird. Ich bin überzeugt, er ist dem Mörder bei seinen Ermittlungen auf die Zehen getreten. Eine andere Erklärung gibt es nicht.«

Bartels strich sich mit dem Zeigefinger nachdenklich über die Oberlippe. »Dann hatte der Täter aber verdammtes Glück, dass Ole schwul war. Das spielte ihm regelrecht in die Karten. Oder glaubt ihr, das war Zufall?«

»Der Täter muss es gewusst haben«, erwiderte Fricke. »Die Frage ist nur: woher?«

Sie begannen in der Talstraße. Neonreklamen beleuchteten den Abendhimmel, einige Clubs drehten bereits die Bässe auf und erste Kiezgänger zogen über die Amüsiermeile.

Malin und Bartels klapperten sämtliche Lokale, Shops und Schnellimbisse ab, die Ole Tiedemann am Tag nach Graciela Fernández' Ermordung aufgesucht hatte, und sprachen mit den Leuten.

»Ich frage mich langsam, ob das was bringt«, sagte Bartels, als die gusseiserne Tür eines Gaykinos hinter ihnen ins Schloss fiel. Dahinter lagen dunkle, schmuddelige Räume, in denen es statt Eis und Popcorn Kondome und Taschentücher gab. Für die pornografischen Filme, die dort zu jeder Tages- und Nachtzeit über die Leinwand flimmerten, interessierte sich in der Regel keiner der Gäste. »Was hältst du davon, wenn wir uns eine Pause genehmigen und eine Kleinigkeit essen?«

»Danke, aber mir ist da drinnen gerade der Appetit vergangen.« Malin schüttelte sich. »Hast du den Typen mit dem Lederslip gesehen?«

Bartels grinste. »Morgen früh sitzt er vermutlich mit seiner Ehefrau am Frühstückstisch.« Dann wurde er ernst. »Ich bin nur froh, dass Ole kein Kunde in diesem Schuppen war. Das hätte mich wirklich in meinen Grundfesten erschüttert. Lass uns noch ein paar Läden an der Reeperbahn abklappern.«

»Vielleicht sollten wir uns aufteilen«, schlug Malin vor. »Du nimmst die *Ritze* und ich den *Cherry Club*.«

Der *Cherry Club* war eine legendäre Table-Dance-Bar, in der attraktive Stripperinnen mit perfekten Körpern in Käfigen den Gästen so mächtig einheizten, dass die Spirituosen literweise flossen. Das Etablissement gehörte Besim Shabani, dem Albaner.

Bartels winkte sofort ab. »Vergiss es, die Läden gehören nicht zur Gay-Szene.«

Sie bogen von der Talstraße in die Reeperbahn und prallten fast mit einer Gruppe Asiaten zusammen, die allesamt ihre Smartphones oder Tablets von sich reckten, um damit ein Stück Kiez-Atmosphäre einzufangen.

Eiskalter Wind blies ihnen entgegen und Malin zog ihren Schal weiter ins Gesicht. »Ole hatte einen Verdacht gegen Shabani. Das reicht mir als Grund, um mir den Schuppen mal anzusehen.«

Bartels seufzte. »Dafür sind die Kollegen von der OK zuständig. Davon abgesehen hat Shabani seinen Firmensitz mittlerweile in einem dieser futuristischen Glastürme in der HafenCity.«

»Deshalb kann er doch wohl abends trotzdem in seinem Club sein.«

»Wir sollen Oles Schritte überprüfen«, murrte Bartels.

»Und genau das machen wir jetzt.« Malin beschleunigte ihren Schritt. »Ich wette, Ole war bei Shabani.«

»Und warum steht dann davon nichts in seinem Bericht?«

»Gegenfrage: Warum waren sämtliche Dateien auf Oles Computer gelöscht? Wofür hatte er überhaupt so viele Computer und warum wussten wir nicht, dass er homosexuell war?« Malin warf ihrem Kollegen einen kurzen Seitenblick zu. »Ole war nicht der hyperkorrekte Mensch, für den wir ihn immer gehalten haben. Er hatte Geheimnisse. Und denen gehe ich jetzt auf den Grund.« Sie erreichten den *Cherry Club*. »Du kannst mit reinkommen oder es bleiben lassen. Es ist deine Entscheidung.«

Langbeinige Tänzerinnen rekelten sich lasziv in Käfigen oder an Pole-Dance-Stangen auf der Bühne. Schwarze Lounge-Möbel vor dunkelroten Wänden, rotes Licht und Samtvorhänge. Aus den Lautsprechern wummerte mächtiger House-Beat.

Malin steuerte die Bar an und knallte ihren Dienstausweis auf den Tresen. »Ich will Ihren Boss sprechen.«

Der Barkeeper mit dem Aussehen eines jungen Antonio Banderas reichte einem der Gäste ein Glas Whiskey, ehe er einen Blick darauf warf. »Der ist nicht hier.«

Malin schaute kurz über ihre Schulter und sah, dass Bartels ihr in den Club gefolgt war. »Und wo finde ich ihn?«

Der Barkeeper zuckte die Achseln.

Malin bemerkte zwei muskulöse Hünen in dunklen Anzügen, die eine Tür seitlich der Bar flankierten und von dort aus das Geschehen im Club überwachten, ohne sich dabei nur einen Millimeter von der Stelle zu rühren.

Sie wandte sich wieder dem Antonio Banderas hinter der Theke zu. »Geben Sie Shabani Bescheid, dass das LKA mit ihm sprechen will. Oder soll ich ihn selbst suchen?«

Der Barkeeper griff zum Telefon und murmelte ein paar Worte, ehe er wieder auflegte. »Sie werden erwartet.« Er deutete mit dem Kopf zu der Seitentür, hinter der gerade ein weiterer Muskelprotz erschien. Er war von Kopf bis Fuß in Schwarz gekleidet, hatte einen kahlen Schädel und tiefliegende dunkle Augen, die Malin beim Näherkommen fixierten. Augen wie Kohlestückchen. Ihr wurde mulmig.

Der Blick des Kahlschädels richtete sich nun auf einen Punkt hinter ihrem Rücken, und sie wusste, dass Bartels dort stand. »Folgen Sie mir.« Er führte die beiden Kriminalbeamten durch einen schmalen Gang, von dem diverse andere Räume abgingen. Eine der Türen stand einen Spalt weit offen und Malin erhaschte einen kurzen Blick auf einen Pokertisch. Am Ende des Flurs blieben sie vor einer geschlossenen Tür stehen. Der Muskelprotz klopfte, ehe er öffnete.

Ein Mann mit südländischem Aussehen erhob sich hinter seinem Schreibtisch. Dunkelbraune Augen, schwarzes, kräftiges Haar, leicht silbrig an den Schläfen. Dunkler Teint. Römisch anmutende Gesichtszüge, ein kräftiger, dennoch schlanker Körper im Maßanzug. Besim Shabani.

»Was kann ich für Sie tun?« Seine Stimme war tief und freundlich, und nahezu akzentfrei. Er deutete ein leichtes Nicken an und der Muskelprotz mit den beunruhigenden Augen verschwand.

»Wir möchten mit Ihnen über Graciela Fernández sprechen«, sagte Malin.

»Sie haben Glück, mich hier anzutreffen. Ich bin nur noch selten im Club. Bitte, setzen Sie sich doch.« Er wies mit der Hand auf die mit schwarzem Leder überzogenen Stühle vor seinem Schreibtisch.

Die beiden Kriminalbeamten blieben stehen. Malin ließ den Albaner nicht aus den Augen. Er wirkte höflich und zuvorkommend, fast sympathisch, doch sie spürte instinktiv, dass sich hinter der makellosen Fassade die kühle Ungerührtheit eines Schwerverbrechers verbarg.

Shabani setzte sich in seinen Sessel und legte bedächtig die Fingerspitzen aneinander. »Ich kenne keine Graciela Fernández. Das sagte ich auch bereits Ihrem Kollegen, der vor zwei Wochen in mein Büro spaziert ist und mir, wenn auch nur durch die Blume, gewerbsmäßiges Einschleusen von Ausländern unterstellen wollte. Aber sicherlich haben Sie nicht die gleiche Absicht, oder? Ansonsten würde ich jetzt zu meinem Telefon greifen und in null Komma nichts können Sie sich mit meinen Anwälten unterhalten.« Shabani lächelte. »Und glauben Sie mir, ich bezahle meine Anwälte gut.«

Malin spürte, wie sich Bartels neben ihr versteifte.

Der Ermittler trat einen Schritt vor. »Sie kannten Graciela Fernández. Aber natürlich können wir Ihr Spiel gerne mitspielen.« Er zog ein Foto der transsexuellen Prostituierten aus seiner Jackentasche und legte es vor dem Clubbesitzer auf den Schreibtisch. »Vielleicht hilft das Ihrem Gedächtnis auf die Sprünge.«

Shabani betrachtete das Foto. »Ach, die meinen Sie. Das ist eines von Condoleezas Mädchen. Warum haben Sie das nicht gleich gesagt? Ja, ich habe sie schon mal gesehen. Sie war eine auffällige Erscheinung. Verflucht hübsch, wenn man bedenkt, dass ein Kerl dahintersteckt.«

188

»Frau Fernández wohnte in Ihrem Haus in der Schmuck-straße«, schob Malin hinterher. »Demnach war sie Ihre Mieterin.«

»Ach wirklich?« Der Albaner hob die Brauen. »Wissen Sie, ich bin Kaufmann und handle mit Immobilien. Mit der Verwaltung und Vermietung habe ich nichts zu tun, darum kümmern sich andere. Aber rufen Sie gerne mor-gen in meiner Firma an. Dort kann man Sie mit Sicher-heit an die zuständige Wohnungsverwaltung vermitteln.« Er lächelte charmant. »Und? Haben Sie Ihr Pulver jetzt verschossen oder kann ich Ihnen sonst noch irgendwie behilflich sein?«

»Das war's.« Bartels Wangenknochen malmten.

Malin sah ihren Teampartner verblüfft an. Sie hatte nicht vor, jetzt klein beizugeben, nur weil der Clubbesitzer mit allen Wassern gewaschen schien. Das Dossier, das Tiede-mann über Shabani angelegt hatte und das noch immer unangetastet auf ihrem Schreibtisch lag, kam ihr in den Sinn. Hätte sie es bloß gelesen. »Wo waren Sie vorletzte Woche in der Nacht von Montag auf Dienstag?«

Shabani lehnte sich zurück. »Sie langweilen mich. Hat das LKA keine originelleren Fragen auf Lager? Sie bekom-men die gleiche Antwort wie Ihr Kollege: Ich war hier im Club. Und zwar die ganze Nacht. Meine Angestellten wer-den Ihnen das gerne ein weiteres Mal bestätigen.«

»Was für ein Zufall«, erwiderte Malin. »Sagten Sie nicht gerade, Sie sind nicht mehr so oft im Club?«

Shabanis Augen wurden schmal. »In letzter Zeit gab es hier ein paar personelle Probleme. Normalerweise händle ich so etwas nicht selbst, aber der *Cherry Club* ist eine Art Steckenpferd von mir. Sagen Sie, wie geht es eigent-lich Ihrem Kollegen?« Der Albaner schlug sich die Hand gegen die Stirn. »Entschuldigung, wie unhöflich von mir. Ich hatte doch glatt vergessen, dass der gute Herr Tiedemann gar nicht mehr unter uns weilt.« Er senkte die Stimme. »Ich gebe Ihnen jetzt einen gut gemeinten Rat: Ziehen Sie Leine! Glauben Sie mir, das ist gesünder für Sie beide.«

Mit einem Schritt war Bartels am Schreibtisch, packte den Albaner am Kragen und ballte die Hand zur Faust. »Du Dreckskerl!«

»Fred!« Malin zerrte ihren Kollegen am Arm. Shabani röchelte.

Die Tür flog auf und der Kahlköpfige riss den Polizisten mit einem Ruck von Shabani weg. Die zwei Hünen im Anzug kamen herein und bauten sich vor den beiden Beamten auf.

Shabani strich seinen Kragen glatt. »Ich werde eine Beschwerde gegen Sie einreichen.« Und an seine Mitarbeiter gewandt: »Begleitet die Herrschaften nach draußen.«

Das Letzte, was Malin beim Hinausgehen sah, war Shabanis Gesichtsausdruck. Der Mund schmal wie ein Bleistiftstrich, die Augen zu Schlitzen verzogen. Dahinter lauerte der Blick einer Raubkatze.

Thies saß am Wohnzimmer über ein paar Unterlagen gebeugt, als Malin gegen dreiundzwanzig Uhr nach Hause kam. Nach dem *Cherry Club* hatten Bartels und sie noch ein paar weitere Lokale abgeklappert, doch nirgends waren sie auf einen Hinweis gestoßen, der in Zusammenhang mit dem Mord an ihrem Kollegen zu stehen schien.

Besim Shabani schwirrte ihr noch immer im Kopf herum. Er war ein Schwerkrimineller, daran gab es nichts zu zweifeln. Aber war der Albaner auch ein homophober

Serientäter? Bis auf den Hinweis, dass er an der illegalen Einschleusung von Graciela Fernández beteiligt gewesen sein sollte, gab es keine weiteren Verdachtsmomente gegen Shabani, geschweige denn Beweise oder ein Motiv.

Ihr Teampartner bereitete Malin ebenfalls Sorgen. Bartels' Handgreiflichkeit gegenüber dem albanischen Clubbesitzer und vor allem die Intensität seiner Aggression entsetzten sie noch immer. Das Schlimmste daran war, dass er mit ihr nicht darüber sprach. Nachdem sie den *Cherry Club* verlassen hatten, war ihr Kollege wortkarg gewesen, hatte auf keinen ihrer Gesprächsversuche reagiert. Trotzdem musste am nächsten Tag ein Bericht geschrieben werden, doch darüber würde sie nachdenken, wenn es so weit war. Jetzt hatte sie Feierabend.

Thies las hochkonzentriert in einem Buch über Wirtschaftsrecht und sah erst auf, als Malin neben ihn trat.

»Du bist noch auf?«

Er schlang den Arm um ihre Hüfte. »Ich muss für morgen noch etwas vorbereiten. Und du? Endlich Feierabend?«

Malin nickte. »Ich esse noch schnell eine Kleinigkeit, dann gehe ich ins Bett. Ich bin völlig erledigt.«

»Im Kühlschrank ist noch etwas Salat. Ich hab dir auch noch etwas gegrilltes Hühnchen aufbewahrt.«

»Danke.« Sie bemerkte das Exposé einer Wohnung, das neben seinen Unterlagen auf dem Tisch lag. Einige Stellen waren mit gelbem Textmarker angestrichen.

Thies war ihrem Blick gefolgt. »Ich habe mir heute eine Wohnung angesehen. Die Lage ist perfekt«, schwärmte er. »Poelchaukamp in Winterhude. Vier Zimmer. Altbau. Hohe Decken, Kassettentüren, alter Dielenboden. An der Wohnung muss zwar noch einiges gemacht werden und der

Preis ist ziemlich gepfeffert, aber ich glaube, ich könnte das stemmen.« Er zwinkerte ihr zu. »Es sind nur fünf Minuten bis zu Emilia. Zu Fuß.«

»Du willst die Wohnung kaufen?«

»Ja. Die Zinsen sind niedrig und ich denke, es ist eine gute Investition. Ob mein Bankberater das genauso sieht, muss ich noch herausfinden. Ich habe für übermorgen einen Termin gemacht.«

»Aber wozu brauchst du vier Zimmer?«

»Ich plane vorausschauend«, entgegnete Thies. »Eine Immobilie kauft man schließlich nicht jeden Tag. Vielleicht überlegst du es dir und willst mit einziehen, wenn du erst mal siehst, wie schön die Wohnung ist. Und wer weiß, vielleicht sind wir dann auch irgendwann zu dritt.«

Malin löste sich aus der Umarmung. »Du wolltest mich nicht unter Druck setzen, aber genau das tust du gerade.« Wut stieg in ihr hoch. »Du nimmst mir die Luft zum Atmen, hörst du!«

Thies hob abwehrend die Hände in die Höhe. »Ich habe doch nur gesagt …«

»Lass es«, fiel Malin ihm ins Wort. »Ganz ehrlich, lass es einfach. Dafür habe ich gerade überhaupt keinen Kopf.«

»Aber …«

»Mein Kollege ist tot!«, brach es aus ihr heraus. »Hörst du, Ole ist tot, und ich habe jetzt verdammt noch mal keine Lust, mit dir über irgendwelche Wohnungen zu sprechen. Kauf dir eine oder miete sie, mir ist das völlig schnuppe, aber bitte: Lass mich da raus!«

Thies sah sie erstaunt an. »Schatz, so war das doch alles nicht gemeint. Ich wollte dich nicht unter Druck setzen. Ich …«

Malins Handy klingelte.

»Bitte geh da jetzt nicht ran.«

»Das ist mein Diensthandy.« Sie zog das Handy aus der Hosentasche und nahm das Gespräch an.

Es war Fricke. »Brodersen, der KDD hat mich gerade angerufen. Der Täter hat wieder zugeschlagen.« Ihr Vorgesetzter machte eine bedeutungsschwangere Pause. »Das Opfer lebt!«

Malin griff nach ihrer Jacke.

12. KAPITEL

Ein Großaufgebot an Einsatzfahrzeugen reihte sich in Höhe des Spielplatzes in der Danziger Straße im Stadtteil St. Georg aneinander. Schaulustige und Presse drängelten sich hinter dem rot-weißen Absperrband, Anwohner hielten ihre Handykameras aus den Fenstern und filmten.

Malin parkte ihren Mini hinter einem Peterwagen, während weiter vorn ein Krankenwagen mit eingeschalteter Sirene und zuckendem Blaulicht die Einfahrt des Spielplatzes verließ.

Kameras klickten, als Malin unter dem Absperrband hindurchschlüpfte, nachdem sie den diensthabenden Beamten ihren Dienstausweis vorgezeigt hatte.

Fricke kam ihr entgegen. Sein Gesicht unter der dunkelblauen Seemannsmütze war vor Kälte gerötet. »Eine Frau aus dem Haus gegenüber hat das Opfer schreien gehört und sofort die Polizei alarmiert.«

»Und der Täter?«

»Konnte leider flüchten, aber die Ringfahndung läuft.«

Sie gingen weiter. Scheinwerfer erhellten eine Fläche zwischen Sandkiste und Gebüsch. Der Schnee war an dieser Stelle heruntergetreten und blutdurchtränkt. Etliche Fußabdrücke, am Boden verbliebene Spritzen und Verpackungen von Plastikinfusionen bezeugten den vorausgegangenen Rettungseinsatz und erschwerten die Arbeit der Kriminaltechniker, die in ihren grauen Schutzanzügen den Tatort nach Spuren absuchten.

»Glaser schäumt vor Wut.« Fricke rieb die Flächen seiner geröteten Hände gegeneinander. »Die Sanitäter haben vermutlich sämtliche Täterspuren vernichtet.«

»Wenn sie dafür ein Leben gerettet haben, ist es das allemal wert.« Malin betrachtete ihren Vorgesetzten, der sich die kalten Hände vor den Mund hielt und kräftig hineinblies. »Hast du keine Handschuhe?«

»Habe ich in der Eile zu Hause liegenlassen.«

»Was ist mit dem Opfer?«

»Das war bewusstlos, als die Kollegen von der Streife eingetroffen sind. Sie haben erste Reanimations-Maßnahmen durchgeführt, bis der Krankenwagen eingetroffen ist. Ich hoffe, der Junge schafft das.« Er strich sich mit roten Fingern in einer müden Geste über die Mütze. »Der Täter hat ihn übel zugerichtet, an die zwei Dutzend Stiche. Überall war Blut.«

»Sagtest du eben, der Junge?«

Fricke nickte. »Meiner Meinung nach war der keine achtzehn.« Sie traten etwas näher an den Tatort heran, um die Arbeit der Kriminaltechniker besser beobachten zu können.

Frank Glaser erhob sich aus der Hocke. »Ihr kommt keinen Schritt näher. Es haben schon genügend Leute auf meinen Tatort herumgetrampelt.«

»Schon gut, Frank«, beschwichtigte ihn Fricke. »Wir warten.«

»Konnte die Zeugin eine Täterbeschreibung abgeben?«, fragte Malin.

»Bisher nicht.« Ihr Chef deutete mit dem Kopf auf einen weiteren Krankenwagen. »Die Frau wird gerade ärztlich versorgt. Die Aufregung war wohl ein bisschen viel für sie.«

Sven Andresen eilte auf seine Kollegen zu. Er sah zu der Stelle mit dem blutdurchtränkten Schnee. »Heilige Scheiße.«

Fricke brachte ihn in knappen Worten auf den Ermittlungsstand.

»Gibt es noch weitere Zeugen?«, fragte Andresen.

»Das wissen wir zurzeit noch nicht. Am besten hörst du dich gleich um. Wo bleibt eigentlich Fred?«

Andresen schlug den Kragen seiner Lederjacke hoch. »Der kommt sicher gleich.«

»Gut, Brodersen, du befragst die Zeugin. Sieh zu, dass du irgendetwas aus ihr herausbekommst.« Fricke drehte seinen beiden Mitarbeitern den Rücken zu und winkte einen der Kriminaltechniker zu sich heran.

Malin verließ mit ihrem Kollegen den Spielplatz in Richtung Straße.

»Ist bei dir und Fred heute etwas vorgefallen?«, fragte Andresen, kurz bevor sie die Absperrung erreichten.

Sie blieb stehen. »Warum fragst du?«

»Weil dein Partner vorhin sturzbetrunken über der Kloschüssel hing«, knurrte ihr Kollege. »Ich war auf einen Sprung bei ihm, als Frickes Anruf kam.« Er musterte sie mit finsterem Blick. »Also, was war los?«

»Ich glaube, es ist besser, wenn du das Fred fragst.«

»Das würde ich auch tun, wenn er nicht zu besoffen wäre, um darauf zu antworten. Ich habe ihn unter die Dusche gestellt und literweise Kaffee gekocht. Sara hat versprochen, ihm den einzuflößen. Sie schickt Fred her, sobald er wieder auf beiden Beinen stehen kann.«

»Sara Werlinder?«

Andresen nickte. »Ich hoffe, du hast ihm nicht wieder zugesetzt, Brodersen.«

Ehe Malin fragen konnte, wie er das meinte, stapfte er davon. Da zahlreiche Kameras auf sie gerichtet waren, verzichtete sie darauf, ihrem Kollegen hinterherzurufen, und steuerte mit zusammengebissenen Zähnen den Krankenwagen an.

Die Zeugin war eine alte Frau um die achtzig. Sie lag zitternd unter der Folie einer Rettungsdecke im Krankenwagen.

Ein junger Sanitäter mit Pferdeschwanz sprach ihr gut zu. »Das wird schon wieder, Frau Schröder. Wir nehmen Sie sicherheitshalber mit ins Krankenhaus. Morgen früh sind Sie bestimmt wieder auf den Beinen, Sie werden sehen.« Er drückte mitfühlend ihren Arm.

Malin trat an die offene Tür des Krankenwagens. »Brodersen, LKA. Ich würde der Zeugin gerne kurz ein paar Fragen stellen. Ist das möglich? Dauert auch nicht lange.«

»Aber wirklich nur kurz«, entgegnete der Sanitäter. »Frau Schröder hat gerade eine Beruhigungsspritze bekommen.« Er kletterte aus dem Krankenwagen, um der Polizistin Platz zu machen.

Malin hockte sich neben die Bahre. »Frau Schröder? Ich bin Malin Brodersen vom Landeskriminalamt. Können Sie mir schildern, was Sie vorhin beobachtet haben?«

»Ja.« Die Stimme der alten Frau zitterte. Ihr Gesicht wirkte blass und fahl. »Ich habe einen unruhigen Schlaf und bin davon aufgewacht, dass jemand ganz fürchterlich schrie. Erst dachte ich, es kommt von meinem Nachbarn. Der alte Brühl stellt seinen Fernseher immer so laut, dass ich fast aus dem Bett kippe.« Sie runzelte die Stirn. »Aber es war nicht der Fernseher. Das Schreien kam von draußen.« Ihr Blick wurde glasig. »Ich wusste sofort, dass gegenüber am Spielplatz etwas ganz Entsetzliches vor sich geht. Deshalb habe ich gleich den Notruf der Polizei gewählt.«

»Das haben Sie genau richtig gemacht, Frau Schröder«, lobte Malin. »Können Sie mir schildern, was Sie gesehen haben?«

»Nicht viel.«Die alte Frau schloss die Lider und Malin befürchtete schon, dass sie eingeschlafen war, als ihre Augen sich wieder öffneten. »Wissen Sie, meine Ohren funktionieren noch recht gut, auch mein Gedächtnis lässt mich fast nie im Stich, aber meine Augen, tja, die …« Sie brach ab. »Ich habe aus dem Fenster gerufen, dass die Polizei kommt. Dann ist jemand weggelaufen.«

»War es ein Mann oder eine Frau?«

Frau Schröder überlegte einen Moment. »Anhand der Statur würde ich sagen, es war ein Mann. Die Straßenlaternen waren an.« Ihr Gesicht hellte sich auf und gewann wieder ein wenig Farbe zurück. »Und er hat sein Bein nachgezogen beim Weglaufen.« Ein zaghaftes Lächeln schlich sich auf ihre Lippen. »Ja, das hat er.« Dann fielen ihr die Lider zu.

Malin ließ die alte Frau schlafen und verabschiedete sich von dem Sanitäter, der neben dem Krankenwagen eine rauchte.

Zurück am Spielplatz sah sie ihren Chef mit dem Leiter der Spurensicherung reden. Fricke bemerkte sie und kam ihr entgegen. »Und?«

»Die Zeugin hat einen Mann weglaufen sehen. Er hat sein Bein nachgezogen.«

»Also doch!« Fricke nickte nachdenklich. »Damit verdichten sich die Hinweise. Ich fahre jetzt ins Krankenhaus und erkundige mich, wie es dem Opfer geht. Vielleicht ist der Junge mittlerweile ansprechbar. Du unterstützt Sven bei der Befragung der Nachbarn. Ist dein Partner eigentlich mittlerweile aufgetaucht?«

Ehe Malin antworten konnte, eilte Frank Glaser auf die beiden Ermittler zu. »Hans, wir haben die Tatwaffe! Sie lag in einem Gebüsch.« Der Leiter der Kriminaltechnik hielt eine Spurensicherungstüte in die Höhe.

Sie hätten das Monster fast erwischt.

Gerry lehnte keuchend und am ganzen Körper zitternd im Schutz eines dunklen Hausdurchganges. Er fühlte sich, als wäre er geradewegs aus einem Alptraum erwacht. Wie im Rausch und rasend vor Wut hatte er darin auf jemanden eingestochen. Im Takt einer Melodie, die nur in seinem Kopf existierte.

Doch es war kein Albtraum, sondern real gewesen, so wie das rot verfärbte Messer in seiner Hand, das blutige menschliche Bündel im Schnee und das Kreischen einer Frau, das von einem der naheliegenden Häuser an seine Ohren drang. »Ich rufe die Polizei!«

Die Worte waren verspätet in sein Bewusstsein gedrungen. Erst das Schrillen der Polizeisirene hatte ihn aus seiner Trance gerissen und ihn zurück in die Realität katapultiert. In Panik hatte er das Messer weggeschleudert und war Hals über Kopf fortgerannt, so schnell sein steifes Knie es zuließ. Ob ihm jemand gefolgt war?

Er lugte vorsichtig um die Ecke. Die Straße war wie leergefegt. Im Eis der zugefrorenen Pfützen spiegelte sich das Licht der Straßenlaternen.

Halbwegs beruhigt lehnte er sich wieder zurück. Ob der Typ noch lebte? Gerry war sich nicht sicher. Überhaupt war dieses Mal alles ganz anders abgelaufen. Kein Zufall. Keine Provokation. Keine offene Rechnung. Es ging ihm einzig und allein um das Machtgefühl.

In St. Georg hatte er in den dafür bekannten Straßenzügen nach einem schwulen Stricher Ausschau gehalten und war schnell fündig geworden. Sobald Gerry mit ein paar Scheinen gewedelt hatte, war der Jüngling mitgegangen. Wie ein Lamm zur Schlachtbank.

Der Geruch von Blut hing in seiner Nase. Satt. Dunkel. Metallisch. Er blickte an sich hinunter. Seine Kleidung war über und über mit Blut besudelt. Seine Jacke hatte es besonders schlimm erwischt. Ohne nachzudenken, riss er sie sich vom Leib und stopfte sie in eine der nahestehenden Mülltonnen. Jetzt musste er sehen, dass er hier wegkam. Es war nur eine Frage der Zeit, bis ihn einer der Hausbewohner entdecken würde. Wie viel wusste die Polizei bisher über ihn? Hatte ihn auf der Flucht vielleicht jemand gefilmt, aufgeschreckt von den Schreien? Kursierten die Bilder vielleicht schon im Netz?

Seine Gedanken rasten wie verrückt. Er zwang sich, einige Male tief ein- und auszuatmen. Wenn er in Panik geriet, würde er schneller in einer Zelle landen, als er bis zehn zählen konnte.

Er wünschte, es gäbe jemanden, bei dem er Zuflucht suchen könnte, doch der Einzige aus seiner Familie, der noch lebte, war sein Vater. Eher würde die Hölle zufrieren – er brachte den Gedanken nicht zu Ende.

Jetzt musste er erst mal sehen, dass er auf schnellstem Weg nach Hause kam, um saubere Klamotten zu kriegen. Dann würde er weitersehen.

Gerry tastete nach seinem Haustürschlüssel und ihm fiel ein, dass der zusammen mit seiner Geldbörse in seiner

Jackentasche steckte. Er fluchte leise. Dann ging er zurück zur Mülltonne und öffnete den Deckel.

Im Konferenzzimmer der Mordkommission war die Stimmung auf dem Tiefpunkt. Die meisten waren seit mehr als vierundzwanzig Stunden auf den Beinen und der hell erleuchtete Raum ließ die müden Gesichter noch abgespannter wirken.

Fünf Whiteboards dominierten mittlerweile den Frontbereich des Raumes: eines für jedes Mordopfer, darunter das von Ole Tiedemann, und ein weiteres für den Täter.

Trotz Schlafmangels hatte Fricke sein Team in den frühen Morgenstunden zusammengerufen, um erste Ergebnisse des nächtlichen Einsatzes zu besprechen. Draußen war es noch dunkel.

Malin gähnte und griff nach ihrem Kaffeebecher. Seit Frickes Anruf war sie nicht mehr zu Hause gewesen und trug noch immer die Kleidung vom Vortag. Thies hatte ihr mehrere Nachrichten auf ihre Mailbox gesprochen, doch bisher hatte sie nicht darauf reagiert. Über den Rand ihres Kaffeebechers sah sie zu Bartels, doch ihr Teampartner mied ihren Blick.

Er war blass und verkatert und bekämpfte seine Alkoholfahne mit Mentholbonbons.

Fricke heftete ein Foto mit der Abbildung eines blutigen Messers an das Whiteboard, an dem die Ermittler sämtliche Erkenntnisse über den Täter zusammentrugen. Im Anschluss nickte er dem Chef der Spurensicherung zu.

Frank Glaser griff nach seinen Unterlagen. »Bei der Tatwaffe handelt es sich um ein Einhandmesser des US-Herstellers Camillus, genauer gesagt um das Modell *Heat Combo Edge*, rasiermesserscharf, das ähnlich wie bei einem Springmesser auf Federdruck aufschnellt.« Er hob den Blick von seinem Zettel. »Das Messer fällt als verbotener Gegenstand unter das Waffengesetz, aber das nur am Rande. Die Klingenlänge beträgt 9,3 cm mit der Stahlkennzeichnung AUS-8, der Griff ist aus schwarzem Zytel, einem Verbundwertstoff, der sich durch besondere Härte und eine hohe Resistenz gegen Abrieb und andere äußere Einwirkungen auszeichnet. Das Messer ist außerdem mit einer Seriennummer versehen. Leider ist das Unternehmen 2007 in die Insolvenz gegangen. Ein anderer Hersteller hat die Rechte an diesem Modell aufgekauft. Wir haben ihn bereits kontaktiert. Hoffen wir, dass wir dort weiterkommen. Ansonsten müssen wir uns einen anderen Weg einfallen lassen, um an den Namen des Besitzers zu kommen.«

Andres Loewe von der Kommissionsermittlung meldete sich zu Wort. »Wir sollten ein Foto des Messers an die Presse geben. Wenn es sich um ein seltenes Exemplar handelt, erkennt es vielleicht jemand und meldet sich.«

»Ich gehe das im Anschluss an die Besprechung gleich mit dem Pressesprecher durch.« Fricke nickte dem Leiter der Spurensicherung zu. »Danke, Frank.« Er sah in die Runde. »Leider hat die umgehend eingeleitete Ringfahndung nicht den nötigen Erfolg erbracht. Der Täter ist untergetaucht. Wir werden sämtliche Überwachungskameras in dem Viertel überprüfen müssen. Vielleicht hat eine davon etwas eingefangen.«

»Wie geht es dem Opfer?« Andresen rollte die Ärmel seines Jeanshemdes hoch. Malin fiel auf, dass er seine Lederarmbänder nicht mehr trug. Der Einfluss seiner neuen Freundin?

»Der Junge lebt«, erwiderte Fricke, »aber laut Auskunft der Ärzte ist sein Zustand weiterhin kritisch. Sie haben ihn in ein künstliches Koma versetzt. Wenn er die nächsten vierundzwanzig Stunden überlebt, hat er eine Chance, wenn auch eine geringe.« Er zog einen Zettel aus einem Stapel Unterlagen. »Der Name des Opfers lautet Justin-Cedric Möller. Er ist achtzehn Jahre alt und bei uns wegen eines Diebstahlsdelikts bereits aktenkundig. Seit einigen Jahren lebt er in einer Wohneinrichtung der Jugendhilfe. Die Mutter ist Alkoholikerin und hat ihn rausgeschmissen, als er vierzehn war. Ich habe versucht, die Frau ausfindig zu machen, doch offenbar wohnt sie nicht mehr unter ihrer Meldeadresse.« Er ließ das Blatt sinken. »Das ist alles, was ich in der kurzen Zeit auftreiben konnte.«

Andresen knackte mit seinen Fingern. »Was für ein Scheißleben! Als wäre der Junge mit seinem Namen und der Suff-Mutter nicht schon genug gestraft, jetzt muss ihn auch noch so ein irres Schwein mit dem Messer abstechen.«

»Dieser Justin-Cedrik, ist der schwul?«, warf Andre Loewe ein.

»Das wissen wir noch nicht«, entgegnete Fricke. »Aber ich werde nach meinem Meeting der Jugendeinrichtung einen Besuch abstatten. Vielleicht erfahre ich dort mehr.« Er wandte sich an den Leiter der Spurensicherung. »Wurden in der Zwischenzeit eigentlich die Daten von Oles Handy ausgewertet?«

Frank Glaser, der gerade die Gläser seiner Brille mit einem Hemdzipfel polierte, hob den Blick. »Ich wollte später noch darauf kommen. Wir haben gestern Nachmittag die Verbindungsdaten vom Provider erhalten und ein Bewegungsprofil erstellt.« Er setzte seine Brille wieder auf und zog ein DIN-A4-Blatt mit einem Diagramm aus seinen Unterlagen. »Anhand der Standortauswertung der Funkmasten, die der Netzbetreiber aufgezeichnet hat, konnten wir Oles Weg von dem Lokal in der Gertigstraße bis zu ihm nach Hause nachvollziehen. Dort hat sich sein Handy um 21.42 Uhr in das WLAN-Netz seiner Wohnung eingeloggt. Keine zehn Minuten später wurde das Signal seines Handys von einem Sendemast außerhalb der Wohnung empfangen. Dem weiteren Verlauf nach muss Ole auf direktem Weg zum Stadtpark gefahren sein.«

»Aber er hatte kein Auto«, erinnerte Andre Loewe. »Ich habe das überprüft. Der Wagen steht noch immer in der Werkstatt. Er sollte heute repariert werden. Ich habe veranlasst, dass er zu uns in die KT gebracht wird. Damit bleibt die Frage, wie Ole zum Stadtpark gekommen ist. Sollen meine Leute und ich die Taxi-Unternehmen abtelefonieren, Hans?«

»Macht das. Möglicherweise war er aber auch mit den Öffentlichen unterwegs, deshalb vergesst nicht, den HVV zu kontaktieren und nach den Bändern aus den Überwachungskameras am Bahnhof Alsterdorf zu fragen. Wissen wir schon, inwieweit Ole in der Gay-Szene bekannt war?« Fricke sah Bartels an. »Fred, du und Brodersen, ihr wart doch gestern am Kiez unterwegs. Habt ihr dabei irgendetwas herausgefunden?«

Bartels schüttelte den Kopf. »Bisher nicht. Wir haben einige von den einschlägigen Läden abgeklappert. Niemand konnte sich daran erinnern, dass Ole dort Gast war. Aber wir sind auch noch nicht mit allen Schuppen durch.«

Malin wartete, ob er den Zwischenfall im *Cherry Club* erwähnen würde, doch ihr Kollege griff nach seinem Kaffeebecher und schwieg.

»Ich habe ein bisschen im Internet geforscht«, nahm Andresen den Faden auf. »In einigen Foren der Gay-Szene wird der Blindengarten als Treffpunkt fürs Cruising, also für Sexdates genannt.« Ein angespannter Zug erschien um seinen Mund. »Ich habe mich in einem dieser Foren angemeldet. Einer der Typen schrieb, dass im Blindengarten erst im Frühling wieder Verkehrszeit ist.« Er schüttelte angewidert den Kopf.

»Entschuldige«, mischte sich Andre Loewe ein. »Vielleicht war das eurem Kollegen einfach nicht bekannt. Er kann auf gut Glück hingefahren sein. Oder er hat sich dort gezielt mit einem Typen verabredet.«

»Du hältst jetzt besser mal deine Klappe«, fuhr Andresen ihn an. »Vielleicht wusste ich nicht, dass mein Partner schwul war, vielleicht hat er sich auch irgendwann mal zum Sex verabredet, aber ganz sicher nicht, während es schneit, bei Minus zehn Grad in einem öffentlichen Park.« Er schlug mit der flachen Hand auf den Konferenztisch.

»Beruhig dich, Sven«, forderte Fricke seinen Mitarbeiter auf. »Es führt zu nichts, wenn wir uns hier gegenseitig angehen.« Er wandte sich Frank Glaser zu. »Wie weit ist die IT mit Oles Computern?«

»Das kann ich dir erst später sagen«, murrte der Kriminaltechniker. »Hast du schon mal auf die Uhr geschaut? Es ist nicht einmal halb acht. Die Kollegen sind noch gar nicht im Haus. Davon abgesehen, ersticken sie zur Zeit in Arbeit.«

»Du hast ja recht.« Fricke fuhr sich mit einer müden Geste übers Gesicht. »Ich verlange euch zur Zeit einiges ab, dazu haben wir alle mit der Trauer um Ole zu kämpfen.«

Malin spürte einen Kloß in ihrem Hals und sie suchte Bartels' Blick. Er starrte auf seine ineinander verschränkten Hände. Seine Kiefermuskeln malmten.

»Machen wir weiter.« Der Teamchef erhob sich von seinem Platz und betrachtete ein Whiteboard nach dem anderen, ehe er sich wieder zu seinen Mitarbeitern umdrehte. »Könnt ihr irgendein Schema des Täters erkennen? Die Komponente mit der Homosexualität lassen wir jetzt mal außen vor. Hat jemand von euch eine Idee?«

Bartels löste seinen Blick von seinen Händen. »Ole war derjenige von uns, der solche Zusammenhänge erkennen konnte.«

Fricke nickte. »Du hast recht. Er fehlt.« Der Teamleiter setzte sich wieder an seinen Platz. »Die OFA-Gruppe sitzt an den Auswertungen, allerdings sind sie mit ihren Analysen noch längst nicht so weit. Und uns rennt die Zeit davon. Ich würde sagen ...«

Ein Handy klingelte.

Andresen fingerte an der Brusttasche seines Jeanshemds herum. »Das ist Oles«, murmelte er. »Ich hab's mir von der KT geben lassen. Für den Fall, dass sich der unbekannte Anrufer noch mal meldet.« Endlich hielt er das klingelnde Handy in der Hand. Er stellte den Lautsprecher an. »Hallo?«

Jemand atmete schwer.

»Hallo, wer ist denn da?« Am anderen Ende der Leitung blieb es still. »Hören Sie, ich weiß nicht, wer Sie sind, aber Herr Tiedemann ist tot. Wenn Sie also mit ihm sprechen wollen ...«

Der Anrufer legte auf.

»Scheiße.« Andresen starrte verblüfft auf das Handy in seiner Hand. »Wer zum Henker war das?«

Sam legte schweißgebadet auf. Jetzt wusste er Bescheid. Ole Tiedemann war tot. Er musste der Tote im Blindengarten gewesen sein. Scheiße. Er hatte es von Anfang an geahnt.

Im nächsten Augenblick kam die Angst. Was passierte jetzt? Hatte er wirklich sämtliche Sicherheitsvorkehrungen getroffen oder war es jemandem gelungen, seine virtuelle Tarnkappe zu lüften? Das verschlüsselte Netzwerk, in dem seine Daten über verschiedene Knotenpunkte mehrfach umgeleitet wurden, verschleierte seine Identität und erlaubte ihm, unter der Wasseroberfläche unerkannt im Dunkeln zu verschwinden. War es möglich, dass er einen Fehler gemacht hatte?

Fieberhaft ging er in Gedanken die einzelnen Schritte durch. Dabei rann ihm der Schweiß unaufhörlich die Stirn hinunter, benetzte Augen und Wangen, drang bis in seine Mundwinkel.

Sam spielte mit dem Gedanken, erneut Ole Tiedemanns Handynummer zu wählen. Er hatte gehört, wie sich die Antennen des Mannes am anderen Ende der Leitung aufgestellt hatten, während der ins Telefon lauschte. Wie war sein Name gewesen? Hatte er ihn überhaupt genannt? War es einer von Ole Tiedemanns Kollegen gewesen? Ein Polizist?

Ein unangenehmes Gefühl machte sich in Sams Magengegend breit und er verwarf den Gedanken mit dem Anruf. Er hätte sich niemals auf die ganze Geschichte einlassen dürfen, sondern auf seinen Instinkt vertrauen sollen. Aber er hatte es nicht lassen können, hatte unbedingt dabei sein wollen, bei der ganz großen Sache. Wegen seiner Neugierde. Dem Nervenkitzel. Und jetzt saß er in der Scheiße.

Er wünschte, es gäbe jemanden, mit dem er sprechen könnte. Seine Freunde waren im Netz, verstreut über den Erdball und virtuell jederzeit präsent, doch real kaum greifbar. Nur wenigen von ihnen war er bisher persönlich begegnet.

Seine Eltern weilten wie jedes Jahr um diese Zeit auf den Kanarischen Inseln. Geschwister oder eine Freundin hatte er keine. Bis vor einem Jahr war er noch Mitglied in einem Love-Chat gewesen und hatte einen heißen Internet-Flirt gehabt, doch als er sich mit dem Mädchen in Hamburg getroffen hatte, war ihre Zuneigung bei seinem Anblick in Sekundenschnelle zu kalter Luft verpufft.

Davon abgesehen, durfte er niemanden einweihen. Er hatte genaue Anweisungen erhalten, was zu tun war. Trotzdem zögerte Sam. Er musste erst die Nachricht verdauen, die ganze Sache in Ruhe überdenken. Der Tod von Ole Tiedemann änderte alles.

Die Grenzen hatten sich verschoben, die Linien waren nicht mehr klar zu erkennen, verschwammen vor seinen Augen und führten ihn unweigerlich zu der Frage: Wem konnte er jetzt noch trauen?

Malin saß an ihrem Schreibtisch und brütete über den Ermittlungsakten. Sie hatte Schwierigkeiten, sich zu konzentrieren. Der nächtliche Schlafentzug forderte seinen Tribut. Immer wieder fielen ihr die Augen zu, daran konnte auch der viele Kaffee nichts ändern.

Die Plätze ihrer beiden Kollegen waren verwaist. Ob Bartels mit Andresen über die Sache im *Cherry Club* sprach?

Das Dossier, das Tiedemann über Besim Shabani angelegt hatte, kam ihr wieder in den Sinn. Vielleicht würde der Bericht über den Albaner ihre müden Gehirnzellen wieder auf Trab bringen. Sie zog den Schnellhefter aus einem Stapel Unterlagen, blätterte zunächst den Inhalt flüchtig durch und stellte fest, dass sich darunter auch fein säuberlich ausgeschnittene Zeitungartikel älteren Datums befanden. Offenbar hatte sich Ole Tiedemann schon vor Jahren mit dem Albaner beschäftigt. Sie begann zu lesen.

Besim Shabani war Mitte der achtziger Jahre gemeinsam mit seinem Cousin Tarek aus dem Kosovo nach Hamburg gekommen. Zunächst hatten beide in einem Restaurant gearbeitet, ehe Besim Ende der Achtziger den *Cherry Club* übernommen hatte. Eigenen Angaben zufolge hatte er das Geld für die Ablösesumme am Roulette-Tisch gewonnen, doch das Gerücht, dass es in Wahrheit aus Drogengeschäften stammte, hielt sich hartnäckig. Mit dem *Cherry Club* hatte Shabani den Grundstein seines Vermögens gelegt. Im Laufe der Jahre hatte er zahlreiche Immobilien im Hamburger Stadtbezirk gekauft, darunter Restaurants, Wohnhäuser und sogar ein Parkhaus in der Neustadt. Die rasante Geldvermehrung des Albaners hatte bereits vor Jahren das LKA 6, das Fachkommissariat für organisierte Kriminalität, auf den Plan gerufen. Doch trotz zahlreicher Verdachtsmomente, die auf Verstrickungen Shabanis in den Menschen- und Drogenhandel hinwiesen, hatte ihm rechtskräftig niemals etwas nachgewiesen werden können. Die Verfahren waren eingestellt worden, Zeugen waren umgefallen oder Strafanträge zurückgezogen worden.

Lag das an den guten Verbindungen, die der Albaner laut einiger Zeitungsartikel zu Größen in der Politik und Wirtschaft hatte, oder an seinem Einfluss am Kiez?

Die Machtverhältnisse in St. Pauli unterzogen sich einem ständigen Wandel. Während sich in den siebziger und achtziger Jahren, der Paten-Ära, noch schillernde Kiezgrößen mit Luxuskarossen den großen Kuchen im Rotlichtmilieu untereinander streitig gemacht hatten, waren die Reviere in den Jahren danach streng unter Ganoven verschiedener Nationalitäten aufgeteilt worden. Mittlerweile gab es kaum noch Revierkämpfe, Rocker bildeten eine feste, unumstößliche Instanz in der Hierachie, wilde Schießereien und alles andere, was zu Ärger führte und somit das Geschäft störte, wurden zur Ausnahme. Denn das Geschäft blühte. Kieztouren und Social Media zahlreicher Milieu-Gewächse gehörten mittlerweile ebenso dazu wie Prostitution, Schutzgelderpressung, Drogen- und Waffengeschäfte. Der Sumpf der Verbrechen war groß und gut organisiert. Die Kriminellen wurden immer raffinierter dabei, ihren Aktivitäten einen legalen Anstrich zu verpassen.

Wie finananzierte Shabani sein Immobilien-Imperium, um es in diesen Ausmaßen wachsen zu lassen?

Malin tippte auf Drogenhandel, dort waren die Gewinnspannen noch immer am größten. Sie blätterte durch den Schnellhefter und blieb an dem Foto eines Zeitungsartikels hängen. Darauf war Shabani Arm in Arm mit einem glatzköpigen Mann zu sehen. Augen wie kleine Kohlestücke. Der Typ aus dem Club. In der Bildunterschrift war sein Name angegeben. Tarek Shabani.

Sie wunderte sich, dass Ole keinerlei Notizen in dem Dossier gemacht hatte, doch ehe sie weiter darüber nachdenken konnte, klingelte ihr Telefon.

Eine Sekretariatsmitarbeiterin des Carl-von-Ossietzky-Gymasiums teilte ihr mit, dass die von ihr angeforderten Klassenlisten sowie die dazugehörigen Schülerakten zur Einsicht bereitlagen.

Eine halbe Stunde später stieg Malin am Müssenredder, einer langgezogenen Straße mit Ein- und Mehrfamilienhäusern, aus ihrem Mini. Das Gymnasium im Stadtteil

Poppenbüttel stammte aus den 1960er Jahren, Platten-
bauten aus grauem Beton mit weiß umrahmten Fenstern
und blauen Eingangstüren.

Die Schule erinnerte Malin an ihre eigene und sie stellte
fest, dass ihre frühere Aversion gegen die Erziehungs-
schmiede die gleiche geblieben war.

Auf dem Pausenhof wimmelte es von Schülern. Sie stan-
den in Grüppchen, hielten Getränke oder Snacks in den
Händen und unterhielten sich. Einige spielten auf ihren
Handys herum.

Malin fragte sich zum Sekretariat durch, das in einem
dreistöckigen Gebäude lag. Die Schulsekretärin Dörte
Köhler war eine ältere Frau mit blassen Mäusegesicht und
fisseligen Haaren. Ihre grauen Augen hinter der Halbbrille
unterzogen die Kriminalbeamtin einer gründlichen Mus-
terung. »Sie sind also die Frau von der Polizei, die sich für
einen unserer Schüler interessiert.«

Malin fühlte sich an ihre Grundschullehrerin erinnert
und machte eine geraden Rücken. »Wir benötigen die
Klassenlisten für eine Ermittlung.«

Dörte Köhler betrachtete sie nun mit unverhohlener
Neugier. »Sie ermitteln wegen des Messermörders, habe
ich recht? Und dieser Schüler von uns, meinen Sie etwa ...«
Sie führte den Satz nicht zu Ende.

»Haben Sie jetzt vielleicht die Listen für mich?«

Die Mundwinkel der Mäusegesichts sackten herab.
»Natürlich.« Sie schwang ihren Schreibtischstuhl herum
und griff nach drei Pappkartons, die sie auf der anderen
Tischseite neben einem halb ausgelöffelten Joghurtbecher
deponiert hatte. »Darin finden Sie die Jahrgänge 1991 bis
2000. Wenn Sie Kopien benötigen, geben Sie mir Bescheid.«
Sie blickte Malin über den Rand ihrer Brille hinweg an.

»Mitnehmen können Sie die Unterlagen nicht. Sie sind Eigentum der Schule.«

Wortlos nahm Malin die Kartons entgegen und setzte sich damit an einen Tisch neben dem Tresen. Sie öffnete den Deckel, auf dem jemand mit schwarzem Edding die Jahreszahlen *1997-2000* vermerkt hatte. Nach kurzer Durchsicht stieß sie auf die Klassenliste der 12d, die Robert Herrmannsdorfers Namen beinhaltete, und ging die restlichen Schülernamen durch. Kein Gerry.

Sie schob die Papiere zurück in den Karton und nahm sich den nächsten vor. 1993-1996. Auf der Klassenliste der 8d wurde sie schließlich fündig. Der Name Gernot Köster stand zwischen denen der anderen siebenundzwanzig Jungen und Mädchen. Konnte Gerry eine Abkürzung für Gernot sein?

Malin blätterte die restlichen Listen durch, doch der Name tauchte kein weiteres Mal auf. Sie blickte zur Schulsekretärin.

»Sagen Sie, Frau Köhler, wie lange arbeiten Sie schon hier?«

»Seit 1974.« Stolz schwang in der Stimme der Schulsekretärin.

»Sagt Ihnen der Name Gernot Köster etwas? Er war 1993 in der Klasse 8d.«

»Irgendetwas klingelt da bei mir. Aber mir fehlt zu dem Namen das Gesicht.« Dörte Köhler runzelte die Stirn. »Dabei vergesse ich nie einen unserer Schüler.«

»Wie es aussieht, war der Junge nur ein Jahr an dieser Schule.«

»Daran könnte es liegen«, murmelte die Sekretärin und erhob sich hinter dem Tresen. »Wenn Sie hier kurz warten, gehe ich ins Archiv und hole seine Akte.«

Malin fotografierte die Klassenliste mit dem Handy ab und verstaute sie wieder im entsprechenden Karton.

Ein Teenager steckte den Kopf durch die Tür. »Ist die Köhler da?«

Malin schüttelte den Kopf. »Sie kommt gleich wieder.«

Erleichterung erschien auf dem Jungengesicht. Er flitzte zum Tresen, knallte einen Zettel darauf und verschwand so schnell, wie er gekommen war.

Kurz darauf öffnete sich die Tür erneut. Dörte Köhler kam mit einem Stapel Unterlagen herein und reichte Malin eine Akte. »Die Papiere unterliegen dem Datenschutz, aber der Direktor hat mir versichert, dass das mit Ihrer Behörde bereits geklärt wurde.«

Das Telefon klingelte und sie eilte an ihren Schreibtisch, um das Gespräch anzunehmen.

Malin schlug die Akte auf. Eine Schülerkarte mit Personenangaben, den Namen der Eltern sowie den Daten des Schulein- als auch des -austritts lag zuoberst. Dahinter befanden sich eine Zweitschrift des Zeugnisses und ein verschlossener Umschlag, versehen mit Unterschrift und Datum von 1993.

»Was hat es mit dem Umschlag auf sich?«, fragte Malin, sobald Dörte Köhler ihr Telefonat beendet hatte.

Die Schulsekretärin kam zu ihr an den Tisch und blätterte zurück zu Gernot Kösters Jahreszeugnis. Sie tippte mit dem Fingern auf die Spalte mit den Fehlzeiten. »Der Schüler hat insgesamt dreiundachtzig Tage gefehlt.« Sie schlug die Seiten wieder um und löste den Umschlag aus der Akte. »In der Regel werden darin Unterlagen mit besonders sensiblen Daten hinterlegt. Jeder, der Einsicht nehmen möchte, muss den Grund dafür mit Datum und Unterschrift quittieren.« Sie reichte den Umschlag an die Kriminalbeamtin weiter.

Malin öffnete ihn und zog mehrere gelbe Zettel sowie ein ärztliches Attest heraus. Demnach war Gernot Köster über einen Zeitraum von mehr als vier Monaten krankgeschrieben gewesen. Eine Diagnose stand nicht auf den Belegen. »Gibt es möglicherweise noch irgendwo ein Foto des Schülers?«

Die Schulsekretärin reichte ihr ein Buch im DIN-A4-Format. »Das ist unser Jahrbuch.« Sie blätterte durch die Seiten und tippte dann auf ein Klassenfoto.

Gernot Köster stand am linken Rand der vorletzten Reihe. Ein Junge mit Lausbubengesicht und einem auffälligen Muttermal am Kinn. Er war adrett angezogen, trug ein rot-blau kariertes Hemd zur dunklen Hose, seine blonden Ponyfransen waren zur Seite gekämmt, der Blick ernst in die Kamera gerichtet.

Malin studierte die anderen Gesichter. In der letzten Reihe grinste unverkennbar Robert Hermannsdorfer in die Kamera, rechts neben ihm stand die jüngere Ausgabe von Armin Behrens, auf der linken Seite ein dicklicher Rothaariger mit verschlagenem Gesichtsausdruck. Er fixierte die Person, die direkt vor ihm stand. Gernot Köster.

Erst jetzt fiel Malin der Verband auf, den der Junge mit den blonden Ponyfransen an einem seiner Hände trug. Sie fotografierte das Foto ab.

Die Schulsekretärin beugte sich neben Malin über das Jahrbuch. »Ich erinnere mich wieder. Das ist Gerry. Gerry Köster.« Sie seufzte. »Eine tragische Geschichte.«

»Was ist passiert?«

Dörte Köhler begann zu erzählen.

13. KAPITEL

Sie hatte Gernot Kösters Namen auf Seite drei der Gästeliste der Unilever-Veranstaltung gefunden, ein Foto von ihm auf der Webpage der Leasingsgesellschaft *Hansa Cars*. Sein blondes Haar war im Laufe der Jahre um einige Schattierungen dunkler geworden, trotzdem hatte Malin aus dem Männergesicht mit dem Muttermal am Kinn die Züge des Schulkindes herausgelesen.

Noch vom Schulgelände aus hatte sie ihren Vorgesetzten informiert und sie hatten beschlossen, sich *Am Strandkai* in der HafenCity zu treffen, um der Zeugin vom Servicepersonal das Foto von Gernot Köster zu zeigen.

Malin parkte ihren Mini vor dem Marco-Polo-Tower und stieg aus. Von Frickes Dienstwagen war weit und breit nichts zu sehen. Kalter Wind fegte ihr ins Gesicht und zerzauste ihre Haare. Sie setzte die Kapuze auf. Um sich ein wenig die Beine zu vertreten, ging sie das kurze Stück zu den Marco-Polo-Terrassen. Von hier aus hatte man einen grandiosen Ausblick über den Grasbrookhafen und die futuristischen Gebäude am Kaiserkai bis hin zur Elbphilharmonie.

An einem turmhohen Klötzchenbau, dessen Fronten zur Wasserseite hin verglast waren, blieb ihr Blick hängen. Hinter den getönten Scheiben befanden sich die Geschäftsräume von *Kalid Immobilien*, Besim Shabanis Firmenimperium. Es fiel ihr schwer, den hochmodernen Glaskomplex mit dem verruchten *Cherry Club* am Kiez in Einklang zu bringen. Doch offensichtlich bewegte sich der Albaner mühelos zwischen zwei Welten.

Hinter ihr hupte ein Auto. Malin drehte sich um, und entdeckte Frickes Dienstwagen neben ihrem Mini. Wenige Augenblicke später stieg sie zu ihrem Chef ins Auto. »Hast du dir schon mal Shabanis Glaspalast am Kaiserkai angesehen? Muss eine hübsche Stange Geld gekostet haben. Ultramodern.«

»Auch Verbrecher gehen mit der Zeit«, brummte Fricke. »Und jetzt erzähl. Was hast du in der Schule erfahren?«

»Gernot Köster wurde während seiner Schulzeit gemobbt«, informierte Malin ihren Chef. »Dabei ging es nicht nur um seelische Schikanen, er wurde zusätzlich auch noch körperlich gequält. Blaue Flecken, Bissspuren, Schnittwunden oder Quetschungen, ein verstauchtes Handgelenk. Eine Zeit lang hatte man die Eltern in Verdacht, ihren Sohn zu misshandeln, doch die Vorwürfe erwiesen sich als haltlos. Laut der Schulsekretärin gab es Anzeichen, dass Mitschüler für die Misshandlungen verantwortlich waren, doch denen konnte mit Ausnahme von einigen Hänseleien nie etwas nachgewiesen werden. Und Gernot Köster schwieg.«

»Weil er Angst hatte«, brummte Fricke. »Der arme Junge.«

»Irgendwann wurde Gernot Köster schwerverletzt vor dem Schulgelände gefunden. Offenbar ist er mit dem Bein in eine abgeschlagene Bierflasche gestürzt. Vermutlich wäre er verblutet, hätte ihn der Hausmeister nicht rechtzeitig gefunden. Die Ärzte konnten das Bein retten, allerdings musste er dafür mehrfach operiert werden, und die Beweglichkeit seines Knies wurde nie richtig wiederhergestellt. Es ist größtenteils steif geblieben.«

»Weiß man, wie es zu dem Sturz gekommen ist?«

»Nein, aber ich habe da so meine Theorie.«

»Armin Behrens?«

Malin nickte. »Er und Robert Herrmannsdorfer. Vermutlich war noch ein Dritter mit von der Partie, Stephan Böttcher. Er soll vor ein paar Jahren gestorben sein. Die drei hingen während der Schulzeit ständig zusammen und hatten Gernot Köster auf dem Kieker.«

»Möglich, dass du recht hast, Brodersen.« Fricke betrachtete sie von der Seite. »Mal angenommen, Köster ist tatsächlich der Täter. Warum hat er die anderen Opfer ermordet?« Ohne eine Antwort abzuwarten, öffnete er die Fahrertür und stieg aus.

Zwei Stunden später trommelte Fricke sein Team zur Einsatzbesprechung in seinem Büro zusammen. Als sich alle in dem kleinen Raum versammelt hatten, hielt er ein Foto von Gernot Köster in die Höhe. »Dies ist der Mann, der von der Mitarbeiterin eines Cateringservice am Abend der Unilever-Veranstaltung zusammen mit Armin Behrens gesehen wurde. Sein Name ist Gernot Köster.« Frickes Gesicht war ernst. »Zudem waren Brodersen und ich vor einer halben Stunde in der Schmuckstraße und haben Condoleeza Rodriguez ebenfalls dieses Foto gezeigt. Sie konnte sich daran erinnern, den Mann am Mordabend in ihrer Bar gesehen zu haben.«

Andresen streckte die Hand nach dem Foto aus. »Zeig mal.« Er schnalzte. »Wir haben vorhin die Aufnahmen einer Überwachungskamera in der Danziger Straße bekommen, von einer Kneipe ganz in der Nähe des Spielplatzes. Der Wirt hatte Kameras installiert, nachdem in sein Lokal kurz nacheinander zweimal eingebrochen wurde, eine davon außen am Gebäude. Auf dem Film ist ein Typ zu sehen, der diesem hier verdammt ähnlich sieht.« Er wedelte mit dem Foto herum.

»Wo sind die Aufnahmen jetzt?«, fragte Fricke.

»In der Fototechnik.« Andresen griff nach seinem Handy. »Ich gebe den Kollegen schnell Bescheid, dass wir das Material brauchen.« Er wandte sich ab, um zu telefonieren.

»Brodersen, hast du die Adresse von der Leasingfirma, in der Köster arbeitet?«

Malin nickte. »Und seine Privatadresse auch. Außerdem habe ich seinen Namen vorhin durch unsere Datenbank gejagt. Er hat keinen Eintrag.«

Es klopfte und Torben Sommer von der Fototechnik erschien. Er wirkte angespannt. »Ich habe dir die Bilder der Überwachungskamera geschickt, Hans.«

Fricke tippte ein paar Befehle in seine Computertastatur. Er wartete, bis seine Mitarbeiter neben ihm standen, dann ließ er die Filmsequenz laufen. Ein Mann hastete humpelnd am Gebäude entlang. Die Szene dauerte nur wenige Sekunden und das Bild war grobkörnig, doch es reichte aus, um einen kurzen Blick auf das Gesicht des Vorbeieilenden zu erhaschen.

Fricke kratzte sich am Kinn. »Ist er das?«

»Darf ich?« Sommers Finger flogen über die Computertastatur und ein Standbild erschien. Er drückte einige weitere Tasten und vergrößerte den Bildschirmausschnitt mit dem Gesicht.

»Das ist Gernot Köster.« Malin wies mit dem Finger auf eine Stelle am Monitor. »Seht ihr das Muttermal am Kinn?«

»Du hast recht, Brodersen.« Fricke sah den Kriminaltechniker an. »Kriegt ihr das Bild noch besser hin?«

Torben Sommer reagierte nicht. Sein Blick war wie gebannt auf das Gesicht des Mannes auf dem Bildschirm gerichtet.

»Torben?«

Sommer zuckte zusammen. »Entschuldige, Hans. Wir versuchen es.« Er verschwand aus dem Büro.

»Schnappen wir uns Köster!« Bartels hielt seine Hände zu Fäusten geballt. Deutlich trat das Weiß seiner Fingerknöchel unter der Haut hervor und verriet seine Anspannung.

Fricke lehnte sich zurück. »Ich muss nachdenken. Wir dürfen jetzt keinen Fehler machen.« Einen kurzen Moment schloss er die Augen. »Wie, verdammt, passt Ole da hinein?«

»Ich glaube, ich weiß es.« Andresen blätterte hektisch in der Ermittlungsakte. »Da, ich hab's.« Er hob den Blick. »Meiner Liste nach war Ole für Gernot Kösters Befragung eingeteilt, die wir bei den Gästen der Unilever-Veranstaltung durchgeführt haben. Dabei muss er etwas gemerkt haben.«

»Aber dann hätte Ole doch etwas gesagt«, warf Malin ein. »Was steht denn im Bericht?«

Andresen blätterte erneut die Unterlagen durch, sah dann ratlos in die Runde. »In der Akte ist kein Bericht.«

»Das gibt es doch nicht.«

Der rothaarige Ermittler schlug sich mit der Hand vor die Stirn. »Oh, Scheiße …«

»Was ist los, Sven?«, fragte Fricke.

»Ole muss Köster am Tag seiner Ermordung befragt haben.« Seine Stimme klang seltsam stumpf. »Die Berichte wollte Ole am nächsten Tag schreiben. Aber da war er tot.«

»Dann muss es ein Gesprächsprotokoll geben. Wo ist das?«

»Das kann ich dir nicht sagen, Hans.« Andresen holte tief Luft. »Aber ich habe da so eine Ahnung. Erinnert ihr euch an die fehlenden Seiten in Oles Notizbuch?«

Einen Moment blieb es still im Büro.

Dann klatschte Fricke in die Hände. »Sven, du rufst bei Kösters Arbeitsstelle an. Am besten lässt du dich über die Vermittlung weiterverbinden. Gib dich als Kunde aus. Ich will wissen, ob er an seinem Arbeitsplatz ist. In der Zwischenzeit stelle ich ein Team zusammen.«

Andresen nickte und klemmte sich die Ermittlungsakte unter den Arm. »Ich gehe schnell in unser Büro rüber und telefoniere von dort.« An der Tür stieß er mit Judith Klug vom OFA-Team zusammen.

»Hans, ich will gar nicht lange stören«, sagte die zierliche Fall-Analystin. »Uns fehlen noch einige Falldaten zum Opfer Justin-Cedric Möller.«

Fricke winkte sie heran. »Gut, dass du da bist.« Er fasste in knappen Worten die Ereignisse der letzten Stunden zusammen. »Wie ist deine Einschätzung zu Köster?«

»Hinsichtlich einer Festnahme? Nach dem, was du mir gerade geschildert hast, halte ich es für ratsam, mit größter Vorsicht vorzugehen. Ich stufe den Täter als sehr gefährlich sein. Bei den Morden ist er äußerst unkontrolliert vorgegangen. Die Anordnung und die Vielzahl der Stiche deuten darauf hin, dass er nicht über viel Selbstbeherrschung verfügt. Auch die zahlreichen Spuren am Tatort bestätigen das. Er ist geflüchtet, ohne sie zu beseitigen, handelt kopflos und kann nicht gut mit Stress umgehen.« Sie strich sich eine dunkle Haarsträhne aus dem Gesicht. »Ich halte den Täter für unberechenbar. Möglicherweise dreht er durch, wenn er sich bedroht fühlt. Er könnte eine Geisel nehmen.«

Fricke nickte. »Deine Beurteilung deckt sich in etwa mit meiner.«

Andresen kam zurück ins Büro. »Gernot Köster ist

heute nicht zur Arbeit erschienen. Eine Kollegin hat ihn zu Hause angerufen. Angeblich ist er krank.«

Fricke griff zum Telefon. »Ich fordere ein MEK-Team an.«

Das Licht ließ bereits nach, als die Ermittler und das schwerbewaffnete MEK-Team am Graumannsweg vor der eingerichteten Absperrung aus ihren Einsatzfahrzeugen stiegen.

Malins eigene Anspannung spiegelte sich in den Gesichtern ihrer Kollegen. Obwohl sie seit über dreißig Stunden auf den Beinen war, schien ihre Müdigkeit wie weggeblasen, stattdessen pumpte Adrenalin unter der kugelsicheren Weste durch ihren Körper.

Gernot Köster wohnte in dritten Stock eines unauffälligen Mehrfamilienhauses direkt an der Straße. Hellgrau verputzte Fassade, vier Geschosse, sechzehn Mietparteien.

Die Beamten der Spezialeinheit bewegten sich geduckt am Gebäude entlang und sicherten zunächst Vorder- und Hinterausgang, ehe sie ins Treppenhaus eindrangen. Nahezu geräuschlos lief das Einsatzkommando die Treppen hinauf, sicherte Stockwerk für Stockwerk.

Fricke bedeutete seinem Team mit einer Kopfbewegung, ihm nach oben zu folgen. Im ersten Stock öffnete sich eine Tür und ein grauer Lockenkopf erschien, verschwand jedoch angesichts der bewaffneten MEK-Beamten sofort wieder in der Wohnung.

Im nächsten Moment war das Krachen der Tür zu hören, als das Einsatzkommando mit Hilfe des Rammbocks zwei Etagen höher die Wohnung stürmte.

Die Ermittler der Mordkommission stiegen weiter die Stufen hinauf. Als sie den Treppenabsatz unterhalb von

Gernot Kösters Wohnung erreichten, tauchte der MEK-Leiter wieder auf. »Da drinnen ist niemand.«

»Verfluchte Scheiße«, murmelte Fricke und ging an den schwarz gekleideten Einsatzkräften vorbei in die Wohnung.

Malin, Bartels und Andresen folgten ihm.

Ein schmaler Flur mit drei angrenzenden Räumen. Die Tür zum Schlafzimmer stand offen. Die Jalousie war heruntergelassen, die Bettwäsche zerwühlt. Es roch muffig.

Fricke ging mit grimmiger Miene von Zimmer zu Zimmer. Es hatte den Anschein, als müsste sich der Chef der Mordkommission höchstpersönlich davon überzeugen, dass der Tatverdächtige vom MEK nicht übersehen worden war.

»Sven, ruf Frank an«, wies er den rothaarigen Ermittler an, sobald er seinen Rundgang beendet hatte. »Sag ihm, er soll ein paar Leute herschicken. Wir brauchen Kösters DNA. Außerdem liegt in der Waschmaschine nasse Kleidung, die muss untersucht werden. Fred, du legst mit den Nachbarn los, und nimm ein paar Uniformierte mit. Ich möchte heute keine Überraschung mehr erleben.« Er wandte sich an Malin. »Und du, Brodersen, siehst zu, ob du in der Wohnung irgendeinen Hinweis darauf findest, wo Köster sich aufhält.« Fricke zog sein Handy aus der Jackentasche. »Ich lasse ihn zur Fahndung ausschreiben.« Mit dem Telefon am Ohr ging er ins Treppenhaus.

Malin nahm sich zunächst den Wohnraum vor. Helle Kiefernmöbel auf dunklem Laminat, ein Flachbildfernseher mittleren Formats, Kunststoffjalousien und eine kleine Küchenzeile. Auf dem Esstisch stand ein Aschenbecher mit gründlich niedergedrückten Stummeln, daneben lag eine angebrochene Packung Zigaretten. Sie registrierte, dass es sich um die gleiche Marke handelte, die an den Tatorten gefunden worden war.

Malin streifte Einweghandschuhe über und öffnete die oberste Schublade einer Kommode. Kontoauszüge, Briefe von Versicherungen oder der Hausverwaltung, Lohnabrechnungen, ein Adressbuch mit leicht vergilbtem Einband. Sie steckte es in eine Spurensicherungstüte. Im Anschluss durchforstete sie die restlichen Schubladen, fand aber nichts, was einen Hinweis auf Kösters Verbleib gab.

Sie ließ ihren Blick durch den Raum schweifen. Im Bücherregal zog ein grün eingebundenes Fotoalbum ihre Aufmerksamkeit auf sich. Es enthielt Kinderfotos. Im Mittelpunkt stand ein dunkelhaariger Junge. Zunächst als glucksendes Baby auf dem Arm einer pummeligen blonden Frau, später als Erstklässler mit Schultüte, auf verschiedenen Klassenfotos, darunter das der 8d, dann als Teenager im Tennis-Outfit und schließlich im formellen dunklen Anzug mit Abiturmütze. Malin kannte die Gesichtszüge des jungen Mannes. Der Tote am Unilever-Haus.

Das Album gehörte Armin Behrens.

Malin fuhr durch die Dunkelheit. Schneeböen fegten an die Windschutzscheibe ihres Minis und erschwerten ihr die Sicht. Sie dachte über die Ereignisse der letzten sechsunddreißig Stunden nach. Gernot Köster schien wie vom Erdboden verschluckt. Noch am Abend hatten sie mit Nachbarn und Anwohnern am Graumannsweg gesprochen, doch niemand konnte sich daran erinnern, den Mann gesehen zu haben. Auch die bundesweite Fahndung hatte bisher noch keinen Erfolg gebracht. Sobald die Spurenauswertung der Kriminaltechnik vorlag, würden die oberen Etagen darüber entscheiden, ob die Medien um Mithilfe gebeten wurden.

Sie dachte an das grüne Fotoalbum. Es war so, wie sie es sich bereits gedacht hatte. Der Täter hatte es aus der Wohnung seines Opfers mitgenommen. Weil eines der Fotos sein Gesicht zeigte.

Malin war mit dem Album zu Armin Behrens' Eltern gefahren. Die Mutter hatte unter Tränen bestätigt, dass es ihrem Sohn gehörte. Malin hatte ihr versprechen müssen, dass sie es zurückbekam, sobald die Ermittlungen abgeschlossen waren.

Sie schlug aufs Lenkrad. Warum bloß hatte sie nicht mehr Augenmerk auf dieses Album gehabt? Sie hatte doch geahnt, dass es einen Zusammenhang gab. Sie hätte hartnäckiger sein müssen, dann wären sie Köster schon eher auf die Spur gekommen und Ole würde noch leben.

Malin versuchte, die Gedanken abzuschütteln, und stellte das Radio an. Ein alter Sinatra-Song erklang. Wunderschön und melancholisch.

Erst als Malin in die Ulmenstraße einbog, fiel ihr ein, dass sie vergessen hatte, Thies zurückzurufen. Er saß wie am Abend zuvor über seine Bücher gebeugt am Wohnzimmertisch.

»Malin.« Seine Stimme klang frostig.

Kein Kuss, keine Umarmung.

Sie ließ sich neben ihm auf den Stuhl sinken. »Es tut mir leid.«

Ihr Freund reagierte nicht.

»Der Täter hat wieder zugeschlagen. Diesmal war sein Opfer ein achtzehnjähriger Junge. Er liegt schwerverletzt im Krankenhaus. Ich weiß, ich hätte dich zurückrufen sollen, aber alles ging Schlag auf Schlag. Wir haben den entscheidenden Hinweis auf den Tatverdächtigen bekommen.« Sie lehnte sich zurück. »Ich bin einfach todmüde.«

Thies klappte sein Buch zu. »Und, habt ihr den Täter?«

»Nein«, erwiderte Malin resigniert.

Er schien mit sich zu ringen, schließlich legte er seine Hand auf ihrem Arm. »Mir tut es auch leid. Weißt du, ich habe mir das mit uns einfach ein wenig anders vorgestellt. Ich wollte mehr Zeit mit dir verbringen. Aber seit ich bei dir wohne, sehe ich dich im Grunde noch weniger als vorher. Fast könnte man meinen, dass du mir aus dem Weg gehst.«

Malin spürte, wie sich ihr Körper anspannte. »Es geht um Ole. Ich dachte, das hättest du mittlerweile begriffen.« Sie löste sich von seiner Hand. »Ich trauere um meinen Kollegen und gleichzeitig versuche ich, seinen Mörder zu finden. Hast du irgendeine Vorstellung, was das für mich bedeutet?«

»Doch, natürlich. Ich dachte nur, ich könnte dich etwas ablenken.«

»Indem du mir ständig wegen einer gemeinsamen Wohnung in den Ohren liegst?« Malin erhob sich, um ins Obergeschoss zu gehen.

»Du lässt mir keine Chance«, rief Thies ihr nach. »Immer wenn dir etwas zu kompliziert wird, haust du ab.«

Sie drehte sich um. »Ich bin seit sechsunddreißig Stunden auf den Beinen. Ich bin müde, Thies, einfach nur müde.«

Fünf Minuten später sank sie ins Bett. Ihr war kalt. Und es lag nicht an der Zimmertemperatur oder am Schneegestöber vor ihrem Schlafzimmerfenster. Die Kälte saß tief in ihrem Inneren, fraß sich in jeden Knochen und jede Zelle ihres Körpers. Sie wickelte sich in ihre Decke wie in einen Kokon. Noch lange lag sie wach und dachte über den toten Ole Tiedemann nach.

14. KAPITEL

Am nächsten Morgen hatte sich die Ermittlungsgruppe um neun im Besprechungszimmer der Mordkommission versammelt. Sämtliche Plätze waren belegt. In der Mitte des Konferenztisches hatte jemand ein Tablett mit belegten Brötchen und Kaffeebecher bereitgestellt. Draußen schneite es noch immer. Über Nacht hatten sich an den Fenstern kleine Eiskristalle gebildet. Im Raum war es war warm und stickig von der Heizungsluft.

Malin fühlte sich völlig gerädert. Die Gedanken hatten seit dem späten Abend wie in einer Endlosschleife in ihrem Kopf gekreist und sie stundenlang wach gehalten. Am Morgen war die Bettseite neben ihr leer gewesen. Thies hatte auf der Wohnzimmercouch übernachtet. Die Stimmung zwischen ihnen war noch frostiger als am Vortag.

Sie griff nach einem Kaffeebecher, rührte Milch und Zucker hinein und sah in die vertrauten Gesichter ihrer Kollegen. Sie wirkten alle müde und abgeschlagen, und in ihren Mienen fand sich noch ein weiterer Ausdruck. Resignation.

»Lasst uns anfangen.« Fricke nahm einen Schluck Kaffee. »Leider beginnt auch dieser Tag mit schlechten Nachrichten. Justin-Cedric Möller ist letzte Nacht gestorben. Damit erhöht sich die Anzahl der Todesopfer auf vier.«

Alle schwiegen betroffen.

»Die Fahndung nach Gernot Köster verlief bisher leider ergebnislos«, fuhr Fricke fort. »Heute Vormittag wird es eine Pressekonferenz geben, dabei werden wir die Medien um Mithilfe bitten.«

»Woher konnte Köster überhaupt wissen, dass wir ihm auf der Spur sind?« Andresen löste seine Hände aus den Seitentaschen seines schwarzen Kapuzenpullovers mit dem FC-St.Pauli-Emblem und griff nach einer Brötchenhälfte mit Mett und Zwiebeln.

»Es gibt Zeugen.« Bartels knallte eine Zeitung auf den Tisch. »Und das hier.«

Ist das der Messermörder? lautete die Schlagzeile. Darunter war ein grobkörniges Foto von Gernot Köster aus einer Überwachungskamera abgebildet.

»Das Foto war bereits gestern in der Online-Ausgabe der Zeitung«, fuhr Bartels fort. »Offenbar hatte der Wirt, nachdem wir bei ihm waren, nichts Besseres zu tun, als eine Kopie an die Medien zu verhökern. Köster könnte es gesehen haben.«

»Das gibt es doch nicht«, brauste Fricke auf. Er streckte die Hand nach der Zeitung aus. Beim Lesen des Artikels runzelte er die Stirn. »Diese Aasgeier.« Er legte die Zeitung beiseite. »Also, machen wir weiter. Frank, wie sieht es mit der Spurenauswertung in Kösters Wohnung aus?«

Der Kriminaltechniker wischte sich den Mund mit einer Serviette ab. »Was wir mit Sicherheit schon mal sagen können, ist, dass an der Kleidung in der Waschmaschine Rückstände von Blut gefunden wurden. Das DNA-Ergebnis steht zwar noch aus, aber die Blutgruppe konnte der von Justin-Cedric Möller zugeordnet werden. AB. Weniger als fünf Prozent der Bevölkerung haben sie. Eine Übereinstimmung liegt also nahe. Die Auswertung von Kösters DNA steht ebenfalls noch aus. Ich erwarte die Ergebnisse gegen Mittag.«

»Gut. Was ist mit dem Fotoalbum? Brodersen?«

Malin stellte ihren Kaffeebecher beiseite. »Ich habe gestern Abend die Eltern von Armin Behrens aufgesucht. Seine Mutter hat mir bestätigt, dass es sich um das Fotoalbum ihres Sohnes handelt. Sie hat es selbst für ihn zusammengestellt.«

Fricke erhob sich, ging zu dem Whiteboard, das dem Tatverdächtigen zugeteilt war, und ergänzte die Überschrift mit Kösters Namen. »Welche neuen Erkenntnisse haben wir über den Mann? Fred?«

Bartels berichtete in knappen Worten von den Gesprächen, die er am Vortag mit den Hausbewohnern geführt hatte. Alle beschrieben den Tatverdächtigen als ruhigen, unauffälligen Nachbarn, der bei Begegnungen im Treppenhaus höflich gegrüßt hatte, darüber hinaus jedoch immer reserviert geblieben war. »Da herrscht eine ziemlich anonyme Atmosphäre. Keiner hat gesehen, wie Köster gestern das Haus verlassen hat. Die Nachbarin auf derselben Etage meinte, er hätte nie Besuch bekommen.«

»Das heißt aber nicht, dass er nie welchen gehabt hat.« Andresen langte nach einem weiteren Brötchen. Dieses Mal mit Katenschinken belegt. »Das ist doch immer das Gleiche mit den Mietshäusern in Großstädten. Je mehr Parteien, desto schlimmer. Da können Kinder verhungern oder Leute umgebracht werden, jeder kümmert sich nur um seinen eigenen Dreck.«

Fricke wippte ungeduldig auf den Zehenspitzen. »Lasst uns weitermachen.«

Andresen fischte mit einer Hand nach seinem Notizbuch. »Kösters Mutter ist Ende der Neunziger gestorben. Der Vater lebt wohl noch. Roman Köster. Laut Melderegister wohnt er in St. Georg.«

»Gibt es weitere Verwandte?«

»Köster war ein Einzelkind, die Geschwister der Eltern sind ebenso verstorben wie die Großeltern. Wir haben in der Wohnung ein altes Adressbuch gefunden. Ich habe die Einträge heute früh abtelefoniert. Viele Nummern waren gar nicht mehr aktuell oder stammten aus Köln. Offenbar hat er dort längere Zeit gelebt. Von denen, die ich erreicht habe, hatte keiner in den letzten Jahren Kontakt zu Köster.«

»Dann wusste vermutlich auch keiner, ob er in einer Beziehung war?«

Andresen schüttelte den Kopf. »Interessanterweise konnte sich niemand daran erinnern, dass er je eine Beziehung hatte. Eine ehemalige Kollegin wollte ihn wohl mal mit einer Freundin verkuppeln, aber Köster hatte nicht geringste Lust, die Frau überhaupt kennenzulernen.«

»Vielleicht war er auch homosexuell«, warf Andre Loewe von der Kommissionsermittlung ein.

»Und bringt dann andere Schwule um?« Andresen hob ungläubig die Brauen.

Fricke griff ein. »Also gut, Fred und Brodersen, ihr sucht Kösters Vater auf. Sven, du fährst mit den Kollegen von 44 zu *Hansa Cars Leasing* und ihr sprecht mit Kösters Vorgesetzten und Kollegen. Quetscht aus ihnen alle Informationen heraus, die ihr bekommen könnt. Vielleicht hat Köster irgendwann mal etwas erwähnt, was uns weiterhilft.« Er warf einen Blick auf seine Armbanduhr. »Ich muss mich jetzt noch für die Pressekonferenz vorbereiten. Gibt es noch irgendwelche Fragen?«

Niemand sagte etwas.

Fricke sah in die Runde. »Ich weiß, ihr alle seid müde und frustriert. Aber wir müssen jetzt dranbleiben.«

Kämpferisch ballte er seine Hand zur Faust. »Wir kriegen ihn.«

Zwanzig Minuten später saß Malin auf dem Beifahrersitz von Bartels' Dienstwagen. Sie hatte ihren Kopf gegen die Scheibe gelehnt, um ein wenig zu dösen. Roman Köster. Irgendetwas klingelte da bei ihr. War sie dem Vater des Mörders schon einmal begegnet?

Sie öffnete die Augen. »Sag mal, Fred. Roman Köster. Kennen wir den?«

Bartels schüttelte den Kopf, ohne den Blick von der Fahrbahn zu nehmen.

Malin seufzte. »Irgendwann musst du mit mir reden, Fred.«

»Ich rede doch mit dir«, kam es mürrisch zurück.

»Du weißt genau, was ich meine. Ich spreche von der Sache im *Cherry Club*.«

Bartels bremste und scherte mit einer ruckartigen Bewegung den Dienstwagen in eine Bushaltebucht, so dass das Fahrzeug kurz ins Schleudern geriet. Malin schnellte mit dem Oberkörper nach vorne.

»Sag mal bist du bescheuert?«, schnauzte sie ihn an, sobald der Wagen stand. »Wenn du dich nicht mehr im Griff hast, lass dich von dem Fall abziehen.«

»Wenn ich mich nicht mehr im Griff habe?«, blaffte Bartels zurück. »Wessen Idee war es denn, bei Shabani reinzuwandern und ihn unter Druck zu setzen? Deine oder meine? Und dann noch auf so eine dilettantische Weise. Shabani hat Dreck am Stecken, vermutlich mehrere LKW-Ladungen voll, aber mit der Mordserie hat er nichts zu tun, wann begreifst du das endlich?«

»Ich wollte nur Oles letzte Schritte nachvollziehen«,

konterte Malin. »Außerdem, was sollte Shabanis Anspielung auf unseren toten Kollegen? Das war doch eine Drohung.«

»Natürlich war es das. Shabani kann es nicht gebrauchen, dass die Bullen in seinem Club oder in seiner Firma ein- und ausgehen. Das ist schlecht fürs Geschäft. Oder hast du etwa ernsthaft geglaubt, einer von seinem Kaliber lässt sich von einer kleinen Ermittlerin wie dir einschüchtern? Das ist nicht irgendein kleiner Fisch, Brodersen, sondern einer von den großen.«

»Du kannst echt ätzend sein, weißt du das? Kaum zu glauben, dass ich …« Sie biss sich auf die Lippen. »Was ist mit dem Bericht?«

»Was soll damit sein? Ich schreibe ihn, sobald ich Zeit dazu habe.«

»Fricke wird stinksauer, wenn er von der ganzen Sache erfährt und wir ihm nichts gesagt haben.«

Bartels lachte leise. »Das hat dich doch bisher auch nicht gekümmert, oder?«

Malin spürte, wie ihr die Röte ins Gesicht schoss. Sie dachte an die Ermittlung an der *Bucerius Law School*, während der sie fast suspendiert worden war. Damals hatte sie ihrem Vorgesetzten eine ermittlungsrelevante Information wissentlich verschwiegen. »Trotzdem fühle ich mich nicht wohl dabei.«

»Glaub mir, von Shabanis Seite kommt nichts«, versicherte ihr Teampartner versöhnlich. »Er kann es sich gar nicht leisten, noch mehr polizeiliche Aufmerksamkeit auf sich zu ziehen.« Einen Moment starrte er durch die Windschutzscheibe ins Schneegestöber. Als er sich wieder zu Malin umdrehte, wirkte er bedrückt. »Ole fehlt mir.«

»Mir auch.«

Hinter ihnen hupte ein Bus. Bartels lenkte den Dienstwagen zurück auf die Fahrbahn.

Roman Köster war ein großer, schlanker Mann Anfang sechzig mit Halbglatze und freundlichem Gesicht.

»Nehmen Sie Platz.« Er wies mit der Hand auf die Stühle am Küchentisch. »Möchten Sie Kaffee?«

Die beiden Kriminalbeamten nickten.

Der Vater des Tatverdächtigen füllte drei Kaffeebecher und stellte sie zusammen mit Milch und Zucker auf den Tisch, ehe er sich dazusetzte. »Also, verraten Sie mir jetzt, was ich verbrochen habe?« Er lächelte.

Malin musterte den Mann eingehend. Sie hatte tatsächlich das Gefühl, ihm vorher schon einmal begegnet zu sein. Sie wusste nur nicht mehr, wo und wann.

Bartels legte ein Foto von Gernot Köster auf den Tisch. »Wir möchten mit Ihnen über Ihren Sohn sprechen.«

»Über Gerry?« Er strich über das Foto. »Ich habe ihn schon seit einer Ewigkeit nicht mehr gesehen. Er ist vor langer Zeit nach Köln gezogen.«

»Ihr Sohn wohnt seit zwei Jahren wieder in Hamburg«, informierte ihn Bartels.

»Ach.« Ein schmerzlicher Zug erschien um Kösters Mund.

»Haben Sie irgendeine Idee, wo sich Gerry aufhalten könnte? Gibt es irgendwelche Verwandten oder alten Freunde?«

»Weder noch.« Roman Köster rieb sich mit den Händen die Schläfen. »Bitte lassen Sie mir einen Moment. Ich muss erst einmal verarbeiten, dass mein Junge wieder in Hamburg ist.« Schließlich holte er tief Luft. »Also gut, was ist mit Gerry? Ihm ist doch nichts passiert, oder?«

Malin und Bartels wechselten einen Blick.

»Wir suchen nach Ihrem Sohn im Zusammenhang mit vier Mordfällen, in denen wir zur Zeit ermitteln«, erklärte Malin.

Kösters Augen weiteten sich. »Sie brauchen Gerry als Zeugen, oder? Er ist doch nie …« Seine Stimme erstarb mitten im Satz.

»Leider nein. Ihr Sohn ist dringend tatverdächtig.«

»Das glaube ich nicht. Niemals.« Köster erhob sich, ging zum Fenster und sah kurz hinaus. Dann setzte er sich wieder zu den Kriminalbeamten an den Küchentisch. »Gerry könnte keiner Fliege etwas zuleide tun.«

»Wann haben Sie Ihren Sohn zuletzt gesehen?«, fragte Malin.

Kösters Gesicht verschloss sich. »1999. Bei der Beerdigung meiner Frau. Trotzdem. Er war es nicht.«

Bartels zog ein Foto der Tatwaffe aus seinem Notizbuch und legte es auf den Küchentisch. Roman Köster wurde blass.

»Sie kennen das Messer?«

»Ich habe Gerry vor Jahren ein ähnliches geschenkt. Das bedeutet doch aber nicht, dass es sich um dasselbe handelt. Es wird tausendfach verkauft worden sein.« Er atmete erleichtert auf. »Das alles ist ein Missverständnis.«

»Dass Messer hat eine Seriennummer«, erwiderte Bartels ruhig. »Man kann also nachvollziehen, wem es gehört, beziehungsweise, wer es erworben hat. Davon abgesehen gibt es weitere Indizien, die Ihren Sohn belasten.«

Roman Köster starrte ihn regungslos an.

»Erzählen Sie uns, was mit Ihrem Sohn während seiner Schulzeit passiert ist«, forderte ihn Malin sanft auf.

»Es ist alles meine Schuld. Alles.« Er strich sich mit der Hand über die Halbglatze, rutschte mit dem Stuhl ein Stück zurück, blieb aber sitzen. »Ich trage gerne Frauenkleider.

Als Kind habe ich heimlich die Unterwäsche meiner Mutter anprobiert, später die meiner Frau.« Er nestelte an seinem Ohr und erstmals fielen Malin die kleinen Löcher darin auf. »Irgendwann hat mich eine Nachbarin dabei erwischt, wie ich in einer Drogerie Lippenstift und Rouge gekauft habe. Ich trug hochhackige Schuhe und einen Rock. Ihr Sohn ging damals mit Gerry in eine Klasse. Die Frau war die größte Tratschtante in der ganzen Siedlung. Alle wussten es, noch ehe mein Sohn und meine Frau davon erfuhren. Der Leidtragende war Gerry. Ich habe versucht, mich zu ändern, habe sogar eine Therapie begonnen, doch der Drang, in Frauenkleider zu schlüpfen, war einfach größer. Meine Frau hat mich damals verlassen. Sie hat sich geschämt wegen mir. Dabei hatte sich an meinen Gefühlen für sie nie etwas geändert.«

In seinen Augen schwammen Tränen. »Sie ist später an Krebs gestorben. Bei ihrer Beerdigung hat Gerry gesagt, die Krankheit wäre meine Schuld. Meine Frauenkleider wären die Saat für den Krebs in ihrem Körper gewesen.« Er wischte sich über die Augen. »Ich habe offenbar nicht nur als Vater und Ehemann versagt, sondern, sofern es stimmt, was Sie mir sagen, auch noch meinen Sohn zu einem Mörder erzogen.« Roman Köster deutete auf das Foto mit dem Messer. »Ich habe es Gerry nach seiner Entlassung aus dem Krankenhaus geschenkt, damit er sich im Notfall wehren kann.«

Malin beugte sich vor. »Wo könnte Ihr Sohn sein, Herr Köster? Gibt es vielleicht einen Ort, an dem er als Kind Zuflucht gesucht hat? Überlegen Sie bitte.«

Für den Bruchteil einer Sekunde blitzte es in seinen Augen auf, doch es ging so schnell vorbei, dass Malin dachte, sie könne sich getäuscht haben.

Er schüttelte den Kopf.»Ich weiß es nicht, glauben Sie mir.«

Bartels stand auf. »Dann haben Sie ja auch sicher nichts dagegen, wenn wir uns in Ihrer Wohnung ein wenig umsehen?«

»Glauben Sie etwa, ich halte meinen Sohn hier versteckt?«, fragte Köster empört.

Der Ermittler schwieg.

»Und wenn ich nein sage?«

»Dann bitte ich den zuständigen Richter um einen betreffenden Beschluss und komme wieder. Meine Kollegin leistet Ihnen sicher gerne so lange Gesellschaft.«

Roman Köster gab klein bei. »Meinetwegen sehen Sie sich um. Ich habe nichts zu verbergen.«

»Danke.«

Malin folgte ihrem Kollegen in den Flur. Sie überprüften sämtliche Räume der Wohnung, auch den Balkon. Keine Spur des Tatverdächtigen.

»Glaubst du, Köster sagt die Wahrheit?«, fragte Malin.

»Möglich.«

Sie gingen zurück in den Flur und Bartels spähte hinter die Türen des Einbauschranks. Neben einigen Anzügen hingen dort zahlreiche Glitzerfummel.

»Moment mal.« Malin griff nach einem goldenen Paillettenkleid. »Jetzt weiß ich, woher ich Roman Köster kenne.«

»Woher?«

»Aus dem *Le Pigalle*. Du kennst ihn auch. Ramona, die Frau hinter der Bar, die uns die Flyer gegeben hat.« Sie schloss die Schranktür und ging zurück in die Küche. »Ihnen macht es anscheinend Spaß, mit der Polizei Spielchen zu treiben. Oder warum haben Sie uns nicht darauf hingewiesen, dass wir uns bereits begegnet sind?«

Roman Köster verschränkte demonstrativ die Arme

vor der Brust. »Ich wollte nur mal sehen, wie lange Sie dafür brauchen.«

»Hören Sie, das Ganze hier ist kein Spaß. Es sind vier Menschen ermordet worden. Sie kannten doch Graciela Fernández, lässt Sie ihr Tod völlig kalt?«

»Natürlich nicht. Aber ich kann meinen Sohn nach alledem, was er meinetwegen durchmachen musste, doch nicht schon wieder verraten.«

»Also wissen Sie, wo er ist?«

Roman Köster schüttelte heftig den Kopf.

»Aber Sie haben eine Ahnung? Reden Sie! Niemandem ist geholfen, wenn noch weitere Menschen sterben. Auch Gerry nicht. Er braucht Hilfe, verstehen Sie das, Herr Köster?«

Sein Blick flackerte.

Bartels trat einen Schritt vor. »Wussten Sie, dass einer der Toten Polizist war?«

Erneutes Kopfschütteln.

»Er war unser Teamkollege.« Die Miene des Ermittlers wurde grimmig. »Das heißt, wir werden alles Erdenkliche tun, um den Täter zu fassen. Wir werden nicht aufgeben. Und wir kriegen ihn. Früher oder später.« Er stützte beide Arme auf den Küchentisch und blickte Köster mit entschlossenem Blick in die Augen. »Sollte sich also herausstellen, dass Sie die ganze Zeit auch nur den leisesten Schimmer davon hatten, wo sich ihr Sohn aufhält, belangen wir Sie wegen Behinderung polizeilicher Ermittlungen und Sie wandern direkt in den Knast. Haben Sie eine Ahnung, was Ihre Mithäftlinge mit Ihnen machen, sobald sie von Ihrer besonderen Vorliebe erfahren?«

Roman Köster war die Furcht an den Augen abzulesen, als er nickte.

»Also dann noch mal von vorne. Haben Sie irgendeine Ahnung, wo sich Gerry aufhalten könnte?«

»Es gibt da diese Waldhütte in den Harburger Bergen, mein Vater war dort Revierförster. Er hat Gerry als Kind sehr oft dahin mithingenommen. Die Hütte ist nichts Besonderes, nur ein Tisch, Stühle und ein paar Schränke, aber mein Sohn hat diesen Ort sehr geliebt.«

Malin spürte ein leichtes Kribbeln in der Magengegend. »Wo steht diese Hütte?«

»In der Nähe vom Wanderparkplatz am Wulmsberggrund, etwa drei- bis vierhundert Meter entfernt. Irgendwo muss ich noch eine Karte haben, soll ich sie holen?«

»Ich komme mit.« Bartels folgte dem Mann aus dem Zimmer. Malin griff nach ihrem Handy und rief Fricke an.

»Wir müssen zu dieser Hütte«, sprudelte es aus ihr heraus, nachdem sie ihren Vorgesetzten auf Stand gebracht hatte. »Das MEK ...«

Fricke bremste sie. »Nicht so voreilig, Brodersen. Das ist mir alles viel zu vage. Wir wissen überhaupt nicht, ob Köster sich dort im Wald aufhält. Möglicherweise existiert die Hütte schon längst nicht mehr.«

»Aber Chef! Es ist unsere einzige Spur und ich habe das Gefühl, dass ...« Sie brach mitten im Satz ab.

»Deine Intuition in allen Ehren, Brodersen, aber aufgrund dessen kann ich keine Hundertschaften in Bewegung setzen. Schon gar nicht nach der letzten Aktion. Sobald du mir den Standort durchgibst, veranlasse ich alles Weitere.« Fricke räusperte sich. »Vielleicht haben wir bis dahin auch endlich ein Signal von Kösters Handy. So lange warten wir ab.«

Malin biss sich auf die Lippe. »In Ordnung.«

»Ach, eine Sache noch, Brodersen«, schob ihr Chef hinterher. »Die Laborergebnisse sind da. Sämtliche Fremd-spuren, die an den Opfern gesichert wurden, konnten Kös-ters DNA zugeordnet werden. Auch die an Ole.«

Sie hatte gerade aufgelegt, als die beiden Männer zurück-kamen.

Roman Köster breitete eine Wanderkarte auf dem Küchentisch aus und studierte sie eine Weile, ehe er schließlich mit dem Finger auf ein blasses Bleistiftkreuz tippte. »Da steht die Hütte. Sehen Sie, man kann sogar noch etwas von der Markierung erkennen, die mein Vater an der Stelle gemacht hat.«

Malin warf einen kurzen Blick darauf. »Können wir die Karte mitnehmen?«

Roman Köster nickte. »Was passiert jetzt? Geben Sie mir Bescheid, wenn Sie meinen Sohn finden?« Seine Augen suchten die von Malin. »Bitte.«

»Wir werden Sie benachrichtigen.«

»Lass uns gehen, Brodersen.« Bartels' Kiefermuskeln malmten.

Malin folgte ihm aus der Wohnung.

»Sie tun Gerry doch nichts, oder?«, rief Roman Köster den beiden Kriminalbeamten hinterher.

Die Panik in seiner Stimme hallte noch immer in Ma-lins Ohren, als sie das Wohnhaus in St. Georg längst ver-lassen hatten.

Die Kälte hatte ihn geweckt. Oder seine volle Blase. Gerry hatte die Nacht abwechselnd auf der Holzpritsche und dem Fußboden der Hütte verbracht, mit der er einige schöne Kindheitserinnerungen verband. Erst in den Morgenstun-den hatte er in einen unruhigen Schlaf gefunden. Eine zer-schlissene Decke, die sich klamm anfühlte und modrig roch, diente ihm neben seiner Kleidung als Schutz gegen die eisigen Temperaturen. Er hätte seinen Schlafsack mitnehmen sollen, der noch irgendwo in dem Gerümpel auf dem Dachboden lag, doch er war Hals über Kopf aus seiner Wohnung geflohen. Jetzt bereute er diese Aktion. Jetzt hockte er ohne Strom in dieser Kälte. Und ohne Handy-Empfang. Er warf einen Blick auf seine Armbanduhr. Es war zwanzig vor elf. Normalerweise saß er um diese Zeit seit mehr als zwei Stunden am Schreibtisch.

Mit steifen Knochen schälte er sich aus der Decke. Der Wind pfiff durch die Ritzen der alten Bretter. Im Raum war es eiskalt und er musste dringend pinkeln, doch eine Toilette gab es nicht. Er ging zur Tür und rüttelte ein paarmal daran, ehe sie sich öffnen ließ.

Über Nacht waren an die dreißig Zentimeter Neuschnee gefallen. Wenige Meter entfernt ragten Tannen und Bäume mit glitzernden weißen Kronen Richtung Himmel empor. Ein schmaler Pfad führte durch den Wald zur Landstraße in die Zivilisation. Hier draußen war keine Menschenseele zu sehen.

Er fluchte leise, dann stapfte er durch den Schnee zu einem naheliegenden Gebüsch und erleichterte sich. Hinter ihm war ein leises Knacken zu hören.

Gerry fuhr herum. Sein Blick glitt über die kleine Lichtung, auf der die Hütte stand, und weiter die Baumreihen entlang. Unweit seines Standortes flog eine Krähe auf und verschwand. Erleichterung durchflutete ihn. Niemand konnte wissen, wo er sich aufhielt. Er warf einen Blick auf sein Handy, nur um festzustellen, dass er noch immer keinen Empfang hatte, und ging zurück zur Hütte.

Im Tageslicht wirkte der Raum noch karger und ungemütlicher als in der Nacht. Ein Tisch, zwei Stühle und eine

Bank aus Fichtenholz sowie ein paar Schränke bildeten das Inventar. Das einzige Wohnliche waren ein paar Kissen aus weißblau kariertem Stoff und dazu passende Vorhänge.

Gerry nahm einen Schluck aus seiner Wasserflasche, die nur noch zu einem Viertel gefüllt war. Doch Wasser war sein geringstes Problem, draußen war genügend Schnee, den er auftauen konnte. Auch verhungern würde er fürs Erste nicht. Ehe er in S-Bahn Richtung Neuwiedenthal gestiegen war, hatte er am Bahnhofskiosk noch auf die Schnelle ein paar Kleinigkeiten eingekauft, darunter Kaffeepulver und ein paar Tütensuppen. Leider gab es in der Hütte keinen Strom und somit weder Herd noch Wasserkocher, mit denen er diese Dinge zubereiten konnte. Daran hatte er nicht gedacht.

Ihm fiel der Campingkocher ein, mit dessen Hilfe sein Großvater früher das Essen für sie beide warmgemacht hatte, und er begann die Schränke zu durchforsten. In einem wurde er schließlich fündig. In der Kartusche des Camping-kochers war sogar noch Gas, das sofort aufflammte, als er sein Feuerzeug an den aufgedrehten Hahn hielt. Anschlie-ßend goss er den Rest aus seiner Wasserflasche in einen Emaillebecher und stellte ihn auf die Flamme. Während er darauf wartete, dass das Wasser kochte, sah er aus dem Fenster.

Es war kaum mehr als ein Schatten, den er am Wald-rand zwischen den Baumreihen erspähte, und der beim nächsten Wimpernschlag schon wieder aus seinem Sicht-feld verschwunden war. Wieder nur ein Tier oder schlich dort draußen jemand herum?

Es hatte auf gehört zu schneien, doch die tief hängende Wolkendecke schluckte einen großen Teil des Tageslichts. Niemand war zu sehen. Vermutlich wurde er langsam para-noid. Gerry bückte sich, um aus der Einkaufstasche am

Boden die Packung mit den einzeln portionierten Kaffeetütchen herauszuziehen. Als er wieder hochsah, bemerkte er in etwa dreißig Meter Entfernung eine Gestalt, deren schwarze Kleidung sich deutlich vom Weiß der Schneedecke abhob. Er hatte sich also nicht geirrt. Da draußen war jemand. Er kniff die Augen zusammen. Der war bewaffnet!

Scheiße. Scheiße. Scheiße. Gerry brach der Schweiß aus. Sollte er es riskieren, die Flucht zu ergreifen? Wenn die ihn schnappten, kam er ins Gefängnis. Oder sie knallten ihn einfach ab.

Er brauchte eine Waffe. Hektisch durchwühlte er die Taschen seiner Jacke. Er jaulte auf, als ihm einfiel, dass er sein Messer ins Gebüsch geworfen hatte. In Windeseile riss er Schranktüren und Schubladen auf, doch er fand nichts, womit er sich im Notfall verteidigen konnte. Selbst die Wasserflasche war nur aus recyclebarem Plastik.

Das dumpfe Brodeln von kochendem Wasser drang an sein Ohr. Gerrys Blick fiel auf die Flamme des Campingkochers.

Kriminaloberkommissar Frederick Bartels steuerte den Dienstwagen auf den Wulmsberggrund, eine einspurige Straße, die sich mitten durch einen Fichtenwald schlängelte. Am nördlichen Ende ging der Asphalt in einen Schotterweg über. Kleine Steinchen flogen an den Kotflügel und Bartels drosselte die Geschwindigkeit. Malin presste vor Anspannung die Lippen zusammen. Die Recherche beim Grundbuchamt hatte ergeben, dass die Hütte noch immer existierte. Dass Kösters Handy zuletzt von einem Mobilfunkmast in Neuwiedenthal, nur wenige Kilometer entfernt, geortet worden war, werteten sie als Indiz dafür, dass der Tatverdächtige sich tatsächlich in den Harburger Bergen versteckt hielt. In der Zwischenzeit waren fast vierundzwanzig Stunden vergangen, in denen sie kein weiteres Signal empfangen hatten, doch das besagte nicht viel. Das riesige Waldgebiet hatte kaum Netzabdeckung.

Noch zwei weitere Kurven und sie erreichten den Wanderparkplatz. Die beiden Ermittler stiegen aus dem Wagen. Malin studierte zunächst die Karte und sah sich dann in ihrer Umgebung um. Sie entdeckte den schmalen Weg, der in den Wald hinein zur Hütte führte. »Da entlang.«

Eine Decke aus Schnee wölbte sich über Erde, Büsche und umgestürzte Baumstämme und verschluckte die Konturen des Pfades. Es roch nach Kiefernnadeln und Moos.

Bartels fluchte leise, als er über einen verdeckten Stein stolperte. Schweigend setzten sie ihren Weg durch das dicht bewachsene Waldgelände fort. Unter ihren Schritten knirschte der Schnee. Hinter einer Anhöhe wurde der Weg breiter und endete schließlich an einer Reihe Fichten.

Die Hütte stand auf einer kleinen Lichtung und war noch winziger, als Malin sie sich vorgestellt hatte. Sie hatte ein windschiefes Dach und ihr grau verwittertes Holz schien mit den Bäumen der Umgebung zu verschmelzen. Eine Krähe hockte auf einer alten Regentonne und schaute zum Horizont.

»Vor der Tür sind Fußspuren.« Bartels reichte seiner Kollegin ein Fernglas.

Malin hielt es vor ihre Augen und erkannte im Schnee eingesunkene Abdrücke, die von der Hütte zu einem naheliegenden Gebüsch und wieder zurück führten. Im nächsten Moment schwang die Krähe auf und zog ein paar Kreise, ehe sie am Himmel verschwand. Malin ließ das Fernglas wieder sinken. »Also ist Köster tatsächlich da drinnen?«

»Alles andere wäre schon ein verdammter Zufall«, murmelte Bartels. »Soweit der Kollege in Erfahrung bringen konnte, wird die Hütte von der Revierförsterei wohl schon seit Jahren nicht mehr genutzt.«

»Wir sollten näher herangehen«, schlug Malin vor.

»Die Lichtung ist wie ein Präsentierteller.« Bartels rieb sich seine roten Hände. »Falls Köster eine Waffe hat, kann er uns wie Kaninchen abknallen. Am besten, wir rufen Verstärkung.« Er zog sein Handy aus seiner Jackentasche. »Verdammt, kein Netz. Wir müssen zurück zum Parkplatz.«

Malin hielt ihn zurück. »Und wenn Köster Lunte gerochen hat? Dann haut er womöglich ab, bis wir zurück sind. Ich habe keine Lust, dass er uns noch einmal durch die Lappen geht. Ich bleibe hier.«

»Von mir aus.« Bartels fixierte sie. »Aber keine Alleingänge. Der Mann ist gefährlich.«

Malin nickte.

»Ich beeile mich.« Ihr Teamkollege drückte kurz ihren Arm, dann verschwand er im Unterholz.

Sie beobachtete die Hütte durch das Fernglas. Keine Bewegung hinter dem Fenster. Aber das musste nichts heißen. Vielleicht ruhte Köster sich aus. Es begann wieder zu schneien.

Langsam kroch die Kälte in ihre Glieder. Wie lange war Bartels schon weg? Es erschien ihr wie eine halbe Ewigkeit. Sie sollte sich etwas bewegen, ehe sie noch erfror.

Der Waldrand am östlichen Teil der Lichtung lag näher an der Hütte und die angrenzenden Büsche waren um einiges dichter. Sie überprüfte den Sitz ihrer Waffe und schlich sich im Schutz der Bäume am Waldrand entlang. Zwischendurch spähte sie immer wieder zum Eingang der Hütte. Ihr Herz pochte, trotzdem arbeitete sie sich ruhig und hochkonzentriert Stück für Stück voran. Hinter einem Haselnussstrauch blieb sie stehen und schaute zurück. Von Bartels war nichts zu sehen.

In unmittelbarer Umgebung regte sich etwas. Ihr Blick flog zur Hütte. Die Tür war noch immer verschlossen. Das Geräusch kam vom Waldrand. Ganz in ihrer Nähe. Ihre Nackenhärchen stellten sich auf und ihre Ruhe war mit einem Schlag verflogen. Sie duckte sich dicht an den Strauch. Im nächsten Moment passierten mehrere Dinge gleichzeitig.

Hinter dem Fenster der Hütte war es plötzlich hell erleuchtet. Flammen züngelten die Vorhänge entlang und vereinzelte Rauchschwaden drangen durch die Ritzen des Holzdaches in den Himmel empor. Etwa vierzig Meter vor ihr schnellte eine schwarz gekleidete Gestalt aus dem Dickicht und rannte mit einer Waffe im Anschlag auf die Hütte zu. Was jetzt?

In Sekundenschnelle scannte Malin die Lichtung ab, doch von Bartels war noch immer nichts zu sehen. Es krachte laut, und Flammen schlugen aus einem der Fenster ins Freie. Der Schwarzgekleidete war aus ihrem Blickfeld verschwunden.

Malin fällt eine Entscheidung. Mit der Waffe in der Hand trat sie aus ihrem Versteck und sprintete durch den Schnee auf die Hütte zu. Sie wollte sich zur Deckung gegen die Holzwand drücken, doch die Hitze des Feuers drang durch die Ritzen und zwang sie, Abstand zu halten. Das Herz schlug ihr bis zum Hals. Jemand schrie. Köster?

Malin sprang um die Hausecke, die Pistole im Anschlag. »Polizei! Waffe fallen lassen!« Ihre Stimme hallte über die Lichtung.

»Mein Gott, Brodersen!« Sven Andresen wandte ihr unter der schwarzen Kapuze für einen Moment sein Gesicht zu, ehe er damit fortfuhr, einen leblos wirkenden Mann in Jeans und dunkelblauer Winterjacke durch eine Öffnung im maroden Holz zu hieven. »Hilf mir lieber.« Er hustete in den Ärmel seiner Lederjacke, die er über seinem Kapuzenpullover trug.

Malin steckte ihre Waffe zurück ins Holster und trug zusammen mit ihrem Kollegen den Verletzten ein Stück von der Hütte weg. Die brannte mittlerweile lichterloh. Sie spürte die Hitze in ihrem Nacken. »Lebt er noch?«

Die Gesichtszüge unten den dunkelblonden Haaren waren rußverschmiert, trotzdem erkannte sie den Mann sofort. Gernot Köster.

Andresen bückte sich zu ihm herunter. »Er atmet. Der Idiot wollte aus der Hintertür verschwinden, aber die hat geklemmt.«

Der Ermittler zog seine Lederjacke aus und legte sie in den Schnee. Mit geübten Handgriffen brachte er Köster darauf in die stabile Seitenlage. »Du Schwein stirbst mir hier jetzt nicht weg.« Er wandte sich an Malin. »Wir brauchen einen Arzt.«

»Fred hat Verstärkung gerufen. Bestimmt ist ein Notfallteam dabei.«

Andresen hustete erneut.

»Alles in Ordnung?«, fragte Malin besorgt.

»Geht schon.« Er schlang die Arme um seinen Oberkörper. »Ich bin nur froh, dass du mich eben nicht weggepustet hast.«

»Ich habe dich nicht erkannt.« Sie wies auf die Kapuze seines Pullovers.

»Mir war kalt«, knurrte ihr Kollege. »Ihr habt euch schließlich verdammt viel Zeit gelassen.«

»Woher wusstest du, dass wir hierher unterwegs sind?«

»Ich habe mit Fricke telefoniert, nachdem ich bei Kösters Firma war. Von dort war es nur ein Katzensprung hierher. Ich dachte, ein Mann mehr kann nicht schaden.«

»Und warum steht dein Auto nicht auf dem Parkplatz?«

»Am Ende vom Wilmersgrund gibt es noch einen. Die an der Tankstelle haben gesagt, der wäre näher.« Er wischte sich mit dem Ärmel den Schweiß von der Stirn.

Im nächsten Augenblick kamen von beiden Seiten bewaffnete Polizisten um die Ecke, dahinter tauchte Bartels auf. Sofort hatte der Kriminalbeamte die Situation überblickt und rief etwas über seine Schulter.

Mehrere Rettungskräfte kamen angerannt und kümmerten sich um den zusammengesunkenen Tatverdächtigen. Sie legten ihn auf eine Trage und stabilisierten zunächst seinen Kreislauf, ehe sie ihn mit Flüssigkeit und Sauerstoff versorgten.

Bartels trat neben seine Kollegin. »Du solltest doch nicht alleine zur Hütte rennen, Brodersen.«

»Ich war nicht allein.« Sie deutete auf Andresen, der gerade von einem Sanitäter mit Wasser und Decke ausgestattet wurde.

»Ich habe die Feuerwehr benachrichtigt«, informierte Bartels sie. »Aber bis die hier sind, ist von der Hütte vermutlich nicht mehr viel übrig.«

»Und Fricke?«

»Ist unterwegs.«

Einer der Sanitäter gab ihnen ein Zeichen. Der Mann unter der Rettungsdecke regte sich. Als er die Augen aufschlug und auf die Ansprache der Sanitäter reagierte, trat Bartels an ihn heran. »Sie sind Gernot Köster?«

Das Rußgesicht nickte.

»Sie sind vorläufig festgenommen.« Der Ermittler klärte ihn in knappen Worten über seine Rechte auf.

Wenige Minuten später wurde Köster auf der Trage, flankiert von zwei Streifenbeamten, abtransportiert.

Bartels ging zu Andresen, klopfte ihm kurz auf die Schulter und kehrte dann an die Seite seiner Kollegin zurück. Gemeinsam blickten sie zu dem Pfad, auf dem gerade der letzte blaue Zipfel einer Uniform hinter einer Wegbiegung verschwand.

»Wir haben ihn, Brodersen.« Bartels Stimme bebte. »Wir haben ihn.«

15. KAPITEL

Bei Gernot Köster war eine leichte Rauchvergiftung diagnostiziert worden, weshalb man ihn über Nacht zur Beobachtung im Krankenhaus behalten hatte. Nun saß er in einem weißen Plastikoverall vom Erkennungsdienst auf dem Besucherstuhl in Frickes Büro, hatte die Hände vor sich auf dem Tisch gefaltet und schwieg beharrlich. Die Vernehmung zog sich bereits über eine Stunde. Bis auf die Bestätigung seiner Personendaten und dem Verzicht auf einen Rechtsbeistand hatte Köster bisher weder auf die Tatvorwürfe noch auf Fragen der Kriminalbeamten reagiert.

Malin tauschte einen Blick mit ihrem Vorgesetzten. Fricke wirkte erstaunlich ruhig, nur das Pochen an seiner linken Schläfe verriet seine innere Anspannung. Er öffnete die zweitoberste Schublade seines Schreibtisches und nahm einen Stapel Fotos aus einer Akte. Schweigend breitete er eines nach dem anderen auf der Tischplatte aus. Die Abbildungen zeigten die vom Tod erschlafften Gesichter der Mordopfer.

»Sehen Sie hin«, forderte Fricke den Tatverdächtigen auf.

Gernot Köster wandte den Blick ab.

Eine verräterische Röte kroch vom Hals des Hauptkommissars Richtung Kopf und färbte schließlich sein gesamtes Gesicht dunkelrot. »Ich habe gesagt, Sie sollen hinsehen!« Seine Faust sauste mit lautem Krachen auf die Tischplatte.

Köster zuckte zusammen.

Malin hatte noch nie erlebt, dass Fricke bei einer Vernehmung die Beherrschung verlor, doch sein plötzlicher Wutausbruch zeigte zumindest Wirkung.

Gernot Köster starrte auf das Gesicht der toten Graciela Fernández, umschlang seinen Oberkörper mit beiden Armen und wiegte sich langsam vor und zurück.

»Ich wollte das nicht«, brach es schließlich aus ihm heraus. Dann begann er zu schluchzen. »Alle halten mich für einen Spinner. Aber …«, er wischte sich mit dem Ärmel den Rotz aus dem Gesicht, »ich bin nicht wie mein Vater.« Sein Blick suchte den von Fricke. »Ich bin völlig normal!«

Malins Gedanken glitten einen Moment zu dem Telefonat, das sie am Vorabend mit Roman Köster geführt hatte, um ihn über die Verhaftung seines Sohnes zu informieren. Er hatte am Telefon sehr aufgewühlt geklungen und sie fragte sich, ob die beiden Männer sich je wieder annähern würden.

»Erzählen Sie uns von dem Abend, an dem Sie Graciela Fernández getroffen haben«, forderte der Hauptkommissar Gernot Köster auf.

Erneutes Schweigen. Mehrere Minuten lang. Schließlich begann Köster mit brüchiger Stimme zu sprechen.

»Ich war betrunken. Stockbesoffen. Dabei wollte ich nur mit ein paar Kollegen etwas essen gehen. Irgendwann bin ich alleine in einer Bar gelandet und da war sie. Die wunderschöne Graciela.« Er nahm das Foto der Transsexuellen erneut in Augenschein. Dann lief er rot an. »Ich hatte noch nie Sex, aber ich dachte, mit der Frau klappt es endlich. Nur dass es überhaupt keine Frau war, verstehen Sie?« Er schlug sich mit der Hand vor die Stirn. »Aber ich habe das überhaupt nicht kapiert, erst als sie anfing, sich auszuziehen.« Er neigte den Kopf. »Wissen Sie, was die in der Schule zu mir gesagt haben? Robert und seine Freunde?« Köster senkte seine Stimme und zischte: »Transenkind! Sie haben mich gezwungen, Mädchenkleider anzuziehen. Die Fotos, die sie davon gemacht haben, hingen überall in der Schule.« Sein Blick glitt ins Leere. »Robert sagte, ich sei genauso pervers wie mein Vater. Auch ich würde es früher oder später mit Männern treiben und dabei Frauenkleider tragen. Ich könne gar nichts dagegen tun, es sei in meinen Genen.«

»Kinder können grausam sein.« Fricke wirkte nun völlig gefasst. »Kommen wir zurück zu dem, was im Hotel *Amour* passiert ist.«

Köster versteifte sich. »Graciela hat mich ausgelacht, hat einfach nicht mehr aufgehört. Auf einmal hatte ich das Messer in der Hand.« Er starrte intensiv auf seine Finger. »Ich wollte sie nicht töten. Ich wollte nur, dass sie endlich ruhig ist.«

»Und warum die Plastiktüte?«

»Ich konnte ihren Blick nicht ertragen. Es wirkte, als würde sie selbst nach ihrem Tod noch über mich lachen.«

Fricke schob das Foto von Armin Behrens ein Stück vor. »Und Ihr ehemaliger Schulkamerad? Warum haben Sie ihn getötet? Oder wollten Sie das auch nicht?«

»Natürlich nicht«, erwiderte Köster empört. »Ich bin kein Mörder. Armin hat mich provoziert! Wissen Sie, was er mir an dem Abend erzählt hat?«

Fricke schüttelte den Kopf.

»Dass er schwul sei und meine Gefühle nun viel besser verstehen könne, und dass es ihm unendlich leid täte, was früher in der Schule passiert wäre. Es wisse jetzt, wie es sich anfühlt, diskriminiert zu werden.«

»Dann haben Sie Herrn Behrens seit Ihrer Schulzeit nicht mehr gesehen?«

»Nein. Ich hatte auch keine Ahnung, dass ich ihn bei der Veranstaltung treffen würde. Sonst wäre ich gar nicht hingegangen. Armin tat fast so, als wären wir Freunde, hat mir ein halbes Ohr abgekaut und mich sogar für den nächsten Abend zu sich nach Hause eingeladen, um alte Klassenfotos anzusehen.« Köster schüttelte ungläubig den Kopf. »Vermutlich wollte er nur sein schlechtes Gewissen beruhigen. Ich bin dann irgendwann von der Party nach draußen gegangen, um ihn loszuwerden und in Ruhe eine zu rauchen, aber Armin ließ sich nicht abschütteln. Er ist mir hinterhergekommen. Erst wollte er nur eine Zigarette, aber dann hat er mir plötzlich seine Zunge in den Hals gesteckt.« Er klang nun völlig fassungslos. »Armin dachte tatsächlich, ich wäre schwul. Aber warum macht er ausgerechnet mich an? Nach all dem, was er und seine Freunde mir angetan haben? Es war einfach nur widerlich.«

Fricke fixierte ihn. »Und dann haben Sie zum Messer gegriffen?«

Kösters Blick wurde wachsam. »Ich glaube, ich möchte jetzt nichts mehr sagen.«

»Das ist Ihr gutes Recht«, erwiderte Fricke.

»Was passiert nun?«

»Sie werden dem zuständigen Richter vorgeführt und sobald er den Haftbefehl ausstellt, werden Sie in die Untersuchungshaftanstalt überführt.«

Die Pupillen des Tatverdächtigen weiteten sich. »Ich kann nicht ins Gefängnis«, stotterte er. »Man weiß doch, wie es da drinnen zugeht. Wenn die etwas über mich rauskriegen, lassen die mich doch niemals in Ruhe.«

Der Hauptkommissar verschränkte die Arme vor der Brust und schwieg.

»Können Sie nicht wenigstens dafür sorgen, dass ich

eine Einzelzelle bekomme?« Sein Blick glitt panisch vom Teamchef zu Malin und wieder zurück.

»Es fällt nicht in meine Befugnis, darüber zu entscheiden«, entgegnete Fricke ungerührt. »Rufen Sie einen Anwalt an.«

»Aber ich kenne keinen.«

»Dann besorgen wir Ihnen einen Pflichtverteidiger. Wenn Sie mit uns kooperieren, wird sich das zu Ihren Gunsten auswirken.«

Gernot Köster kratzte sich am Kopf. »Ich muss erst darüber nachdenken.«

»Tun Sie das.« Fricke griff zum Telefon. »Aber nicht hier. Ich lasse Sie in eine Zelle bringen.«

»Warten Sie!« Köster tippte auf eines der Fotos. »Den hier, den habe ich nicht umgebracht!«

Es war das Foto von Ole Tiedemann.

16. KAPITEL

Kriminalhauptkommissar Hans Fricke tigerte vor seinem Schreibtisch auf und ab. »Ich glaube das nicht, ich glaube das einfach nicht!« Er stützte seine Arme auf seinen Schreibtisch, sah erst Bartels dann Malin an. »Du warst dabei, Brodersen. Was meinst du dazu?«

Malin zögerte. Die neue Entwicklung hatte auch sie überrascht. »Ganz ehrlich, Chef? Ich weiß es nicht. Sämtliche Indizien und DNA-Spuren bezeugen, dass Köster der Täter ist. Andererseits – warum leugnet er ausgerechnet den Mord an Ole?«

Bartels trommelte mit seinen Fingern auf der Tischplatte. »Vielleicht hat Köster Schiss, dass sich seine Haftstrafe verlängert, weil er einen Polizisten umgelegt hat.«

Malin zog die Brauen hoch. »Das ist doch Quatsch, vor dem Gesetz macht das keinerlei Unterschied.«

»Sag das mal Köster. Der scheint mir von Haus aus nicht der Hellste zu sein.«

Fricke räusperte sich. »So oder so müssen wir dem nachgehen, und wir müssen sein Alibi überprüfen. Er …«

Mit einem Ruck wurde die Tür aufgerissen und Andresen stapfte herein. »Stimmt das? Köster behauptet, Ole nicht umgebracht zu haben?«

Fricke nickte.

»Das ist doch Bullshit!« Andresens sonst blasses Gesicht nahm die Farbe seiner Haare an. »Ich hätte das Schwein im Feuer verrecken lassen sollen. Warum erzählt der so einen Scheiß?«

Fricke ließ sich in seinen Schreibtischstuhl sinken. »Köster behauptet, an dem Abend bei der Weihnachtsfeier seiner Firma gewesen zu sein.«

»Der lügt doch wie gedruckt!«, empörte sich Andresen. »Der hat die Hosen voll, dass wir ihn uns vorknöpfen, weil er unseren Kollegen umgebracht hat. Und das hat er verdammt noch mal zu recht.« Er versetzte der Bürotür einen kräftigen Tritt.

»Sven! Reiß dich zusammen!« Frickes Telefon klingelte und der Teamchef griff nach dem Hörer. Er lauschte einen Moment, dann wurde er blass. »Haltet mich auf dem Laufenden.« Er legte auf und fuhr sich mit der Hand übers Gesicht.

»Was ist los?«, fragte Malin alarmiert.

»Das war die IT. Den Kollegen ist es gelungen, einige der Daten auf Oles Rechnern wiederherzustellen. Wie es aussieht, hat er mit verschlüsselten Dateien gearbeitet.«

Andresen löste sich von seinem Platz an der Fensterbank. »Wie jetzt? Was bedeutet das?«

»Das können die Techniker noch nicht mit Sicherheit sagen, dafür müssen sie die Daten erst entschlüsseln.«

»Aber sie haben eine Vermutung?«

»Dateien werden in der Regel nur verschlüsselt, wenn man etwas verbergen will«, erwiderte Fricke nachdenklich. »Die Inhalte müssen in irgendeiner Form brisant sein. Außerdem war in Oles Wohnung eine 200-Megabit-Internetverbindung installiert. Laut der IT ist so etwas bei Privatpersonen eher ungewöhnlich. Es sei denn, man lädt mehrmals täglich irgendwelche Filme oder Spiele herunter.« Er machte eine bedeutungsschwangere Pause, ehe er weitersprach. »Oder man ist ein Hacker.«

Einen Moment blieb es still im Raum.

Dann schüttelte Bartels den Kopf. »Niemals.«

Fricke nickte. »Das habe ich bisher auch immer gedacht. Fakt ist aber, dass Ole einiges vor uns geheimgehalten hat, und ich frage mich langsam, ob da möglicherweise noch mehr kommt.«

Andresen schlug mit der flachen Hand auf die Schreibtischplatte. »Was soll das? Warum stellt ihr Ole auf einmal als Schuldigen dar?«

»Das tut doch kein Mensch, Sven.« Fricke hob abwehrend beide Hände in die Höhe. »Aber wenn es irgendwelche Unstimmigkeiten gibt, können wir doch nicht einfach die Augen davor verschließen, sondern müssen dem nachgehen. Gerade weil Ole unser Kollege war.«

»Wir haben den Täter«, erwiderte Andresen aufgebracht. »Oder wie soll Kösters DNA sonst an Oles Leiche gekommen sein? Glaubt ihr, die ist einfach angeflogen?«

Keiner antwortete.

Malin rutschte auf dem Stuhl. »Ehrlich gesagt habe ich mich schon vor einiger Zeit gefragt, was Ole mit dem ganzen Computerzeugs so treibt.«

Fricke sah sie erstaunt an. »Du wusstest davon?«

»Während der Sandmann-Ermittlung habe ich Ole einmal zu Hause besucht. Eine spontane Idee, die bei ihm allerdings nicht ganz so gut ankam.« Sie haderte einen Moment mit sich. »Ich glaube, es könnte stimmen. Ich meine, dass Ole ein Hacker war.«

Andresen schlug sich auf die Schenkel. »Ausgerechnet Ole? Die Korrektheit in Person soll sich in fremde Datennetze eingeschlichen haben?«

»Ich habe mich zumindest oft gefragt, wie er immer so schnell an seine Informationen gelangte.«

Andresen verzog das Gesicht. »Ole hatte seine Kontakte.«

»Das hat er immer behauptet«, pflichtete Malin ihm bei. »Aber hat das einer von uns jemals hinterfragt? Mit dem, was wir jetzt wissen, denke ich, dass Ole selbst derjenige war, der die Daten beschafft hat. Nehmen wir also mal an, Köster sagt die Wahrheit, und er hat Ole nicht umgebracht, was könnte dann passiert sein?«

Bartels strich sich nachdenklich eine dunkle Strähne aus dem Gesicht. »Ole hat seine Nase in die falsche Schublade gesteckt.«

Malin nickte. »Genau das glaube ich auch.«

Die beiden Ermittler wechselten einen bedeutsamen Blick.

»Das sind alles nur Spekulationen«, brummte Fricke. »Wir überprüfen Kösters Alibi, dann sehen wir weiter. Davon abgesehen bleibt noch immer die Sache mit der DNA oder hast du dafür auch eine Erklärung parat, Brodersen? Dann nur her damit!«

Malin überlegte einen Moment. »Im Grunde gibt es nur eine Möglichkeit. Köster und Oles Mörder kennen sich. Er hat sich Kösters DNA besorgt, um ihm den Mord unterzuschieben. Was ja auch fast geklappt hätte.«

Andresen rollte die Augen. »Das ist doch blanker Unsinn, Brodersen. Wir sind hier nicht in einem zweitklassigen US-Film.«

»Aber möglich wäre es«, meldete sich Bartels zu Wort.

Sein rothaariger Kollege schüttelte den Kopf. »Ihr seid völlig auf dem Holzweg, vor allem deine durchgeknallte Partnerin. Wir haben den Täter.« Ohne ein weiteres Wort verließ er den Raum.

Fricke und Bartels sprachen über das weitere Vorgehen,

doch Malin hörte ihnen nicht mehr zu. Ihre Gedanken liefen auf Hochtouren. Sie ahnte, wem Ole Tiedemann zu dicht auf die Pelle gerückt war. Die Frage war nur: Was hatte er herausgefunden?

Lichterketten und LED-Beleuchtung in Form von Sternen, Tannenbäumen und Rentieren leuchteten in den Fenstern der Nachbarhäuser, als Malin und Bartels am späten Nachmittag den Asia-Imbiss *Seoul* in der Alsterdorfer Straße betraten. Die Einrichtung des Lokals war schlicht. Weiße Kacheln, ein roter Bartresen, auf dem ein dicker Budai thronte, und eine offene Garküche, in der die Inhaberin Frau Hu Seite an Seite mit dem Koch hantierte.

Der Imbiss war um diese Zeit gut besucht und Malin erkannte einige Kollegen aus dem Präsidium. Unter ihnen war auch eine hochgewachsene Blondine. Sara Werlinder. Beim Anblick der beiden Ermittler von der Mordkommission erhob sich die Dänin von ihrem Barhocker, rauschte grußlos an ihnen vorbei und verließ den Imbiss.

»Was war das denn?« Verblüfft sah Malin ihr hinterher. Sie wandte sich an Bartels. »Habt ihr Zoff?«

»Keine Ahnung.« Ihr Kollege zuckte die Achseln. »Und wenn, ist es auch egal. Ich will nichts von ihr.«

Malin verdrehte die Augen. »Du warst doch mit ihr im Bett.«

»Ein einziges Mal. Und da hatte ich zu viel getrunken.« Er studierte die Tafel mit den Gerichten.

Malin verspürte irritiert einen leichten Stich in der Magengegend. Die gleichen Worte hatte ihr Kollege schon einmal benutzt. Damals wäre aus ihnen fast ein Paar geworden, doch dann hatte er eine Nacht mit seiner Frau verbracht, von der er längst getrennt gewesen war.

Sie schob die Erinnerung beiseite und gab bei Frau Hu ihre Bestellung ab.

»Alles klar?« Bartels holte zwei eisgekühlte Dosen Cola-Light aus dem Kühlschrank, von denen er eine an seine Kollegin reichte.

»Ja.« Malin mied seinen Blick und ging zu dem freigewordenen Platz am Tresen. »Ich bin nur etwas angespannt wegen Kösters Aussage. Was hältst du von der Sache?«

»Ich denke, er lügt.« Er öffnete seine Cola-Dose und trank einen Schluck. »Die Alternativen will ich mir gar nicht erst ausmalen. Ich hoffe, Fricke meldet sich bald, dann wissen wir zumindest, was Kösters Alibi betrifft, Bescheid.«

Der Teamchef hatte es sich nicht nehmen lassen, das Alibi des Tatverdächtigen höchstpersönlich zu überprüfen, und war gemeinsam mit Andresen zu dessen Arbeitgeber gefahren, der Leasing-Gesellschaft.

»S4 und S12!« Frau Hu reichte den beiden Kriminalbeamten zwei köstlich duftende Gerichte über den Tresen.

»Lass uns den Faden von vorhin noch mal aufnehmen«, sagte Malin, nachdem sie auf ihren Barhockern saßen. »Ich glaube, Ole hat jemandem in die Suppe gespuckt.« Sie griff nach den Essstäbchen. »Du und ich, wir wissen auch, wem.«

Bartels seufzte. »Du redest von Shabani?«

»Von wem sonst«, murmelte Malin zwischen zwei Bissen. »Wann sprichst du endlich mit Fricke?«

Bartels ließ sein Besteck auf den Tellerrand sinken. »Du glaubst, ich habe keine Eier in der Hose, oder?«

Malin starrte ihn wortlos an.

»Ich habe längst mit Hans gesprochen.« Er pickte eine Cashewnuss auf. »Was glaubst du, warum ich nicht bei

Kösters Vernehmung dabei sein durfte? Der Chef ist stink-sauer.«

»Das war nicht anders zu erwarten«, erwiderte Malin ungerührt. »Aber was sagt Fricke zu Shabani?«

»Er hält sich bedeckt, will erst mit den Kollegen von 63 sprechen.«

Malin nickte. Das LKA 63 war das zuständige Fach-kommissariat für deliktübergreifende Fälle im Bereich der organisierten Kriminalität. Die Ermittler hatten den Alba-ner schon seit längerem unter Beobachtung.

»Aber erst wenn die Sache mit Kösters Alibi geklärt ist«, fuhr ihr Kollege fort. »Warum unnötig die Pferde scheu machen, wenn der mutmaßliche Täter bereits hin-ter Schloss und Riegel sitzt.« Sein Handy klingelte. Er nahm das Gespräch an und lauschte einen Moment. »In Ordnung.«

»Fricke?«, fragte Malin, sobald Bartels das Telefonat beendet war.

»Yep. Ich soll dir ausrichten, dass du an dein Schieß-training morgen früh denken sollst.«

Malin nickte. »Und sonst? Was ist mit Kösters Albibi?«

»Alles zurück auf Anfang.«, erwiderte ihr Kollege grim-mig. »Köster hat ein bombensicheres Alibi. Er kann nicht Oles Mörder gewesen sein.«

17. KAPITEL

Seit dem Anblick der drei Neunmillimeterpatronen waren bei ihm jegliche Skrupel verschwunden. Sie hatten genau gewusst, welche Knöpfe sie drücken mussten. Also hatte er die Suppe ausgelöffelt. Doch anstatt sich danach sicher zu fühlen, hatte er nun ein weiteres Problem, das ihm zum Verhängnis zu werden drohte.

Es war halb sechs am Morgen, sein Dienst begann erst in ein paar Stunden, er hätte also noch ein paar Stunden liegen bleiben können, doch die Unruhe hatte ihn aus dem Bett getrieben. Langsam zog er seinen Nassrasierer über den Schaum auf seiner Wange. Nachdem er sich von den lästigen Bartstoppeln befreit hatte, drehte er den Wasserhahn auf und entfernte die Schaumreste mit eiskaltem Wasser. Er trocknete die Haut mit einem Handtuch ab, die Augen auf sein Spiegelbild gerichtet. Du gehörst jetzt zu ihnen, zu den Verbrechern, dem kriminellen Bodensatz der Gesellschaft. Selbstekel erfasste ihn und er wandte den Blick ab.

Aus der Spirale würde er nie wieder herauskommen. Ganz im Gegenteil. Sie würde ihn immer tiefer hinabziehen, bis sie ihn irgendwann mit Haut und Haar verschlang. Er kannte sich aus.

Trotzdem, es ging nicht anders, seiner Familie durfte nichts passieren, Sonja und seinem Sohn. Es galt, sie zu beschützen.

Deshalb musste er weitermachen, niemand durfte ihm auf die Schliche kommen. Mittlerweile war er so tief gesun-

ken, dass es ohnehin keinen Unterschied mehr machte. Es gab kein Zurück. Zudem hatte er einen entscheidenden Fehler begangen. Er hatte Ole Tiedemann unterschätzt.

Malin schloss ihre Hände fest um den Griffrücken der *Walther P99* und fixierte ihr Ziel. Hochkonzentriert wanderte ihr rechter Zeigefinger zum Abzug und zog ihn mit zunehmender Kraft durch, bis der Schuss fiel. Sie blendete Knall und Rückstoß aus, und nahm stattdessen wahr, wie die leere Hülse aus dem Auswurffenster fiel und die nächste Patrone ins Patronenlager rutschte. Sie drückte ein weiteres Mal ab. Erst als das Magazin vollständig leer war, nahm sie ihre Finger vom Abzugsbügel und senkte die Waffe.

»Nicht schlecht, Frau Brodersen.« Der diensthabende Trainer des Polizei-Trainingszentrums, kurz PTZ genannt, trat hinter sie.

Die Schießanlage am Braamkamp war die modernste Europas. Auf rund fünftausend Quadratmetern konnten die Beamten neben Schießbahnen mit neuesten Luftauslasswänden auf dreidimensionale, bewegte Ziele und auf ferngesteuerte Roboter schießen. In den Simulationsräumen sorgten Wandsysteme mit ausgeklügelten Blend-, Licht- und Toneffekten für ein realistisches Szenario.

Malin überzeugte sich, dass das Patronenlager der Walther vollständig leer war, ehe sie die Waffe auf einem der Tische ablegte. Erst dann wandte sie sich der Wand am anderen Ende der Schießbahn zu, auf der mit Hilfe eines Beamers menschliche Umrisse projiziert waren. Blaue Punkte kennzeichneten die Einschläge der Projektile in den von ihr angepeilten Bereichen im Bauch- und Brustraum. Neun Schüsse, neun Treffer.

»Nicht schlecht?« Malin sah den Trainer durch ihre Schutzbrille mit hochgezogenen Brauen an.

»Sagen wir mal so: Das war eine ganz ordentliche Leistung. Warten wir ab, wie gut Sie sich schlagen, wenn sich Ihr Gegner bewegt.« Er grinste. »Kommen Sie, Frau Brodersen. *Range Robot* erwartet Sie.«

Eine Stunde später, in der sich Malin zunächst mit einem angriffslustigen Roboter auseinandergesetzt und im Anschluss gemeinsam mit anderen Beamten an einem Simulationstraining teilgenommen und die Ergebnisse ausgewertet hatte, verstaute sie Ohren- und Augenschutz in den vorgesehenen Fächern und schloss den Spind mit ihren Sachen auf.

Das Training hatte ihr gutgetan. Tatsächlich hatte Malin in den vergangenen zwei Stunden nicht ein einziges Mal an die Ermittlungen und an ihren toten Kollegen gedacht.

Seit bekannt geworden war, dass Gernot Köster für den Mordzeitraum an Ole Tiedemann ein Alibi vorweisen konnte, war das gesamte Polizeipräsidium in Aufruhr. Die Beamten der anderen Abteilungen gaben sich gegenseitig die Klinke in die Hand, um bei den Kollegen der Mordkommission den neuesten Ermittlungsstand zu erfragen. Sämtliche Schritte im Todesfall Tiedemann mussten neu überprüft werden, genauso wie das am Tatort gesicherte Spurenmaterial, ehe auch nur irgendetwas davon an die Presse durchsickerte.

Malin holte ihre Jacke aus dem Spind und zog ihr Handy aus der Seitentasche. Zwei neue Nachrichten auf der Mailbox. Die erste stammte von ihrem Großvater, der sich besorgt danach erkundigte, wie es ihr ging. Prompt bekam sie ein schlechtes Gewissen. Sie hatte sich schon seit über einer Woche nicht mehr bei ihm gemeldet, normalerweise telefonierten sie fast täglich. Malin nahm sich vor, Erich Brodersen am Abend zurückzurufen, und hörte die zweite Nachricht ab. Sie kam von dem Pflegeheim, in dem Helmuth Tiedemann untergebracht war, und man bat sie ohne weitere Erklärung, so schnell wie möglich vorbeizukommen.

Oh Gott, dachte Malin, hoffentlich war dem alten Mann nichts zugestoßen. Sie drückte die Rückruftaste, doch eine Bandansage teilte ihr mit, dass sämtliche Leitungen belegt waren. »So ein Mist.« Sie schlüpfte in ihre Jacke und verließ in Windeseile das Trainingszentrum.

»Sie haben Glück«, begrüßte Pflegerin Bettina Schubert die Kriminalbeamtin und warf dabei ihren langen Zopf über die Schulter. »Herr Tiedemann ist heute völlig klar. Er hat schon mehrfach nach seinem Sohn gefragt. Ich habe ihm nichts gesagt, besser, Sie übernehmen das.«

Malin atmete erleichtert auf. »Sie haben mir mit Ihrem Anruf aber eine schönen Schrecken eingejagt.«

»Ach, wirklich? Dann habe ich wohl vergessen, den Grund meines Anrufes zu nennen. Wir hatten vorhin einen Notfall und da war ich wohl noch etwas durch den Wind. Tut mir echt leid.« Sie machte auf den Absatz kehrt.

Malin folgte ihr den Flur entlang bis zu dem Zimmer, in dem der Vater ihres Kollegen untergebracht war.

Die Pflegerin klopfte kurz an die Tür, ehe sie eintrat. »Hallo, Herr Tiedemann. Ich habe Ihnen Besuch mitgebracht.«

»Ole?« Die schmale Gestalt, die mit dem Rücken zur Tür am Tisch saß, drehte sich um. Helmuth Tiedemann blickte suchend hinter die beiden Frauen.

Die Ähnlichkeit zwischen Vater und Sohn brachte Malin für einen Moment aus der Fassung. Der alte Herr trug einen hellblauen Pullover, der die Farbe seiner Augen hatte. Oles Augen.

Sie riss sich zusammen und trat näher. »Ich bin Malin. Malin Brodersen. Eine Kollegin von Ole.«

Helmuth Tiedemann sah die Kriminalbeamtin verwirrt an.

»Bei der Polizei«, fügte Malin hinzu. Sie konnte sehen, wie es hinter der Stirn des alten Mannes arbeitete. Dann erhellte sich sein Gesicht.

»Ole ist Polizist«, stellte er fest. »Das hatte ich tatsächlich für eine Sekunde vergessen. Warum kommen Sie allein? Wo ist mein Sohn?«

Malin zog sich den zweiten Stuhl heran. Sie wollte mit Helmuth Tiedemann auf Augenhöhe sein, wenn sie ihn über Oles Tod unterrichtete. Einen Moment wünschte sie, jemand anderes würde das für sie übernehmen.

»Ole kann leider nicht kommen«, begann sie zaghaft.

Ein verständnisloser Blick traf sie.

»Er ist tot. Jemand hat ihn umgebracht.«

Helmuth Tiedemann sagte lange Zeit nichts. Malin überlegte bereits, ob er sie überhaupt verstanden hatte, als sie sah, dass in seinen Augen Tränen schwammen.

»Was ist passiert?«

Sie beschloss, bei der Wahrheit zu bleiben. »Ole wurde erstochen. Man hat ihn im Blindengarten im Stadtpark gefunden.« Sie schluckte. »Mein aufrichtiges Beileid. Ich habe Ihren Sohn sehr gemocht.«

Der alte Mann zog den neben ihm stehenden Rollator dichter heran und erhob sich. Malin stand ebenfalls auf, um ihm zu helfen, doch Helmuth Tiedemann hob abwehrend die Hand. Langsam fuhr er mit seinem Gehwagen zum bodentiefen Balkonfenster und setzte sich dort in seinen Sessel.

Draußen hatte Tauwetter eingesetzt. Der tief hängende Nebel hielt sich seit den frühen Morgenstunden hartnäckig über der Stadt und machte seine Umgebung grau und konturlos.

Malin ging zu der Kommode, auf der das Foto ihres Kollegen in Uniform stand. Die Vase mit den Plastikblumen war durch ein kleines Adventsgesteck mit batteriebetriebener Kerze ersetzt worden. Nachdenklich betrachtete sie das junge, ernste Gesicht des Polizisten. Was hattest du für Geheimnisse, Ole?

Sie kehrte dem Bild wieder den Rücken zu und ging neben dem alten Mann im Sessel in die Hocke.

Dessen Stimme war kaum mehr als ein Flüstern. »Ole hatte Angst.«

Malin sah ihn aufmerksam an. »Angst wovor?«

»Das hat er mir nicht gesagt. Aber ich kenne meinen Sohn. Etwas hat ihm schrecklich zugesetzt. Ich konnte es in seinen Augen sehen.«

»War das bei seinem letzten Besuch?«, fragte Malin und hätte sich im nächsten Augenblick am liebsten vor die Stirn geschlagen. Demenzkranke in fortgeschrittenen Stadien hatten in der Regel kein Zeitverständnis. Das hatte ihnen die Pflegerin gleich am Anfang erklärt.

Doch Helmuth Tiedemann nickte eifrig. »Er hat mir etwas gegeben, das ich für ihn aufbewahren soll.«

Malins Herz machte einen Sprung. »Was hat er Ihnen gegeben?«

Eine tiefe Furche bildete sich zwischen den Brauen in dem schmalen Gesicht. »Es fällt mir gleich wieder ein.« Sein Ausdruck trübte sich. »Ich weiß es nicht mehr.«

Malin sah sich in dem spärlich möblierten Raum um. »Wenn Sie möchten, sehe ich nach oder wir gehen Ihre Sachen gemeinsam durch.«

Der alte Mann antwortete nicht. Sie legte ihm eine Hand auf den Arm, doch er schien die Berührung nicht wahrzunehmen. Sein Blick war starr und entrückt hinaus in den Nebel gerichtet.

Sam verließ den Bus am Jahnring und schlug den Weg Richtung Hindenburgdamm ein. Bis zum Polizeipräsidium waren es keine fünfhundert Meter. Immer wieder blickte er sich um und inspizierte nervös die Leute, die den gleichen Weg nahmen. Zudem rang er mit sich, ob er wirklich das Richtige tat. Wie viel konnte er preisgeben, ohne selbst in Schwierigkeiten zu geraten?

Er hatte lange überlegt, ob er persönlich in Erscheinung treten sollte. Er könnte die Sache auch anonym erledigen. Per Post. Doch was geschah, wenn die falschen Leute davon Wind bekamen?

Sam hielt an. Sie würden ihn kaltmachen. Ganz klar. Und er wäre ein leichtes Opfer. Vielleicht wäre es besser, wieder zu verschwinden.

Er fluchte leise. An diesem Punkt war er schon mehrfach angekommen. Jedes Mal hatte er gekniffen.

Leider ließ ihn sein Scheißgewissen nicht in Ruhe. Er konnte sich nicht einmal auf seine Arbeit konzentrieren. Einen Auftrag hatte er bereits verloren. Wenn er sich nicht endlich zusammenriss, würden weitere folgen. Und das konnte er sich nicht leisten. Das Leben war teuer. Sein Leben. Ihm blieb nichts anderes übrig, als sein Versprechen einzulösen.

Sam straffte seine Schultern. Er würde jetzt reinen Tisch

machen, egal, welche Lawine er damit möglicherweise lostrat.

Keine zwei Minuten später bog er auf den Bruno-Georges-Platz ein. Vor ihm erhob sich das mächtige sechsgeschossige Polizeigebäude mit der imposanten Freitreppe. Flaggen wehten im Wind. Überall Kameras.

Sam drehte wieder um.

Als Malin im dritten Stock des Polizeipräsidiums in den Flur der Mordkommission einbog, sah sie schon von weitem den hochgewachsenen Leiter des LKA 6, der Fachabteilung Organisierte Kriminalität, aus Frickes Büro kommen. Jan-Peter Henschel war ein Mann in den besten Jahren, mit kantigem Gesicht, klugen Augen, und strahlte jene Autorität aus, die meist den Mächtigen vorbehalten war. Einige Kollegen nannten ihn hinter vorgehaltener Hand *Graue Eminenz*, nicht nur wegen seiner Haarfarbe und des Einflusses, den er besaß, sondern weil er in den unteren Etagen so gut wie nie in Erscheinung trat. Seine Anwesenheit in den Räumen der Mordkommission kam einer kleinen Sensation gleich und sprach gleichzeitig für eine gewisse Brisanz.

»Guten Tag, Herr Henschel«, begrüßte sie ihn, als sie auf gleicher Höhe des Flurs waren, doch er bedachte sie nur mit einem kurzen Nicken und ging weiter.

Malin erreichte Frickes Büro, klopfte kurz an die geschlossene Tür, und ging hinein. »Was wollte denn der Henschel hier?«

Ihr Chef machte eine abwehrende Handbewegung und brummte etwas, das so gut wie alles bedeuten konnte. Seinem missmutigen Gesichtsausdruck nach wünschte er keine weitere Nachfrage. »Wie war's beim Schießtraining?«

»*Range Robot* war heute gut in Form.« Sie grinste. »Leider nicht so gut wie ich.«

Fricke schüttelte leicht den Kopf, begleitet vom Anflug eines Schmunzelns. »Ferngesteuerte Roboter als Gegner. Das hat es zu meiner Anfangszeit bei der Polizei nicht gegeben.«

»Nach dem Training war ich bei Oles Vater.« Malin erzählte ihrem Chef von der Nachricht auf ihrer Mailbox und dem Besuch im Pflegeheim.

»Du hast was?!« Fricke sah sie fassungslos an, sobald sie ihren Bericht beendet hatte.

»Ich habe mich ein wenig in Herrn Tiedemanns Zimmer umgesehen«, wiederholte Malin und schob schnell hinterher: »Nachdem ich ihn gefragt habe.«

»Hast du mir nicht gerade erzählt, dass Herr Tiedemann nicht mehr gesprochen hat? Und das hast du dann als Zustimmung ausgelegt oder wie soll ich das verstehen?«

Malin verschränkte die Arme vor der Brust. »Was hätte ich denn deiner Meinung nach bitte schön tun sollen?«

»Abwarten, bis die Einwilligung eines Bevollmächtigen vorliegt.«

»Das wäre dann ja wohl Ole«, stellte Malin fest.

Fricke schüttelte den Kopf. »Langsam drehen hier wohl alle durch.«

»Du kannst dich wieder abregen, Chef. Ich habe ohnehin nichts gefunden.«

»Das macht die Sache nicht besser«, brummte ihr Vorgesetzter. »Der Mann leidet unter Demenz. Hast du dir schon mal überlegt, dass dieser Gegenstand, den ihm Ole angeblich zur Aufbewahrung gegeben hat, vielleicht gar nicht existiert? Oder dass das Ganze in einem völlig anderen Zusammenhang steht?«

Malin gab klein bei. »Du hast recht. Ich hätte nicht einfach in Herrn Tiedemanns Sachen herumschnüffeln dürfen, aber die Gelegenheit schien mir einfach günstig. Tut mir leid.«

Fricke entfuhr ein tiefes Seufzen. »Also gut, Schwamm drüber. Aber eins sage ich dir, Brodersen: Beim nächsten Mal kommst du nicht so einfach davon.«

Malin nickte. »Danke, Chef. Habt ihr inzwischen noch mal mit Köster gesprochen? Hat er eine Erklärung, wie seine DNA an Oles Leiche gekommen ist?«

Frickes Miene verschloss sich. »Sein Vater hat ihm einen Anwalt besorgt. Ein gerissener Fuchs. Er hat seinem Klienten geraten, vorerst keine Fragen mehr zu beantworten. Vermutlich wollen sie erst eine Strategie ausarbeiten. Das wird Köster aber auch nicht helfen. Er hat noch immer mindestens drei Menschenleben auf dem Gewissen.«

Es klopfte und der Leiter der Spurensicherung steckte seinen Kopf durch die Tür.

Fricke winkte ihn heran. »Komm rein, Frank. Hast du etwas für uns?«

»Hab ich«, erwiderte der Kriminaltechniker grimmig. »Aber es wird dir nicht gefallen.« Er blieb neben Malin stehen. »Ich habe sämtliche Fremd-DNA, die wir an Oles Leiche gefunden haben, nochmals überprüft. Die Spuren stammen eindeutig von Gernot Köster.«

Fricke runzelte die Stirn. »Könnten sie von einer dritten Person unabsichtlich übertragen worden sein?«

»Theoretisch ja, aber bei Haaren und Hautschuppen wie in diesem Fall halte ich die praktische Umsetzung eher für unwahrscheinlich. Jemand muss die Spuren absichtlich auf Oles Leiche angebracht haben.«

»Was ist mit den Kippen, die am Tatort gefunden wurden?«

»Das gleiche Spiel.«

»Also auch Kösters DNA.« Fricke dachte nach. »Hast du die Spuren im Fall der anderen Opfer auf Vollständigkeit überprüft?«

Der Kriminaltechniker nickte. »Das habe ich gleich als Erstes gemacht. Es fehlt nichts. Und es wurde auch nichts ausgetauscht. Ich habe die DNA-Analyse extra ein zweites Mal vom Labor durchführen lassen.«

Malin sah von einem zum anderen. »Ihr denkt, jemand könnte sich an den Asservaten zu schaffen gemacht haben?«

»Nein«, brummte ihr Vorgesetzter. »Trotzdem sollte man keine Möglichkeit ausschließen.«

»Ich gehe dann mal wieder zurück an die Arbeit«, sagte Glaser.

»Danke, Frank.«

Der Kriminaltechniker verschwand.

»Ich wünschte, ich wäre schon im Ruhestand.« Fricke raufte sich die Haare. Er erhob sich von seinem Schreibtisch, ging die drei Schritte bis zum Fenster und sah hinaus. Dabei wandte er seiner Mitarbeiterin den Rücken zu. »Oles Mörder muss in irgendeiner Form mit Gernot Köster in Kontakt gestanden haben. Die Frage ist nur, wo und wann? Mir lässt das keine Ruhe.«

»Wir sollten noch mal mit Gernot Köster sprechen«, schlug Malin vor.

Fricke nickte.

»Was ich dich eigentlich längst fragen wollte: Hast du schon mit Ostermann von 63 gesprochen?« Malin bemerkte, wie sich der Körper ihres Vorgesetzten versteifte. Mario Ostermann war der Leiter des Fachkommissariats für Deliktübergreifende Organisierte Kriminalität, in dessen Verantwortungsbereich die Ermittlungen gegen Besim Shabani fielen. »Oder war der Henschel deshalb hier?«

Fricke kehrte dem Fenster den Rücken zu und wies mit der Hand auf die Besucherstühle. »Setz dich.« Er nahm hinter seinem Schreibtisch Platz und legte die Fingerspitzen seiner Hände bedächtig gegeneinander. »Man hat mir zu verstehen gegeben, dass von unserer Seite keine weitere Ermittlungen in Shabanis Richtung gewünscht werden.«

»Ach, und hat man dir auch gesagt, warum?«

Fricke verzog das Gesicht. »Nein, darüber hält man sich bedeckt. Ich vermute, es ist eine geheime Operation in Gang. Wie auch immer, die Kollegen werden ihre Gründe haben.«

»Aber hast du denen gesagt, dass da irgendetwas lief zwischen Ole und Shabani?«

»Natürlich, Brodersen.« Er räusperte sich. »Der *Cherry Club* wurde am Abend von Oles Ermordung observiert. Shabani hat sich zur Tatzeit definitiv dort aufgehalten.«

»Was ist mit seinen Gorillas? Shabani macht sich doch mit Sicherheit nicht selbst die Hände schmutzig.«

»Keiner von seinen Leuten hat den Club vor drei Uhr morgens verlassen. Zu dem Zeitpunkt war Ole längst tot.«

»Er könnte den Auftrag anderweitig delegiert haben.«

»Und aus welchem Grund? Einen Polizisten zu ermorden ist ein großes Risiko, Brodersen. Das geht auch ein Besim Shabani nicht leichtfertig ein. So jemand ist daran interessiert, von der Polizei unbehelligt zu bleiben, damit er in Ruhe seinen Geschäften nachgehen kann.«

Malin seufzte. »Also ist Shabani raus?«

»Es sieht so aus. Oles Anfangsverdacht, dass Shabani bei dem Mord an Graciela Fernández mit drinhängt, hat sich als haltlos erwiesen. Dabei sollten wir es belassen.«

271

»Und was machen wir jetzt?«

»Wir ermitteln weiter. Und dafür gehen wir Oles Schritte in den letzten Wochen alle noch einmal einzeln durch und sprechen mit Köster. Ich rufe gleich seinen Anwalt an.« Fricke griff zum Telefon. »Wenn du möchtest, kannst du mich später in die UHA begleiten.«

»Chef, warte kurz«, bat Malin. »Bei der ganzen Sache gibt es einen Haken. Unser jetziger Stand ist doch, dass der Täter Kösters DNA absichtlich auf Oles Leiche platziert hat, um ihm den Mord anzuhängen. Doch woher wusste derjenige, dass Köster der Messerstecher ist?«

»Gute Frage, Brodersen. Hoffen wir, dass Köster darauf eine Antwort hat.« Fricke tippte eine Nummer ins Telefon und wandte ihr den Rücken zu.

Schon im Flur hörte Malin die lauten Stimmen von Bartels und Andresen hinter der geschlossenen Bürotür. Sie riss die Tür auf.

Andresen lehnte an seinem Schreibtisch und gestikulierte beim Sprechen wild mit seinen Händen, während Bartels durch den Raum tigerte. Beim Anblick ihrer Kollegin verstummten die beiden Ermittler.

»Was ist denn hier los?«, fragte Malin.

»Nichts«, antwortete Andresen mürrisch.

Sie setzte sich an ihren Platz. »Das habe ich gehört.«

»Jetzt erzähl's ihr«, forderte Bartels seinen Kollegen auf und lehnte sich gegen die Fensterbank.

Andresen gab sich geschlagen. »Ich komme gerade aus der KT. Die Kollegen sind dabei, Oles Wagen zu untersuchen.« Er strich sich über sein glattrasiertes Kinn. »Wie es aussieht, war es kein Zufall, dass der Motor nicht ansprang. Das Kabel zur Benzinpumpe wurde durchgeschnitten. Der Mord an Ole wurde eiskalt geplant.«

»Heftig.« Malin schwieg einen Moment. »Fricke weiß noch nichts davon, oder? Ich war gerade bei ihm.«

Er schüttelte den Kopf. »Ich gebe ihm gleich Bescheid.«

»Die OK will übrigens, dass wir uns von Shabani fernhalten.« Malin berichtete ihren Kollegen von dem Gespräch mit dem Teamchef.

Andresen schob sich einen Streifen Kaugummi in den Mund. »Wenn Shabani rausfällt, welche Möglichkeiten gibt es dann?«

»Köster könnte einen Komplizen haben«, überlegte Bartels laut. »Derjenige hat Ole umgebracht und Kösters DNA an der Leiche platziert, vielleicht um ihn loszuwerden.«

»Möglich wäre es«, stimmte Malin zu. »Ich fahre später mit Fricke ins Untersuchungsgefängnis. Mal sehen, was Köster uns dazu erzählen kann. Vielleicht gibt es auch eine Person in seinem Umfeld, die zufällig darauf gestoßen ist, dass er Leute umbringt, und sich dieses Wissen zunutze macht.«

»Um dann Ole zu töten?«, führte Andresen den Gedanken weiter. »Das macht doch keinen Sinn.«

»Was ist mit diesem Schulfreund von Armin Behrens?«, warf Bartels ein. »Robert Hermannsdorfer. Durch ihn sind wir überhaupt erst auf Kösters Spur gekommen. Wir sollten prüfen, ob Hermannsdorfer eine Verbindung zu Ole hat.«

»Das ist dann der sogenannte Strohhalm.«

Bartels' Blick wurde finster. »Hast du vielleicht eine bessere Idee?«

Andresen deutete ein leichtes Kopfschütteln an.

»Wir müssen nach Schnittstellen zwischen Ole und Köster suchen.« Bartels griff zum Telefon. »Ich gebe den Kollegen von 44 Bescheid. Wenn wir jeden Stein einzeln umdrehen müssen, brauchen wir Unterstützung.«

Die Untersuchungshaftanstalt Hamburg war in einem alten Rotklinker-Gebäude an der Holstenglacis zwischen Messegelände und der Parkanlage *Planten un Blomen* untergebracht.

Gernot Köster und sein Anwalt, ein kleiner, drahtiger Mann mit dem spitzen Gesicht eines Wiesels, warteten bereits, als Fricke und Malin von einem Justizvollzugsbeamten in den Besucherraum geführt wurden.

Nachdem sich alle gesetzt hatten, legte der Hauptkommissar ein Foto von Ole Tiedemann auf den Tisch. »Herr Köster, haben Sie irgendeine Erklärung dafür, wie Ihre DNA an die Leiche dieses Mannes gekommen ist?«

Gernot Köster und sein Anwalt steckten die Köpfe zusammen.

Das Wieselgesicht ergriff das Wort. »Ich hatte meinem Mandaten geraten, keine Fragen zu beantworten, bis ich die Gelegenheit zur Akteneinsicht hatte«, tat er mit einer großspurigen Handbewegung kund. »Doch Herr Köster möchte auf Ihre Frage eingehen. Ich erwarte also, dass Sie seine Aussagebereitschaft dementsprechend positiv bewerten.«

»Darüber können Sie später mit dem zuständigen Richter diskutieren.« Fricke wandte sich an den Tatverdächtigen. »Also?«

Gernot Köster saß zusammengesunken auf seinem Stuhl. Dunkle Schatten lagen wie Halbmonde unter seinen Augen, die Wangen in dem blassen Gesicht wirkten eingefallen. »Ich habe nicht die geringste Ahnung, wie das passiert sein könnte.«

»Aber Sie kennen den Toten?«

Kösters Blick huschte kurz über das Foto. »Herr Tiedemann hat mich befragt. In meinem Büro. Das war das einzige Mal, dass ich ihn getroffen habe.«

»Und wenige Stunden später war Herr Tiedemann tot.« Fricke beugte sich ein Stück vor. »Ich frage Sie jetzt einfach geradeheraus: Gibt es einen Mittäter? Einen Komplizen?«

»Nein«, beteuerte Köster.

»Haben Sie sich jemandem anvertraut?«, setzte Fricke nach. »Vielleicht um Ihr Gewissen zu entlasten?«

»Ich habe niemandem etwas gesagt.«

Malin rutschte unruhig auf ihrem Stuhl herum. Der Mann wirkte glaubwürdig, fast harmlos. Dabei hatten sie es mit einem mehrfachen Mörder zu tun.

»Ihr letzter Kontakt mit Robert Hermannsdorfer«, fuhr ihr Vorgesetzter fort. »Wie lange ist der her?«

Das Wieselgesicht flüsterte seinem Mandanten etwas ins Ohr, doch dieser schüttelte den Kopf.

»Ich habe Robert zuletzt während der Schulzeit gesehen«, beantwortete Köster die Frage. »An dem Tag hat er mich in die Glasscherben geschubst.«

»Wer außer Ihnen hat einen Schlüssel zu Ihrer Wohnung?«,

»Niemand.« Dann verbesserte er sich. »Doch, die Hausverwaltung.«

»Wurde bei Ihnen in den letzten Wochen eingebrochen?«

Köster schüttelte den Kopf.

»Hatten Sie Besuch?«

»Nein.« Er errötete. »Ich habe nie welchen.«

»In der Nacht, als Sie Armin Behrens getötet haben, hielten sich zu dem Zeitpunkt noch Kollegen von Ihnen im Unilever-Gebäude auf? Haben Sie mitbekommen, dass Sie jemand beobachtet hat?«

Der Tatverdächtige starrte ins Leere. »Ausschließen kann ich das natürlich nicht. Aber hätte die Person in dem Fall nicht die Polizei gerufen?«

Malin und Fricke tauschten einen Blick, der auch dem Anwalt nicht verborgen blieb.

»Jetzt habe ich mal eine Frage«, meldete er sich zu Wort. »Über was für DNA-Spuren sprechen wir hier überhaupt?«

»Darauf kann ich Ihnen zum jetzigen Zeitpunkt keine Antwort geben.«

»Aus ermittlungstechnischen Gründen, wie ich annehme?« Das Wieselgesicht klopfte mit der flachen Hand auf den Tisch. »Gut, das war es dann. Mein Mandant wird ab jetzt keine Frage mehr beantworten.«

»Ganz wie Sie meinen.« Fricke erhob sich. »Kommst du, Brodersen?«

Gernot Kösters Blick flog unsicher zwischen den beiden Polizisten hin und her. »Ich habe nichts mit dem Mord an Herrn Tiedemann zu tun. Bitte, das müssen Sie mir glauben.«

Malin stand auf und verließ hinter Fricke und dem Justizvollzugsbeamten den Besucherraum.

Sie waren kein Stück vorangekommen.

Es war bereits spät am Abend, als Malin eine weitere Akte vom Stapel auf ihrem Schreibtisch zog, der am Anfang fast einen Meter hoch aufgetürmt gewesen war. Während ihre Teamkollegen und die Beamten von der Kommissionsermittlung die aktuellen Ermittlungsakten und Gesprächsprotokolle durchgingen, um nach Schnittpunkten zwischen Ole Tiedemann und den Befragten zu suchen, hatte sie im

Archiv die Akten aller Fälle der letzten fünf Jahre angefordert, in die ihr ermordeter Kollege involviert gewesen war. Vielleicht würde sie in den Unterlagen einen Hinweis finden, der Rückschluss auf ein mögliches Mordmotiv zuließ.

Insgeheim hoffte sie, in den Dokumenten auf den Namen von Besim Shabani zu stoßen. Der Gesichtsausdruck des Albaners, als er von ihrem toten Kollegen gesprochen hatte, und die unterschwellige Drohung in seinen Worten ließen sie nicht los. Zwischen den beiden Männern musste in der Vergangenheit etwas passiert sein und sie wollte wissen, warum Ole mit alldem hinter dem Berg gehalten hatte.

»Irgendetwas ist da vorgefallen«, murmelte sie.

»Wovon sprichst du?« Bartels sah seine Kollegin über den Schreibtisch hinweg neugierig an.

»Von Ole und Shabani. Es muss einen Vorfall zwischen den beiden gegeben haben. Da bin ich mir sicher.«

»Du gibst keine Ruhe, oder?« Bartels seufzte. »Also gut. Es gibt tatsächlich einen Grund.« Er lehnte sich in seinen Stuhl zurück. »Ole war damals beim KDD, als einer von Shabanis Angestellten im Containerhafen erschossen aufgefunden wurde. Es gab weder Zeugen, noch wurde die Tatwaffe gefunden. Eine Zeit lang hatte man Shabani in Verdacht, weil das Opfer zuletzt im *Cherry Club* gesehen worden war, aber dann stellte sich heraus, dass es um eine Eifersuchtskiste ging. Shabanis Angestellter hatte einer der Kiezgrößen die Frau ausgespannt. Kurz darauf wurde der Täter geschnappt.«

»Und was hatte Ole damit zu tun?«

»Der Tote im Containerhafen war seine erste Leiche. Und Shabani war damals schon ein Arschloch. Er hat Ole bei den Ermittlungen wohl ganz schön ans Bein gepinkelt. Die beiden sind daraufhin aneinandergeraten.«

»Warum hast du die Geschichte nicht schon eher erzählt?«

»Weil sie für unsere Ermittlungen nicht relevant ist und ich Ole nicht bloßstellen wollte. Er war nicht mehr objektiv, seit Shabanis Name im Fall Graciela Fernández aufgetaucht ist. Ich erzähle es dir nur, damit du nicht noch mehr Zeit verschwendest. Wenn ich geahnt hätte, dass du dich daran dermaßen festbeißt, hätte ich nicht so lange damit gewartet.« Er sah auf seine Armbanduhr. »Es ist schon nach zehn. Wir sollten langsam Feierabend machen.«

»Schon so spät?« Malin fiel siedenheiß ein, dass sie vergessen hatte, ihren Großvater zurückzurufen. Sie griff nach ihrem Handy und schickte ihm schnell eine SMS mit dem Versprechen, sich am nächsten Tag zu melden.

Bartels stellte seinen Computer aus und griff nach seiner Jacke. »Also, ich gehe jetzt. Die anderen sind auch längst zu Hause.«

Zu Hause, dachte Malin. Zu Hause wartete Thies und damit der nächste Streit. Immer häufiger hatte sie das Gefühl, dass seine Nähe sie erstickte. Es lief nicht so, wie sie sich ihre Beziehung vorstellte. Die Unbeschwertheit der Anfangszeit war einer Zwanghaftigkeit gewichen, die erste Verliebtheit auf der Strecke geblieben. Sie war ihrem Freund in den letzten Tagen aus dem Weg gegangen, hatte die Wohnung im Morgengrauen verlassen und erst wieder betreten, wenn er bereits schlief.

Wenn sie jetzt nach Hause fuhr, war Thies mit Sicherheit noch wach und wollte eine Aussprache. Sie im Grunde auch. Allerdings nicht heute. Der Tag war schon frustrierend genug gewesen.

»Geh ruhig, ich bleibe noch ein bisschen.« Sie deutete auf die Akten.

»Du bist jetzt wie lange auf den Beinen?«, fragte Bartels. »Sechzehn Stunden? Du solltest Schluss machen. Im Zweifelsfall übersiehst du nur etwas. Außerdem ist heute Freitag. Was hältst du davon, wenn wir noch irgendwo einen Absacker nehmen?«

Malin betrachtete das vor ihr liegende Dokument. Vielleicht war sie tatsächlich zu kaputt, um einen Hinweis zu entdecken. Sie klappte die Akte zu. »Also gut. Lass uns etwas trinken gehen.«

»Warum hat es mit uns eigentlich nie geklappt?« Bartels sah sie über den Rand seines Whiskeyglases hinweg an. Seine Augen schimmerten dunkel.

»Weil du verheiratet bist, und …«

»War«, verbesserte Bartels. »Meine Ehe wurde vor drei Wochen geschieden.«

»Ach, das wusste ich nicht.«

»Deshalb sage ich es dir.« Sein Blick wurde intensiver. »Abgesehen von Britta, was gab es noch für einen Grund?«

Malin umklammerte ihr Glas mit beiden Händen. Es war nicht ihr erster Drink und der Alkohol stieg ihr langsam zu Kopf. »Eine Affäre mit einem Kollegen ist nicht so mein Ding. Das führt nur zu Schwierigkeiten. Ich habe lange gebraucht, den Job zu bekommen, da will ich ihn nicht gleich wieder aufs Spiel setzen.«

»Wer redet denn von einer Affäre? Mir war es immer ernst.«

Malin ließ ihr Glas langsam zwischen ihren Fingern kreisen. »Und Sara Werlinder, was war die für dich? Ein Zeitvertreib?«

»Autsch! Du sagst das, als wäre ich so ein Macho-Arsch, der alle paar Tage eine Neue am Start hat.« Er wurde ernst.

»Sara ist eine sehr nette Frau. Unkompliziert. Sie war neu, wir haben uns angefreundet. Alles völlig harmlos. Zumindest bis zu meinem Scheidungstermin. Danach wollte ich feiern. Sara hat mir Gesellschaft geleistet, dann kam eins zum anderen. Für mich war das eine einmalige Angelegenheit.«

Malin dachte an die Begegnung mit der Dänin im Asia-Imbiss. »Sie scheint das anders zu sehen.«

»Das ist nicht meine Schuld. Die Fronten waren von Anfang an klar. Aber Schluss damit. Erzähle du mir lieber, wie es eigentlich zwischen dir und deinem Professor läuft.«

»Es ist kompliziert.« Malin nahm den letzten Schluck Whiskey aus ihrem Glas.

Bartels lachte leise. »Irgendwie wundert mich das nicht. Conradi passt nicht zu dir. Er ist ein Schnösel. Und er ist dir nicht gewachsen.«

Malin strich sich eine Haarsträhne aus dem Gesicht. »Ganz im Gegensatz zu dir? Oder wie soll ich das verstehen?« Sie lächelte.

»Letzte Runde!« Der Barkeeper baute sich auf der anderen Seite des Tresens vor ihnen auf.

»Jetzt schon?« Malin warf einen Blick über ihre Schulter. Bis auf ein Pärchen, das mit ineinander verschlungenen Oberkörpern an einem der Tische saß und knutschte, hatte sich das Lokal mittlerweile vollständig geleert. Ihre Armbanduhr zeigte an, dass es bereits zwei Uhr morgens war.

»Also noch einmal das Gleiche?«, fragte der Barkeeper.

Bartels und Malin nickten zeitgleich. Kurz darauf standen zwei gefüllte Whiskeygläser vor ihnen.

»Ja«, beantwortete Bartels die Frage, bei der sie unterbrochen worden waren. »Ich bin dir gewachsen.«

Malin verfing sich sekundenlang in seinen dunklen Augen, dann beugte sie sich vor und küsste ihn.

18. KAPITEL

Malin schlug die Augen auf. Im ersten Moment wusste sie nicht, wo sie sich befand. In ihrem Schädel hämmerte es und auf ihrer Zunge lag ein leicht pelziger Geschmack. Sie drehte sich um und blickte direkt in Frederick Bartels' Gesicht. Jetzt fiel ihr alles wieder ein. Der Abend an der Bar, der Whiskey und die darauf folgenden Stunden.

»Guten Morgen.« Seine Haare waren zerzaust und an seiner unteren Gesichthälfte hatten sich dunkle Stoppeln gebildet. Als er sich aufsetzte, rutschte die Decke ein Stück hinunter und offenbarte einen Blick auf seinen durchtrainierten Oberkörper. »Wie hast du geschlafen?«

»Wie ein Stein.« Sie stützte den Kopf auf Hand und Ellenbogen. »Allerdings eindeutig zu kurz.«

Er grinste. »Wir hatten ja auch etwas wesentlich Besseres zu tun. Warum bleibst du nicht einfach noch ein wenig liegen und ich mache uns einen Kaffee? Wie klingt das?«

»Himmlisch.« Sie kuschelte sich zurück ins Kissen, während Bartels aus dem Bett stieg.

Erst jetzt nahm sie den Raum richtig wahr. Das aus Europaletten gebaute Bett stand vor einer unverputzten Backsteinwand, daneben waren mehrere Bücherstapel zu einem Nachttisch umfunktioniert. Neugierig betrachtete sie die Buchrücken und stellte überrascht fest, dass Fred offensichtlich ebenso ein Faible für Thriller und Kriminalromane hatte wie sie selbst. Über dem Bett hing ein überdimensionaler Ventilator aus dunklem Holz, an einer anderen Stelle baumelte ein Sandsack von der Decke. Ein großer, schwarzer Metallschrank mit Wellblechoptik erinnerte Malin an ihren Spind im Präsidium. Ob Fotos von Kalendermädchen an der Innenseite hingen? Sie grinste bei dem Gedanken.

»Der Kaffee ist fertig.« Frederick Bartels kam mit zwei Bechern zurück, von denen er einen an Malin weiterreichte, und setzte sich aufs Bett.

Sein Blick ruhte auf ihr, während sie an ihrem Kaffee nippte. »Noch kannst du raus aus der Nummer, Brodersen. Wir hatten gestern Abend wohl beide etwas zu viel Alkohol.«

Sie sah ihn lange an. »Das will ich aber vielleicht gar nicht.«

»Vielleicht?« Seine Augen blitzten.

Malin stellte den Kaffeebecher weg und zog ihn zu sich heran. Sie wusste, dass es falsch war, was sie tat. Aus vielen Gründen. Trotzdem fühlte es sich verdammt richtig an.

Es war bereits Mittag, als Malin den kleinen Privatweg zu ihrem Haus einschlug. Bei Tageslicht und im Angesicht dessen, was vor ihr lag, fühlte sie sich nicht mehr ganz so beflügelt wie ein paar Stunden zuvor. Trotz der Kopfschmerztablette hämmerte der Schmerz hinter ihrer Stirn weiter wie ein Presslufthammer. Alkohol, mangelnder Schlaf, gepaart mit einem schlechten Gewissen, waren eine unheilvolle Kombination. Und trotzdem, sie würde nichts ändern wollen an dem Geschehenen. Sie kam sich ein wenig albern vor bei dem Gedanken, doch sie hatte ein Gefühl, das sie in dieser Form bisher nicht kannte. Das Gefühl, den Richtigen gefunden zu haben.

Momentan war ihr allerdings ein wenig mulmig zumute,

denn ihr stand das Gespräch mit Thies bevor. Sie wollte mit offenen Karten spielen, ehrlich sein, alles andere hatte er nicht verdient.

Malin schloss die Haustür auf. Sein dunkelblauer Mantel hing an der Garderobe, die Schuhe standen darunter, fein säuberlich nebeneinander gestellt. Thies war also zu Hause.

Sie zögerte einen Moment. Dann zog sie den Parka aus, schlüpfte aus ihren Stiefeln und ging ins Wohnzimmer.

»Hallo! Bin wieder da!«

Thies kam aus der Küche. »Hast du die ganze Nacht gearbeitet? Du Arme.« Er drückte ihr einen schnellen Kuss auf die Stirn. »Hier hat schon einige Male jemand angerufen. Immer wenn ich rangegangen bin, wurde aufgelegt. Hast du etwa einen Anderen?« Er zwinkerte ihr verschwörerisch zu und ging in den Flur.

Malin blieb mit knallrotem Kopf und schlechtem Gewissen zurück.

Der Juraprofessor streckte den Kopf aus der Tür, während er sich einen Schal umband. »Ich bin auf dem Sprung. Die Wohnung am Poelchaukamp hat mir leider jemand vor der Nase weggeschnappt, deshalb sehe ich mir gleich eine Wohnung in Lokstedt an. Danach treffe ich mich mit meiner Arbeitsgruppe. Es wird heute sicherlich spät. Ich will am Abend noch mit ein paar Kollegen auf den Weihnachtsmarkt.« Er musterte sie. »Du schaust so bedrückt. Ist irgendwas?«

Malin schüttelte den Kopf. »Ich dachte nur, wir sollten mal reden.«

Thies' Miene wurde ernst. »Wenn du willst, lasse ich den Weihnachtsmarkt sausen.«

Malin zögerte. »Nein, geh nur, das hat auch Zeit bis morgen.«

Ihr Freund zog sich seinen Mantel über, dann beugte er sich zu ihr hinunter und küsste sie. »Ich bin froh, dass du endlich gesprächsbereit bist. Du wirst sehen, wir finden eine Lösung, was unsere Wohnsituation betrifft.« Er zwinkerte ihr noch einmal kurz zu und verschwand aus der Tür.

Malin fühlte sich mieser denn je. Sie ging ins Obergeschoss und stellte im Bad die Dusche an. Während sie sich auszog, überlegte sie, wie sie Thies die Sache mit Fred am besten beibringen sollte. Ihr schlechtes Gewissen würde mit Sicherheit nicht so leicht von ihr abperlen wie das Duschwasser.

Sie wollte gerade ihren Fuß in die Kabine strecken, als im Erdgeschoss das Telefon klingelte. Ihr fiel ein, was Thies vorhin erzählt hatte, gleichzeitig kamen ihr die anonymen Anrufe im Präsidium und auf Oles Handy in den Sinn. Konnte es sich um denselben Anrufer handeln?

Sie schlang sich ein Handtuch um den nackten Körper und eilte die Treppe hinunter. Leicht außer Atem meldete sie sich. »Hallo?«

Eine unbekannte männliche Stimme. »Spreche ich mit Malin Brodersen?«

»Ja, das bin ich.« Sie umklammerte den Hörer noch ein wenig fester. Einen Moment blieb es still in der Leitung.

»Ich muss mit Ihnen sprechen.«

»Wer sind Sie?«

»Das tut nichts zur Sache.«

»Worüber möchten Sie mit mir sprechen?«

»Nicht am Telefon. Café *Elbgold* im Schanzenviertel. In einer Stunde. Kommen Sie allein und erzählen Sie niemandem von meinem Anruf.« Er holte tief Luft. »Es ist zu Ihrer eigenen Sicherheit.«

»Erst will ich wissen, mit wem ich es zu tun habe, sonst können Sie das vergessen.«

»Ich bin ein Freund von Ole.« Dann legte der Anrufer auf.

Malin starrte nachdenklich auf den Telefonhörer in ihrer Hand. Ole hatte keine Freunde gehabt. Oder doch? Etwas in der Stimme des Fremden hatte sie aufhorchen lassen. Angst.

Das Cafè *Elbgold* lag mitten im Schanzenviertel und war am Samstagnachmittag proppevoll. Es gab Sitzplätze auf Barhockern an hohen Tischen, Sessel mit Sitzpolstern aus Kaffeesäcken, viel Holz und Stahl und lange Tafeln. Hinter dem Tresen hing eine überdimensionale Schiefertafel, auf der neben zahlreichen Speisen und Getränken sechsundzwanzig Kaffeespezialitäten aus aller Welt aufgelistet waren. Zu beiden Seiten flutete Tageslicht durch deckenhohe Fenster in das Lokal. Das Publikum war bunt gemischt, vom Dreadlockträger über Yuppi-Studenten bis hin zu Familien mit Kleinkindern war alles vertreten, hohe Geräuschkulisse und Kaffeeduft inklusive.

Malin blieb einen Augenblick im Eingangsbereich stehen, um sich einen Überblick zu verschaffen. Sie hatte nicht die geringste Ahnung, woran sie den unbekannten Anrufer erkennen sollte, aber da er im Besitz ihrer Kontaktdaten war, wusste er vermutlich auch, wie sie aussah. Niemand im Café nahm von ihrer Anwesenheit Notiz. Sie holte sich am Tresen einen Milchkaffee und schnappte sich den Zweiertisch, der gerade frei wurde. Den Blick auf den Eingang gerichtet, nippte sie vorsichtig an dem heißen Getränk. Die Tür öffnete und schloss sich, doch keiner der Neuankömmlinge kam zu ihr an den Tisch. An der Theke hatte sich eine lange Schlange gebildet. Die vereinbarte Stunde war längst vorbei.

Sie checkte ihr Handy, doch es hatte in der Zwischenzeit niemand versucht, sie zu erreichen. Vielleicht hatte der Anrufer es sich anders überlegt. Überhaupt, warum wollte der Mann ausgerechnet mit ihr sprechen? Wäre es nicht viel sinnvoller, sich an Andresen oder Bartels zu wenden, wenn es um Ole ging? Bei dem Gedanken an Frederick Bartels kribbelte es in ihrem Bauch. Prompt gesellte sich ihr schlechtes Gewissen dazu.

Ein junger Typ im Rollstuhl kam ins *Elbgold*. Jeans, Daunenjacke, Lausbubengesicht, ein Messenger-Rucksack auf dem Schoß. Zu jung, entschied Malin und sah aus dem Fenster.

»Frau Brodersen?« Der Rollstuhlfahrer kam an ihren Tisch.

Malin musterte ihn. Von Nahem wirkte der Typ nicht mehr ganz so jung. Sie nickte. »Haben wir vorhin telefoniert?«

»Haben wir.« Er warf seinen Rucksack auf den freien Stuhl und zog seine Jacke aus. Ein schlichtes graues T-Shirt und gut trainierte Arme kamen zum Vorschein. Er blickte sich um und schien dabei in Sekundenschnelle die Gäste des Lokals abzuscannen.

Der Typ ist nervös, dachte Malin. »Also, warum wollen Sie mit mir sprechen?«

»Ich weiß ehrlich gesagt nicht genau, wo ich anfangen soll.«

»Vielleicht indem Sie mir Ihren Namen verraten.« Sie sah, wie er zögerte. »Hören Sie, Sie wollten mit mir sprechen. Also, wie soll ich Sie ansprechen?«

»Sam. Ich heiße Sam. Ich bin ein Freund von Ole.«

»Das sagten Sie bereits am Telefon. Woher soll ich wissen, dass das stimmt? Ole hat Sie nie erwähnt.«

Sam fuhr sich durch die kurzen Haare. »Das hätte mich auch gewundert.«

»Ach, sind Sie«, Malin suchte nach dem passenden Ausdruck, »waren Sie mit Ole liiert?«

Er machte runde Augen. »Nein, wie kommen Sie denn darauf?«

Malin winkte ab. »Dann vergessen Sie, was ich eben gesagt habe. Erzählen Sie weiter!«

»Hier drinnen ist es ziemlich warm.« Er zupfte am Ausschnitt seines T-Shirts. »Ist es okay, wenn ich mir vorher etwas zu trinken besorge?«

Ihr Blick fiel auf seinen Rollstuhl. »Ich kann Ihnen etwas holen«, bot sie an. »Was möchten Sie haben?«

»Danke. Das erledige ich selbst.« Sam klappte an seinem Gefährt eine Getränkehalterung aus und rollte zur Theke, wo sich die Schlange mittlerweile weitestgehend aufgelöst hatte.

Kurz darauf kehrte er mit einer Flasche Mineralwasser zurück an den Tisch, ohne mit seinem Rollstuhl unterwegs irgendwo anzuecken.

»Ole und ich hatten das gleiche Hobby. Bei mir ist mittlerweile ein Beruf draus geworden.« Er öffnete den Drehverschluss seiner Wasserflasche. »Ich bin Security-Analyst.«

»Was ist ein Security-Analyst?«

»Ich decke IT-Sicherheitslücken in Datensystemen von Unternehmen auf, lote die Schwachstellen aus und schließe sie. Manchmal geht es auch nur darum, Firewall-Systeme zu installieren, oder um Mainframe-Lösungen. Einige Firmen geben eine Analyse ihrer SAP-Systeme in Auftrag. Jeder Auftrag ist anders.«

»Sie sind also Hacker«, stellte Malin überrascht fest. Solche Typen hatte sie sich immer anders vorgestellt. Zottelige Haare, Vollbart und Kleidung in XXL-Größe in Folge hohen Fastfood-Verbrauchs. Der junge Mann, der vor ihr saß, war das glatte Gegenteil.

Er grinste schief. »Wenn Sie es unbedingt so nennen wollen, aber dann bitte Ethical Hacker oder wie wir es bezeichnen: Whitehat. Ich mache das schließlich im Auftrag meiner Kunden.«

Malin wurde ungeduldig. »Kommen wir zu Ole.«

Sam nickte. »Ich habe Ole bei einem CCC-Treffen Ende der Neunziger kennengelernt. Damals war ich fünfzehn und schon einige Jahre dabei.«

»Was ist CCC?«

»Der Chaos Computer Club«, erklärte Sam. »Ole hatte nicht besonders viel Ahnung, interessierte sich aber brennend für alles, was mit Computern zusammenhing. Anfangs kannte ich nur seinen Nickname: CyberTec318. Als ich erfahren habe, dass er Polizist ist, war ich zunächst skeptisch. Ich hatte die Befürchtung, dass sein Interesse an unserer Gruppe beruflicher Natur ist, aber das konnten wir schnell klären.«

»Ole war also tatsächlich ein Hacker«, murmelte Malin und trank einen Schluck Kaffee.

»Sie wussten das nicht?«

»Ich habe es nur vermutet. Reden Sie weiter, aber vielleicht können Sie dabei ein bisschen vorspulen.«

Sam warf einen kurzen Blick über die Schulter.

»Warten Sie noch auf jemanden?«

Er schüttelte den Kopf. »Ole und ich haben uns regelmäßig getroffen, um uns über die computertechnischen Dinge auszutauschen, mit denen wir uns gerade beschäftigen. Ich habe Ole bewundert. Für seinen Beruf und wie er damit umging. Deshalb habe ich auch nicht gezögert, als er mich vor ein paar Wochen um einen Gefallen bat.«

Malin hielt die Luft an. »Was für einen Gefallen?«

Wieder ließ Sam seinen Blick durch das Lokal schweifen.

»Warum sehen Sie sich eigentlich ständig um?« Sie musterte den Mann im Rollstuhl irritiert. »Fühlen Sie sich bedroht?«

Sekunden vergingen, dann deutete er ein leichtes Nicken an. »Sie haben doch kein Mikro bei sich, oder? Ole sagte, ich könnte Ihnen vertrauen.«

Malin spürte einen Kloß im Hals. »Das können Sie.«

Für wenige Augenblicke verkeilten sich ihre Blicke ineinander.

Sam atmete tief durch. »Also gut. Ole wollte, dass ich ihm dabei helfe, in ein bestimmtes Datennetz einzudringen. Er selbst ist dabei wohl an seine Grenzen gestoßen.«

»Um was für Daten ging es dabei?«

»Zunächst betraf es irgendwelche Firmenkonten. Anfangs war mir nicht ganz klar, warum Ole ausgerechnet in deren System wollte, aber die Sache schien brisant zu sein. Er hat mir nur das Nötigste erzählt. Ich bin neugierig geworden und habe eigene Nachforschungen angestellt.« Sam griff nach seiner Wasserflasche und trank sie halb leer. »Ich habe die Firmen im Handelsregister überprüft. Dabei bin ich auf einen Namen gestoßen, den ich aus der Presse kannte.« Er senkte die Stimme. »Besim Shabani. Ihnen sagt der Name vermutlich etwas.«

Malin nickte, innerlich war sie in Aufruhr .

»Ich musste Ole versprechen, mich rauszuhalten, sollte ihm nur über seinen Computer Zugang in das Datennetz verschaffen, dann wollte er alleine weitermachen.« Sam lehnte sich in seinen Stuhl zurück.

»Und, haben Sie sich rausgehalten?«

Er wurde rot. »Sie sind Polizeibeamtin, ich kann mit Ihnen nicht über Dinge sprechen, die mich in Schwierigkeiten bringen.«

»Und wenn ich Ihnen verspreche, über den Inhalt unseres Gesprächs Stillschweigen zu bewahren?«

»Sie wissen selbst, dass Sie das nicht garantieren können. Lassen Sie uns also lieber über Ole sprechen. Ich weiß, dass der Messermörder verhaftet wurde, das stand groß in der Presse. Aber sind Sie sicher, dass er auch Ole auf dem Gewissen hat?«

»Ich kann Ihnen über laufende Ermittlungen leider keine Auskunft geben«, erwiderte Malin. »Aber wie kommen Sie darauf? Nur aufgrund von Oles Nachforschungen?«

»Zum Teil.« Ein Schatten flog über Sams Gesicht. »Ole und ich waren ursprünglich für den Abend, an dem er ermordet wurde, verabredet. Doch er hat den Termin abgesagt, weil er sich mit Ihnen treffen wollte. Gegen viertel vor zehn hat er mir eine Nachricht geschickt, dass er auf dem Weg zur Trinkhalle im Stadtpark wäre und er sich später noch mal meldet. Das war das letzte Mal, dass ich von Ole gehört habe.«

Malin musterte ihn scharf. »Wir haben keine solche Nachricht auf seinem Handy gefunden.«

»Wir haben über *Tor* miteinander kommuniziert. Die Mails sind mit einem *PGP-Key* verschlüsselt, damit niemand Unbefugtes mitlesen kann.«

»Die Begriffe sagen mir nichts. Was ist *Tor*?«

Sam zögerte. Dann beugte er sich näher zu ihr. »Haben Sie schon einmal vom Schattennetz gehört? Oder vom Darknet? Das ist die gängige Bezeichnung, die die Medien meistens nutzen.«

Malin nickte. Der Name war ihr geläufig. Das Darknet

war ein geheimes Netzwerk, das nicht nur zum anonymen Austausch von Informationen diente, sondern auch als Umschlagplatz für alle Arten illegaler Güter. Eine digitale Parallelwelt für Hacker, Kriminelle, Dissidenten und andere Menschen, die unerkannt bleiben wollten.

»Das Internet, wie es die meisten kennen, ist nur ein winziger Teil unseres Datennetzes, quasi die Spitze des Eisbergs«, erklärte Sam. »Den Großteil bildet der Rumpf. Er liegt unter der Wasseroberfläche verborgen, deshalb wird es auch als Deep Web bezeichnet. Man benötigt einen Tor-Browser, das ist eine spezielle Anonymisierungssoftware, um hineinzugelangen. *TOR* steht für *The Onion Router*.« Der Hacker zog einen Stift aus seiner Jacke und malte eine kleine Zwiebel auf eine Serviette. »Die Zwiebel ist eine Methaper dafür, was hinter der Software steckt. Eine Verschlüsselung nach dem Zwiebelprinzip. Für den Nutzer ist immer nur die äußere Hülle sichtbar, die Daten werden im Netzwerk von einem Knotenpunkt zum anderen geleitet, ohne dass man weiß, was sich im Kern verbirgt.«

»Die Verbindungen werden also in mehreren Schichten verschlüsselt?«

Sam nickte. »Exakt. Der PGP-Key ist widerum eine asymmetrische Verschlüsselung für E-Mails. Es ist für Laien nicht ganz einfach zu verstehen. Ich versuche, es Ihnen so einfach wie möglich zu erklären: Beim ersten Ausführen des Programms gibt es ein zugeordnetes Schlüsselpaar. Einen öffentlichen Schlüssel, der auf dem Rechner …«

Malin winkte ab. »Ich glaube, das reicht mir an technischen Details. Viel mehr interessiert mich: Haben Sie die Mail von Ole noch?«

»Nein. Wir haben vereinbart, jede Nachricht unmittelbar nach dem Lesen zu löschen.«

Malin überlegt fieberhaft, wie sie den Hacker dazu bringen konnte, ihr von seinem Eindringen in Shabanis Computer zu erzählen, denn dass er das getan hatte, lag für sie auf der Hand. Das Gespräch mit Helmuth Tiedemann kam ihr in den Sinn.

Sie beschloss, einen Teil der Karten auf den Tisch zu legen.

»Ole soll seinem Vater etwas zur Aufbewahrung gegeben haben. Wissen Sie, worum es dabei ging? Herr Tiedemann kann sich nicht erinnern. Er ist demenzkrank, aber vermutlich wissen Sie das.«

Der Hacker antwortete nicht gleich.

Malin betrachtete irritiert, wie sich ein leichter Schweißfilm auf seiner Stirn bildete. Sam trug ein kurzärmeliges T-Shirt, warum schwitzte er die ganze Zeit? Die Raumtemperatur war völlig normal, daran konnte es also nicht liegen. Wusste er eventuell mehr, als er zugab? Dann fiel bei ihr der Groschen. »Sie haben es.«

Sam wich ihrem Blick aus und trank bedächtig einen Schluck Mineralwasser. Schließlich nickte er. »Es gibt einen USB-Stick, auf den Ole ein Backup gezogen hat. Sein Eindringen in Shabanis Datennetz ist nicht unbemerkt geblieben. Er hatte beim Einloggen wohl einen Fehler beim Verschlüsseln gemacht und befürchtete, dass sich der Angriff zu seiner IP-Adresse zurückverfolgen ließ.«

»Geht das denn überhaupt?«

»Mit den richtigen Systemkenntnissen ist das durchaus möglich.« Sam drehte die Wasserflasche in den Händen. »Zur Beweissicherung hat Ole den USB-Stick zunächst bei seinem Vater versteckt, aber dann hat er ihn zurückgeholt und mir gegeben. Ich sollte den Stick aufbewahren für den Fall, dass ihm etwas zustößt.«

Einen Moment schwiegen sie beide.

»Eins verstehe ich nicht: Warum hat Ole nicht mit uns gesprochen?«, fragte Malin. »Mit den Kollegen oder dem Chef?«

»Sie meinen abgesehen davon, dass er illegal an die Informationen gekommen ist und sich damit strafbar gemacht hat? Ihm fehlten die Beweise. Außerdem gab es da eine Sache, der er noch weiter auf den Grund gehen wollte. Einen ganz bestimmten Verdacht.«

»Was für ein Verdacht?«, hakte Malin nach. »Bitte reden Sie Klartext.«

»Das würde ich ja tun, aber ich weiß es nicht. Ole wollte mich nicht in die Sache mit reinziehen.«

Malin bohrte weiter. »Und warum hat er den USB-Stick dem LKA nicht anonym zukommen lassen?«

»Auch das kann ich Ihnen nicht sagen.«

»Haben Sie den Stick dabei?«

Sam zog einen schwarzen USB-Stick aus seiner Hosentasche und drückte ihn der Kriminalbeamtin in die Hand. »Bitte stecken Sie ihn gleich ein. Am besten sehen Sie sich den Inhalt erst mal alleine an.«

»Warum?« Malin ließ den kleinen Gegenstand in die Hosentasche ihrer Jeans gleiten.

Sam verschränkte die Arme vor seiner Brust. »Hören Sie, mein Teil der Abmachung ist erledigt.«

Sie musterte ihn. »Weshalb eigentlich erst jetzt?«

»Wie meinen Sie das?«

»Sie wissen doch seit Tagen, dass Ole tot ist – warum kommen Sie erst jetzt?«

Sam entfuhr ein tiefes Seufzen. »Ich war verunsichert. Ole hatte mir gesagt, für den Fall, dass ihm etwas zustoßen würde, sollte ich mit Ihnen Kontakt aufnehmen. Doch kurz nach Ihrer Verabredung war Ole tot. Ich wussste nicht, wie ich das deuten soll, ob ich Ihnen wirklich trauen kann. Was ist an dem Abend passiert?«

Malin spürte, wie sich ihr Schuldgefühl mit voller Last zurück auf ihre Schultern legte. Hatte Ole sie an dem Abend einweihen wollen? Würde er dann noch leben? Sie schluckte. »Unsere Verabredung hat gar nicht stattgefunden. Mir ist etwas dazwischengekommen.«

»Das wusste ich nicht.«

»Woher auch.« Malin trank einen Schluck Kaffee. Mittlerweile war er kalt geworden. »Sie wirkten vorhin erstaunt, als ich Sie gefragt habe, ob Sie Oles Partner waren. Heißt das, Sie wussten nicht, dass er homosexuell war?«

»Ich hatte keine Ahnung. Ole war in privaten Dingen sehr verschlossen.«

»Er ging ab und zu in die *M+V Bar* in der Langen Reihe und wurde dort mit einem Mann gesehen. Haben Sie eine Idee, wer das gewesen sein könnte?«

Der Hacker schüttelte den Kopf. »Vielleicht wurde er in der Bar angesprochen oder er hat jemanden im Internet kennengelernt. Damit wäre er nicht der Erste.«

Ihr Blick fiel auf seinen Rollstuhl. »Darf ich Sie etwas Persönliches fragen?«

»Sie wollen wissen, warum ich den hier brauche?« Er legte die Hände an die Reifen seines Gefährts.

Malin nickte.

»Ein Motorradunfall«, erwiderte Sam. »Habe die Kurve zu scharf genommen.«

»Das tut mir leid.«

»Braucht es nicht. Ich war selber daran schuld.« Er leerte den letzten Rest der Wasserflasche und zog seine Jacke über. »Ich fahre jetzt. Sie haben den Stick und damit habe ich mein Versprechen eingehalten. Ab jetzt bin ich raus.«

»Bleiben Sie doch noch einen Moment«, bat Malin. »Wollen Sie denn gar nicht wissen, was hinter der Sache steckt?«

Der Hacker schüttelte den Kopf. »Ich hänge an meinem Leben.«

»Dann geben Sie mir wenigstens Ihre Nummer.« Sie berührte leicht seinen Arm. »Bitte, Sam.«

Seine Entschlossenheit schien zu bröckeln. »Ole hat mich vor Ihnen gewarnt. Er meinte, dass Sie Ihren Chef dazu bringen, Dinge zu tolerieren, die bei anderen eine Suspendierung nach sich ziehen würden.« Sam musterte sie. »Sie hatten bei Ole einen Stein im Brett. Wussten Sie das?«

Malin spürte, wie ihr Hals eng wurde, als sie langsam den Kopf schüttelte.

Sam seufzte. »Also gut.« Er holte sein Handy aus der Jackentasche und tippte kurz darauf herum. »Ich habe Ihnen eine SMS geschickt. Da können Sie meine Nummer sehen.«

»Woher haben Sie …«

»Ihre Nummer? Falls Sie glauben, ich habe mich beim LKA eingehackt, vergessen Sie's. Ole hat sie mir gegeben.« Sam griff nach seinem Rucksack und legte ihn sich auf den Schoß. »Ach, eine Sache noch. Erinnern Sie sich noch an Oles Nickname, den ich vorhin erwähnte?«

Sie nickte.

»Speichern Sie ihn hier ab.« Er tippte mit dem Finger an seine Stirn.

»Wofür?«

Ein schelmisches Lächeln huschte über Sams Lippen, dann rollte er aus dem Cafè.

20. KAPITEL

Malin starrte auf den Bildschirm ihres Laptops. Ihr erster Impuls nach dem Verlassen des Cafés war, zu ihrem Chef zu fahren, um ihm den USB-Stick auszuhändigen. Doch zum einen hatte Sam betont, sie solle sich den Inhalt zunächst allein ansehen, zum anderen hegte sie die Befürchtung, Fricke würde das Material der OK übergeben, ohne dass sie es zu Gesicht bekäme.

Das war vor zwei Stunden gewesen. Zu Hause hatte sie festgestellt, dass es sich um keinen gewöhnlichen USB-Stick handelte, sondern dass sich unter der Schutzkappe ein Sicherheitsstick verbarg. Winzige Tastenfelder mit den Zahlen von 0 bis 9, ein Schlüssel sowie zwei Leuchtfelder mit einem offenen und einem geschlossenen Schloss waren auf dem Speichermedium angebracht. Nur mit dem richtigen Kennwort gelangte man an den Inhalt.

Malin hatte über die Tastatur, die auch alphannumerisch genutzt werden konnte, Oles Nickname eingegeben. CyberTech318. Ein rotes Lämpchen hatte aufgeleuchtet.

Über die Internetseite des Herstellers hatte sie herausgefunden, dass man erst den Pin eingeben musste, ehe man den Stick in den USB-Anschluss seines Gerätes steckte. Sie hatte es anders herum gemacht.

Doch auch der zweite Versuch war gescheitert. Beunruhigenderweise war in den Herstellerinformationen zu lesen, dass die Inhalte auf dem Stick gelöscht wurden, gab man zehnmal ein falsches Passwort ein.

Konnte es sein, dass sie sich den Nickname falsch gemerkt oder ihm einen Zahlendreher verpasst hatte? Sie hatte noch acht Versuche. Vorausgesetzt, der Passwortschutz war nicht anders programmiert worden.

Es gab auch noch einen weiteren Aspekt, der sie nicht zur Ruhe kommen ließ. Warum hatte Ole sie als Kontaktperson ausgewählt? Warum nicht Fricke oder seine beiden Kollegen, die er seit Jahren kannte?

Die Fragen kreisten in ihrem Kopf wie in einer Endlosschleife. Scheiße. Sie war völlig überfordert. Warum hatte Ole auch nichts dazugeschrieben, eine Anleitung oder so etwas in der Art. Offensichtlich hatte er sie für schlauer gehalten, als sie war.

Malin rang mit sich, ob sie einen weiteren Versuch unternehmen sollte, den USB-Stick zu aktivieren, als Bartels anrief.

»Was machst du gerade?«, fragte er.

Ihr Blick glitt zum Laptop. »Nichts Besonderes. Ich surfe ein wenig im Internet.«

»Ich vermisse dich.«

Malin musste schmunzeln. »Jetzt schon? Wir haben uns doch erst vor ein paar Stunden getrennt.«

»Eben, und das ist verdammt lange her. Du könntest doch einfach herkommen, und wir machen da weiter, wo wir heute morgen aufgehört haben.«

»Klingt sehr verlockend. Aber ich kann nicht.«

»Wegen deinem Professor?«

»Auch«, erwiderte sie vage. Einen Moment war Malin versucht, ihm von dem Stick zu erzählen, doch irgendetwas hielt sie zurück.

»Hast du es dir anders überlegt?« Freds Stimme klang rau.

»Nein. Trotzdem muss ich erst noch ein paar Dinge klären.«

»In Ordnung. Aber lass dir nicht zu lange Zeit.« Er machte eine bedeutungsvolle Pause. »Ich möchte mit dir zusammen sein, Malin.«

Ihr Herz hüpfte. »Ich will auch mit dir zusammen sein.« Sie legte auf.

Malins Blick fiel auf ihr Laptop. Seufzend verwarf sie den Gedanken, eine weitere Passwortvariante auszuprobieren, und schickte stattdessen eine SMS an Sam mit der Bitte um Rückruf. Danach zog sie den Stick aus dem USB-Anschluss des Laptops und starrte ihn eine Weile an. Ole war vermutlich wegen dieses Teils ermordet worden. Weil es darauf irgendetwas gab, das Shabani gefährlich werden konnte.

Wie hatten der Albaner und seine Leute überhaupt herausgefunden, dass Ole schwul war? Sie mussten ihn überwacht haben. Oder hatten sie es am Ende gar nicht gewusst, sondern nur die sich bietende Gelegenheit genutzt? Aber wie hatten sie es geschafft, Ole mitten in der Nacht zum Blindengarten zu locken? Das musste sie unbedingt herausfinden.

Malin ließ den Stick in ihre Hosentasche gleiten. Sie brauchte dringend einen Kaffee und etwas zu essen, vielleicht brachte das ihre müden Gehirnzellen wieder auf Trab. Tatsächlich hatte sie den ganzen Tag noch nichts zu sich genommen. Prompt begann ihr Magen zu knurren.

Sie klappte den Laptop zu und ging in die Küche. Während der Kaffee durch die Maschine lief, nahm sie zwei Franzbrötchen aus dem Tiefkühlfach und taute sie in der Mikrowelle auf. Kurz darauf lag der Duft von Zimt und Butter in der Luft und mischte sich mit dem des frisch gebrühten Kaffees.

Sie ging mit ihrem Essen ins Wohnzimmer, stellte den Fernseher an und sah vom Sofa den Ermittlern des Samstagabendkrimis bei der Arbeit zu. Nachdem sie beide Franzbrötchen verdrückt hatte, rutschte sie tiefer in die Kissen. Irgendwann fielen ihr die Augen zu.

Ein Knall riss sie aus dem Schlaf. Verwirrt setzte sie sich auf und rieb sich die Augen. Der Krimi im Fernsehen lief noch immer. Offenbar hatte gerade jemand geschossen. Eine Polizistin in Uniform und ein Maskierter lieferten sich auf dem Bildschirm eine wilde Verfolgungsjagd.

Unwillkürlich tastete sie mit der Hand in ihrer Hosentasche. Als ihre Finger den kleinen Gegenstand berührten, begann es in ihrem Kopf wieder zu arbeiten. Dabei kam ihr ein äußerst beunruhigender Gedanke. Was geschah, wenn die falschen Personen erfuhren, dass sie im Besitz des USB-Sticks war?

Schon seit Tagen hatte er das Gefühl, dass sich etwas um ihn herum zusammenbraute. Nichts Konkretes, trotzdem witterte er die Gefahr, die wie fremder Atem drohend in seinem Nacken hing. Er kannte seine Gegner, auch wenn sie dieses Mal von gänzlich anderer Seite kamen. Bisher war er ihnen immer einen Schritt voraus gewesen, doch das konnte sich jederzeit ändern. Ein winziger Fehler genügte und das Blatt würde sich wenden. Dabei hatte er gehofft, dass langsam Gras über die Sache wachsen würde. Natürlich nur für die anderen, er selbst würde seinen Seelenfrieden nie wiederfinden. Er musste sich eingestehen, dass er langsam die Kontrolle verlor.

In der griechischen Mythologie gab es ein schlangenähnliches, vielköpfiges Ungeheuer. Sobald es einen Kopf verlor, wuchsen an der gleichen Stelle zwei neue nach. Er fühlte sich, als kämpfe er mit dieser Schlange. Einen Kampf, den er niemals gewinnen konnte.

Dabei hatte alles vergleichsweise harmlos angefangen. Ein schleichender Prozess. Erst war es nur der einarmige Bandit in der Spielhalle gewesen, später, als sein Schuldenberg wuchs und er bereits sämtliche Freunde und Bekannte angepumpt hatte, war er zum Poker übergangen. Mit jedem Einsatz erhöhten sich die Beträge und er war regelrecht besessen davon, den Jackpot zu knacken. Den ganz großen Coup, um auf einen Schlag sämtliche Außenstände begleichen zu können. Doch sein Plan war gründlich schiefgegangen. Immer tiefer war er in die Schuldenspirale geraten, hatte gelogen, betrogen und schließlich sogar gestohlen. Er hatte alles verspielt. Die Konten waren gesperrt, die Eigentumswohnung, die er zusammen mit Sonja gekauft hatte, zwangsversteigert worden. Sie hatte ihn verlassen. Nicht des Geldes wegen, sondern wegen all der Lügen.

Er hatte eine Therapie gemacht, war zu den Treffen der GA gegangen, der Gemeinschaft der anonymen Spieler, hatte Spielhallen und Casinos gemieden und begonnen, seine Schulden zu tilgen. Lange Zeit war alles gutgegangen. Dann war er rückfällig geworden.

Er zockte direkt nach der Arbeit, zunächst mit überschaubaren Beträgen, hin und wieder gewann er und konnte die Verluste weitestgehend wieder ausgleichen. Dann kam der Abend, an dem er im Casino auf einen Schlag dreitausend Euro einstrich. In seiner Euphorie ließ er sich von einem anderen Mann, der regelmäßig mit am Pokertisch saß, dazu überreden, das Spiel in anderer Runde fortzusetzen, solange seine Glückssträhne anhielt. Dort, wo man richtig Geld machen konnte. Ein Hinterzimmer in einem Club, in der nur ein großer Tisch mit Stühlen stand.

Männer, die wie Banker wirkten. Er verlor sein Geld noch am gleichen Abend. Danach hätte er aufstehen sollen, doch stattdessen nahm er das Darlehen eines Mitspielers an. Ein großer Fehler, wie sich später herausstellte.

Niemand wusste davon. Weder seine Eltern noch seine Kollegen. Als er Sonja wiedertraf, war er ein Meister des Lügens geworden. Und einer der bösen Jungs.

Ihm blieb keine Wahl. Er musste die vielköpfige Schlange besiegen.

Ein für alle Mal.

Sam löste sich in seinem Rollstuhl aus dem Schatten des Gebäudes und stemmte sich gegen den peitschenden Wind, der in heftigen Böen über die Elbe an Land fegte. Stück für Stück kämpfte er sich dem Wasser entgegen. Als seine Schuhspitzen das Geländer der Kaimauer berührten, hielt er an.

Er ließ seinen Blick über die Silhouette des Hafens schweifen. Haushohe Wände aus Stahl, Kräne mit langen Armen, die Landungsbrücken, dahinter die Elbphilharmonie, das neue Wahrzeichen der Stadt. Er roch das Salz, spürte die winzigen Eiskristalle auf der Haut und die kalte Luft, die er bei jedem Atemzug in seine Lungen sog.

Seit dem Unfall war er nicht mehr hier gewesen, dabei spürte er nirgendwo sonst so stark den Puls der Stadt. Es schien ihm, als würde nicht nur sein Geist, sondern sein ganzer Körper durchgeschüttelt, mit neuer Energie betankt und gleichzeitig befreit von der Last, die schon viel zu lange auf seinen Schultern lag. Hätte er gekonnt, dann hätte er getanzt. Im Takt der Wellen.

Auf der anderen Elbseite brannten Lichter auf den Docks von Blohm und Voss. Die Arbeit im Hafen stand niemals still. In seiner Jackentasche kündigte ein Piepen den Eingang einer Nachricht auf seinem Handy an. Sam wollte es gerade herausziehen, als er aus den Augenwinkeln in einigen Metern Entfernung ein Glimmen bemerkte. Er erschrak. Dort rauchte jemand. Er kniff die Augen zusammen. Wurde er beobachtet?

Die alte Angst kroch zurück in seine Glieder, mischte sich mit der eisigen Kälte des Windes.

Eine Gestalt löste sich aus der Dunkelheit und kam in seine Richtung. Er drehte an den Rädern seines Rollstuhls, der Fischauktionshalle entgegen, den Wind im Rücken. Plötzlich hörte er das Kläffen eines Hundes. Er sah über seine Schulter. Die Person am Kai war jetzt auf seiner Höhe, nur wenige Meter entfernt. Eine blonde Frau im Regenmantel, die eine Abendrunde mit ihrem Labrador drehte. Sie nickte ihm freundlich zu.

Vor Erleichterung lachte er auf. Die Hundefrau erinnerte ihn an Oles Kollegin, Malin Brodersen, der er vor ein paar Stunden gegenübergesessen hatte.

Die Leichtigkeit verschwand. Er bekam ein schlechtes Gewissen. Die Kriminalbeamtin hatte ihm geglaubt, hatte am entscheidenden Punkt nicht weiter nachgehakt. Sie hatte nicht die geringste Ahnung, worum es bei der ganzen Geschichte wirklich ging. Denn das Entscheidende hatte er ihr verschwiegen.

Im Flur der Mordkommission war es vollkommen still. Die Neonröhren an der Decke tauchten den schmalen Gang in kaltes Licht. Das Präsidium wirkte wie ausgestorben und Malin rief sich ins Gedächtnis, dass sie nicht die Einzige im Gebäude war. Die Funkzentrale war in der Nacht ebenso besetzt wie der Erkennungs- und der Kriminaldauerdienst.

Malin öffnete die Tür zu ihrem Büro und ging statt zu ihrem eigenen direkt zu Tiedemanns Platz. Sie stellte die Schreibtischlampe an und setzte sich auf seinen Stuhl. Es fühlte sich merkwürdig an. Das Foto mit dem Trauerflor stand noch immer neben dem Computer. Oles Blick aus wasserblauen Augen schien sich direkt in ihren zu bohren.

»Tut mir leid, Ole«, flüsterte Malin und drehte das Bild um. Einen Moment blieb sie regungslos sitzen. Der Signalton kündigte eine neue Nachricht auf ihrem Handy an. Sie sah nach. Thies ließ sie wissen, dass er bei einem Kollegen übernachtete.

Ein weiterer Aufschub, dachte Malin und drängte sofort alle aufkommenden Gefühle beiseite. Sie hatte jetzt Wichtigeres zu tun.

Obwohl Tiedemanns Schreibtisch bereits gesichtet worden war, ging sie Schublade für Schublade durch. Sie suchte nach einem Hinweis, und sei er noch so klein, der Aufschluss darüber gab, was ihren Kollegen in der Mordnacht in den Stadtpark geführt hatte.

Die oberste Schublade beherbergte allerlei Bürokram. Kugelschreiber, Büroklammern, zwei nagelneue originalverpackte Notizbücher, ein Päckchen zuckerfreies Kaugummi und ein Vorrat an Taschentüchern. Auch in den anderen Fächern wurde sie nicht fündig. Bis auf ein paar Exemplare des *Hamburger Polizei Journal*s und einem Schnellhefter mit Kriminalitätsstatistiken waren die Schubladen leer. Auf der Schreibtischunterlage mit Kalendarium hatte ihr Kollege ein paar durchgestrichene Zahlen und Notizen hinterlassen, die für Malin keinen Sinn ergaben, trotzdem fuhr sie mit den Fingern vorsichtig über Tiedemanns feingestochene Handschrift. Niemand hatte es bisher über sich gebracht, das Deckblatt zu entsorgen.

Malin überlegte, wo die aktuellen Fall-Unterlagen abgeblieben waren. Sie stand auf und suchte an Andresens Platz. Anstatt der Akten entdeckte sie im Eingangskorb die Telefonlisten von Tiedemanns Diensthandy. Die meisten Einträge waren abgehakt, hinter einigen standen unleserliche Kommentare.

Malin nahm die Liste heraus und blätterte durch die Seiten bis zum Mordtag. Den Großteil der Telefonate hatte Ole mit dem Präsidium geführt. Anhand der Ziffernfolge erkannte sie einige Nummern als die von Kollegen, darunter die von Andresen, Fricke und Bartels, sowie ihre eigene. Hinter eine Nummer hatte Andresen irgendetwas notiert, das sie nicht entziffern konnte. Kurzerhand griff sie nach dem Telefon und gab die Zahlen ein. Nach dem dritten Klingeln meldete sich die Tonbandansage des Pflegeheims Altona, die sie darüber informierte, dass sie außerhalb der Geschäftszeiten anrief. Malin legte auf.

Sie blätterte weiter und entdeckte, dass es eine zweite Liste gab, die offensichtlich zu Ole Tiedemanns Festanschluss gehörte. Darauf waren allerdings noch weniger Einträge vermerkt als auf der vorigen. Auch hier entdeckte sie die Nummer des Pflegeheims, eine weitere, die dem Hausmeister gehörte, sowie die des Präsidiums. So kam sie nicht weiter.

Es war fast Mitternacht und sie konnte nicht mehr klar denken. Sie ordnete die aufgeschlagenen Telefonlisten und wollte gerade aufstehen, um sie zurück an ihren Platz zu legen, als es ihr wie Schuppen von den Augen fiel. Fast alle Anrufe am Tag von Oles Ermordung waren aus dem Präsidium gekommen. Sie blätterte zu der entsprechende Seite. Auch der letzte. Vom KDD. Abends um viertel vor zehn. Etwa um diese Uhrzeit war Ole nach seinem Besuch bei Emilia nach Hause gekommen. Kurz darauf hatte er seine Wohnung wieder verlassen und war zum Stadtpark gefahren.

Sie runzelte die Stirn. Warum hatte man Tiedemann angerufen? Sie hatten an dem Abend keinen Einsatz gehabt. Und warum war Andresen bei der Durchsicht der Telefonliste nichts aufgefallen? Sie griff nach dem Telefon und wählte die interne Nummer des KDD. In knappen Worten erklärte sie dem diensthabenden Beamten ihr Anliegen. Nach kurzer Wartezeit erhielt sie die Antwort. Der Anruf auf Ole Tiedemanns Handy war weder dokumentiert noch mitgeschnitten worden. Nachdenklich lehnte sich Malin in den Schreibtischstuhl zurück. Etwas an der Sache stank gewaltig zum Himmel.

Hinter ihr war ein Geräusch zu hören. Kaum lauter als das Rascheln von Papier. Sie fuhr herum. Die Bürotür stand noch immer offen, im Flur war es dunkel. Offensichtlich war sie nicht die Einzige, die zu nächtlicher Stunde arbeitete.

Malin erhob sich von ihrem Stuhl und spähte hinaus. Niemand war zu sehen. Sie blieb noch einen Moment stehen und lauschte. Alles blieb ruhig. Hatte sie sich das Geräusch nur eingebildet?

Sie ging zurück an ihren Platz. Sam hatte noch immer nicht auf ihre SMS reagiert. Cybertech318. Sie zog den Sicherheitsstick aus der Hosentasche und überlegte, ob sie eine andere Variante der Zahlen ausprobieren sollte. Eventuell hatte sie sich auch in der Schreibweise geirrt. Groß- und Kleinschreibung war auf den Tastenfeldern nicht möglich, ebenso wenig wie die Eingabe eines Bindestrichs, aber vielleicht hieß es Cybertec statt Cybertech? Die Aussprache war die gleiche.

In ihrem Bauch kribbelte es. Sie stellte den Computer an und die Programme fuhren hoch. Sollte sie es wagen? Doch was geschah, wenn sie das falsche Passwort eingab und die Daten gelöscht wurden? Klüger wäre es, auf Sams Rückruf zu warten. Und wenn er sich nicht meldete? Er hatte extra betont, dass die Angelegenheit für ihn erledigt war.

Malin traf ihre Entscheidung aus dem Bauch heraus. Sie zog die Schutzkappe vom Sicherheitsstick, gab *Cybertec318* in die Tastenfelder ein und drückte danach die Schlüsseltaste. Im nächsten Moment leuchtete ein grünes Lämpchen.

Erleichtert atmete sie auf und steckte den Stick in den USB-Anschlusses ihres Computers. Sie rief die Datei auf und ein Fenster mit zwei Ordnern öffnete sich. Sie klickte auf den ersten.

Der Screenshot eines Computerbildschirms erschien. Links oben ein Name. *Zain Market*. Rechts oben ein Warenkorb.

Darunter eine Spalte mit verschiedenen Kategorien. Chemische Stoffe. Daneben Fotos von pulverartigen Substanzen mit Preisangaben.

Es dauerte einen Augenblick, ehe Malin begriff, was sie vor Augen hatte. Eine Drogenverkaufsplattform, die auf keiner normalen Seite im Internet zu finden war, sondern nur durch einen Hintereingang. Ein virtueller Supermarkt im Darknet.

Von ihren Kollegen vom LKA 54, der Abteilung Cybercrime, wusste sie, dass sich die Betrugsstraftaten im Internet in den letzten Jahren mehr als verdoppelt hatten. Die Fallzahlen stiegen fortlaufend. Delikte wie Kinderpornografie, Waffen-, Drogen- und Falschgeldhandel hatten sich in den abgeschotteten Bereich des Darknets verschoben, was es den Ermittlern schwer machte, die Täter unter ihrer virtuellen Tarnkappe auszuhebeln.

Malin zweifelte keinen Moment daran, welcher Betreiber sich hinter der Plattform *Zain Market* verbarg. Besim Shabani hatte offensichtlich auf das neue digitale Zeitalter gesetzt. Deshalb hatte man ihm seine kriminellen Aktivitäten nicht nachweisen können. Er hatte wie eine Spinne im Netz gesessen und aus dem Schatten die Fäden gezogen, ohne selbst dabei in Erscheinung treten zu müssen.

Malin schloss einen kurzen Moment die Augen. Ole, wo bist du nur hineingeraten?

Sie öffnete den zweiten Ordner. Auf dem Bildschirm erschien eine Worddatei mit insgesamt dreißig Seiten Umfang. Die erste enthielt Besim Shabanis Personendaten, seinen Werdegang, die aktuellen Firmenbilanzen sowie ein Immobilienportfolio. Im Anschluss folgte eine Auflistung von achtzehn Fallkennzeichen. Ermittlungen gegen den Albaner, deren Verfahren eingestellt worden waren.

Malin runzelte die Stirn. Vier der Fallkennzeichen waren mit einem Ausrufezeichen versehen. Was hatte das zu bedeuten?

Auf den nächsten Seiten befanden sich kopierte Auszüge aus Ermittlungsakten, einige Stellen waren markiert, dazu hatte Ole Tiedemann Protokolle angefertigt.

Eins betraf eine Drogen-Razzia Ende der Neunziger im *Cherry Club*. Dort waren Spuren von Drogenrückständen im Büro des Albaners nachgewiesen worden. Im Protokoll der Beweissicherung noch erfasst, war der Spurensicherungsbeutel bei der Ankunft in der Kriminaltechnik jedoch auf wundersame Weise abhandengekommen. Die nachfolgende Untersuchung war ergebnislos geblieben.

In einem anderen Fall war ein Telefonmitschnitt des Albaners gelöscht worden, der zu der Durchsuchung einer Schiffsladung geführt hatte. Dabei sollten für einen großangelegten Deal fünf Kilo Kokain als Testlauf aus Südamerika eingeschmuggelt werden. Die Drogen kamen nicht in Hamburg an und Shabani konnte nie etwas nachgewiesen werden.

Malin las Protokoll für Protokoll, Zeile für Zeile. Ihr Kollege hatte Unstimmigkeiten in alten Ermittlungsakten aufgedeckt. Kleine Ungereimtheiten zwischen Protokollen und Berichten, das Fehlen von Untersuchungsergebnissen, über verschwundene Dokumente bis hin zu unauffindbaren Asservaten.

Malins Gedanken liefen auf Hochtouren. Wäre nur eine Ermittlung betroffen, hätte sie auf einen Zufall getippt. Menschen machten Fehler, auch Polizisten. Doch gleich in vier Fällen, die alle den Albaner betrafen? In diesem Ausmaß gab es nur eine logische Schlussfolgerung. Jemand hatte die Ermittlungen manipuliert. Eine undichte Stelle im Präsidium. Es passte alles zusammen. Auch der letzte Anruf auf Oles Diensthandy. Doch wer steckte dahinter?

Einer der zuständigen Beamten, schoss es ihr in den Sinn. Sie rief die letzte Seite der Worddatei auf. Dort waren mehr als sechzig Polizisten aufgelistet, darunter Drogenfahnder, Einsatzkräfte der Schutzpolizei und des MEK, Analysten und Techniker, sowie Ermittler von der Abteilung Sexualdelikte. Ein Teil der Namen war durchgestrichen.

Malin wurde heiß und kalt zugleich, als sie unter den übrig gebliebenen Namen die ihrer Kollegen entdeckte. Sven Andresen, Frederick Bartels, Hans Fricke.

Sie kannte die Liste. Ihre Hände zitterten, als sie den noch immer leicht zerknitterten Zettel aus ihrem Ablagefach zog, der bis vor einigen Tagen noch in Ole Tiedemanns Hosentasche gesteckt hatte. Die beiden Listen waren identisch.

Mit einem Schlag ergab alles einen Sinn. Oles eigenartiges Verhalten gegenüber den Kollegen. Sein hartnäckiges Interesse an Besim Shabani. Sie verstand nun, warum er Andresen, Bartels und Fricke nicht in seine geheimen Recherchen eingeweiht hatte. Er hatte befürchtet, dass einer von ihnen für den Albaner arbeitete. Nur deshalb hatte Ole gewollt, dass Malin den USB-Stick bekam. Damit er nicht in die falschen Hände geriet.

»Das kann doch alles nicht wahr sein!«

Malin stand auf, tigerte durch den Raum, ging zum Fenster und wieder zurück an ihren Schreibtisch. Erneut starrte sie auf die Namen ihrer Kollegen. Dort standen sie. Schwarz auf weiß. Irrtum ausgeschlossen. Die Vorstellung, dass einer von ihnen mit Oles Tod zu tun haben könnte, schnürte ihr die Luft ab. Dabei benötigte sie gerade jetzt einen kühlen Kopf.

Sie verließ das Büro und ging zur Damentoilette. Übers Waschbecken gebeugt, spritzte sie sich mit beiden Händen eiskaltes Wasser ins Gesicht. Ihre Gedanken liefen auf Hochtouren.

Fricke? Niemals, entschied Malin. In ihren Augen war er der Inbegriff eines integren Polizisten. Eine Vertrauensperson und ihr Mentor, auch wenn er nach außen eine raue Schale trug. Ihr Chef war früher bei der Drogenfahndung gewesen, seine Anwesenheit während einer Razzia im *Cherry Club* somit nichts Ungewöhnliches.

Andresen? Dass sein Name auf der Liste stand, überraschte sie nicht. Er war jahrelang bei der Sitte gewesen, seine Wege hatten den *Cherry Club* mit Sicherheit häufiger gekreuzt.

Sie dachte an das kalkweiße Gesicht des Ermittlers, als sie gemeinsam vor Ole Tiedemanns Leiche gestanden hatten. Daran, wie Andresen gezittert hatte, und seine brodelnde Wut, die ihn seit der Ermordung seines Teampartners umtrieb. Undenkbar, dass er alles nur gespielt haben könnte.

Trotzdem. Was wusste sie eigentlich über den Kollegen, der ihr seit ihrer Anfangszeit bei der Mordkommission Steine in den Weg legte und sie mit derben Sprüchen bedachte? Dass er auf Lederklamotten stand, eine Vorliebe für den FC St. Pauli und *Astra* hegte und eine neue Freundin hatte, der er offensichtlich gefallen wollte.

Und sonst? Er erzählte nur selten von seinen Eltern. Sie wusste auch nicht, ob er Geschwister hatte. Oder Kinder. So wie sie ihren Kollegen einschätzte, mochte er keine, aber das bedeutete nicht, dass es sie nicht gab. Andresen war ein Macho erster Güte und er verfügte über zahlreiche Verbindungen am Kiez. Auch zu Shabani?

Sie spritzte sich die nächste Wasserladung ins Gesicht. Und Fred? Sein Name hatte bei den Einsatzkräften der Schutzpolizei gestanden. Das musste in seiner Anfangszeit gewesen sein. Er war also nicht das erste Mal in Shabanis Club gewesen.

Bei dem Gedanken, dass der Mann, den sie noch am Morgen geküsst hatte und mit dem sie zusammen sein wollte, dass dieser Mann ein Verräter, ein Krimineller, ein Mörder sein könnte, schnürte es ihr wieder die Kehle zu. Er war es nicht. Durfte es nicht sein.

Sie klatschte sich erneut Wasser ins Gesicht. Als sie ihren Kopf hob, begegnete sie ihrem Spiegelbild. Weit aufgerissene Augen, blasser Teint und feuchte, zerrupfte Haare. Sie sah aus wie eine Wahnsinnige. Genauso fühlte sie sich auch. Sie griff nach einem Papiertuch und trocknete sich das Gesicht. Anschließend knüllte sie es zusammen und feuerte es in den bereitstehenden Papiercontainer.

Dann atmete sie tief durch, zählte langsam bis zehn. Sie musste sich beruhigen. Die Namen ihrer Kollegen waren nicht die einzigen auf der Liste. Sie reagierte gerade völlig über.

Malin schaute auf ihre Armbanduhr. Es war bereits nach eins. Sie sollte nach Hause fahren. Die Sache überschlafen, ehe sie voreilige Schlüsse zog und falsche Entscheidungen traf. Vielleicht war alles ein großer Irrtum und sie sah – übermüdet, wie sie war – Gespenster.

Sie ging zurück ins Büro. Auf dem Bildschirm ihres Computers flimmerte jungfräulich die Startseite. Sie runzelte die Stirn. Sämtliche vormals geöffneten Dateien waren vom Monitor verschwunden. In der nächsten Sekunde flog ihr Blick zum USB-Anschluss. Der Stick war weg. Jemand war während ihrer Abwesenheit an ihrem Schreibtisch gewesen.

Sie griff nach Jacke und Tasche. Einen Moment war sie versucht, in den angrenzenden Räumen nach dem Dieb zu suchen, doch dann eilte sie den Flur entlang auf den Fahrstuhl zu. Dabei zitterte sie am ganzen Körper und es hörte auch nicht auf, als sie kurze Zeit später und drei Stockwerke tiefer in ihrem Mini saß und den Motor startete.

21. KAPITEL

Das Kreischen der Möwen weckte sie. Malin kroch tiefer unter die Decke und versuchte wieder einzuschlafen. Dann fiel es ihr wieder ein. Das Darknet, *Zain*, die Protokolle und der gestohlene USB-Stick. Auf einen Schlag war sie hellwach.

Sie schob die Decke beiseite und erhob sich von dem Sofa, auf dem sie die letzten Stunden verbracht hatte. Sie war froh, dass Erich Brodersen keine Fragen gestellt hatte, als sie ihn mitten in der Nacht aus dem Bett geklingelt hatte. Er habe ohnehin noch gelesen, hatte er steif und fest behauptet. Malin hatte ihm kein Wort geglaubt.

Sie ging ans Fenster und reckte sich. Über Nacht hatte es wieder geschneit. Rauh und stürmisch fegte der Wind über die Elbe, bauschte die Wellen auf und beförderte kleine Eisschollen zum schneebedeckten Strand. In der Ferne schob sich ein riesiges Containerschiff in Richung Hafeneinmündung.

Malin liebte diesen Ausblick, genau wie das Lotsenhaus selbst. Im Gegensatz zu der weißen Villa, in der sie aufgewachsen war, verströmte es mit seinen kleinen Schönheitsmakeln wie den leicht unebenen Böden, den abgegriffenen Türklinken und der schönen alten Haustür, die stets leicht verzogen war, Wärme und Behaglichkeit.

Aus der Küche drang der Duft von frisch gebratenem Speck. Sie schlüpfte in ihre Kleidung, fasste ihr Haar mit geübten Griffen zu einem Pferdeschwanz zusammen und ging in die Küche.

»Moin, mien Deern.« Erich Brodersen schwenkte am Herd eine gusseiserne Pfanne.

»Guten Morgen, Opa.« Sie drückte ihm einen Kuss auf die Wange und schenkte sich einen Kaffee ein. »Danke, dass ich bei dir übernachten durfte.«

»Du bist hier immer willkommen. Auch mitten in der Nacht.« Er zwinkerte ihr zu und schlug ein Ei am Rand der Pfanne auf.

Malin setzte sich mit ihrem Kaffeebecher an den Gesindetisch, der für zwei Personen gedeckt war. In der Mitte stand ein kleines Adventsgesteck. Drei der vier Kerzen brannten.

Sie zog ihr Handy aus der Jeans und checkte die eingehenden Nachrichten. Noch in der Nacht hatte sie Sam eine zweite SMS gesendet, mit der Bitte um dringenden Rückruf, doch der Hacker hatte sich bisher nicht gemeldet.

»So, lass es dir schmecken.« Erich stellte einen Teller mit Rührei und Speck vor seine Enkelin. Dann reichte er ihr einen Korb mit frisch gebackenen Brötchen, ehe er sich zu ihr an den Tisch setzte und sich über sein Essen hermachte.

»Hast du vielleicht noch einmal über meinen Vorschlag nachgedacht?«, fragte Erich zwischen zwei Bissen.

Malin sah ihn irritiert an.

»Wegen Weihnachten«, schob er hinterher. »Ich hatte gehofft, du würdest es dir noch einmal überlegen und mit mir über die Feiertage zu deinem Vater nach Berlin fahren.«

Malin pickte mit der Gabel lustlos in ihrem Rührei herum. »Tut mir leid, das habe ich völlig vergessen. Momentan ist mir nicht so nach Weihnachten.« Sie hob den Blick und bemerkte die enttäuschte Miene ihres Großvaters. Sie lenkte ein. »Ich überlege es mir noch mal. In ein paar Tagen gebe ich dir Bescheid. Versprochen.«

»Abgemacht.« Er deutete auf ihren Teller. »Stimmt etwas nicht mit dem Essen?«

»Nein, alles in Ordnung. Ich habe nur keinen Appetit.«

»Du sieht blass aus«, stellte Erich besorgt fest. »Willst du mir nicht verraten, was gestern passiert ist? Du kommst doch sicher nicht ohne Grund mitten in der Nacht hierher?«

Malin zögerte. Sie durfte mit Außenstehenden nicht über ihre Arbeit sprechen, aber es wäre nicht das erste Mal, dass sie bei ihrem Großvater eine Ausnahme machte. Zudem schämte sie sich wegen der Panik, mit der sie das Präsidium in der Nacht Hals über Kopf verlassen hatte. Ängstlichkeit passte nicht zu ihr. Sie hatte überreagiert.

Malin begann zu erzählen. Vom ersten Leichenfund vor einigen Wochen bis hin zu den Ereignissen am vergangenen Tag, die dazu geführt hatten, dass sie in Övelgönne aufgekreuzt war.

Erich Brodersen sagte lange Zeit nichts. Sein Blick war noch besorgter als zuvor. »Die Geschichte ist kaum zu glauben. Bist du sicher, dass einer deiner Kollegen für diesen Albaner arbeitet?«

»Es sieht zumindest danach aus«, erwiderte Malin leise. »Nur sie wussten, dass ich an Shabani drangeblieben bin. Und der Stick ist aus unserem Büro verschwunden.« Sie presste ihre Hände um den Kaffeebecher. »Ole hat offenbar dasselbe gedacht. Und jetzt ist er tot.«

»Diese Leute sind gefährlich, Malin«, sagte ihr Großvater mit Nachdruck. »Wer wusste, dass du den USB-Stick hast?«

»Nur Sam.« Sie schob ihren Teller beiseite. »Zumindest dachte ich das. Aber vielleicht hat Ole vor seinem Tod ausgepackt. Der Stick war seine Lebensversicherung. Nur dass es nicht funktioniert hat.« Malin rieb sich die

Augen. »Ich fühle mich wie in einem Albtraum, aus dem ich nicht mehr aufwache. Es wird schlimmer und schlimmer. Gut, dass Ole das nicht mitbekommt.« Sie schluckte. »Ich hab's versaut. Dabei hat er mir den Stick zukommen lassen, damit ich Shabani zur Strecke bringe. Ich war die Einzige, der Ole noch vertraut hat.«

»Das hat dir zumindest dieser Hacker erzählt.« Erich kratzte sich am Kinn. »Aber bist du sicher, dass das auch stimmt? Was weißt du eigentlich über den Typ?«

»Nicht mehr, als ich dir gerade erzählt habe.« Der Signalton ihres Handys ertönte. Wenn man vom Teufel spricht, dachte Malin. Doch es war eine Nachricht von Thies, die aus drei Worten bestand: *Wo steckst du?*

Malin drückte die Nachricht weg.

»Hast du dir schon mal überlegt, dass dieser Hacker vielleicht in der ganzen Sache mit drinhängt und der Stick nur ein Ablenkungsmanöver ist?«, setzte ihr Großvater nach. »Vielleicht wollte er nur herausfinden, wie viel die Polizei weiß. Oder du wurdest absichtlich auf die Fährte von diesem Kiezboss gelenkt.« Seine Stimme wurde eindringlicher. »Wie auch immer. Du kannst das nicht alleine lösen, Malin. Normalerweise würde ich dir jetzt meine Hilfe anbieten, aber ich befürchte, das ist alles eine Nummer zu groß für mich.« Er legte seine Hand auf den Arm seiner Enkelin. »Rede mit deinem Chef oder einem Kollegen, dem du vertraust.«

»Dazu müsste ich nur wissen, wem ich noch trauen kann«, erwiderte Malin leise. »Ich kann mir einfach nicht vorstellen, dass Fricke oder Fred mit der Sache etwas zu tun haben. Selbst Andresen traue ich das nicht zu. Aber wenn doch? Was, wenn mich mein Bauchgefühl dieses Mal im Stich lässt?«

»Dann sprich mit jemand anderem«, schlug Erich vor. »In eurem Laden gibt es haufenweise Polizisten.«

»So einfach ist das nicht, Opa. Wenn ich meinen Chef, meine Kollegen, jetzt übergehe, weil ich ihnen nicht mehr vertraue, und sich später herausstellt, dass keiner von ihnen mit der Sache zu tun hatte, dann bin ich raus aus dem Team.«

»Und was ist die Alternative?«, polterte Erich Brodersen. »Dass du demnächst auch irgendwo tot im Schnee liegst, so wie dein Kollege?«

Beide schwiegen einen Moment.

»Bitte, Schatz.« Erich griff über den Tisch nach der Hand seiner Enkelin und drückte sie. »Du kannst das nicht alleine bewältigen. Sprich mit jemandem. Vertrau auf dein Bauchgefühl!«

Malin erwiderte seinen Händedruck, dann erhob sie sich von der Bank. »Danke, Opa. Ich denke, ich weiß jetzt, was ich tue.«

»Was hast du vor?«

»Auf mein Bauchgefühl hören, wie du eben gesagt hast. Ich hoffe, es lässt mich nicht im Stich.« Sie verließ die Küche, um ihre restlichen Sachen zusammenzusuchen.

Kurze Zeit später fiel die Tür des Lotsenhauses hinter ihr ins Schloss. Der besorgte Blick ihrers Großvaters brannte in ihrem Rücken.

Die Blumenstraße war typisch für die Wohngegend rund um die Alster, durch hochherrschaftliche Villen geprägt. An dem weißen Haus mit den Sprossenfenstern hing ein Tannenkranz an der roten Haustür. Hinter dem Küchenfenster im Erdgeschoss schimmerte Licht.

»Frau Brodersen!«, rief Henriette Lehmann, eine ältere Dame mit flottem blondem Kurzhaarschnitt, überrascht.

Malin hatte die Pensionswirtin ein halbes Jahr zuvor im Laufe einer Ermittlung kennengelernt. Zur der Zeit hatten sich Fricke und seine Frau gerade frisch getrennt, und der Hauptkommissar hatte sich kurzerhand in der Pension einquartiert.

»Kommen Sie.« Henriette Lehman ließ sie eintreten. »Ich habe gerade frischen Kaffee aufgebrüht. Es gibt auch selbstgebackene Kekse.« Sie verschwand in der Küche.

»Danke, aber ich wollte eigentlich zu meinem Chef«, rief Malin ihr hinterher.

Die Pensionswirtin kam zurück in den Flur. Sie wirkte irritiert. »Herr Fricke wohnt nicht mehr hier.«

»Er ist ausgezogen?«, fragte Malin verblüfft. »Wann?«

»Schon vor ein paar Monaten. Ich dachte, Sie wüssten davon.«

»Das ist dann wohl an mir vorbeigegangen«, murmelte Malin. »Wissen Sie, wo er jetzt wohnt?«

»Leider nein. Mir schien es, als wollte er nicht darüber sprechen. Vielleicht war es ihm peinlich.« Henriette Lehmann trat näher an sie heran und senkte die Stimme. »Ich glaube, er hat eine Frau kennengelernt. Wissen Sie, die Wände sind etwas hellhörig, da bekommt man schon das eine oder andere mit.« Sie legte einen Finger an die Lippen und zwinkerte verschwörerisch. »Aber das haben Sie nicht von mir.«

»Natürlich nicht.« Malin brachte halbwegs ein Lächeln zustande. »Danke für das Angebot mit dem Kaffee, aber ich muss leider wieder los.« Ohne eine Antwort abzuwarten, drehte sie sich um und verließ das Haus. Noch im Gehen fischte sie in der Jackentasche nach ihrem Handy, um ihren Chef anzurufen.

Auf dem Bürgersteig blieb sie abrupt stehen. Warum

hatte Fricke nicht erzählt, dass er umgezogen war? Und mit welcher Frau traf er sich? Beides hatte er ihr gegenüber mit keinem Sterbenswort erwähnt.

Ihr Entschluss geriet ins Wanken. Und wenn es noch mehr gab, was Fricke für sich behielt?

Statt der Nummer ihres Chefs wählte sie die von Sams Handy. Sie hoffte, dass der Hacker sich eine Kopie des Sticks gezogen hatte. Nach dem zweiten Klingeln ging die Mailbox ran.

Sie holte tief Luft. »Brodersen noch mal. Auch auf die Gefahr hin, dass ich nerve – rufen Sie mich an! Ich brauche Ihre Hilfe. Dringend.«

Dann stieg sie in ihren Wagen.

Erschöpft und ausgelaugt schloss Malin ihre Haustür auf. Der mangelnde Schlaf forderte seinen Tribut. Hinter ihrem Kopf hämmerten die Schmerzen mit der Stärke eines Presslufthammers. Auch ihr Magen knurrte und sie bereute, dass sie am Morgen nicht wenigstens eines der Brötchen gegessen hatte.

Thies Conradi hockte über einem Stapel Seminararbeiten und ließ den Stift fallen, sobald sie das Wohnzimmer betrat. Er wirkte verärgert.

»Sag mal, wo warst du die ganze Nacht?«, blaffte er sie an. »Und jetzt sag nicht ›im Präsidium‹. Da habe ich nämlich angerufen. Genau wie auf dem Handy. Ich habe dir auch eine SMS geschickt. Aber Madame hatte mal wieder keine Zeit zu antworten.« Sein Ton verschärfte sich. »Mensch, Malin, ich habe mir Sorgen gemacht.«

Malin atmete tief durch. Ein Streit war das Letzte, was sie jetzt gebrauchen konnte. »Warum hast du dir Sorgen gemacht? Du wolltest doch selbst woanders schlafen.«

Sie ging in die Küche, schenkte sich ein Glas Wasser ein und inspizierte den Inhalt des Kühlschranks. Seit Thies bei ihr wohnte, war er stets gut gefüllt. Sie holte einen Joghurt heraus.

Thies war ihr gefolgt und lehnte sich gegen den Türrahmen. »So war es geplant. Bis Bernd sich dazu entschlossen hat, noch eine Frau abzuschleppen. Aber lassen wir das. Übrigens, bevor ich es vergesse: Deine Mutter hat vorhin angerufen.« Er sah demonstrativ auf seine Uhr. »Sie hat dich vor exakt vierzig Minuten zum Essen erwartet. Damit bin ich dann wohl nicht mehr der Einzige, der sauer auf dich ist.«

Malin seufzte. »Tut mir leid, dass ich dich nicht zurückgerufen habe. Aber es passte gerade nicht.« Sie holte einen Löffel aus der Küchenschublade und begann, ihren Joghurt zu essen.

»Und verrätst du mir jetzt, wo du die letzte Nacht warst, oder ist das ein Geheimnis?«

»Bei meinem Opa.«

»Du warst bei Erich?« Seinem Tonfall war zu entnehmen, dass er ihr nicht glaubte. »Warum?«

Das Hämmern hinter ihrer Stirn verstärkte sich. »Dein Verhörton gefällt mir nicht. Wir stehen hier schließlich nicht vor Gericht.« Sie suchte in der Schublade nach einer Kopfschmerztablette, wurde fündig und spülte sie mit Wasser hinunter. Das leere Glas stellte sie in die Spüle. »Davon abgesehen habe ich zur Zeit ganz andere Probleme.«

»Wann hast du die mal nicht.« Thies Stimme triefte vor Sarkasmus. Eine Eigenschaft, die in letzter Zeit immer häufiger zum Vorschein kam und nicht unbedingt zu seinen Vorzügen zählte.

Malin hatte Mühe, ihre aufkommende Wut zu zügeln. »Du weißt nicht, wovon du sprichst.«

»Eben. Weil du nicht mit mir redest. Was ist eigentlich dein Problem, Malin? Bist du einfach nicht fähig, eine Beziehung zu führen, oder bin ich nur nicht der Richtige für dich?« Er löste sich vom Türrahmen und baute sich mit seinen zwei Metern Länge dicht vor ihr auf. »Komm schon, sag es mir. Oder gibt es noch einen anderen Grund?«

Malin haderte. Das war jetzt definitiv ein schlechter Zeitpunkt, um Thies reinen Wein einzuschenken. Eine ruhige, entspannte Atmosphäre hatte ihr für die längst ausstehende Aussprache vorgeschwebt und nicht diese explosive Mischung, die drohend in der Luft lag. Ihre Nerven waren ohnehin schon wie Drahtseile gespannt. Ein falsches Wort und alles würde aus dem Ruder laufen. Im nächsten Moment rutschte es ihr heraus: »Ja.«

»Ja, was?« Thies sah sie argwöhnisch an.

»Es gibt einen anderen Grund.« Sie sah ihm direkt in die Augen. »Jemand anderen.«

Einen Augenblick blieb es totenstill in der Küche.

Dann fand Thies seine Sprache wieder. »Es ist dein Kollege, dieser Bartels, oder?«

Malin sah bereits im Geiste, wie die beiden Männer aufeinander losgingen. Sie hatten sich schon bei ihrem ersten Zusammentreffen nicht leiden können. Sie schwieg.

Thies' Miene gefror. Dann machte er auf dem Absatz kehrt und verließ ohne ein weiteres Wort den Raum. Den dumpfen Geräuschen nach zu urteilen, nahm er die Treppe ins Obergeschoss.

Malin blieb regungslos stehen. Das hatte sie dann wohl komplett versaut. Am liebsten wäre sie ihrem Freund hinterhergerannt, um ihm zu beteuern, wie leid es ihr tat und dass sie das alles nicht gewollt hatte. Doch damit hätte sie ihn nicht nur noch mehr verletzt, sie wäre auch noch unehrlich gewesen. Sie hatte Fred gewollt. Und das tat sie noch immer. Zu lange hatte sie gegen ihre Gefühle für ihn angekämpft, um jetzt einen Rückzieher zu machen.

Sie riss sich zusammen und ging ins Wohnzimmer. Dort kam Thies gerade mit einer Reisetasche die Treppe herunter. Die Ärmel eines eilig hineingestopften Pullovers hingen heraus.

»Thies …«

Der Juraprofessor hob abwehrend die Hand. »Verschone mich mit deinen Erklärungen. Ich will sie nicht hören.« Ohne Malin eines Blickes zu würdigen, ging er an ihr vorbei in den Flur. »Meine restlichen Sachen hole ich in ein paar Tagen ab.«

Wenige Augenblicke später fiel die Haustür hinter ihm ins Schloss.

Malin kämpfte mit den Tränen. Sie setzte sich aufs Sofa und starrte sekundenlang vor sich hin. Das hatte sie nicht gewollt. Nicht auf diese Art. Sie hatte es vermasselt. Wieder einmal.

In ihrer Hosentasche klingelte ihr Handy. Was kam jetzt noch? Eine Strafpredigt ihrer Mutter?

Sie zog das Handy heraus, um den Anruf wegzudrücken. Als sie die Nummer auf dem Display erkannte, sammelte sie sich und nahm das Gespräch an.

»Malin? Ich bin's, Sam. Du wolltest, dass ich dich anrufe.«

Der Hacker klang aufgeregt. Und er duzte sie.

Malin wertete das als positives Zeichen und kam gleich zur Sache. »Ich habe den Screenshot von *Zain* Market gesehen. Es gibt ein kleines Problem, deshalb brauche ich deine Hilfe.«

»Wobei?«

»Es geht um die Identität des Betreibers. Ich kenne mich mit dem Darknet nicht aus. Du bist der Einzige, der mir dabei helfen kann.«

»Du willst also, dass ich mich in deren Plattform hacke?« Er klang wenig begeistert.

Malins anfängliche Hoffnung, die sie in das Gespräch gesetzt hatte, schwand. »Ja.«

Sie wollte Sam von dem gestohlenen Stick erzählen, befürchtete aber, dass er einen Rückzieher machen würde, wenn er davon erfuhr. Die Worte ihres Großvaters kamen ihr in den Sinn: ›Was weißt du eigentlich von diesem Kerl?‹

Sie schob ihre Bedenken beiseite. Nur er konnte ihr die Auskunft besorgen, die sie so dringend brauchte. »Können wir uns irgendwo treffen, um das zu besprechen? Vielleicht wieder im Café *Elbgold*?«

Einen Moment blieb es still in der Leitung. »Also gut, treffen wir uns. Am besten, du kommst zu mir. Wenn ich dir helfen soll, habe ich hier das nötige Equipment.«

Malin atmete erleichtert auf. »Danke. Ich weiß das wirklich zu schätzen.«

»Damit eins klar ist. Ich tue das nur für Ole.« Er nannte ihr seine Adresse, dann legte er auf.

Malin griff nach dem Autoschlüssel.

22. KAPITEL

Sam wohnte in der Glashüttenstraße mitten im Karo-Viertel, ein lebendiges Quartier, eingezwängt zwischen Messe, Dom und dem ehemaligen Schlachthofgelände, mit zahlreichen Gründerzeitbauten.

Malin kurvte in ihrem Mini etliche Male durch die umliegenden Straßen, vorbei an Cafés, Restaurants, Second-Hand- und Design-Läden, ehe sie schließlich direkt vor dem viergeschossigen Mehrfamilienaltbau einen frei gewordenen Parkplatz ergatterte.

Die Fassade des Vorderhauses war hellgrün gestrichen, an einigen Stellen blätterte die Farbe ab. Der Durchgang zum Hinterhaus war mit Graffiti besprüht. Liebesbotschaften, politische Statements, Comicfiguren und kleine Blümchen in leuchtenden Tönen zierten die Mauern, dazwischen klebten alte Konzertplakate.

Das Hinterhaus war wesentlich besser in Schuss. Der hellgraue Anstrich war relativ frisch und frei von Schmierereien. Vor dem Eingang stand eine rote Vespa, daneben ein Fahrradständer mit einem Mountainbike, an dem ein Reifen fehlte. An einer Seite des Treppenabsatzes war eine Rampe angebracht.

Malin drückte auf den Klingelknopf neben dem Schild mit Sams Namen. Der Summer ertönte und sie drückte die Tür auf. Ein Fahrstuhl brachte die Bewohner bis unters Dach.

Malin nahm die Treppe. Dem Klingelschild nach wohnte

323

Sam in der obersten Etage. Dort gab es nur zwei Haustüren, ein paar Stufen führten zu einer Brandschutztür hinauf. Offensichtlich gab es einen Dachboden.

Sie bemerkte irritiert, dass Sams Haustür einen Spalt weit offen stand. Hatte der Hacker sie für seine Besucherin bereits geöffnet?

Malin klopfte an. »Sam?«

Keine Antwort.

Irgendetwas stimmte hier nicht. Sie öffnete das Holster mit ihrer Dienstwaffe und betrat mit der *Walther* im Anschlag die Wohnung. »Hier ist die Polizei. Ist jemand in der Wohnung?«

Nichts rührte sich.

Mit pochendem Herzen sicherte Malin Raum für Raum. Dabei registrierte sie die teure, ultramoderne Einrichtung, die extrabreiten Türen, die rollstuhlgerechte Dusche und den unterfahrbaren Waschtisch.

Unter der geschlossenen Tür am Ende des Flurs drang schwaches Licht hervor. Es war das letzte ungesicherte Zimmer.

Malin warf einen Blick zurück in den Flur, dann holte sie tief Luft und stieß die Tür auf. Ein kleiner, quadratischer Raum, vollgestopft mit Hightech-Computern, an den Wänden Poster von Server-Betriebssystemen.

Sie erfasste die Situation auf den ersten Blick. Sam saß zusammengesunken in seinem Rollstuhl vor laufenden Monitoren. Auf seiner Stirn klaffte ein Einschlussloch. Keine weitere Person. Und keine Waffe.

In Sekundenschnelle war sie an der Seite des Hackers und fühlte ihm den Puls. Es gab eine Chance, wenn auch nur eine winzig kleine … – Kein Puls. Sam war tot.

Sie wollte gerade mit der freien Hand ihr Handy aus

der Hosentasche ziehen, als ein Geräusch aus dem Flur sie herumschnellen ließ.

»Das würde ich an deiner Stelle nicht tun, Brodersen.« Der Mann trug einen grauen Spurensicherungsoverall und hielt eine Waffe mit Schalldämpfer in seiner behandschuhten Hand.

Malin erstarrte. Erst beim zweiten Hinsehen erkannte sie das Gesicht zwischen Kapuze und Mundschutz. Es war Torben Sommer. Der Fototechniker vom LKA.

»Du?!«, flüsterte sie entgeistert.

Der Kollege mit den semmelblonden Locken und den kecken Sommersprossen. Sie kannte ihn seit ihrer Anfangszeit im Präsidium, hatte in allen bisherigen Fällen mit ihm zusammengearbeitet, und ihn als sympathischen, hilfsbereiten Menschen schätzen gelernt. »Du hast Ole umgebracht?«

»Schön, dass du meiner Einladung gefolgt bist, Brodersen.«

»Das warst du vorhin am Telefon?« Malin erinnerte sich an die Stimme des Anrufers zurück. An ihre Irritation. Sie hatte geglaubt, dass Sam aufgeregt war, dass er sie deshalb duzte. Jetzt erkannte sie ihren Irrtum. Von wegen gutes Zeichen …! Sie stöhnte innerlich. Wie ein Schaf war sie in die Falle getappt.

»Endlich hast du es begriffen«, erwiderte der Fototechniker ungerührt. »Leg deine Waffe ganz langsam auf den Boden, Brodersen. Schieb sie vorsichtig in meine Richtung. Danach machst du das Gleiche mit deinem Handy.«

Malin folgte seinen Anweisungen.

Er beförderte die beiden Gegenstände mit dem Fuß näher zu sich heran. »Gibt es Kopien von dem Stick?«

»Nein.« Malins Gedanken rasten. Sie konnte sehen, wie es hinter der Stirn des Kriminaltechnikers ebenfalls arbeitete. »Mensch, Torben. Mach es doch nicht noch schlimmer. Du hast ohnehin keine Chance. In ein paar Minuten stehen die Kollegen auf der Matte.«

Sommer lachte verächtlich. »Das ist ja wohl der älteste Trick der Welt. Du bist für deine Alleingänge bekannt, Brodersen. Also hör auf, mich zu verarschen.«

Malin ließ sich nicht einschüchtern. »Wie hast du es eigentlich gemacht? Ich meine, wie hast du es geschafft, dass Ole in den Blindengarten kommt?« Die letzte Nummer auf der Telefonliste fiel ihr ein. Der Anruf vom KDD. Ein weiteres Puzzle-Teil fiel an seinen Platz. »Du hast ihn an einen fingierten Tatort gelockt.«

»Ich habe ihn sogar persönlich abgeholt. Vielleicht erinnerst du dich an sein kaputtes Auto?«

Malin sah ihn entsetzt an. Ihre Hände fingen an zu zittern. Sie hielt sie fest.

»Ole hat mein Angebot gerne angenommen.«

»Dann hast du seinen Wagen manipuliert?«

»Ich bin Kriminaltechniker. Das war eine meiner leichtesten Übungen.«

»Woher wusstest du, dass Ole schwul war? Hast du ihn beobachtet?«

»Das brauchte ich gar nicht. Die Geschichte mit der *M+V* Bar, die ich euch erzählt habe, war nur zum Teil erfunden. Vor ein paar Monaten habe ich Ole durch Zufall in den Schuppen hineingehen sehen. Irgendso ein Typ hat ihn da drinnen angequatscht. Ich brauchte die Sache also nur ein wenig auszuschmücken.«

»Und die Sachen in Oles Wohnung?«, flüsterte Malin. »Die Pornos, das Streichholzmäppchen, die gelöschten Computerdaten? Warst das alles du?«

Sommer zuckte die Achseln unter seinem Overall. »Ihr

habt es mir verdammt leicht gemacht. Der Einzige, der Probleme bereitete, war Köster. Ich habe ihm Bescheid gegeben, dass das MEK auf dem Weg zu seiner Wohnung ist, und der Idiot hat nichts Besseres zu tun, als sich in einer Hütte in den Harburger Bergen zu verschanzen.«

»Woher wusstest du, dass Köster …« Malin hielt mitten im Satz inne. »Du warst bei Fricke mit im Büro, als wir ihn identifiziert haben. Wir haben zusammen die Bilder aus der Überwachungskamera angesehen.« Sie starrte ihn an. »Du Schwein!«

»Sachte, Brodersen. Man sollte nie jemanden beschimpfen, der eine geladene Waffe in der Hand hält.« Er fingerte an seinem Mundschutz herum. »Weiß jemand, dass du den Stick hast? Hast du mit irgendjemand drüber gesprochen?«

»Ich habe dir schon gesagt, dass die Kollegen auf dem Weg sind.« Sie sah ihm fest in die Augen. »Es bringt also nichts, wenn du mich jetzt abknallst. Es verlängert lediglich dein Strafregister.«

»Du riskierst eine ganz schön dicke Lippe«, erwiderte Sommer, klang aber nicht mehr ganz so sicher.

»Warum musste Ole sterben? Weil Shabani es wollte? Oder weil er dabei war, dich zu enttarnen?«

»Beides. Anfangs sollte ich Ole nur unter Beobachtung halten, herausfinden, wie viel er weiß. Dann habe ich ihn dabei erwischt, wie er die alten Akten durchging. Damit wurde er auch für mich zum Risiko. Jeder weiß, wie gründlich Ole in solchen Dingen war. Das ist mir zu brenzelig geworden.«

»Wie bist du in die Sache hineingeraten?« Malin hatte Mühe, ihr Zittern unter Kontrolle zu halten. Er durfte ihre Angst nicht spüren. »Du warst doch nicht schon immer korrupt, oder?«

»Ich hatte Spielschulden bei den falschen Leuten. Als ich nicht mehr zahlen konnte, wollten sie eine andere Gegenleistung.«

»Und dafür hast du Polizeigeheimnisse verraten?«

Sein Blick wurde hart. »Du hast doch keine Ahnung, Brodersen, was die mit einem machen.« Er stockte. »Da kommt man nie wieder raus. Es gibt einen Schuldschein von mir.«

»Du bist Polizist, Torben. Wir hätten dich schützen …«

»Es geht dabei nicht nur um mich«, unterbrach sie der Kriminaltechniker und fuchtelte mit der Waffe vor ihrem Gesicht herum. »Sondern auch um meine Familie.«

Malin wusste, dass sie sich auf einem schmalen Grat bewegte, wenn sie ihn provozierte, doch sie musste Zeit schinden.

»Abgesehen von dem Mord an Ole, wie viel war sie dir wert, deine Familie? Was war der Preis?«

Sommers Augen verengten sich.

»Komm schon, Torben. Du hast doch ohnehin vor, mich abzuknallen. Da kannst du zumindest meine Neugierde befriedigen. Abgesehen davon, dass du einige Ermittlungen gegen Shabani manipuliert hast. Was hast du ihm noch geliefert?«

»Informationen über Razzien im Hafen. Aber ich muss dich enttäuschen, ich hatte nie mit Shabani persönlich zu tun. Das Ganze lief immer über einen Mittelsmann. Und bevor du fragst … Der Typ hat sich mir nicht vorgestellt.«

»Um was für Schiffsladungen ging es? Drogen für *Zain*?«

»Chemikalien aus dem asiatischen Raum, die zur Drogenherstellung genutzt werden. In dem Bereich ist die Gewinnspanne beträchtlich höher.«

Malins Gedanken überschlugen sich. »Woher hast du gewusst, wann eine Razzia geplant war? Ich meine, du hast doch überhaupt keinen Zugang zu diesen Informationen.«

»Was glaubst du, wer bei den Razzien für die Übersichtsaufnahmen zuständig war? Außerdem weiß du, wie schwierig es mit der Geheimhaltung bei solchen Großeinsätzen ist, da sickert einem Kollegen gegenüber schon mal das eine oder andere Detail durch. Ihr habt mich bei euren Ermittlungen schließlich auch nicht auf dem Schirm gehabt, dabei war ich die ganze Zeit vor eurer Nase.«

Malin täuschte ein zustimmendes Nicken an, während sie die Waffe in seiner Hand nicht aus den Augen ließ. Sie zweifelte nicht einen Moment daran, dass Torben Sommer sie benutzen würde. »Eins interessiert mich. Wie hast du es angestellt, dass Kösters DNA an Oles Leiche gefunden wurde?«

»Ich arbeite in der Kriminaltechnik, schon vergessen?« Stolz schwang in seiner Stimme. »Ich habe mich an den Asservaten im Fall Armin Behrens bedient. Ein paar Hautschüppchen hier, ein paar Haare dort. Die Fehlbestände habe ich mit Material von mir selbst aufgefüllt, damit es niemandem auffällt. Nach Kösters Verhaftung habe ich die Spurenträger mit Material aus seiner Wohnung wieder ausgetauscht. Als Glaser eine zweite DNA-Analyse vorgenommen hat, war alles wieder an Ort und Stelle.« Er lächelte zufrieden.

»Und die Tatwaffe?«

»Das war zugegebenermaßen etwas kniffelig. Ich musste erst einige Zeit suchen, ehe ich ein geeignetes Messer aufgestöbert habe. Und natürlich musste ich üben.«

Malin lief es eiskalt über den Rücken. »Wie hast du Sam gefunden?«

Torben Sommer sah sie überrascht an. »Du hast mich zu ihm geführt, Brodersen. Der Flurfunk funktioniert auch in der Kriminaltechnik. Jeder im Präsidium weiß, dass du Ole an dem Abend, als er umgebracht wurde, versetzt hast. Er wollte mit dir sprechen. Offenbar warst du diejenige, der er vertraute. Dass mit dem USB-Stick hat er mir verraten, kurz bevor er starb. Und auch, dass es einen zweiten Hacker gibt.« Seine Stimme brach. Einen kurzen Moment, dann hatte er sich wieder im Griff. »Leider war Ole tot, ehe er mir einen Namen nennen konnte. Ein dummer Fehler. Aber ich habe eins und eins zusammengezählt. Ich beobachte dich schon seit Tagen, Brodersen. Gestern bin ich dir ins *Elbgold* gefolgt. Dort habe ich dich mit Sam gesehen.«

Ihr Blick huschte zu dem toten Hacker. »Du hättest ihn nicht umbringen dürfen. Er hatte mit der ganzen Sache nichts zu tun.«

»Doch, das hat er, Brodersen. Er ist zu neugierig geworden und war dabei, seine Nase in den falschen Marktplatz zu stecken.«

Malin schielte auf ihre Armbanduhr. Seit ihrem Eintreffen in der Wohnung waren keine zehn Minuten vergangen. »Erzähl mir, wie die Sache mit *Zain* abläuft! Wie wird das organisiert?«

Sein Blick wurde wachsam. »Halt mich nicht für blöd, Brodersen. Du versuchst mich abzulenken. Was erhoffst du dir davon? Dass du mich weichklopfen kannst? Vergiss es.« Er trat einen weiteren Schritt an Malin heran. Seine Waffe war kaum noch einen Meter vor ihrem Kopf entfernt.

Malin biss sich auf die Unterlippe. Wenn er jetzt abdrückte, wäre von ihrem Gesicht nicht mehr viel übrig. Ihr Blick huschte zu ihrer Dienstpistole, die etwa zweieinhalb Meter entfernt auf dem Fußboden lag. Ein großer Satz würde genügen, um sie zu erreichen. »Du kommst niemals damit durch, Torben.«

»Das werden wir sehen.«

»Ich habe dich angelogen. Es gibt eine Kopie von dem *Zain*-Screenshot.«

»Netter Versuch, aber völlig uninteressant. *Zain* wurde längst offline genommen.« Torben Sommer verstärkte den Griff um die Waffe. Deutlich trat das Weiß seiner Handknöchel hervor. »Ich kann es mir nicht leisten, dass jemand Oles Protokolle in die Hände bekommt. Die OK sucht bereits nach einem Leck. Es wurde sogar extra eine Ermittlungsgruppe eingerichtet, die herausfinden soll, wer über welche Informationen verfügte.«

»Sie werden dich kriegen«, erwiderte Malin provokant. »Vorausgesetzt natürlich, Shabani lässt dich so lange am Leben. Für ihn bist du nur irgendein Handlanger, der langsam zum Risiko mutiert. Er braucht nur mit dem Finger zu schnippen, und du verschwindest auf Nimmerwiedersehen.«

»Hör endlich auf, Brodersen«, zischte Sommer. Seine Stimme zitterte vor unterdrückter Wut. »Du hast keine Chance, nie gehabt.« Sein Zeigefinger glitt zum Abzug.

Malins Blick erfasste eine Bewegung hinter dem Fototechniker. Vor Erleichterung hätte sie fast aufgeschrien.

Frederick Bartels stand mit gezogener Waffe im Hausflur. Sie hatte ihn angerufen, ehe sie ihre Wohnung verlassen hatte. Eine Sicherheitsmaßnahme, die sich nun bewährte.

»Ich habe deinen Hinterkopf direkt im Visier, Sommer.« Ihr Teamkollege kam näher. »Lass langsam die Waffe fallen!«

Der Kriminaltechniker rührte sich nicht. Die Pistole mit dem Schalldämpfer war unverändert auf Malin gerichtet, seine blauen Augen unter der Kapuze sahen sie fassungslos an.

»Ich habe dir doch gesagt, dass die Kollegen in ein paar Minuten auf der Matte stehen.« Malin bemühte sich um Selbstsicherheit in der Stimme, während ihr Puls in die Höhe schnellte. »Gib auf, Torben.«

Für einen Moment wirkte Sommer verunsichert, dann bekam sein Ausdruck ewas Entschlossenes. Instinktiv warf Malin sich mit einem großen Satz zu Boden.

Nahezu zeitgleich fielen die Schüsse.

23. KAPITEL

Vor dem Wohnhaus in der Glashüttenstraße wimmelte es von Einsatzfahrzeugen der Polizei und Rettungskräften. Der hintere Hauseingang war mit rot-weißem Flatterband abgesperrt worden, Anwohner und Schaulustige verrenkten sich dahinter die Hälse, auch die Presse war bereits vor Ort.

»Sie sollten das im Krankenhaus noch einmal anschauen lassen.« Ein Sanitäter wies auf Malins bandagierte Schulter, die sie sich beim Aufprall auf den Boden verletzt hatte. »Es könnte sein, dass eines der Bänder gerissen ist. Besser wäre es, Sie würden direkt mit uns ins Krankenhaus fahren.«

Malin erhob sich von der Trage, die für sie bereitgestellt worden war. Sie zitterte und war noch immer ein wenig wackelig auf den Beinen. »Das muss warten.«

»Wie Sie meinen. Es ist Ihre Gesundheit.«

»Danke für die Versorgung.« Sie drehte dem Sanitäter den Rücken zu und ging zu ihrem Kollegen.

Frederick Bartels lehnte aschfahl an der roten Vespa vor dem Hauseingang und blickte den beiden Männern hinterher, die gerade einen Zinksarg ins Haus trugen. Jemand hatte ihm eine mit Aluminium beschichtete Rettungsdecke über die Schultern gelegt.

»Ich habe ihn erschossen, Malin.« Seine Stimme klang tonlos.

»Wir haben beide geschossen«, erinnerte sie ihn und griff instinktiv an ihr Holster. Es war leer. Sie hatte ihre Waffe bereits für die kriminaltechnische Untersuchung abgegeben, nachdem sie einen Schuss in Torben Sommers Bein abgefeuert hatte. »Außerdem war es Notwehr.«

Bartels starrte auf einen imaginären Punkt an der Hauswand. »Ich glaube nicht.« Sein Blick war völlig leer.

»Natürlich war es das. Er hat auf dich geschossen.«

»Ich habe zuerst abgedrückt. Und es war eine meiner Kugeln, die ihn getötet hat, nicht deine.« Der Ermittler tippte mit dem Zeigefinger auf seine Brust. »Ich habe mein ganzes verdammtes Magazin leergeschossen.« Er raufte sich die Haare.

Als er seine Kollegin schließlich ansah, wirkte sein Gesicht grau und eingefallen. »Warum hast du nicht auf mich gewartet? Warum bist du da alleine hineingegangen?«

»Weil ich nicht damit gerechnet habe, dass einer unserer Kriminaltechniker auf einmal mit gezogener Waffe hinter mir steht.« Malin zitterte noch immer am ganzen Körper. »Er muss sich auf dem Dachboden versteckt haben, während ich hochgekommen bin. Als ich die offene Haustür gesehen habe, wusste ich, dass etwas nicht stimmt. Ich dachte, Sam bräuchte meine Hilfe.«

»Von dessen Existenz ich bis vor zwei Stunden noch nicht einmal etwas wusste«, erwiderte Bartels bitter. »Du hättest mir eher von der Sache mit dem USB-Stick erzählen müssen. Ich dachte, wir beide, du und ich, wir wären ein Team.«

»Ich war völlig überfordert.« Malin wollte nach seiner Hand greifen, doch er entzog sie ihr. »Trotzdem habe ich dich angerufen. Wenn ich das nicht getan hätte, wäre ich jetzt vermutlich tot.« Sie griff sich an die Schulter.

»Hast du Schmerzen?«

Malin schüttelte den Kopf. »Ich habe ein Schmerzmittel bekommen.« Sie suchte seinen Blick. »Es ist vorbei, Fred. Wir haben ihn.«

»Für mich ist es noch lange nicht vorbei.« Er wies auf Andre Loewe von der Kommissionsermittlung, der in einem Overall der Spurensicherung gerade das Haus verließ. »Es wird eine Untersuchung geben.«

»Fred, ich werde denen sagen, dass …«

Bartels hob abwehrend die Hand. »Lass es, Malin. Es war meine Entscheidung. Und ich trage die Verantwortung.« Er streifte achtlos seine Decke ab.

Loewe trat auf ihn zu. »Fred, wir brauchen deine Aussage.« Er musterte seinen Kollegen. »Fühlst du dich dazu in der Lage?«

Bartels nickte. »Gehen wir.«

Malins Blick verfing sich im Silber der Rettungsdecke, die am Lenker der Vespa hängengeblieben war. Ihre Augen brannten. Sie dachte an die letzten Sekunden, in denen Torben Sommer noch gelebt hatte. Er hatte an ihr vorbei an die Decke gestarrt, nur noch ein Wort war über seine Lippen gekommen: »Sonja.«

Danach war sein Blick gebrochen.

»Brodersen?« Eine korpulente Gestalt in Daunenjacke und Cordhose eilte vom Durchgang des Vorderhauses auf sie zu. Fricke. »Bist du verletzt?« Er betrachtete besorgt ihren bandagierten Arm.

»Nichts Schlimmes«, wehrte sie ab. »Es war Torben Sommer, Hans. Er hat Ole umgebracht. Und Sam.« Sie hatte Mühe, die Tränen zu unterdrücken. »Torben hat für Shabani gearbeitet. Er hat ihm Informationen über Razzien im Hafen geliefert. Es ging um Chemikalien, die für die Herstellung von synthetischen Drogen per Schiffsladung aus Asien kommen. Shabani organisiert seinen Drogenhandel über eine Plattform im Darknet. Sie heißt *Zain*. Ole hat das entdeckt.« Ihre Augen suchten den Blick ihres Vorgesetzten. »Torben ist tot.«

Fricke strich sich verwirrt über seine zerzausten Haare. »Ich habe Mühe, dir zu folgen, Brodersen. Wann ist das alles passiert? Und wer ist Sam?«

»Ich war heute Vormittag in der Blumenstraße, um dir alles zu erzählen«, erwiderte Malin. »Aber Frau Lehmann sagte, dass du nicht mehr bei ihr wohnst.«

Fricke errötete. »Ich wohne wieder zu Hause. Meine Frau gibt mir eine zweite Chance. Ich wollte das nicht an die große Glocke hängen. Es wird schon genug getratscht im Präsidium. Aber lassen wir das. Jetzt erzähle du bitte noch einmal der Reihe nach.«

In den nächsten Minuten gab Malin die Geschehnisse der letzten vierundzwanzig Stunden wieder. Dabei hielt sie nichts zurück. Ihren Verdacht, ihre Angst und ihre Verzweiflung, alles sprudelte aus ihr heraus.

Fricke sagte lange Zeit nichts. »Und Fred hat Torben Sommer erschossen?« Seiner Stimme war nicht anzuhören, was er dachte.

»Wir haben beide geschossen.«

Er deutete auf ihre verletzte Schulter. »Ein Streifenwagen wird dich ins Krankenhaus fahren. Danach ruhst du dich aus. Es wird eine umfangreiche Nachuntersuchung geben. Du wirst eine Aussage machen müssen, Brodersen. Und wir beide werden uns noch ausführlich unterhalten. Aber das hat Zeit bis morgen. Sag deinem Freund, er soll sich gut um dich kümmern.« Ohne Malin noch einmal anzusehen, drehte er ihr den Rücken zu und ging ins Wohnhaus. Er wirkte um Jahre gealtert.

24. KAPITEL

Der Schnee war vollständig geschmolzen, als Malin am zweiten Januar die Stufen zum Eingang des Polizeipräsidiums hochstieg.

Sie trug noch immer einen Verband um Schulter und Arm, der ihr auch noch für zwei weitere Wochen erhalten bleiben würde. Sie hatte sich einer arthroskopischen Schultergelenk-Operation unterziehen müssen, nachdem ein Bänderriss diagnostiziert worden war. Die Physiotherapie und der abschließende Heilungsprozess würden sich noch eine Weile hinziehen.

Heiligabend hatte sie mit Erich Brodersen verbracht, der sie liebevoll umsorgte, ehe er am nächsten Tag nach Berlin aufbrach und ihre Mutter das Zepter übernahm. Constanze Heidenberg gab sich große Mühe, die Wünsche ihrer Tochter zu erfüllen, konnte sich jedoch ihre bissigen Kommentare bezüglich Malins Polizeiarbeit nicht verkneifen. Malin war froh, nach den Feiertagen wieder allein in ihren vier Wänden zu sein. Ihre Freundin Susanne hatte ihr zahlreiche Leckereien vorbeigebracht und sie mit Lesestoff für die nächsten zwölf Monate versorgt.

Von Thies oder Frederick Bartels hatte sie nichts gehört. Letzterer reagierte auf keinen ihrer Anrufe. Schließlich hatte sie es aufgegeben.

Die Nachuntersuchungen im Fall Ole Tiedemann und Samuel Langstedt waren noch nicht abgeschlossen. Malin hatte ihre Aussage am Tag nach den Geschehnissen in Sams

Wohnung zu Protokoll gegeben. Auch das Gespräch mit Fricke hatte stattgefunden. Ihr Vorgesetzter hatte Verständnis für ihr Handeln gezeigt, als sie ihm die Situation in allen Einzelheiten darlegte. Zumindest nach außen hin. Wie es in seinem Inneren aussah, stand auf einem anderen Blatt.

Malin befürchtete, dass ihr mangelndes Vertrauen für immer zwischen ihnen stehen würde. Eine Weile hatte sie sogar damit gerechnet, dass Fricke ihr eine Versetzung nahelegen würde, doch nichts war geschehen.

Sie verließ den Fahrstuhl in der vierten Etage. Als sie in den vertrauten Flur der Mordkommission einbog, beschleunigte sich ihr Puls. Seit jener Nacht vor drei Wochen, als man ihr den USB-Stick gestohlen hatte, war sie nicht mehr hier gewesen. Frank Glaser trat aus einem der Büros. Einen Moment schien es, als wolle er stehen bleiben, doch dann nickte ihr der Leiter der Kriminaltechnik nur freundlich zu und ging an ihr vorüber. Was hätte er auch sagen sollen? Vermutlich nahm ihn die Geschichte ebenso mit wie sie. Schließlich war es einer seiner Mitarbeiter gewesen, der alle hinters Licht geführt hatte. Ihn selbst inbegriffen.

Die Tür des Großraumbüros war geschlossen. Sie blieb einen Moment davor stehen, dann gab sie sich einen Ruck und ging hinein.

Nur ein einziger Platz war besetzt. Sven Andresen sah von ein paar Unterlagen hoch. Seine Haare waren gewachsen und über seiner Oberlippe prangte der rote Schnauzer, als wäre er niemals weggewesen.

Malin blieb vor seinem Schreibtisch stehen und musterte ihn. »Du siehst wieder normal aus«, stellte sie fest. »Ist was mit deiner Freundin?«

»Die hat sich einen anderen gesucht.« Andresen verzog verächtlich den Mund. »Einen Banker. Echt ätzend, auf was für Typen manche Frauen stehen.«

Malin bemerkte, dass auf Tiedemanns Platz das Foto ihres Kollegen und das oberste Blatt der Schreibtischunterlage fehlten. »Hast du das weggenommen?«

Andresen nickte. »Es hat mich immer daran erinnert, dass Ole mir nicht vertraut hat. Wir haben jahrelang zusammengearbeitet. Er hätte mit mir sprechen müssen. Dann würde er noch leben und ich würde mich nicht so schuldig fühlen.« Er räusperte sich. »Sorry, übrigens, dass ich dich wegen der Verabredung mit Ole so fertiggemacht habe. Wenn es künftig noch mal hart auf hart kommt, kannst du auf mich zählen.«

Malin sah ihn verwundert an. Was waren das für neue Töne?

»Du kannst den Mund wieder zuklappen, Brodersen, ich gehe jetzt nicht auf Kuschelkurs«, schob Andresen nach. »Ich halte dich nach wie vor für eine Nervensäge.«

Malin unterdrückte ein Schmunzeln und ging an ihren Schreibtisch. Er wirkte merkwürdig aufgeräumt. Locher, Stiftebox und Zettelkasten standen in einer Linie parallel angeordnet zur Schreibtischunterlage, die Unterlagen in den Ablagefächern waren zu akkuraten Stapeln aufgeschichtet. Nicht ein Blatt ragte quer heraus. Sie hob die Schreibunterlage hoch. Die Lose-Zettel-Sammlung darunter war verschwunden.

Die Interne, schoss es ihr in den Sinn. Das war zu erwarten gewesen.

Ihr Blick fiel auf Bartels' Platz. Bis auf den Computer und das Telefon war die Tischplatte wie leergefegt, selbst die Ablagekörbe fehlten.

»Er ist weg, Brodersen«, kam es von Andresen.

Malin fuhr zu ihm herum. »Wie, weg? Ist er schon bei den Kollegen von 412? Oder sprichst du von der Freistellung?«

»Ich meine ganz weg. Fred hat den Dienst quittiert.«

»Er hat was?« Sie sah ihren Kollegen fassungslos an, griff im nächsten Moment zum Telefon und wählte Bartels' Handynummer. Eine Bandansage informierte sie, dass die Rufnummer nicht vergeben war.

»Er ist nicht zu erreichen«, sagte Andresen trocken. »Ich habe es auch schon probiert. Ist zwecklos. Jetzt sind nur noch wir beide übrig.«

Die Tür wurde aufgestoßen und Fricke erschien. »Ach, Brodersen, du bist wieder da. Was macht der Arm?«

»Er heilt. Langsam, aber er heilt.«

Er runzelte die Stirn. »Kannst du damit überhaupt arbeiten?«

»Für den Innendienst wird es reichen«, erwiderte sie. »Was ist mit Fred, Chef? Warum ist er nicht hier?«

»Er hat seine Dienstmarke abgegeben. Aber keine Sorge, er wird sich wieder beruhigen.«

Andresen schüttelte den Kopf. »Der hat in den Sack gehauen. Den sehen wir hier nicht wieder.«

Malin wusste nicht, ob sie weinen oder schreien sollte. Dass Frederick Bartels ohne ein Wort gegangen war, zerriss sie förmlich. Für Bruchteile flackerten Bilder vor ihr auf. Seine dunklen Augen, die zerwühlten Laken, sein nackter Körper auf ihrem, das Gefühl seiner Lippen auf ihrer Haut. Sie schob die Erinnerungen beiseite. »Was haben die Nachuntersuchungen bisher ergeben?«

»Wir konnten in Sommers Wohnung die fehlenden Seiten aus Oles Notizbuch sicherstellen«, informierte sie Fricke. »Darauf waren tatsächlich Stichpunkte zu Kösters Befragung notiert, doch es hat nicht den Anschein, als wäre Ole dabei etwas aufgefallen. Überprüfen konnte er die Angaben ja leider nicht mehr. Außerdem haben wir ein ganzes Messerarsenal gefunden. Die Waffen waren in einem abgeschlossenen Koffer versteckt.« Ein Schatten legte sich auf sein Gesicht. »Sommers Lebensgefährtin ist übrigens aus allen Wolken gefallen. Sie hatte nicht die geringste Ahnung, was ihr Freund so alles trieb. Wusstest ihr, dass sie schwanger ist?«

Seine Mitarbeiter schüttelten die Köpfe.

»Arme Deern. Jetzt muss sie das Kind alleine großziehen.«

»Mein Mitleid hält sich in Grenzen«, kam es von Andresen. »Ich kann überhaupt nicht begreifen, dass die Frau nicht mitbekommen hat, dass sie mit einem Mörder zusammenlebt. So etwas spürt man doch.«

»Es ist nicht das erste Mal, dass so etwas vorkommt, Sven.« Fricke wandte sich wieder an Malin. »Jedenfalls haben wir in Sommers Wohnung nichts entdeckt, was auf einen Zusammenhang mit Shabani hinweist. Wir haben auch seine Konten überprüft. Keine auffälligen Kontobewegungen in den letzten zwölf Monaten oder mehr Geld, als da sein dürfte. Shabani selbst gibt an, Torben Sommer nicht gekannt zu haben. Alles Weitere läuft über seine Anwälte. Ich befürchte, die ganze Sache wird ins Leere laufen.«

»Was ist mit *Zain*?«

»Die OK lässt kaum etwas von ihren Ermittlungen nach außen dringen. Nur so viel: Dort wird schon länger vermutet, dass Shabani seine Drogengeschäfte übers Darknet abwickelt, die Kollegen von Cybercrime sitzen schon seit geraumer Zeit daran. *Zain* war ihnen allerdings nicht bekannt, da war Ole ihnen wohl einen Schritt voraus. Leider wurde die Plattform vom Betreiber aus dem Netz genommen.«

»Also ist Ole ganz umsonst gestorben«, erwiderte Malin resigniert.

Fricke schüttelte den Kopf. »So darfst du das nicht sehen, Brodersen. Ole hat die undichte Stelle aufgedeckt. Und Shabani wird einen neuen Marktplatz für seine Drogen brauchen. Vollständige Sicherheit gibt es auch im Darknet nicht. Unsere Leute sind gut. Früher oder später geht er ihnen ins Netz.«

»Wurden Sams Computer gecheckt?«

»Das geht uns alles nichts mehr an«, blockte Fricke ab. »Sondern ist allein Sache der OK. Uns hat nur der Mörder von Ole zu interessieren. Und den haben wir.«

Einen Moment blieb es still.

»Was passiert mit unserem Team?«, fragte Malin schließlich. »Kriegen wir neue Kollegen?«

»Freds Nachfolger kommt nächste Woche vom KDD. Das hatte ich bereits vor einiger Zeit in die Wege geleitet.« Frickes Blick glitt zu Tiedemanns Platz. »Einen Ersatz für Ole wird es vorerst nicht geben.« Er verharrte kurz, dabei schlich sich ein eigentümlicher Ausdruck in seine Augen. »Ich denke immer noch, er kommt jeden Moment zur Tür herein.« Abrupt drehte der Teamchef seinen Mitarbeitern den Rücken zu, hob zum Abschied kurz die Hand und verschwand aus dem Büro.

Malin atmete tief durch und sah Andresen an. »Was haben wir aktuell?«

»Einen Streit zwischen einem Ehepaar in der Silvesternacht. Am Ende war die Frau tot. Der Mann sitzt bereits in U-Haft. Wir warten nur noch auf die Spurenauswertung. Der Fall ist ziemlich eindeutig.« Er langte nach seinem Autoschlüssel und einer Schachtel Zigaretten. »Eine der Zeugenbefragungen steht noch aus. Zumindest der Form halber.«

Malin erhob sich.

»Was hast du vor?«

»Mitkommen, was denn sonst.«

»Sagtest du nicht etwas von Innendienst?« Andresen deutete auf ihre Schulterbandage.

»Wie es aussieht, sind wir bis auf weiteres ein Team.« Sie verzog das Gesicht.

»Glaub mir, Brodersen, ich könnte mir auch Besseres vorstellen.« Er warf sich seine Lederjacke über und hielt ihr die Tür auf.

EPILOG

Sonnenlicht glitzerte durch das Buntglasfenster der Kapelle und warf ein lebhaftes Farbenspiel auf den schlichten Sarg aus Kiefernholz vor dem Altar. Die zahlreichen Sitzreihen in dem monumentalen Rundbau waren bis zum letzten Platz belegt. Es schien, als wäre das gesamte Präsidium in der Kapelle versammelt, um dem ermordeten Ermittler die letzte Ehre zu erweisen.

Die Trauergemeinde erhob sich für ein stilles Gebet.

Malin stand zwischen Fricke und Andresen in der zweiten Reihe.

Hinter ihr schnäuzte sich jemand ins Taschentuch. Sie wandte leicht den Kopf und erkannte Vera Keller, die Sekretärin von Kriminalrätin Dorothea Riesling, eine dünne, fast schon hagere Person mit blondem Bob und rotgeweinten Augen.

Ole Tiedemann hatte offensichtlich vielen Menschen etwas bedeutet. Ob er das gewusst hatte?

Malin schossen Tränen in die Augen und sie sandte ihrem toten Kollegen zum gefühlt tausendsten Mal eine stumme Entschuldigung dafür, dass sie ihre Verabredung vergessen hatte.

Noch immer gab es Lücken, was Ole Tiedemanns Person betraf. Nachdem sich herausgestellt hatte, dass die Hinweise, die auf seine Homosexualität schließen ließen, fingiert waren, blieb seine sexuelle Neigung ungeklärt. In Hinsicht auf Besim Shabani hüllte sich die OK nach wie

vor in Schweigen, doch Malin vermutete, dass der Polizei-
apparat im Hintergrund auf Hochtouren lief.

Die Anwesenden nahmen wieder Platz und der LKA-
Vize trat vor, um eine Trauerrede zu halten. Malin starrte
auf den Sarg vor dem Altar. Es hatte nicht viel gefehlt und
sie hätte selbst da vorne in der Kiste gelegen. Sie schauderte
bei dem Gedanken, löste ihren Blick von dem Kiefernholz
und ließ ihn über die Anwesenden gleiten. Ein Teil von
ihr hoffte, sie würde Frederick Bartels in den Reihen entdecken, doch sein dunkler Schopf war nirgends zu sehen.
Sie hatte ihm ihr Leben zu verdanken, trotzdem wusste
sie nicht, ob sie ihm jemals verzeihen konnte. Denn jetzt
musste sie nicht nur mit dem Tod von Ole Tiedemann,
dem zerstörten Vertrauensverhältnis zu ihrem Chef und
der Trennung von Thies zurechtkommen, sondern auch
mit dem Verlust ihres Teampartners.

Sie haderte erstmals mit ihrem Beruf. Es war, wie Ole
gesagt hatte. Sie trug die Toten mit sich herum. Und sie
zeigten ihr Gesicht in den unpassendsten Momenten.
Genau wie die Lebenden.

Tarek Shabanis Kohleaugen und sein gefährliches Buddha-Lächeln ließen sie immer öfter aus dem Schlaf hoch-
schrecken.

Doch sie war zäh, konnte einiges verkraften und würde
auch diese Zeit überstehen. Deshalb würde sie weitermachen, vergessen würde sie nie.

Der LKA-Vize setzte sich wieder in die erste Reihe, der
Pastor sprach ein Abschlussgebet. Als die letzten Orgel-
töne verstummten und die Kapelle sich leerte, erhob sich
Malin von ihrem Platz. Sie ging den Gang entlang zum
Altar, um von ihrem Kollegen Abschied zu nehmen.

DANKSAGUNG

Die Handlung dieses Krimis spukte bereits seit Beginn der Malin Brodersen-Reihe in meinen Kopf herum und der Tod des dritten Opfers war von Anfang an besiegelt. Erstmals recherchierte ich in den dunklen Ecken Hamburgs und denen des Internets. Es war eine aufregende, vielseitige und auch steinige Reise, und ich habe diese Geschichte mit einem lachenden und einem weinenden Auge geschrieben. Das fertige Buch jetzt in den Händen zu halten, ist großartig.

Ein herzliches Dankeschön geht deshalb an die Menschen, die mich unterstützt, beraten, motiviert und inspiriert haben:

Kriminalhauptkommissar Holger Vehren vom LKA Hamburg, der Malin seit ihrem ersten Fall begleitet und meine zahlreichen Fragen auch dieses Mal mit Fachkenntnis, Humor und Engelsgeduld beantwortete.

Kriminalhauptkommissar Ludwig Waldinger vom LKA München, der es mir ermöglichte, an einem Schießtraining teilzunehmen, und der ängstliche Autorinnen auch mal in die Tiefgarage begleitet.

Katharina vom St. Pauli Tourist Office, die mir abseits der klassischen Touristenziele viele verschiedene Gesichter von St. Pauli zeigte und mir wertvolle Details zur Schmuckstraße verriet.

Anja Reuther und Sabine Sapia, die nicht nur mein Manuskript vorab gelesen und zielsicher die Schwächen aufgedeckt haben, sondern auch stets mit Rat und Freundschaft an meiner Seite stehen. Schön, dass es euch gibt!

Heike Gerdes vom Leda Verlag für die Zusammenarbeit und das Vertrauen in Malin Brodersen.
Meiner Lektorin Maeve Carels für ihr Lob und die wertvollen Kommentare, die jedes meiner Bücher ein Stück weit besser machen.

Meinem Mann für seine Geduld, die man für das Zusammenleben mit einer Krimiautorin benötigt. Meinem Sohn für »CyberTec318«. Ihr seid großartig!

Und natürlich Ihnen, meinen Leserinnen und Lesern, dass Sie Malin Brodersen und mir weiterhin die Treue halten. Ich danke Ihnen von Herzen!

Mögliche Fehler, die sich in dieses Buch geschlichen haben, sind meine eigenen. Ich hoffe sehr, es sind nicht zu viele. Die Figuren und die Handlung wurden von mir frei erfunden. Ähnlichkeiten oder Namensgleichheiten mit realen Personen sind daher rein zufällig.

Fabian Lenk
Social Kill – Gefährliche Spiele auf TikTok
Thriller
400 Seiten, 13,5 x 21 cm,
Premiumklappenbroschur
ISBN 978-3-8392-0824-3

Ein gefährliches Spiel im Netz, das tödlich endet:
TikTok-Star Bennet treibt einen Konkurrenten mit
Fake-Videos in den Selbstmord. Doch kurz darauf
gerät er selbst ins Visier: Er wird vor laufender
Kamera getötet. In den sozialen Netzwerken gibt es
wilde Spekulationen. Wer steckt hinter dem Mord?
Unterdessen planen die Täter den nächsten Schach-
zug in ihrem Rachespiel …

Polizeireporter Finn Wahlberg ermittelt. Dabei
stößt er auf Abgründe, die tiefer gehen als der Hype
um Follower.

GMEINER SPANNUNG

WWW.GMEINER-VERLAG.DE
Wir machen's spannend